Liaty Pisani

Schweigen ist Silber

Ogden und der Schauspieler

Roman

Aus dem Italienischen von Ulrich Hartmann

Diogenes

Titel der zeitgleich bei
Sperling & Kupfer, Mailand,
erscheinenden Originalausgabe:
›Un silenzio colpevole‹
Umschlagfoto:

Meinen Kindern

www.diogenes.ch
150/00/52/1
ISBN 3 257 06251 6

Come you masters of war
you that build the big guns
you that build the death planes
you that build all the bombs
you that hide behind walls
you that hide behind desks
I just want you to know
I can see through your masks

Bob Dylan

I

Das Flugzeug setzte zur Landung an. Ogden schloß den Sicherheitsgurt, steckte die Zeitung in die Tasche des Vordersitzes und sah aus dem Fenster: Die Sonne war gerade erst am Horizont verschwunden, und in der einsetzenden Dämmerung leuchteten unter ihnen die ersten Lichter Athens.

Nachdem er zwanzig Minuten auf sein Gepäck gewartet hatte, konnte er endlich seinen Koffer vom Rollband nehmen und sich in Richtung Taxistand begeben. Es war Ende September, doch immer noch sehr heiß. Ogden stellte sich in die Warteschlange, stieg, als er an der Reihe war, in einen alten Mercedes und nannte dem Fahrer das Hotel Grande Bretagne als Ziel. Im Taxi ging ihm durch den Kopf, daß Griechenland für ihn jahrelang nur eines der vielen Länder gewesen war, in denen er für den Dienst gearbeitet hatte. Oft war ihm auf diesen Reisen nicht einmal die Schönheit der Landschaft aufgefallen; doch diesmal würde es anders sein. Er war kein Spion mehr. Stuart hatte ihm, nach Abschluß der Mission von Montségur, sein Haus auf der Kykladeninsel Tinos für einen Kurzurlaub angeboten.

Zuerst hatte Ogden das Angebot abgelehnt und geantwortet, er werde nach Bern zurückkehren. Doch der neue Chef des Dienstes hatte sich nicht so schnell geschlagen gegeben. »Die Insel ist schön und mein Haus komfortabel. Es wird dir guttun, in Ruhe über alles nachzudenken. Ich bin überzeugt, daß die Langeweile dich schnell zermürbt und du wieder für uns arbeiten wirst. Oder auch nicht«, war er unschlüssig fortgefahren, »du hast dich ja verändert. Jedenfalls wird Tinos dir helfen, zu einer Entscheidung zu kommen. Es ist eine heilige Insel, der ideale Ort für einen wie dich...«, hatte er schließlich noch ironisch hinzugefügt.

Zum Schluß hatte Ogden sich überreden lassen. Letzten Endes würde die glanzvolle Abgeschiedenheit einer griechischen Insel ihm nützlich sein, seine Gedanken zu ordnen. Stuart hatte recht, er mußte sein Leben neu organisieren, und die Kykladeninsel mochte der geeignete Ort dafür sein.

Während das Taxi sich Athen näherte, dachte Ogden an seine erste Reise nach Griechenland zurück. Es war Ostern, er war fünfzehn Jahre alt, und Casparius hatte ihn unerwartet in seinem Internat im schweizerischen Zug besucht. Das Internat war wie ausgestorben, alle seine Kameraden hatten über die Ferien nach Hause fahren dürfen; abgesehen von ihm und ein paar Lehrern war das große Gebäude auf dem Gipfel des Berges leer. Casparius, damals ein Mann mittleren Alters, hatte ihn einige Jahre zuvor adoptiert, nach dem Tode seines Vaters, der angeblich sein Waffenbruder gewesen war. Seit damals hatte er sich um ihn und seine Erziehung gekümmert, und Ogden war nie auf den Gedanken gekommen, er könnte der Chef einer internationalen Spionageorganisation sein. Erst im Alter von zwanzig Jahren, kurz bevor er von Casparius für den Dienst angeworben wurde, hatte dieser ihm seine wahre Identität enthüllt. Doch in jenem Frühling, als er fünfzehn war, glaubte

Ogden noch, daß sein Nennonkel ein erfolgreicher Geschäftsmann sei, zu beschäftigt, um sich mehr als zweimal im Jahr in Zug blicken zu lassen.

»Es wird Zeit, daß du die Dinge zu sehen bekommst, die du nur aus Büchern kennst«, hatte er im Sprechzimmer des Internats zu ihm gesagt und ihm einen Klaps auf die Schulter gegeben. »Jetzt geh und pack deinen Koffer, ich nehme dich mit nach Griechenland. Leichtes Gepäck, mein Junge. Und beeil dich, es wartet schon ein Wagen, um uns zum Flughafen nach Zürich zu bringen.«

Ein Fluch auf griechisch holte Ogden zurück in die Gegenwart: Sie waren in Athen angekommen. Ogden beobachtete durchs Fenster das Verkehrschaos im Zentrum, während das Taxi sich mühsam dem Syntagmaplatz mit seinen erleuchteten Hotels und Cafés näherte, wo in der Ferne das Grande Bretagne aufragte. Die Luft im Auto war zum Ersticken, die Klimaanlage auf Minimum. Ogden öffnete das Fenster, doch ein Schwall heißer Luft schlug ihm entgegen, und er beeilte sich, es wieder zu schließen. Sie steckten im Verkehr fest, das Hotel auf der anderen Seite des Platzes schien ein unerreichbares Ziel.

Als er endlich vor dem Grande Bretagne, wo er eine Suite reserviert hatte, aussteigen konnte, ließ Ogden sein Gepäck nach oben bringen, ging direkt in die Bar und bestellte einen Martini mit Eis. Nach einer Weile tat die Klimaanlage ihre Wirkung, und er fühlte sich besser. Während er den Aperitif in kleinen Schlucken trank, verwarf er die Idee, zum Essen in die Plaka zu gehen, wie er es eigentlich vorgehabt hatte. Die ungewöhnliche Hitze, die über Europa hereingebrochen war und selbst in den Nachtstunden kaum nachließ, war für ihn Grund genug, im Hotel zu Abend zu essen und sein Programm für den nächsten Tag zu ändern. Er würde Athen schon am Morgen verlassen und darauf verzichten, der Akropolis einen Besuch abzustatten. Doch er würde nicht gleich nach Tinos übersetzen, sondern der Route jener Reise folgen, die er vor so vielen Jahren mit Casparius unternommen hatte. Er würde Delphi besuchen, den magischsten Ort der Welt.

Am nächsten Morgen übergab ihm die Angestellte einer Mietwagenagentur einen japanischen Jeep mit Klimaanlage. Er brauchte länger als eine Stunde, um aus der Stadt zu kommen. Zuerst war er versucht, die Bergstraße nach Theben zu nehmen, die ins Hinterland abzweigt, doch nachdem es so mühsam gewesen war, aus Athen herauszukommen, entschied er sich für eine kürzere Strecke. An Theben vorbei fuhr er weiter Richtung Lebadeia und ließ den gequälten Ödipus hinter sich.

Während er mit ziemlich hoher Geschwindigkeit auf der jetzt freien Straße fuhr, wurde ihm klar, daß ihm tatsächlich viel daran lag, Delphi wiederzusehen. Schon der Wunsch, den Reiseweg seiner Jugend nachzufahren, war ihm sonderbar vorgekommen, noch eigenartiger jedoch fand er, daß er diesem Wunsch sofort nachgegeben hatte, statt wie vorgesehen ein paar Tage in Athen zu verbringen. Er zuckte die Schultern. Offensichtlich war es der Erinnerung an vergangene Zeiten, die bekanntlich nie sehr viel mit der Realität zu tun hat, nun gelungen, auch seine fragwürdige Kindheit zu schönen. Und im Licht dieser Erinnerung erschien sogar ein Mörder wie Casparius geradezu harmlos.

Die Strecke von Athen nach Delphi kam ihm erstaunlich lang vor, vielleicht weil er Kilometer für Kilometer spürte, wie seine Neugierde zunahm. Doch die Fahrt war angenehm und die Landschaft abwechslungsreich: die sonnenüberfluteten Berge, die sich gegen den blauen Himmel abhoben, und ebenso der Parnaß, der sich in den Kehren dieser sich nach oben windenden Straße zeigte und wieder versteckte, als wollte er seine Götter verbergen.

Beim Ortsschild von Delphi weitete sich die Bergstraße nach rechts zum Parkplatz der historischen Stätte. Ogden fuhr daran vorbei, weil er sich ein Hotel suchen wollte. Nach vielleicht hundert Metern erreichte er das neue Delphi und entschied sich für das erste Hotel am Ortseingang, weil es einen sauberen und recht modernen Eindruck machte. Er ließ sein Gepäck im Zimmer, nahm in einem Café im Schatten einer riesigen Platane einen kleinen Imbiß zu sich und stieg dann wieder in den Wagen, um ins antike Delphi zurückzufahren.

Am Eingang der Ausgrabungsstätte löste er eine Eintrittskarte und schlug den Pfad ein, der zur Via Sacra führt. Nichts kam ihm mehr bekannt vor. Die Erinnerung, die er so viele Jahre in sich getragen hatte, war mit wenigen Bildern verknüpft, die er nun nicht wiederfand. Er mußte alles neu entdecken, und er war froh darüber.

Wie es da an den Hängen des Parnaß lag, in einem Tal voller Zypressen und Ölbäume, die seine Ruinen zu schützen schienen, sprach Delphi gleich zu ihm, und in der lauen Brise, die die Sonne erträglich machte, spürte er den einschmeichelnden, eindringlichen Geist des Ortes. Er betrat die Ruinen, wanderte zwischen zerbrochenen Säulen und heruntergefallenen Steinbrocken umher, doch auch zwischen Mauern, die so gut erhalten waren, daß sie wie frisch poliert erschienen. Ruinen und Ölbäume in fast windstiller Ruhe.

Als er zum Tempel des Apollon hinaufstieg, erinnerte er sich daran, daß Delphi in der Antike als Nabel der Welt galt, weil sich hier die beiden von Zeus an den entgegengesetzten Enden der Welt freigelassenen Adler gefunden hatten. Und außerdem war es der Ort des berühmten Orakels.

Er betrat das Heiligtum des Apollon, erreichte die Grundmauern des dorischen Göttertempels, wo die Säulenreste einen Eindruck davon vermittelten, wie gewaltig der Bau gewesen sein mußte. Ogden spazierte zwischen den Trümmern umher. Man konnte noch die Exedren erkennen, kleine Tempel, in denen die Schätze der Könige von Sparta, Argos, Theben und Athen verwahrt wurden. Er fragte sich, wo wohl das Chasma gewesen sei, die berühmte Felsspalte, durch die die Dämpfe in das geheime unterirdische Gewölbe des Tempels strömten und die Pythia, die Priesterin des Orakels, in Trance versetzten. Er stieg weiter hinauf und kam zum Theater aus dem 4. Jahrhundert, setzte sich auf eine Stufe in der letzten Reihe und bewunderte lange das Bild, das sich ihm von dort oben bot. Unten im Tal, zwischen den Olivenbäumen, sah man das Gymnasion, das Weiß des Tempels der Athene und den geheimnisvollen Tholos. Ogden zündete sich eine Zigarette an. Alles schien ihm neu, als wäre dies sein erster Besuch in Delphi. Sogar das gut erhaltene und gewaltige Theater, von dem aus sich ein herrliches Panorama eröffnete, war für ihn eine Entdeckung.

Er drückte die Zigarette aus, steckte die Kippe in seine Tasche und setzte den steilen Aufstieg zum Stadion fort. Je höher er kam, desto weniger Touristen traf er, und der Pfad wurde immer beschwerlicher. Unversehens bog er nach links ab, und vor Ogden lag der Anfang der Rennbahn, mit der Startschwelle und den Vertiefungen in der Erde, in welche die Athleten ihre Zehen setzten. Das Stadion war beinahe 180 Meter lang, die noch erhaltenen Sitzreihen lagen im Schutze des Berges, während die zum Tal hin verfallen waren, so als hätten sie sich geopfert, damit man die Landschaft aus dieser Höhe bewundern konnte.

Ogden setzte sich an die Startschwelle und blieb lange in die Betrachtung des Stadions versunken. Die Steine strahlten eine wunderbare Ruhe aus; er fühlte sich wohl, doch gleichzeitig wie ein Eindringling. Die wenigen Touristen, die sich bis hier oben vorgewagt hatten, waren still oder sprachen mit gedämpfter Stimme. Ogden stand auf und ging langsam an der mit Gras überwachsenen Bahn entlang zum anderen Ende des Stadions. Dort angekommen, bemerkte er, daß außer ihm nur eine einzige Person so weit vorgedrungen war.

Neugierig sah er sich den Mann an. Er war groß und gebräunt, sein Gesicht halb verdeckt von einer alten Canon, mit der er gerade ein Foto machte. Er trug ein Paar ziemlich verknitterte blaue Leinenhosen und ein verschossenes Polohemd, doch an den Füßen hatte er ein Paar Tod's. Als er den Fotoapparat sinken ließ, erwiderte er Ogdens Blick und lächelte. Er mochte ungefähr vierzig sein.

»Es sieht so aus, als wären wir die einzigen, die bis hierhin gekommen sind…«, sagte er in gutem Englisch.

»Offenbar«, stimmte Ogden zu.

»Die Aussicht von hier ist phantastisch. Wir könnten es den anderen sagen«, meinte er und wies mit dem Kopf in Richtung derer, die bei der Startschwelle zurückgeblieben waren.

»Warum nicht? Solidarität unter Touristen...«

Der Mann kam näher und streckte seine Hand aus. »Stephan Lange aus Berlin.«

Ogden gefiel es nicht besonders, wenn Leute immer gleich ihre Personalien angaben, doch er ergriff die Hand des Mannes. »Angenehm, Ogden.«

»Sind Sie zum ersten Mal in Delphi?«

»Ja, ich war vorher noch nie hier«, log Ogden.

»Es ist ein wunderschöner Ort, der schönste in ganz Griechenland. Jedesmal, wenn ich in dieses Land komme, das ich so sehr liebe, versuche ich, einen Abstecher hierher zu machen. Es ist ein Ort, der eine außergewöhnliche Energie ausstrahlt, finden Sie nicht auch?«

Ogden, der fürchtete, an einen New-Age-Anhänger geraten zu sein, lächelte ratlos.

»Wenn Sie damit meinen, daß man sich hier wohl fühlt, stimme ich Ihnen zu. Und wenn es nicht so wäre, hätte Apollon wohl kaum so lange hier gewohnt.«

Der Mann lachte. »Sie haben recht. Jedenfalls fühle ich mich im Stadion besonders wohl. Und das ist seltsam, weil ich nämlich Schauspieler bin und eigentlich das Theater ein solches Gefühl bei mir hervorrufen sollte...«

»Ach, wirklich?« bemerkte Ogden, nur um nicht unhöflich zu erscheinen.

»Ja, Schauspieler und Regisseur. Manchmal schreibe ich

auch Texte. Das wirkt ein bißchen, als wollte ich alles selbst machen. Aber es ist einfach so, daß man heutzutage beim Theater unabhängig sein muß...«, fügte er mit einem Achselzucken hinzu.

Ogden begann, ein gewisses Interesse für seinen Gesprächspartner zu entwickeln. Er nahm die Sonnenbrille ab und sah sich sein Gegenüber genauer an. Erst jetzt bemerkte er, daß er ausgesprochen gutaussehend war.

»Und was tun Sie lieber: Spielen, Regie führen oder schreiben?«

»In letzter Zeit ist es mir am liebsten, bei eigenen Stücken Regie zu führen. Im Laufe der Jahre hat mich die untergeordnete Position des Schauspielers doch eingeengt. Es liegt mir nicht, tun zu müssen, was die anderen wollen; und wenn ich Theater spiele, muß ich dem Regisseur und dem Text gehorchen. Da ich nun aber auch Dramatiker und Regisseur bin, ist es mir lieber, ich bin derjenige, der den anderen sagt, wo es langgeht.«

Ogden nickte. »Vor Jahren war ich zufällig einmal bei der Probe einer Theatertruppe dabei. Die Schauspieler waren ziemlich bekannt, der Regisseur ebenso. Sie führten etwas von Čechov auf, vielleicht den *Kirschgarten.* Mir fiel auf, daß die Schauspieler vom Regisseur jede Art von Kränkung hinnahmen. Ich blieb die ganze Probe über da, weil ich hoffte, daß ihn irgend jemand früher oder später zum Teufel schicken würde. Doch es geschah nichts dergleichen. Zum Schluß gingen alle, glücklich wie Kinder, und bedankten sich beim Meister. Es schien mir ein gutes Beispiel für einvernehmlichen Sadomasochismus.«

Lange lächelte. »So habe ich meine Schauspieler früher

auch behandelt. Doch jetzt habe ich begriffen, daß dies nicht die einzige Methode ist, sie zum Arbeiten zu bringen, wie viele Regisseure behaupten. Aber das erkennt man erst, wenn man sich mit seinem Narzißmus auseinandergesetzt hat. Eine schwierige Sache für Leute vom Theater, weil Theater ja Narzißmus in Reinkultur ist.«

»Und Sie, wie haben Sie es mit Ihrem Narzißmus geregelt?« fragte Ogden amüsiert.

Der andere lächelte. »Darum hat sich mein Analytiker gekümmert. Vielleicht ziehe ich deshalb seit Jahren das Schreiben und Inszenieren der Schauspielerei vor. Da ich verschiedene Begabungen habe, konnte ich mich ein wenig umstellen. Wenn ich nur Schauspieler gewesen wäre, hätte ich nach der Analyse vermutlich den Beruf wechseln müssen.«

»Erlöst durch Psychoanalyse«, warf Ogden gedankenverloren ein.

»Erlöst, na, ich weiß nicht. Früher war ich ein Arschloch, und jetzt habe ich das Gefühl, daß es nicht mehr ganz so schlimm ist.«

»Sind Sie als Tourist oder aus beruflichen Gründen hier?«

»Weder noch. Ich bin nach Griechenland gekommen, um an einem Intensivkurs in Vipassana-Meditation teilzunehmen. Haben Sie schon einmal davon gehört?«

Obwohl Ogden ein wenig darüber wußte, schüttelte er den Kopf. »Nein, worum geht es dabei?«

»Vipassana ist eine Meditation, die Buddha seinen Jüngern lehrte. Sie beruht auf der Atmung und auf der Fähigkeit, längere Zeit stillzusitzen und in den eigenen Körper hineinzuhorchen. Aber viel weiß ich auch nicht darüber; ich nehme an einem neuntägigen Kurs teil, bei dem man offenbar von vier Uhr morgens bis neun Uhr abends meditiert und die ganze Zeit schweigt. Einmal am Tag ißt man gekochtes Gemüse und Reis«, erklärte er und verzog das Gesicht.

»Und wie sind Sie auf diese Idee gekommen?«

»Ich glaube, daß Meditation guttut. Ich habe ein paar Bücher zu dem Thema gelesen und bin davon überzeugt. Doch daß ich mich für Vipassana und nicht für Zen oder irgendeine andere Art der Meditation entschieden habe, ist rein zufällig. Mein homöopathischer Arzt ist Vipassana-Lehrer. Und als ich in diesem Jahr an einigen eindeutig psychosomatischen Beschwerden litt, hat er mir geraten, meditieren zu lernen. Und hier bin ich nun...«

»In Griechenland?«

»Dieses Jahr finden die Sommerkurse auf der Insel Mykonos statt. Für einen spirituellen Rückzug ist dies nicht gerade der passendste Ort, doch wir werden uns in ein ehemaliges Internat im ruhigsten Teil der Insel zurückziehen. Ich gestehe, daß Griechenland das stärkste Argument für den Kurs war: Jeder Vorwand ist mir recht, um hierherzukommen. Der Kurs wird von Ferguson geleitet, einem der wichtigsten Vipassana-Meister auf der Welt. Dieser Amerikaner, der seit mehr als dreißig Jahren sein Leben dem geistigen Wachstum der Menschen widmet, war in den fünfziger Jahren ein Agent der CIA: Ziemlich seltsam für einen spirituellen Lehrer, finden Sie nicht?«

An diesem Punkt war Ogden klar, daß der Schauspieler von Brian Ferguson sprach. Er erinnerte sich noch genau an die inzwischen bei den Geheimdiensten legendäre Geschichte von jenem Agenten, der nach langjähriger Arbeit für die CIA in Südostasien sein Leben geändert hatte und eine bedeutende Persönlichkeit im Laienbuddhismus geworden war.

»Wirklich sonderbar«, gab er zu, ließ dann jedoch das Thema fallen. »Ich dagegen reise nach Tinos, aber um Urlaub zu machen.«

Lange nickte interessiert. »Tinos reizt mich auch. Es ist eine der wenigen Inseln der Kykladen, die ich nicht kenne, und die am wenigsten touristische der ganzen Ägäis. Ich könnte Sie dort besuchen, es sind nur zwanzig Minuten mit der Fähre. Wie lange bleiben Sie denn?«

Ogden bereute es schon, daß er etwas über seinen Aufenthalt gesagt hatte, doch es gelang ihm mit ein wenig Anstrengung, sich von diesem konditionierten Reflex zu befreien. Lange war sympathisch, es könnte nett sein, sich ein wenig mit ihm zu unterhalten, vielleicht sogar über Brian Ferguson.

»Ich bin nicht festgelegt. Ein Freund hat mir sein Haus zur Verfügung gestellt. Ich entscheide mich, wie lange ich bleibe, wenn ich mir angeschaut habe, wie es dort aussieht.«

»Dann sagen Sie mir am besten, wie ich Sie nach meinem Kurs erreichen kann.«

Ogden hatte nicht die Absicht, ihm die Nummer seines Handys zu geben, und noch weniger die von Stuarts Haus. Er schüttelte den Kopf. »Geben Sie mir Ihre Adresse, dann rufe ich Sie an.«

Lange machte eine hilflose Geste. »Das ist komplizierter. Während der neun Tage darf ich nicht sprechen, das verbietet das Gelübde des Edlen Schweigens. Das heißt, daß die Schüler die ganze Zeit nicht reden dürfen, außer mit dem Lehrer. Wohin ich nachher gehe, weiß ich noch nicht, ich habe nichts reserviert. Doch Ende September dürfte es kein Problem sein, ein Zimmer zu finden.«

»Dann geben Sie mir Ihre Handynummer und das genaue Datum Ihrer Befreiung, und ich rufe Sie an.«

Stephan Lange lächelte verlegen. »Ich habe kein Handy.«

Ogden sah ihn an und zog die Augenbrauen hoch. »Sie wollen doch nicht sagen...«

»Ich verabscheue diese Dinger, und bis jetzt habe ich es geschafft, ohne auszukommen. Mit ein wenig Mühe, das muß ich zugeben.«

»Ich nehme an, Sie sind ein Anhänger holistischen Denkens, haben das Bett nach Norden hin ausgerichtet, fürchten sich vor elektromagnetischer Verseuchung und pflegen einen vertrauten Umgang mit Kristallen«, sagte Ogden belustigt.

Der Schauspieler nickte. »Ins Schwarze getroffen! Doch das ist nicht immer so gewesen. Früher habe ich alles gegessen, alles getrunken und alles geraucht, allerdings immer nur weiche Drogen. Jetzt bin ich ein New-Age-Jünger, so grauenhaft die Definition auch ist. Doch es stimmt, ich bin kein Freund der Technologie und schreibe noch immer auf einer alten Olivetti-Schreibmaschine«, schloß er mit einem Achselzucken.

»Okay«, lenkte Ogden ein, »ich gebe Ihnen meine Handynummer. Wenn Sie wieder sprechen dürfen, rufen Sie mich an, und wir trinken einen Retsina zusammen. Falls Sie sich den noch erlauben«, schloß er mit einem Lächeln.

»Natürlich trinke ich noch Wein!« Lange zog ein Notizbuch und einen Stift aus seiner Hosentasche und schrieb sich die Nummer auf. Dann sah er Ogden erneut an. »Und womit beschäftigen Sie sich? Wir haben nur über mich geredet. Wie Sie sehen, ist meinem Narzißmus nicht so leicht beizukommen.«

»Ich bin Kunstbuchverleger«, frischte Ogden seine übliche Deckung wieder auf. Er hätte auch nicht gewußt, was er sonst antworten sollte.

»Ach wirklich? Und wie heißt Ihr Verlag?«

»Nova Caledonia, in Bern. Kennen Sie ihn?«

»Ja natürlich! Sie haben einen prächtigen Band mit Aquarellen von Henry Miller veröffentlicht. Er ist einer meiner Lieblingsschriftsteller.«

Ogden war den Mitarbeitern des Dienstes dankbar, daß sie seine Deckung als Verleger weiter aufrechterhielten. Inzwischen war die Sonne verschwunden und Wind aufgekommen.

»Sieh an, der Meltemi, zur falschen Jahres- und zur falschen Tageszeit«, rief Lange aus. »Normalerweise ist September einer der wenigen Monate, in denen er Ruhe gibt. Doch man hört, daß dieses Jahr, vielleicht wegen El Niño, auch der Meltemi macht, was er will. Ich glaube, ich verabschiede mich vom Stadion und fahre nach Athen zurück. Heute abend habe ich eine Verabredung in der Plaka, um noch einmal so richtig zu schlemmen, bevor ich mich zurückziehe. Morgen geht es dann nach Mykonos.«

Der Schauspieler wandte sich in Richtung der einsam und verlassen in der Ferne daliegenden Startschwelle; dort unten war niemand mehr. Er schwieg eine Weile und sah konzentriert vor sich hin. Als er wieder sprach, klang seine Stimme intensiv und inspiriert.

»Geht und sagt dem König, daß das schöne Haus eingestürzt ist. Apollon hat keine Wohnstatt und keinen prophetischen Lorbeer mehr. Die Quelle ist versiegt, und das Wasser, das sprach, ist getötet worden.«

Dann wandte er sich erneut Ogden zu. »Schön, nicht?«

»Sehr. Doch ziemlich endgültig. Was ist das?«

»Eine Prophezeiung. Der Aufstieg des Christentums beendete den Sonnenkult nicht sofort, und erst 394 n. Chr. stellte Kaiser Theodosius die Pythischen Spiele ein. Doch das Orakel hatte sich einige Jahre zuvor ausgelöscht, als die Priester in der letzten, hellsichtigen Prophezeiung Kaiser Julian Apostata, der die religiöse Toleranz und den Sonnenkult wieder einzuführen gedachte, mit diesen Worten geantwortet hatten. Es stimmt, das sind schreckliche und endgültige Worte, doch die Erde dreht sich weiter, oder zurück, wer weiß. Entschuldigen Sie die Theatervorstellung, doch wenn ich diesen Ort verlasse, habe ich immer das Bedürfnis, ihn auf irgendeine Weise zu ehren. Und schließlich bin ich ja Schauspieler.«

Ogden war eher beeindruckt und lächelte. »Ganz im Gegenteil: Ich danke Ihnen. Der Text und Ihre Rezitation haben den Zauber des Sonnenuntergangs verstärkt. Ich freue mich, Sie kennengelernt zu haben«, sagte er und reichte ihm die Hand. »Rufen Sie mich an, wenn Sie Ihre Folter hinter sich haben, ich würde Sie gern treffen, wenn Sie nach Tinos kommen.«

»Ich bleibe ganz bestimmt nicht auf Mykonos, die Insel ist zu überlaufen für einen, der neun Tage Selbstbeobachtung hinter sich hat. Tinos dagegen könnte der richtige Ort sein, um diese Erfahrung wirken zu lassen.« Lange drückte ihm fest die Hand. »Werden Sie der Insel nicht zu schnell überdrüssig, auch ich würde gern ein Glas Retsina mit Ihnen trinken.«

2

Als Ogden Delphi am nächsten Tag verließ, hatte er beschlossen, noch ein Stück weit der Route seiner Reise mit Casparius zu folgen. Vor Jahren waren sie von dem kleinen Hafen Agios Nikolaos aus mit der Fähre nach Aigion an der gegenüberliegenden Küste übergesetzt und, nachdem sie erst einmal den Peloponnes erreicht hatten, weiter nach Epidauros gefahren.

Ogden tat das gleiche, und während er auf die Fähre wartete, dachte er an jenen fernen Nachmittag zurück, als Casparius ihn stundenlang im Hafen von Agios Nikolaos allein gelassen hatte. Die Bude am Meer, in der er gesessen und Cola getrunken hatte, gab es nicht mehr, und da, wo sie gestanden hatte, war jetzt ein Restaurant. Er setzte sich an einen der Tische unter einem Schilfrohrdach und ließ sich einen Kaffee bringen. Er war zu früh, die Fähre würde erst in zehn Minuten anlegen. Casparius war damals bei Sonnenuntergang zurückgekommen, als Ogden schon dachte, er hätte ihn vergessen, gerade noch früh genug, um mit dem Auto auf die letzte Fähre zu fahren. Viele Jahre später, als Ogden für den Dienst arbeitete, hatte Casparius ihm gestanden, daß diese Reise nach Griechenland den Zweck gehabt hatte, ein Problem mit einem Agenten zu lösen, und da es sich um eine ungefährliche Mission handelte, sei er auf den Gedanken gekommen, ihn mitzunehmen.

»Ich wollte dich aus der Nähe beobachten«, hatte er zu ihm gesagt. Und in eben diesem Urlaub, als sie zum ersten Mal mehr Zeit miteinander verbracht hatten, war Casparius zu der Überzeugung gelangt, daß dieser Waisenjunge das Zeug dazu hätte, Agent zu werden. Eigentlich, dachte Ogden belustigt, war Griechenland daran schuld, daß er Spion geworden war. Sie hatten ihre Reise nach Epidauros fortgesetzt, wo sie das Heiligtum des Asklepios besichtigt hatten, und vor allem das Theater am Hang. Casparius hatte lange in der letzten Reihe gesessen und still nach unten auf das Proszenium geschaut. Ihre Reise nach Epidauros hatte einen ganz bestimmten geheimen Zweck gehabt, nämlich einem Agenten die letzte Ehre zu erweisen, der unmittelbar nach dem Krieg genau dort getötet worden war.

»Ich wollte mir die verdammte Ruine, die an seinem Tod schuld war, aus der Nähe ansehen«, hatte Casparius hinzugefügt und den Kopf geschüttelt. Als Antwort auf Ogdens erstaunten Blick hatte er ihm erzählt, was seinem alten Freund Mark Owen, einem fähigen Agenten des Dienstes, widerfahren war. Der Agent hatte sich, in Unkenntnis der außerordentlichen Akustik des Theaters, während einer nächtlichen Verfolgung genau in der Mitte des Prosceniums befunden, zusammen mit einem Doppelagenten, der ihm bei der Flucht half.

Als die beiden schon glaubten, entkommen zu sein, hatten ihre Verfolger, die sich irgendwo zwischen den oberen Rängen bewegten, sie trotz der Dunkelheit durch die Geräusche ausmachen können. Zwei Tage später hatte man die Leiche Owens in Piräus aus dem Wasser gefischt. Und der Doppelagent, dem die Flucht gelungen war, berichtete Casparius diese unglaubliche Geschichte.

Zum Glück verlief die Demonstration der erstaunlichen Akustik des Theaters von Epidauros auf ihrer damaligen Reise weniger blutig. Der griechische Führer, ein kleiner, sympathischer Mann, hatte die Touristen aufgefordert, in die obersten Sitzreihen zu klettern, und dann in der Mitte des Proszeniums ein Streichholz zu Boden fallen lassen: Das Geräusch war deutlich zu hören gewesen. Dann hatte der Mann begonnen, mit einer schönen tiefen Stimme etwas in Griechisch zu deklamieren, und es war wirklich beeindruckend gewesen.

Nach einer kurzen Überfahrt in Aigion angekommen, setzte Ogden seine Reise Richtung Korinth fort. Auf der Fahrt fragte er sich, ob es wohl diese seit Jahrzehnten verdrängten Erinnerungen waren, die ihn veranlaßt hatten, Stuarts Einladung anzunehmen. Vom Dienst befreit, wollte er sich jetzt vielleicht eine Vergangenheit erlauben.

In Epidauros angekommen, stieg er im Hotel am Hafen ab. Da die Nacht kühl war, beschloß er nach dem Abendessen einen Spaziergang zu machen. Es war spät und nur wenig los, die kleine Bucht, wo die Boote auf dem ruhigen Wasser schaukelten, wurde von eleganten schmiedeeisernen Laternen erleuchtet, die nicht recht mit der Schlichtheit des Orts harmonierten. Aus einer noch geöffneten Taverne kam eine Gruppe angetrunkener, herumschreiender Amerikaner; ein Lärm, der gar nicht zu dem sanften Geräusch der Wellen am Strand passen wollte. Es schien sich eher um eine

Lagune als um einen Hafen zu handeln, hinter der Bucht war eine Mole zu erkennen. Ogden spazierte darauf zu, und dabei ging ihm durch den Kopf, daß dieser Urlaub ganz anders war als die wenigen freien Tage, die er sich in den letzten zwanzig Jahren, als er für den Dienst arbeitete, gegönnt hatte. Er konnte so lange bleiben, wie er wollte, niemand erwartete ihn in Berlin.

Er dachte zurück an das erste Mal, als er Casparius gesehen hatte. Es war bei dem letzten Besuch gewesen, den er seinem Vater abgestattet hatte, in der Klinik. Damals war er ungefähr zehn, doch das hätte er nicht beschwören können. Deshalb konnte er auch nicht genau sagen, wann sein Vater gestorben war. Jedenfalls hatte der Colonel wenige Tage nach dem Besuch seines einzigen Sohnes seinem unglücklichen Leben ein Ende gemacht. Doch die Erinnerung des über das Bett seines Vaters gebeugten Casparius in dem weißen Zimmer der Londoner Klinik war sehr deutlich. Als Ogden und seine Hauslehrerin Mademoiselle Villon ins Zimmer gekommen waren, hatte Casparius sich umgedreht, einen raschen Blick zuerst auf ihn, dann auf die Frau geworfen, um sich schließlich an Mademoiselle Villon zu wenden: »Kommen Sie rein, das Kind sieht heute seinen Vater zum letzten Mal...« Darauf verließ er das Zimmer.

Wenige Tage später hatte er seinen künftigen Vormund bei der Beerdigung wiedergesehen. Nach der Totenmesse hatten sich die Trauergäste im Salon des Hauses in Chelsea zusammengefunden. Er hatte sich in eine Ecke geflüchtet, weil er sich unwohl fühlte, in dieser Gesellschaft, die nur aus Männern bestand, fast alles Uniformierte, die ihm der Reihe nach mit Trauermiene über den Kopf streichelten.

Freunde seines Vaters, hatte Mademoiselle gesagt, wichtige Männer, die sich hier eingefunden hätten, ihm die letzte Ehre zu erweisen. Casparius war mit einem der Situation angemessenen Lächeln zu ihm gekommen und hatte sich ihm gegenüber hingesetzt. »Ich war ein Freund deines Vaters. Wir waren zusammen im Krieg, und er hat mir das Leben gerettet ...«, hatte er ohne Umschweife begonnen. »Nun, da er tot ist, werde ich mich um dich kümmern wie um einen eigenen Sohn. Es heißt, daß du ein pfiffiger Kerl und ein guter Schüler bist und daß du Charakter hast. Du wirst auf ein ausgezeichnetes Internat gehen, und ich komme dich dort besuchen. Wann immer du von nun an etwas brauchst, wende dich an mich wie früher an deinen Vater.« Dieser letzte Hinweis war nicht sehr vielversprechend: In den zehn Jahren, in denen er ihn gekannt hatte, war sein Vater nur zu Weihnachten und zu Ostern aufgetaucht, wenn er nicht einen Auftrag zu erledigen hatte oder eine Entziehungskur machte, wie er später erfuhr. Soweit er sich erinnern konnte, war Mademoiselle Villon die einzige gewesen, die sich um ihn kümmerte; an seine Mutter, die gestorben war, als er drei war, konnte er sich kaum erinnern.

Ein Pärchen auf einem Tandem überholte ihn. Sie lachten, das Mädchen hatte lange blonde Haare, die ihr auf die Schultern fielen; der Junge hielt eine Gitarre in einer Hand und lenkte mit der anderen. Ogden lächelte, blickte ihnen nach, während sie sich entfernten. Die Luft roch nach Salz. Er setzte sich in den Sand und zündete sich eine Zigarette an, blickte auf das sanft gekräuselte Wasser im Schein der Laternen. Seit Jahren hatte er nicht an seine Kindheit gedacht, sicher war die Wende in seinem Leben dafür verantwortlich, daß mit einem Mal Erinnerungen an Jahrzehnte zurückliegende Ereignisse Gestalt annahmen. Die Sache an sich fand er nicht begeisternd, doch gleichzeitig wollte er ihr keinen Widerstand entgegensetzen. Vielleicht war es eine durchaus akzeptable Art, die Rechnung mit der Vergangenheit zu begleichen: eine Art des Rekapitulierens, bevor man alles für immer archiviert. Als Bestätigung seiner Überlegungen fiel ihm sein Vater und die letzte Begegnung mit ihm wieder ein. Er hatte ihn fast nicht erkannt, in dem hilflosen Mann mit von roten Äderchen durchzogenen Augen und mageren Händen, die das Bettlaken zusammenknüllten, den Offizier in der untadeligen Uniform, der ihn bei seinen seltenen Besuchen zu Hause hochhob, um ihn dann wie eine Puppe in die Luft zu werfen. In dem aseptischen Zimmer, an diesem Sterbebett, hatte er eine peinliche Fremdheit gespürt: Er wußte nicht, wer dieser Kranke im Bett war, wie er auch niemals diesen Draufgänger in Uniform gekannt hatte, der ihn in die Luft warf und vorgab, mit ihm zu spielen.

»Der arme Kerl«, murmelte er, als er wieder aufstand und sich den Sand von den Hosen schüttelte. Dann kehrte er auf die Straße zum Hotel zurück. Er ging langsam. Wenige Tage nach jener letzten Begegnung hatte Mademoiselle Villon ihm die Nachricht vom Tod seines Vaters gebracht. Er war gerade im Kinderzimmer mit einem Puzzle beschäftigt.

»Mein Kleiner«, hatte sie begonnen, im Gesicht ein Ausdruck der Niedergeschlagenheit, der ihre Züge sanfter gemacht hatte. »Ich muß dir etwas sehr Trauriges sagen ...« Sie hatte sich unterbrochen, und ihre leicht hervortretenden

Augen waren ihm noch größer erschienen. Er hatte gedacht, daß es nett sei, ihr die Aufgabe zu erleichtern. »Papa ist gestorben?« hatte er gefragt, ohne die Suche nach dem Stück aufzugeben, das ihm noch für den Turm der Burg von Gérard le Diable fehlte.

»Oui, mon petit«, hatte Mademoiselle Villon geantwortet und sich ganz ins Französische geflüchtet, die Sprache, die ihr in Augenblicken der Rührung näher war.

»Da ist es ja!« hatte er freudig ausgerufen und dabei das so lang gesuchte Puzzlestück gepackt, das unschicklicherweise gerade in diesem Moment aufgetaucht war. Im selben Moment wußte er, daß dies nicht die Reaktion war, die Mademoiselle sich von ihm erwartete, und er hatte sofort eine traurige Miene aufgesetzt und würdevoll geschwiegen. Aber er mußte es vorspielen, und das hatte ihm nicht gefallen. Sein Vater war zu selten dagewesen, als daß sein endgültiges Verschwinden ihm viel hätte ausmachen können. Dagegen hatte er sehr unter der Trennung von Mademoiselle Villon gelitten, die nach wenigen Tagen für immer gegangen war. Ihre Abreise hatte für ihn den Anfang eines neuen Lebens bedeutet, schlechter als das davor: Im Internat gab es Regeln, die eingehalten werden mußten, lästige Mitschüler und strenge Lehrer. Eine ganze Weile trauerte er bitter der kühlen Zuneigung der Mademoiselle hinterher, die ihn auf ihre Weise geliebt hatte.

Ogden war beim Hotel angekommen, ohne es zu bemerken. Die Beschäftigung mit der Vergangenheit war etwas, das eigentlich schlecht zu seinem Beruf paßte. Doch jetzt war es ja ein früherer Beruf, er konnte sich also den Luxus erlauben, in sich hineinzusehen, solange es ihm nicht aufs

Gemüt schlug. In diesem Augenblick ging sein Handy. Ogden meldete sich, weil er dachte, es sei Stuart, der wissen wollte, ob ihm sein Haus gefiel. Doch am anderen Ende wurde aufgelegt. Er steckte das Handy zurück in die Tasche und betrat das Hotel.

3

Als Stephan Lange in Mykonos ankam, war niemand da, der ihn erwartete. Er hatte beschlossen, auf eigene Faust zur Insel überzusetzen, statt sich in Piräus den übrigen Kursteilnehmern anzuschließen, auch wenn das bedeutete, daß er nicht wie die anderen von einem Kleinbus abgeholt und an sein Ziel gebracht würde. Er mochte keine Gruppen, und seien sie noch so spirituell, und es war ja gerade die Idee des Edlen Schweigens, die dieses anstrengende Unternehmen für ihn besonders reizvoll machte. Außerdem kannte er Mykonos, die wohl am stärksten von Touristen überlaufene Insel der Ägäis, sehr gut, und obwohl sie eine Vielzahl von Attraktionen bot, fand Lange, es passe besser zu dem Grund, der ihn hergeführt hatte, die von Menschen wimmelnden Plätze und pittoresken Gassen voller Läden und Verkaufsständen links liegenzulassen und direkt zu dem ehemaligen Internat zu fahren. Er hielt sich lieber so weit wie möglich von alledem entfernt, damit er nicht abgelenkt würde.

Im Hafen nahm er ein Taxi und nannte dem Fahrer sein Ziel. Der Mann verstand nicht, wohin er wollte, also gab er ihm den Zettel, auf dem er die Adresse notiert hatte, worauf der Fahrer schließlich ein breites Lächeln zeigte, bei dem seine Goldzähne aufblitzten, nickte und mit Vollgas losfuhr.

Nach einer guten Viertelstunde, in der die Fahrt auf und ab durch eine Landschaft mit teils kahlen, teils von windschiefen Olivenbäumen bewachsenen Hügeln gegangen war, erreichten sie ihr Ziel. Das Taxi fuhr langsamer, als sie sich einem großen rechteckigen Gebäude näherten, das von einer niedrigen Einfriedungsmauer umgeben war. Der Fahrer hielt direkt vor dem Tor an und lud das Gepäck aus.

»Hier ist das Internat«, sagte er in einem kümmerlichen Englisch und reichte ihm seine Reisetasche.

Lange zahlte und ging auf das Tor zu, wo ein Seil mit einer Glocke hing. Er läutete und wartete. Es blies ein äußerst kräftiger Wind, und obwohl der Himmel strahlend blau war und die Sonne so intensiv schien, als wäre es zwei Uhr, war die Hitze dank des Meltemi erträglich. Lange trug eine Sonnenbrille, mußte sich aber trotzdem schützend eine Hand vor die Augen halten. Unter ihm war das Meer zu sehen, die Grillen zirpten, und die Pflanzen und Bäume schienen hier nicht gerade wachsen zu können. Nach kurzer Zeit durchquerte ein Mann den Garten und kam das Tor öffnen. Er war mittleren Alters, groß und trug eine Brille. Bekleidet war er mit weißen Hosen und einem blauen Hemd.

»Herzlich willkommen«, begrüßte er ihn in einem Englisch mit seltsamem Akzent und streckte seine Hand aus. »Ich bin Oskar, Fergusons Assistent.«

Lange lächelte, stellte sich seinerseits vor, nahm seine Tasche vom Boden und folgte ihm. Bei diesem unerträglichen Wind war es nicht angebracht, im Freien zu bleiben und Konversation zu treiben.

Sie betraten das Gebäude und kamen in eine Vorhalle, die Lange an eine Schule erinnerte – bis vor kurzem war hier ja tatsächlich ein Internat untergebracht gewesen. In der Mitte des Raums stand ein langer Tisch mit verschiedenen Karaffen, Teekannen und einem einfachen, doch reichhaltigen Buffet.

»Dieses Jahr weht der Meltemi kräftiger als sonst«, sagte Oskar und schloß die Tür hinter ihnen, »aber kommen Sie doch ins Büro, ich muß Ihren Namen aufschreiben und Sie bitten, einen kurzen Fragebogen auszufüllen. Danach können Sie in den Schlafsaal gehen und Ihre Sachen auspacken, die anderen sind schon da. Heute abend wird Mr. Ferguson eine Begrüßungsrede halten, dann folgt ein leichtes Abendessen, nach dem Sie besser zu Bett gehen. Morgen früh um vier werden Sie geweckt.«

Oskars Lächeln paßte zu seinen wenig beruhigenden Worten, dachte Lange, als er ihm folgte. Er füllte den Fragebogen aus und stieg hinauf ins obere Stockwerk, in den Schlafsaal der Männer. In dem großen Raum hätten wenigstens vierzig Personen Platz gehabt, doch im Augenblick waren nur drei da, einschließlich ihm; die anderen waren wahrscheinlich unterwegs, um die letzten Stunden in Freiheit zu genießen. Lange spürte eine gewisse Unlust bei der Vorstellung, mit anderen Männern in einem Raum zu schlafen, es erinnerte ihn an den Militärdienst, doch er verscheuchte diesen Gedanken. Man hatte ihm vorher gesagt, daß die Bedingungen des Aufenthalts spartanisch seien, und das Schlafen in einem Schlafsaal gehörte nun eben dazu. Er hatte es akzeptiert, also war es jetzt nicht angebracht, den Schwierigen zu spielen.

Er begrüßte die Anwesenden, sagte, wie er hieß und woher er kam. Ein recht korpulenter Mann um die Fünfzig trat auf ihn zu und gab ihm die Hand. Er hieß Jean, kam aus Brüssel und nahm zum zweitenmal an einem solchen Kurs teil. Der andere, ein blonder, eher schmächtiger junger Mann, der sicher nicht älter als dreißig war, kam aus Mailand und hieß Luigi. Für ihn war es, genauso wie für Lange, die erste Erfahrung mit Vipassana.

»Wir sprechen alle drei gut Englisch«, sagte der Belgier, um dann mit Kennermiene hinzuzufügen: »Doch ab morgen wird uns das nichts mehr nützen…«

»Aber stimmt es denn wirklich, daß wir untereinander kein einziges Wort sprechen dürfen?« fragte der Italiener.

»Absolut! Das ist grundlegend«, stellte der Belgier kategorisch fest.

Lange entschied sich für ein Bett nahe bei einem Fenster, doch nicht weit von der Tür, räumte seine Sachen in einen Schrank, ließ seine Gefährten allein und ging wieder ins Erdgeschoß hinunter. Diese beiden gingen ihm auf die Nerven, dachte er und bedauerte, daß das Edle Schweigen nicht jetzt schon galt. Oskars Büro war offen. Er warf einen Blick hinein und sah den Assistenten zusammen mit einem Kursteilnehmer, der dabei war, den Fragebogen auszufüllen. Andere bedienten sich bei den bereitgestellten Getränken. Lange grüßte und trat an den Tisch, um zu sehen, was auf den Schildchen neben den Krügen und Teekannen stand: Gerstenkaffee, Bancha-Tee, verschiedene Kräutertees. Er entschied sich für Gerstenkaffee, goß sich eine Tasse ein und ging in den Garten, um sich auf eine Bank zu setzen und den Ort zu betrachten, wo er die nächsten neun Tage verbringen sollte. Es war ein Knabeninternat, das seit zwei Jahren nicht mehr benutzt wurde. In diesem Sommer hatte die Stadt Mykonos es der Internationalen Vipassana-Gesellschaft zur Verfügung gestellt. Im Garten wuchsen ein wenig vertrocknete und verstaubte Grünpflanzen, die seit einer ganzen Weile nicht richtig gepflegt worden waren; doch insgesamt war es kein schlechter Platz. Wenn man Richtung Küste blickte, bot sich ein prächtiges Panorama, und das Gebäude erinnerte eher an einen Gutshof als an ein Internat. Die Jungen, die hier gelernt hatten, dachte Lange, hatten bestimmt nicht allzusehr gelitten. Er sah auf die Uhr, es war vier Uhr nachmittags, in zwei Stunden sollte Ferguson sie begrüßen, um halb sieben würde man dann zu Abend essen und gleich darauf schlafen gehen. Und er würde nicht einmal ein Buch haben, dachte Lange traurig, denn während des Kurses sollten sie nicht lesen, sich keine Notizen machen und keine Musik hören, damit der Geist nicht von der schwierigen Aufgabe der Konzentration abgelenkt würde.

Kurz bevor Ferguson erscheinen sollte, versammelten sich die Teilnehmer in der Vorhalle. Lange zählte ein halbes Dutzend Frauen und acht Männer. Dazu kamen noch vier Helfer: ein Mann und eine Frau, die sich um die Mahlzeiten kümmerten, ein Mann, der dafür zuständig war, alles in Ordnung zu halten und den Gong zu schlagen, der Anfang und Ende der Sitzungen verkündete, und schließlich Oskar, der Ferguson unterstützen und die Worte des Meisters in die Sprache der Schüler übersetzen sollte, die kein Englisch konnten.

Ferguson erschien Punkt sechs Uhr. Lange wußte, daß er

um die Siebzig war, doch er wirkte älter; er war groß und korpulent, und auf seinem freundlichen Gesicht lag ein eigenartig kindlicher Ausdruck. Er war äußerst schlicht, ja bescheiden gekleidet: Hosen und ein weites weißes Hemd, das trotz seiner Beleibtheit um ihn herumflatterte. Er hielt keinerlei Rede, drückte nur allen mit großer Natürlichkeit die Hand und hatte für jeden einen einfachen und freundlichen Satz. Dann unterhielt er sich mit den Schülern, die er schon kannte, und als es Zeit zum Abendessen war, nahm er seinen Teller, setzte sich mit seinem Assistenten zu Tisch und aß beinahe schweigend. Daß er so wenig gesprächig war, hemmte die anderen jedoch nicht; vielmehr herrschte eine angenehme Stimmung, und da sie wußten, daß dies der letzte Abend war, an dem sie ein paar Worte wechseln konnten, ließen sie sich die Gelegenheit dazu nicht entgehen. Lange erfuhr, daß ein guter Teil von ihnen zum ersten Mal an einer Vipassana-Meditation teilnahm. Außer ihm bestand die Gruppe aus vier Griechen, die kein Englisch sprachen und denen Oskar beistehen würde, einem Finnen, der in London lebte, zwei älteren Österreicherinnen, zwei englischen Paaren, dem Italiener und dem Belgier. Nach dem Essen verließ Ferguson sie und sagte ihnen, daß sie sich um vier Uhr am nächsten Morgen wiedersehen würden. Der Meditationsraum befand sich in einer kleinen Kapelle hinten im Garten, die Lange schon bei seinem kurzen Erkundungsgang vor dem Abendessen gesehen hatte.

Der Ablauf der nächsten Tage wurde durch die Meditation bestimmt. Jeden Morgen um vier, wenn die Sterne noch am Himmel standen, traten sie, vom Schlag des Gongs geweckt, hinaus ins Dunkel. Jeder mit einer kleinen Taschenlampe in der Hand, gingen sie auf die weiße Kapelle im hinteren Teil des Gartens zu, die in der Dunkelheit zu leuchten schien. In dem kleinen Gebäude lagen auf dem Boden Matten und Kissen für die Schüler bereit, wo sie sich schweigend niederließen, die Frauen auf der einen, die Männer auf der anderen Seite. Dann saßen sie mit überkreuzten Beinen im Lotossitz auf dem Boden, eine Decke um Rücken und Beine, und begannen zu meditieren. Bei ihrer Ankunft fanden sie immer schon den Lehrer, ihnen gegenüber auf einem Podest sitzend, in Meditation versunken vor. Nach einer Stunde oder mehr trat Oskar zu ihm hin und löste ihn ab, und so ging es bis sechs Uhr weiter. Dann verließen sie den Meditationsraum, um zu frühstücken. Es folgten zwei weitere Stunden Meditation, geleitet von Ferguson und Oskar, unterbrochen von einer Viertelstunde Pause; um elf wurde eine vegetarische Mahlzeit serviert, danach folgten zwei Stunden Ruhe. Anschließend wieder Meditation, bis zum Sonnenuntergang, worauf Ferguson einen Vortrag über das Dharma, die Lehre Buddhas, hielt. Um neun Uhr schloß der Tag mit dem Ertönen des Gongs.

Am zweiten Tag war Lange versucht, diesen Wahnsinn hinter sich zu lassen und seinen Aufenthalt in Griechenland auf unterhaltsamere Weise fortzusetzen. Die Meditation war schwierig und ungemein langweilig, außerdem durch die Lotosposition auch schmerzvoll, und dieser Ort, der ihm zuerst angenehm vorgekommen war, ähnelte immer mehr den Internaten, die er als Junge besucht und in denen er wie ein Hund gelitten hatte. Stundenlang mit überkreuzten Beinen dazusitzen bereitete ihm furchtbare Schmerzen, und der einzige Trost war, daß es ihm nicht allein so ging. Alle, eingeschlossen die Engländer, die seit Jahren meditierten, litten an diversen Schmerzen, und die Neugierde, einen Ex-CIA-Agenten zu sehen, der spiritueller Meister geworden war, hatte sich verflüchtigt. Wenn Ferguson ein Spion gewesen war, so hatte diese Erfahrung bei ihm keine Spuren hinterlassen. Seit vierzig Jahren unterrichtete er die Menschen im Westen in Meditation; sein gutmütiges Gesicht blieb stundenlang reglos und still, genauso wie sein Geist, und er strahlte eine Ruhe aus, aus der alle Kraft schöpften, um diese Qualen zu ertragen. Wenn ein Spion es geschafft hatte, wie Ferguson zu werden, hatte sich Lange als Antwort auf seine Fluchtgedanken gesagt, dann würde auch er einige anstrengende Tage ertragen können. Danach hatte er seine arrogante Haltung aufgegeben und war geblieben.

Vipassana ist der von Buddha gelehrte Weg, sich vom Leiden zu befreien. Ferguson kam das Verdienst zu, diese Meditation in den Westen gebracht zu haben, nachdem er sie in Thailand vom großen Meister U Ba Khin gelernt hatte. Stephan Lange erfuhr, daß der Weg, der zum Ende des Leidens führt, »Achtfacher Pfad« heißt und aus drei Hauptgliedern besteht, nämlich *Sila*, *Samadhi* und *Panna:* Sittlichkeit, Konzentration und Einsicht. Vor Beginn des Kurses hatten alle Schüler gelobt, während der neun Tage diese fünf Regeln einzuhalten: kein lebendes Wesen zu töten, nicht zu lügen, nicht zu nehmen, was nicht gegeben wird, sich jeglicher sexuellen Aktivität zu enthalten, keinerlei Rauschmittel zu gebrauchen (doch den stärksten Rauchern wurden ein paar Zigaretten erlaubt). Nur von diesen Grundlagen aus konnte man die lange Reise zur inneren Bewußtheit antreten; tatsächlich gibt es ohne Sittlichkeit keine

Konzentration, und ohne Konzentration kann man die Einsicht, die innere Vision nicht erreichen. Des weiteren bestand die Verpflichtung zum Edlen Schweigen. An den ersten drei Tagen wurde den Schülern eine Meditation gelehrt, die schwierig und leicht zugleich ist: die Anapanaa-Meditation, mit Hilfe derer der Geist, verglichen mit einem Affen, der von einem Ast zum anderen springt, sich daran gewöhnt, ruhig zu bleiben. Um dies zu erreichen, benutzt die Anapanaa-Meditation den Atem, nachdem sie den Geist dazu gebracht hat, sich auf einen exakten Punkt zu konzentrieren, einen einzigen, nämlich den, wo der Atem die Haut berührt. Die sanfte, tiefe Stimme Fergusons führte sie durch die Meditation: »Atmet tief, seid euch des Atems bewußt, der durch die Nasenlöcher dringt, macht euch das Gefühl der Berührung, der Wärme, der Luft, die eure Haut berührt, bewußt.« Drei Tage lang lehrte diese Übung sie, ruhig zu sein, sich einzig und allein auf den Atem und die Empfindungen auf der Haut, die er hervorruft, zu konzentrieren, indem jeder von ihnen den Kontaktpunkt suchte, wo er die Luft spürte, die zuerst ein- und dann ausgeatmet wurde. Doch der Geist war wirklich ein Affe, er hüpfte ständig woandershin, und es war nicht leicht, ihn auf diesen Punkt zurückzubringen.

Vor Beginn der Meditation sprach Ferguson ein Gebet, das die Schüler wiederholten:

»Mögen alle Wesen Frieden und Glück erlangen.

Mögen sich alle Wesen von Unwissenheit, Verlangen und Gewalt befreien.

Mögen sich alle Wesen von Leiden, Schmerzen und Konflikten befreien.

Mögen alle Wesen von unendlicher liebevoller Güte und Gleichmut erfüllt sein.

Mögen alle Wesen die vollkommene Erleuchtung erlangen.«

Für sie alle war es eine unvergeßliche Reise. Jeden Tag befragte Ferguson die Schüler, die von ihren Kissen aufstanden und sich in Dreiergruppen ihm gegenüber hinsetzten, um ihre Empfindungen zu erzählen und eventuelle Zweifel zu äußern. Dies war der einzige Moment, in dem es erlaubt war, das Edle Schweigen zu brechen. Dank dieser Berichte wurde Lange bewußt, daß sie alle, wenn auch jeder auf seine eigene Art, eine erschütternde physische und emotionale Erfahrung durchlebten, daß sich etwas wirklich Außergewöhnliches in ihrem Körper und ihrem Geist vollzog.

Nach drei Tagen der Anapanaa-Meditation sagte Ferguson, daß sie nun soweit seien, Vipassana zu beginnen, die Innenschau, die sie zu einer tiefen Vision bringen werde. Um dies zu erreichen, mußten sie jenes in den drei Tagen Anapanaa verfeinerte Vergrößerungsglas, diese durch die Konzentration geschärfte Achtsamkeit, auf das Innere ihres Körpers richten. Nachdem die Aufmerksamkeit auf den Punkt gelenkt worden war, wo der Atem die Haut berührt, wurde sie in die Mitte des Kopfes verlagert und von dort, langsam, immer in höchster Konzentration, unter die Haut, ins Innere des eigenen Körpers, von oben nach unten, ihn ganz durchlaufend, die Organe, Muskeln, Knochen, Gelenke durchdringend, vom Kopf bis zu den Fußspitzen, ohne sich ablenken zu lassen, stets im Bewußtsein der Unbeständigkeit jedes Dings, *Anicca,* der Vergänglichkeit, unterworfen. Und auch Schmerz und Lust sind unbeständig, deshalb darf man sich weder an das eine noch an das andere klammern, sondern muß sie loslassen, weit ins Universum ziehen lassen. Sie alle lernten, begleitet vom Lehrer, *Anicca* kennen: nicht an einem Punkt stärker als an einem anderen zu verweilen, gleichmütig zu sein, ohne zu verharren, konzentriert, immer regloser im Lotossitz.

Am vierten Tag, dem ersten der Vipassana-Meditation, war Lange am Nachmittag, kurz vor dem täglichen Vortrag Fergusons, etwas Sonderbares geschehen, das ihn beunruhigt hatte. Er hatte bei geschlossenen Lidern einige Episoden aus seiner Vergangenheit wie in einem Film vor sich gesehen. Es schien ein Traum, doch Lange wußte gut, daß es keiner war. Er hatte mit Ferguson allein darüber gesprochen, und dieser hatte ihn beruhigt und ihm erklärt, daß derartige Phänomene vorkommen könnten, auch solche übersinnlicher, telepathischer und hellsichtiger Art. Doch er hatte Lange ermahnt, nicht dabei zu verweilen, sie sich bewußt zu machen, um sie dann loszulassen, ohne sich an sie zu klammern, und sich allein auf den Atem zu konzentrieren, da sie nicht Ziel der Meditation seien. Am selben Tag war auch dem jungen Italiener etwas Außergewöhnliches widerfahren. Bei einem Gespräch mit dem Lehrer erzählte er, er habe, während er tief in die Meditation eingetaucht sei, Santiago, den Mann, der die Aufgabe hatte, den Gong zu schlagen und sich um den Garten zu kümmern, gesehen, wie er sich mit einer Gartenschere verletzte. Jeder Bewohner des Hauses meditierte, auch wenn er sich um die Küche oder die Organisation kümmerte, deshalb kamen auch diese Leute, wenn sie nicht beschäftigt waren, in die

Kapelle. Der Italiener hatte gerade seine Vision zu Ende erzählt, als Santiago eintrat und sich für die Verspätung entschuldigte: Er hatte sich beim Unkrautjäten im Garten an einer Hand verletzt.

Diese Episode hatte zur Folge, daß es Lange noch schwerer fiel, seine Bilder zu verscheuchen, weil er fürchtete, daß unter denen, die er nicht als Erinnerungen erkannte, eine Wahrnehmung zukünftiger Ereignisse sein könnte, bei der er gut daran täte, ihr Aufmerksamkeit zu schenken. Doch zum Glück wiederholte sich das Phänomen nicht, und Lange versenkte sich immer tiefer in die Meditation und blieb oft länger als die anderen im Lotossitz, ohne gewahr zu werden, was um ihn herum geschah.

Am letzten Tag jedoch ereignete sich noch etwas Merkwürdiges. Schon als er am Morgen aufgewacht war, hatte er ein sehr ungutes Gefühl gehabt. Er war von einem Angsttraum heimgesucht worden, an den er sich allerdings nicht gut erinnern konnte. Er wußte nur, daß ein lieber Freund sich in Gefahr befand. Der Alptraum hatte jedoch seinen tiefen Schlaf nicht unterbrochen, und er war wie immer vom Gong erwacht. Doch statt sich zu verflüchtigen und zu verschwinden, war die Angst beim Erwachen geblieben. Gegen Ende der Meditation hatten sich die Bilder erneut eingestellt. In dieser Art Film, der hinter seinen geschlossenen Lidern ablief, sah er seinen Freund an einem Strand entlangrennen und dabei seine Frau an der Hand halten. In ihrer Nähe war eine andere Frau, die er nicht erkannte. Dann änderte sich die Szene, er sah ein Flugzeug auf der Startbahn und George, der einstieg. An diesem Punkt empfand Lange einen starken Schmerz im Zwerchfell, als wäre ihm ein Schlag auf die Brust versetzt worden. Mit einem Stöhnen riß er die Augen auf.

Die anderen um ihn herum meditierten. Er schaute nach vorn und sah den Lehrer auf dem Podest, regungslos. Er ertrug es nicht mehr stillzusitzen und stand langsam auf, ging vorsichtig, ohne zu stören, aus dem Saal. Das Sonnenlicht draußen war gleißend, und der warme Wind, der seit acht Tagen ununterbrochen wehte, schlug ihm ins Gesicht. Er beschleunigte seine Schritte, durchquerte den Garten und ging ins Haus. In der Vorhalle schenkte er sich einen Gerstenkaffee ein und setzte sich auf eine Bank. Langsam ließ der Druck auf dem Zwerchfell nach und hörte schließlich ganz auf. Lange holte tief Luft und trank einen Schluck heißen Kaffee, der ihm guttat, ging dann erneut hinaus in den windgeschützten Innenhof und zündete sich eine Zigarette an. Er war wie betäubt von der Intensität seiner Empfindungen, und der Gedanke an George wollte nicht weichen. Er sagte sich, daß es sich wohl um ein Phänomen des durch Meditation veränderten Bewußtseinszustands handelte. Doch bedeuteten dann der Schmerz und die Angst in diesem Fall vielleicht, daß George in Gefahr war?

Zum ersten Mal belastete es ihn, daß er hier vollkommen isoliert war. Bis zum nächsten Morgen, wenn der Kurs zu Ende wäre, würde er nicht telefonieren können, um irgend etwas zu erfahren.

In diesem Augenblick kamen die anderen Teilnehmer nach draußen, um zum Essen zu gehen. Er schloß sich ihnen an und folgte ihnen in den Speisesaal.

Der Tag verging schnell, Meditation war für Lange inzwischen keine harte Prüfung mehr wie in den ersten Tagen, als er noch ungeduldig darauf wartete, daß der Lehrer die Dankesworte sprach, die das Ende der Sitzung und dieser Qual anzeigten. Seit Tagen war Meditieren das geworden, was es sein sollte: eine Konzentrationsübung. Es traten auch Schmerzen auf, doch sie waren erträglich, weil sie sich durch die Praxis das angeeignet hatten, was Ferguson sie vom ersten Tag an gelehrt hatte: das Konzept der Unbeständigkeit aller Dinge, *Anicca.* Als sie sich bewußt machten, daß sie auch den Schmerz aus dem Körper hinausfließen lassen konnten, hatten sie begriffen, daß sie durch Beharrlichkeit ebenso ihren Geist würden kontrollieren können. Auf diese Weise hatten sie den ersten Schritt zur Befreiung vom Leiden getan.

Am nächsten Tag versammelten sich alle zur letzten Meditation, der Übung der »liebevollen Güte«, *Metabavana.* Es war üblich, am Ende des Kurses mit ruhigem und reinem Geist die Verdienste, die jeder Schüler während des mühevollen und schwierigen Wegs erworben hatte, mit allen Wesen zu teilen. Danach wurden die Schüler von den Gelübden entbunden und vom Edlen Schweigen befreit. Der Kurs war beendet.

4

Nachdem sie das Internat verlassen hatten, wurden Lange und die anderen Kursteilnehmer mit einem Kleinbus zum Hafen gebracht. Er verabschiedete sich von seinen Gefährten und spazierte durch den strahlend weißen Ort Mykonos, dann weiter in das Alefkantra-Viertel mit seinen bunten Häusern, die wie Pfahlbauten ins Wasser gebaut waren. Er suchte einen ruhigen Platz, um zu telefonieren, doch nach wenigen Minuten hatte er genug von diesem Durcheinander: Es war zwar schon Ende September, aber die Insel war derart von Touristen überlaufen, daß sich jedes Durchkommen in den engen Straßen voller Boutiquen und Juwelierläden schwierig gestaltete. Nach neun Tagen Ruhe und Abgeschiedenheit kam Lange diese mondäne Insel unerträglich vor, und er beschloß, sie sofort zu verlassen. Zurück im Hafen, sah er, daß die Fähre nach Tinos gerade ablegte. Der Steg wurde schon eingezogen, doch er rannte los und schaffte es, noch im letzten Augenblick auf das Schiff zu springen. Während der halbstündigen Überfahrt dachte er immer wieder mit angstvoller Unruhe an George und machte sich Vorwürfe, daß er so wenig Geduld gehabt und Mykonos überstürzt verlassen hatte, anstatt vom Hafen aus seinen Freund anzurufen.

Auf Tinos angekommen, sah er sich nach einem öffentlichen Telefon um. Als er auf der Suche danach den Panda-Nassi-Platz überquerte, kam er an einem Kiosk vorbei und nahm sich erneut vor, auf dem Rückweg Zeitungen zu kaufen. Doch kaum hatte er den Kiosk passiert, blieb er stehen und kehrte um: George sah ihn von den Titelseiten aller Zeitungen an. Eine würgende Angst befiel ihn. Er kaufte sich eine Ausgabe der *Times.*

Er fand seine schlimmsten Ahnungen bestätigt: Georges Flugzeug wurde seit drei Tagen vor der amerikanischen Ostküste vermißt. »Verspätete Rettungsmaßnahmen« titelte eine Zeitung. »Skandalöse Enthüllungen und beunruhigende Fragen.«

Lange war mitten auf der Straße stehengeblieben, und die Leute mußten um ihn herumgehen, während er las, daß sein Freund seit drei Tagen vermißt werde. Sein kleiner Jet war nicht weit von der Küste entfernt kurz vor der Landung verschwunden. Erschüttert ging Lange mit der Zeitung in der Hand weiter, doch er mußte sich hinsetzen, und als er in der Nähe eine Bar sah, wandte er sich dorthin. Im Sitzen las er weiter: Man hatte die Suche noch nicht aufgegeben, doch es bestand kaum Hoffnung, ihn lebend zu finden, vielleicht würde nicht einmal seine Leiche je geborgen werden.

Als der Kellner kam, bestellte Lange einen Whisky, obwohl nicht einmal Mittag war. Er hatte George Kenneally vor zehn Jahren in New York kennengelernt, als er in die Vereinigten Staaten gegangen war, um sich drei Jahre lang im Actor's Studio weiterzubilden. George liebte das Theater, und sie hatten gemeinsame Freunde im Künstlermilieu. Auch als er wieder in Berlin war, blieben sie miteinander befreundet. Wenn George in den folgenden Jahren nach Europa kam, richtete er es so ein, daß sie sich sehen konnten, und wenn Lange nach New York fuhr, trafen sie sich oft. Sie hatten diese Art von Freundschaft, die auch lebendig bleibt, wenn man sich nicht ständig sieht.

Lange glaubte nicht, daß es sich bei dem, was geschehen war, einfach um einen Unfall handelte. Und er hatte gute Gründe für diese Annahme. Nach dem ersten Schmerz überkam ihn eine ohnmächtige Wut. Vielleicht war George nicht tot, sagte er sich. Also warum bemühten sie sich derart, ihn so weit draußen zu finden, als wäre er mitten über dem Atlantik abgestürzt und nicht wenige Meilen vor der Küste?

Er legte ein paar Drachmen auf den Tisch und ging mit eiligen Schritten zur öffentlichen Fernsprechstelle, ließ sich einen Apparat geben und rief Jerry Landis an, einen Journalisten, den er seit Jahren kannte.

»Jerry, ich bin es, Stephan...«

»Hallo, wie schön, von dir zu hören! Bist du in New York?«

»Nein, ich bin in Griechenland...«

»Was ist los, Stephan? Du scheinst ja ganz durcheinander...«

»Ich habe erst jetzt von George Kenneally gelesen. Gibt es etwas Neues? Ich habe nur eine alte Zeitung.«

»Er ist leider tot, Stephan. Sie haben ihn gefunden...«

Lange antwortete nicht gleich, sein Schmerz mischte sich mit Zorn, den er nur mühsam unter Kontrolle halten konnte.

»Diese Hurensöhne«, preßte er zwischen den Zähnen hervor. »Diese verdammten Hurensöhne...«

»Was sagst du da? Was für Hurensöhne? Du glaubst doch nicht etwa an ein Komplott? Es war ein Unglück, das ist ganz offensichtlich.«

»Offensichtlich? Wieso? Hat es schon eine Untersuchung gegeben?«

»Nein, natürlich nicht. Doch die Rekonstruktion der Fakten...«

»Um Himmels willen, Jerry!« rief Lange aufgebracht aus. »Wenn einer von ihnen stirbt, ist die Wahrscheinlichkeit, daß es sich nicht um einen Unfall handelt, wenigstens fünfzig Prozent. Und ausgerechnet du erzählst mir etwas von Rekonstruktion der Fakten! Du weißt sehr gut, wie man Fakten rekonstruiert...«

»Wieso regst du dich denn so auf? Ach, ich erinnere mich. Ihr wart befreundet, oder irre ich mich?«

»Nein, du irrst dich nicht.«

»Hast du einen bestimmten Verdacht, oder gehörst du zu denen, die denken, sie hätten ihn eliminiert, weil er im nächsten Jahr für den Senat kandidieren wollte, um sich dann 2004 fürs Weiße Haus zu bewerben?«

»Genau das«, brach es aus Lange heraus. »Jedenfalls ist er bedroht worden, und er hat mir auch gesagt, von wem...« Kaum daß diese Worte herauswaren, bereute er sie. Doch jetzt war es geschehen. Jerrys journalistischer Spürsinn war geweckt.

»Ich höre.«

Lange trat den Rückzug an. »Da gibt es nicht viel zu sagen. Höchstens das, was alle Freunde Georges wußten: Er hatte Angst, getötet zu werden. Und da er nicht verrückt war, wird er seine Gründe dafür gehabt haben, glaubst du nicht?«

Doch Jerry ließ sich nicht ablenken. »Du hast gesagt, daß ihn jemand bedroht hat. Wer?«

»Ich weiß nicht«, log Lange. »Und selbst wenn ich es wüßte, würde ich es für mich behalten. Die Geschichte lehrt: Zuviel zu wissen steht als Todesursache hinter Krebs auf Platz zwei.«

Jerry lachte. »Diesmal hat es keine Komplotte gegeben, du kannst ganz beruhigt sein. Glaub nicht, daß du mich jetzt neugierig gemacht hast, denn solange du mir nicht erzählst, was du weißt, werde ich mich an diese These halten. Wo machst du denn Urlaub?«

»Auf Tinos, einer Kykladeninsel.«

»Dann genieß deinen Urlaub. Ich habe über deine Erfolge in Berlin gelesen. Wann bekommen wir deine Arbeit denn hier wieder einmal zu sehen?«

»Bald, hoffe ich. Danke für alles, Jerry. Wenn ich in die USA komme, besuche ich dich auf jeden Fall.«

Er legte auf, wütend über sich selbst. Jerry war nicht dumm, und er hatte es ihm nicht abgekauft, als er alles zurückgenommen hatte, was er gesagt hatte. Lange sah sich um, er mußte irgendwo unterkommen, wenigstens für eine Weile, sich von den anstrengenden Tagen der Meditation erholen und seine Gedanken ordnen. Was er wußte, war angesichts dessen, was geschehen war, von großer Tragweite. Er mußte nachdenken. Es gab nicht viel, was er tun konnte, ohne sein Leben zu riskieren. Er beschloß, noch ein paar Tage in Griechenland zu bleiben und von dort aus die Reaktionen der öffentlichen Meinung, der Familie und der Regierung zu beobachten. Vielleicht war er nicht der einzige, der Bescheid wußte, vielleicht würde sich irgend jemand rühren, wenigstens um klarzusehen und jeden Zweifel zu beseitigen, ob es sich wirklich um einen Unfall gehandelt hatte.

Er überquerte erneut den Platz, bahnte sich einen Weg durch die Menge. Gerade hatte wieder ein Schiff angelegt, und die Touristen strömten in den Hafen. Er ging ins Fremdenverkehrsbüro und fragte nach einem Hotel. Die Angestellte schlug ihm ein paar interessante Unterkünfte vor. Auch wenn er nicht mehr wie zuvor in der Stimmung war, sich schöne Ferien zu machen, freute er sich doch darüber, einen Bungalow am Strand in der Bucht von Agios Ioannis zu bekommen. Die Angestellte des Tourismusbüros sprach begeistert von der Schönheit des Orts und gab ihm Namen und Adresse der Agentur, bei der er den Schlüssel holen konnte.

Lange dankte ihr und ging zu der Immobilienagentur, die ganz in der Nähe war. Als er die Formalitäten erledigt hatte und im Besitz des Schlüssels war, rief er ein Taxi, um nach Agios Ioannis zu fahren. Während sie das Zentrum durchquerten, um aus dem Städtchen herauszukommen, erinnerte sich Lange daran, daß er im Reiseführer gelesen hatte, Tinos sei für die orthodoxen Christen eine heilige Insel, eine Art Lourdes der Ägäis. In der Kathedrale, die von einer Anhöhe aus die Stadt beherrschte, gab es eine wundertätige Madonna. Die Gläubigen kamen aus ganz Griechenland, um sie zu verehren, insbesondere am 25. März und am 15. August, wenn die mit Edelsteinen geschmückte Ikone aus dem 10. Jahrhundert in einer Prozession durch die Masse der Pilger getragen wurde, die auf ein Wunder warteten. Und sie schien viele Wunder gewirkt zu haben.

Während das Taxi an der Einfahrt zu einer breiten ansteigenden Straße verlangsamte, fielen Lange einige Frauen auf, die sich auf Knien mühsam voranschleppten. Er sah den Hang hinauf: Ungefähr dreihundert Meter weiter oben erhob sich die Wallfahrtskirche, und er begriff, daß die Frauen den gesamten Aufstieg bis dorthin auf den Knien zurücklegten.

Das Taxi ließ den Ort hinter sich und fuhr ins Land hinein. Lange sah die reizvolle und abwechslungsreiche, teils grüne, teils kahle Landschaft vorbeiziehen, überall verstreut kleine weiß getünchte Kapellen und Taubenschläge mit weißen Marmorornamenten. Tinos war nicht nur eine heilige

Insel, sondern auch die Insel des strahlend weißen Marmors, mit dem die Tore, die Kirchen, die Glockentürme und die berühmten »Taubenhäuser«, die *peristerones,* verziert waren, einige von ihnen Hunderte von Jahren alt. Diese eleganten, in venezianischem Stil erbauten Taubenschläge boten jenen Vögeln Zuflucht, die angeblich Aphrodite teuer waren. Die Insel war im Unterschied zu den anderen Kykladen nicht unter türkische Herrschaft geraten, sondern gehörte bis Anfang des 18. Jahrhunderts zur Republik Venedig. Danach wurde sie die heilige Insel des orthodoxen Griechenlands.

In der Ferne glitzerte das Meer unter der hohen Sonne des frühen Nachmittags. Sie kehrten zur Küste zurück und näherten sich einer Bucht mit ein paar wenigen Häusern, die direkt am Meer lagen.

Das Taxi hielt an, und der Fahrer zeigte auf einige Bungalows in der Nähe.

»Es muß einer von denen sein«, sagte er in einem unsicheren Englisch.

Lange zahlte die Fahrt, nahm seine Tasche und wandte sich seinem neuen Zuhause zu. Sicherlich würde es besser sein als der Schlafsaal, in dem er neun Tage untergebracht war. Nach wenigen Schritten machte er sich bewußt, daß er ein Fahrzeug brauchen würde, wenn er zum Hafen kommen wollte, um Zeitungen zu kaufen oder um die Rückfahrt zu buchen: Er mußte sich ein Motorrad leihen. Er drehte sich um und rief das Taxi zurück, das noch nicht wieder abgefahren war, schrie dem Fahrer zu, er solle warten.

Mit schnellen Schritten erreichte er den Bungalow. Als er eintrat, befand er sich in einem angenehmen Wohnraum mit einer offenen Küche. Er riß die Fenster auf und sah das Meer und den Strand vor sich. Dann öffnete er eine Tür, die in ein Schlafzimmer mit zwei Betten führte, von dem aus man ins Bad gelangte, doch er machte sich nicht die Mühe hineinzugehen. Er ließ seine Tasche auf den Boden fallen, ging zurück ins Wohnzimmer, schloß das Fenster und eilte hinaus.

Als er erneut in den Wagen stieg, bat er den Fahrer, ihn irgendwohin zu bringen, wo man ein Motorrad leihen könnte. Sie müßten zurück nach Tinos, sagte der Mann. Er konnte es kaum glauben, daß er so dumm gewesen war, nicht vorher daran zu denken: Er hätte sich eine Fahrt sparen können. Aber nun war es, wie es war, stellte er achselzuckend fest, ließ sich gegen die Rückenlehne fallen und schloß die Augen. Seinen Aufenthalt auf der Insel zu organisieren hatte ihn abgelenkt, doch jetzt mußte er wieder an George denken. Er erinnerte sich an einige Szenen ihrer Freundschaft. Bis vor wenigen Stunden waren es glückliche Erinnerungen gewesen, nun hatten sie auch etwas Schmerzhaftes. Er dachte zurück an das, was George ihm nur ein Jahr zuvor bei seiner Europareise über seine geheimen Pläne erzählt hatte.

Als sie wieder in der Stadt waren, brachte der Fahrer ihn zu einem Verleih von Fahrrädern, Mopeds und Motorrädern. Er mietete sich eine Honda Enduro und freute sich, daß er ein leistungsstarkes und schnelles Motorrad für diese nicht ganz einfachen Straßen gefunden hatte. Nachdem er eine Anzahlung geleistet hatte, stieg er auf und fuhr zurück zum Kiosk, wo er alle Zeitungen – ausgenommen die griechischen – kaufte, in denen etwas über das Unglück stand. Danach kehrte er nach Agios Ioannis zurück.

5

Ogden sonnte sich auf der Terrasse von Stuarts Haus und sah hinunter auf die Bucht, das blaue Meer und das Grün der Olivenbäume, überragt von kahlen und rauhen Höhen. Die Villa lag am Hang eines Berges, den die wenigen Einwohner von Lychnaftia »Haus des Äolus« nannten. Der Gott bewohnte die ganze Insel, wo der Meltemi ununterbrochen, in diesem Jahr aber mit besonderer Heftigkeit blies. Die Villa war jedoch so geschickt gebaut, daß sie windgeschützt lag. Ogden war vielleicht der einzige auf der Insel, der die Sonne genießen konnte, ohne Kopfschmerzen zu bekommen.

Zehn Tage zuvor hatte er, um zum Haus zu gelangen, einen nicht asphaltierten, steilen Weg hinter sich bringen müssen, der aus dem östlichen Teil ins Innere der Insel führte und oberhalb der Küste verlief, wo es keine weiteren Straßen gab. Eigentlich war es eher ein über das Meer ragendes Felsband als ein Weg. Bis unter ihm die kleine Siedlung Lychnaftia aufgetaucht war, hatte Ogden gedacht, sein Führer müsse sich geirrt haben.

Doch das Haus lohnte diese Anstrengung: Es war ein Adlerhorst an einem schroffen und wunderschönen Ort, der sich jedem Eindringen widersetzte. Wenn man von oben, von der einzigen, in den Berg geschlagenen Straße kam, wirkte der Weiler aus weißen Häusern, versunken zwischen Ölbäumen und eingefaßt von der Bucht, wie eine Oase. Doch das war eine Täuschung. Stieg man hinunter, gelangte man an einen steinigen und unwegsamen, unablässig vom Wind gepeitschten Strand; und das, was von oben wie ein malerisches Fischerdorf aussah, waren in Wirklichkeit nur ein paar Häuser zwischen Olivenbäumen. Es fehlten Wege, um von einem Haus zum anderen zu kommen, man war gezwungen, über die Steine am Strand zu klettern. Es gab nichts, nicht einmal eine Taverne; um irgend etwas zu kaufen, mußte man sich in den Hauptort Tinos aufmachen, oder nach Agios Ioannis, ein Dörfchen mit einem Supermarkt. Daher hatte Ogden jedesmal, wenn er Lychnaftia verlassen wollte, die gewundene Bergstraße nehmen müssen, um dann wieder zur Küste hinunterzufahren. Mit der Wahl eines solchen Orts hatte Stuart sich totale Abgeschiedenheit gesichert.

Im Grunde bildeten diese Unannehmlichkeiten und der absolute Komfort des Hauses, das neben den schönsten Villen an der Côte d'Azur hätte bestehen können, einen eher amüsanten Kontrast. Dem Architekten war es gelungen, beim Bau jeden Winkel der steilen Bergwand zu nutzen und das Haus so in den Felsen einzupassen, daß der Wind es nur streifte.

Ogden war seit zehn Tagen in Lychnaftia, und nun war der Augenblick gekommen, wieder abzureisen. Er hatte in der Zeit hier seinen Tagesablauf nach dem Aufgang und dem Untergang der Sonne gerichtet, hatte sich durch Lesen entspannt, war viel geschwommen, hatte in der Sonne gelegen und die Insel erkundet. Er hatte viel Zeit gehabt, darüber nachzudenken, was er jetzt tun könnte, nachdem der Dienst ihn freigegeben hatte. Wie zum Beispiel, sich seine Erfahrung im Verlagswesen zunutze zu machen. Was ihm als Deckung gedient hatte, war über Jahre hinweg seine einzige Verbindung mit dem normalen Leben gewesen.

Am nächsten Tag würde er die Fähre nehmen, die von Tinos nach Piräus fuhr. Es war sein letzter Tag in Lychnaftia, und er wollte die Sonne bis zuletzt genießen; in Bern würde es mit Sicherheit nicht so warm sein. Er stand von der Liege auf und trat an die Brüstung der Terrasse: Das Meer glitzerte in der Sonne, doch der Wind war so stark, daß weiter draußen der Schaum der kleinen Wellen, die das Wasser kräuselten, wie eine Wolke über der Wasseroberfläche schwebte.

Von seiten Stuarts war es ein beachtlicher Vertrauensbeweis, ihn als Gast an seinem Zufluchtsort unterzubringen. Früher hatte nur Casparius von Stuarts Haus gewußt; natürlich hatte er nie einen Fuß hineingesetzt, sondern sich darauf beschränkt, die Satellitenfotos zu studieren, um sich anzusehen, wo eines seiner beiden Mündel (das andere war Ogden) sich von Zeit zu Zeit verkroch. Doch dieses Haus erzählte von Stuart, wie die Suite eines Grandhotels von ihrem letzten Gast erzählt hätte. Stuart hatte nicht viele Spuren in diesen Räumen hinterlassen; abgesehen von dem Arbeitszimmer, in das er die Kommunikationsmittel der modernen Technologie verbannt hatte: Computer, Fax, Fernsehen mit Satellitenantenne, leistungsfähige Funkgeräte, das ganze Instrumentarium eines Spitzenagenten. Dies war der einzige Raum, in dem Ogden etwas von seinem Ex-Kollegen wiederfand. Was den Rest des Hauses anging, so gab es ein Ankleidezimmer, wo hübsch und ordentlich eine Winter- und eine Sommergarderobe hing und eine unbestimmte Anzahl von Schuhen aufgereiht waren. Auf diese Weise hatte Stuart das Gepäckproblem gelöst. Ansonsten bestand das Haus noch aus einer großen Küche in weißem

Marmor, die aus der Zeitschrift *House and Garden* zu stammen schien, zwei Schlafzimmern mit Bad und einer Bibliothek. Statt Fenstern hatte dieser Raum in einer Wand zwei große Bullaugen, durch die man nur das Meer sah, wie aus einem Schiff. Hier hatte Ogden entdeckt, daß Stuart viele Romane las, was er niemals vermutet hätte.

Ogden sah auf die Uhr, es war drei Uhr nachmittags; er wollte später noch zum Hafen fahren, um Zeitungen zu kaufen. Gerade war er zurück ins Wohnzimmer gegangen, um sich einen Tom Collins zu mixen, als es an die Tür klopfte. Er öffnete, und vor ihm stand der junge Grieche, der ihn am Tag seiner Ankunft von Tinos nach Lychnaftia begleitet hatte und der sich ansonsten darum kümmerte, das Haus in Ordnung zu halten. Er war ein netter Kerl, und Ogden wechselte gern ein paar Worte mit ihm.

»Guten Tag, Mister«, sagte er lächelnd und zeigte dabei alle Zähne und einen guten Teil des Zahnfleischs. Dann trat er ein und sah sich um, wie er es jedesmal tat, so, als ob er erwartete, noch jemand anderen im Haus vorzufinden.

»Guten Tag, Vassili. Komm herein, ich wollte mir gerade einen Tom Collins machen. Willst du auch einen?«

»O nein, danke. Ich trinke jetzt gar nicht mehr ...« Vassili ließ den Satz in der Schwebe und schlug die Augen nieder.

»Hast du früher getrunken?«

»Sicher, Mister, und wie! Dann hat die Madonna mir die Gnade erwiesen, und ich habe aufgehört. Meine Schwester hat für mich gebetet. Jetzt fasse ich keinen Alkohol mehr an.«

»Dann hol dir eine Cola aus der Küche.«

»Danke, Mister, das gern.«

Ogden lächelte und machte sich wieder daran, seinen Cocktail zu mixen. Doch er wurde erneut unterbrochen, diesmal vom Klingeln seines Handys.

»Ogden?« Obwohl die Verbindung gestört war, erkannte er diese Frauenstimme sofort. »Hier ist Verena...«

»Was für eine schöne Überraschung! Wie geht es dir?«

»Danke, gut. Wo bist du denn? Ich kann dich nur sehr schlecht verstehen.«

»In Griechenland, auf einer Insel mit viel Wind, vielleicht kommt es daher. Bist du in Zürich?«

»Nein, in Barcelona. Sag mal: Arbeitest du noch für die?«

»Nein, ich habe aufgehört.« Sie sagte nichts dazu, aber ihr Schweigen war beredter, als irgendein Wort es in einer solchen Situation hätte sein können. Doch wie immer kam zwischen ihnen ein Unbehagen auf, das die Freude darüber, wieder voneinander zu hören, trübte.

»Ich habe ein paar Tage Urlaub gemacht und fahre morgen nach Bern zurück. Was tust du in Barcelona?«

»Ich sehe mir die Ausstellung eines Freundes an. Doch in zwei Tagen fliege ich nach Berlin. Wenn du irgendwo in der Nähe bist, könnten wir uns sehen...«

»Du willst dich mit mir in Berlin verabreden?« fragte Ogden verwundert.

»Warum nicht? Das ist doch eine interessante Stadt, findest du nicht? Wenn ich mich recht erinnere, warst du früher oft da...«

»Das stimmt, doch ich habe dir ja gesagt, daß die Dinge sich geändert haben. Wo kann ich dich in Berlin erreichen?«

»Im Luisenhof. Weißt du, wo der ist?«

»Natürlich. Ich rufe dich in zwei Tagen an. Wie geht es Willy?«

»Sehr gut. Er wohnt jetzt in Mailand.«

»Und was macht er?«

»Ich erzähle dir alles, wenn wir uns sehen. Jetzt muß ich Schluß machen, man ruft nach mir. Ich umarme dich.«

»Ich dich auch. Bis bald.«

Ogden beendete die Verbindung. Seit den Ereignissen von Montségur, als er Verenas Neffen Willy das Leben gerettet hatte, hatte er sie nicht wiedergesehen. Doch vor seiner Abreise nach Griechenland hatte er sie kurz angerufen und ihr gesagt, daß er nicht mehr für den Dienst arbeite. Jetzt gab es keinen Grund mehr, daß sie sich nicht sahen. Vielleicht würde sie zu seinem neuen Leben gehören.

Um fünf Uhr am Nachmittag verließ Stephan Lange seinen Bungalow, um schwimmen zu gehen. Am Tag zuvor und auch in der Nacht hatte er viel darüber nachgedacht, was zu tun sei. Seine Ansicht hatte sich durch das, was er in den Zeitungen gelesen hatte, nicht geändert. Er war immer noch davon überzeugt, daß Georges Tod kein Unfall war. Nicht wegen dem, was er gelesen hatte, sondern wegen dem, was er *nicht* gelesen hatte. Es schien ihm offensichtlich, daß viele Dinge unterlassen worden waren; ganz zu schweigen von der Verspätung, mit der man Alarm gegeben hatte, was einfach unglaublich war. Jedenfalls konnte er sein Wissen nur publik machen, wenn er selbst damit an die Öffentlichkeit ging. Vorausgesetzt, daß ihm jemand zuhörte.

Er sprang ins Wasser und schwamm los. Mit kräftigen Stößen entfernte er sich vom Ufer, schwamm dann gegen den Strom an der Küste entlang. Es war anstrengend, denn der heftige Wind ließ nicht nach, und aus der Lust zu schwimmen wurde eher eine Mühe. Doch er spürte das Bedürfnis, sich körperlich zu betätigen, um seine Nerven zu beruhigen. Zurück am Strand, streckte er sich aus und blieb lange in der Sonne liegen. Um sechs zog er sich wieder an und stieg, ohne noch einmal ins Haus gehen, auf die Enduro, um in den Hafen zu fahren. Er hatte beschlossen, daß er sich noch ein paar Tage hier aufhalten und dann nach Berlin zurückfliegen würde. Es hatte keinen Sinn, länger zu bleiben, er war mit Sicherheit nicht in der richtigen Verfassung, Griechenland oder seinen Urlaub zu genießen. In der Stadt angekommen, hatte er das Gefühl, Tinos nicht verlassen zu können, ohne die Kathedrale mit der wundertätigen Madonna zu besuchen. Er bog in die breite Megalocharis-Straße ein, fuhr sie ganz hinauf und stellte sein Motorrad in der Nähe des Parks ab. Vor ihm erhob sich die Wallfahrtskirche Panagia Evangelistria, vor der sich eine Menschenmasse drängte. Er besah sich eine Weile die Pilger, die sich die weißen Marmorstufen hinaufschleppten, nachdem sie, unterstützt von einem Helfer, der ihnen beistand, den ansteigenden Weg hinter sich gebracht hatten. Zum Glück waren ihre Knie geschützt, sonst hätte sich sicher eine Blutspur über die Marmorstufen gezogen. Lange beschloß, zuerst etwas essen zu gehen, bevor er die Kirche besichtigte. Das ausgedehnte Schwimmen am Nachmittag hatte ihm Appetit gemacht. Er erinnerte sich an einen sehr guten Gyros, den er tags zuvor an einem kleinen Stand irgendwo in einer Gasse hier in der Nähe gekauft hatte. Es würde nicht schwer sein, ihn wiederzufinden. Er ging auf die Parallelstraße der Megalocharis zu, den engen Evangelistria-Weg. In dieser alten Straße lag ein Laden am anderen, und jeder bot in Überfülle religiöse Souvenirs an, Kerzen jeder Größe, einige höher als einen Meter, Reproduktionen der Marienikone und eine Riesenauswahl an *filaktà,* Votivbildern und Andachtsgegenständen, die Unheil von den Gläubigen abhalten sollten, wobei das Fläschchen mit geweihtem Öl zum Einreiben der Stirn am wertvollsten war. In dem unaufhörlichen Auf und Ab von Menschen, auf ihrem Weg zur Kathedrale und wieder zurück, kam man nur mit Mühe durch. Lange bog in eine Gasse ein, an die er sich zu erinnern meinte, ging ein Stück weit, bis es keine Geschäfte und nicht einmal mehr Touristen gab. Als ihm klarwurde, daß er sich in der Straße geirrt hatte, macht er kehrt, um zurückzugehen, und stieß fast mit zwei Männern zusammen. Er wollte ihnen ausweichen, doch die beiden ließen ihn nicht durch. Sie sahen nicht aus wie Griechen; Lange fiel auf, daß sie Stadtkleidung trugen, ungewöhnlich auf einer griechischen Insel im Sommer. Er tat einen Schritt nach rechts, versuchte erneut, an ihnen vorbeizukommen, doch derjenige der beiden, der ihm am nächsten war, packte ihn an einer Schulter und drehte ihn um. Er wollte protestieren, doch der Kerl hielt seine Arme fest, während sein Komplize mit irgend etwas in der Hand auf ihn zukam. Lange versetzte dem Mann hinter ihm kurz entschlossen einen Tritt in die Hoden, der schrie auf, lockerte den Griff und krümmte sich. Ohne auch nur einen Blick auf den anderen zu verschwenden, rannte Lange wie ein Wahnsinniger die Gasse wieder hinauf.

Lange hielt sich in Form, ging ins Fitness-Center und regelmäßig schwimmen. Er hatte Ausdauer, doch er war kein Schläger und wußte, daß seine einzige Chance in der Flucht bestand. Er war mitten in der Menschenmenge im Evangelistria-Weg. Einer der beiden hatte ihn schon fast erreicht und stieß die protestierenden Touristen beiseite. Lange tat das gleiche und handelte sich Beschimpfungen ein. Als er am oberen Ende der Straße angekommen war, drehte er sich erneut um: Der Mann war nicht zu sehen. Also rannte er verzweifelt in Richtung seines Motorrads. Am Park angelangt, sah er, daß ihm der Typ, den er geschlagen hatte, aus der Megalocharis-Straße entgegenkam. Sie mußten ihm schon eine ganze Weile gefolgt sein, sagte er sich, wenn sie wußten, wo die Enduro stand. Wahrscheinlich hatten sie sich getrennt, als er ihnen entkommen war, weil sie sich sicher waren, daß er versuchen würde, sein Motorrad zu holen. Auch der zweite Mann war gewiß nicht weit.

Vor sich sah er, zur Linken und zur Rechten, die beiden breiten Freitreppen, die zum Heiligtum führten. Der Komplex der Panagia Evangelistria, bestehend aus der monumentalen dreistöckigen Kirche, umgeben von Herbergen, einem Museum, einer Bibliothek, einem Mausoleum und diversen Verwaltungsbüros, erhob sich vor ihm und versperrte ihm den Fluchtweg. Lange wußte, daß die Treppen ins Mittelgeschoß der Kirche führten, wo die Marienikone verwahrt wurde. Im Erdgeschoß dagegen war der Teil, den man »die Auffindungskirche« nannte, weil das Gnadenbild dort wiederentdeckt worden war. Lange beschloß hinaufzugehen, denn es schien ihm, daß er bessere Fluchtchancen hatte, wenn er in der Menge blieb. Er stieg die Marmortreppe hoch, immer drei Stufen auf einmal nehmend. Als er fast oben war, hörte er hinter sich Geschrei. Er drehte sich um: Einige Pilger standen um einen seiner beiden Verfolger herum, beschimpften ihn und hielten ihn fest. Eine Frau saß auf den Stufen und massierte ihr Bein, während einer der vielen Polizisten, die das Heiligtum schützten, versuchte, die Ordnung wiederherzustellen. Lange sah, daß hinter ihm der zweite Mann die Treppe erreicht hatte und sich zwischen den Menschen durchdrängelte. Schneller als zuvor stieg Lange weiter die Treppe hoch und erreichte das Portal der Kirche. Doch bevor er eintrat, wandte er sich noch einmal um. Die beiden Männer hatten seine Verfolgung wiederaufgenommen, aber sie waren zurückgefallen, zwischen ihnen und ihm lag ein gutes Stück Treppe. Lange nahm die letzten Stufen und betrat die Kirche.

Als er im Inneren war, umhüllte ihn ein angenehmer Weihrauchduft. Die Kirche war so reich an heiligen Gegenständen, kostbaren Weihrauchfässern, mit Edelsteinen besetzten Ikonen, Heiligenbildern und einer Vielzahl von silbernen Votivtafeln an der Decke, daß sie zu glitzern schien. Lange liebte orthodoxe Kirchen, weil sie niemals düster waren und er, wenn er sie betrat, den Eindruck hatte, daß der reiche Kirchenschmuck wirklich der Verehrung der Heiligen diente und nicht nur angehäuft war, um damit zu protzen. Er sah sich um, denn vor kurzem erst hatte er im Reiseführer gelesen, daß die Wallfahrtskirche mehrere Eingänge habe. Er suchte danach, weil er hoffte, er könnte seinen kleinen Vorsprung ausnutzen, wenn er durch eine dieser Türen die Kirche wieder verließ.

Doch da bemerkte er, daß er sich in die Schlange der Pilger eingereiht hatte, die darauf warteten, die Ikone zu küssen. Er versuchte sich durchzudrängeln, um den Ausgang weiter vorne zu erreichen, wurde jedoch scharf zurechtgewiesen, zu warten, bis er an der Reihe sei. Wenn er keinen Protest auslösen wollte, konnte er die Kathedrale nur da wieder verlassen, wo er sie betreten hatte, doch dann würde er seinen Verfolgern in die Arme laufen. Lange wandte sich erneut zum Hauptportal um; er konnte die beiden nicht entdecken, was ihn verwunderte, denn er war sich sicher, daß sie ihn hatten hineingehen sehen. Die Schlange bewegte sich voran, langsam, in einem engen Korridor, der durch Absperrungen aus roten Samtkordeln begrenzt war. Die Kirche war nicht nur voller Pilger, die wie er in der Warteschlange standen, sondern auch voller Touristen, die durch die beiden Seitentüren ein- und ausgingen, die er eigentlich erreichen wollte. Durch die rechte sah er nun einen der beiden Männer hereinkommen. Weil sie sich gedacht hatten, daß er einen der Seitenausgänge nehmen würde, waren sie ihm zuvorgekommen. Tatsächlich tauchte gleich darauf der zweite Mann an der linken Seitentür auf.

Die Schlange war inzwischen länger geworden, und hinter ihm hatten sich weitere Leute angestellt, die darauf warteten, an die Reihe zu kommen. Die Verfolger näherten sich von beiden Seiten. Lange bewegte sich nicht, es war klar, daß er nichts tun konnte. Als die beiden versuchten, sich links und rechts neben ihn zu stellen, wie er es schon befürchtet hatte, protestierten die Pilger, weil sie glaubten, daß sie sich vordrängen wollten. Ein großer dicker Grieche wies die beiden mit Gesten an, sich hinten anzustellen und zu warten, bis sie an der Reihe seien. Doch sie achteten nicht auf ihn und versuchten sich mit Gewalt zu Lange durchzuschlagen, während die Schlange sich vorwärts schob. Das war keine gute Idee. In wenigen Augenblicken waren sie von einer feindlichen Menge umgeben, die sie beschuldigte, den heiligen Ort zu entweihen. Jemand rief die Polizei, und ein paar Beamte drängten sich durch die Menge. Lange hatte inzwischen die Ikone erreicht, küßte sie ehrfürchtig und eilte hinaus. Er flog beinahe die Treppe hinunter, riskierte ein paarmal, sich den Hals zu brechen, rannte aber weiter bis zu seinem Motorrad. Als er es erreicht hatte, sprang er auf und raste mit Vollgas los. In wenigen Augenblicken war er am Panda-Nassis-Platz, fuhr weiter in die entgegengesetzte Richtung von Agios Ioannis und ließ Tinos hinter sich.

Er setzte seine Fahrt ein paar Kilometer auf der Straße Richtung Kionia fort, einer schmalen Asphaltstrecke, die am Meer entlangführte. Mehrmals drehte er sich um, doch niemand schien ihm zu folgen. Wenn es anders gewesen wäre, hätten sie keine Mühe gehabt, ihn zu stoppen, die Straße war so gut wie leer.

Die Sonne ging unter, ein goldenes Licht ergoß sich über die ganze Insel. Der Wind und die Geschwindigkeit ließen seine Augen tränen, doch er behielt die Richtung bei, um sich so weit wie möglich von seinem Bungalow zu entfernen, denn mit Sicherheit würden sie ihn dort suchen. Er sah ein Licht auf der rechten Seite und hielt an: Es war das Schild einer Taverne mit Tischen im Freien und bunten Lampions in den Bäumen. Er fuhr um das Haus herum, auf der Rückseite scharrten ein paar Hühner, und zwei Autos parkten neben einer Holzbaracke. Er stellte das Motorrad so hinter die Baracke, daß man es von der Straße aus nicht sehen konnte, und betrat das Restaurant. Hinter der Theke stand eine Frau, die ihn begrüßte und ihn mit einer Handbewegung einlud, sich einen Tisch auszusuchen. Lange entschied sich für einen Platz hinten im Raum, in einer Ecke, die man von der Tür aus nicht gut einsehen konnte, und bestellte einen griechischen Salat und ein Bier. Er hatte Hunger und fühlte sich angeschlagen.

Er versuchte seine Gedanken zu ordnen. Jetzt, wo er außer Gefahr schien, spürte er, wie erschöpft und voller Angst er wirklich war. Er fragte sich, wer die beiden Männer waren, die ihn angegriffen hatten. Er erinnerte sich genau an ihre Gesichter, sie konnten Engländer oder Amerikaner sein, in ihrem düsteren Outfit sahen sie aus wie CIA-Agenten in C-Filmen. Das Blut stockte ihm in den Adern. Genau das waren diese Männer: Agenten. Was für einen Grund hätten sie sonst gehabt, ihn anzugreifen? Als ein Freund Georges war er für sie interessant. Die einzige Erklärung war, daß Jerry bei einem dieser Regierungscocktails, an denen er oft teilnahm, damit angegeben hatte, daß ein Bekannter von ihm behauptete, George Kenneally sei ermordet worden.

»Das ist nicht möglich …«, murmelte er vor sich hin. Doch er wußte, daß es sehr gut möglich war. Wenn sie George getötet hatten, würden sie nicht zweimal darüber nachdenken, einen Schauspieler zu eliminieren, der auf einer griechischen Insel saß und ausposaunte, es sei ein Komplott gewesen.

Er stand auf und fragte die Frau hinter der Theke, ob es ein Telefon gebe. Sie zeigte ihm einen Apparat an der Wand. Lange erklärte, daß er ins Ausland telefonieren müsse, und sie antwortete, das sei kein Problem. Er ging zum Telefon, schlug sein Adreßbüchlein auf und suchte Jerrys Privatnummer heraus. Dann warf er einen Blick auf die Uhr, in New York war es Mittag. Das Telefon klingelte eine ganze Weile, bis sich endlich die Stimme seines Freundes meldete.

»Wer ist da?«

»Ich bin's.«

»Wer ich?«

»Stephan!«

»Ah, hallo! Was für eine Überraschung...«

»Hör zu, Jerry, es ist wichtig. Hast du mit irgend jemandem darüber gesprochen, was ich dir zum Thema Komplott gesagt habe?«

»Was redest du denn da, das ist doch Unsinn...«

»Denk genau darüber nach«, unterbrach ihn Lange. »Hast du es in den letzten beiden Tagen bei irgendwelchen wichtigen Leuten herumerzählt? Bei einem deiner verdammten Feste auf höchster Ebene?«

Jerry antwortete nicht gleich. Er räusperte sich und fragte: »Was ist denn passiert, Stephan?«

»Kümmere dich nicht darum. Sag mir nur, ob es möglich ist, daß meine Meinung irgend jemandem zu Ohren gekommen ist, dem sie nicht gefallen hat.«

Jerry zögerte noch immer mit der Antwort. Lange konnte deutlich hören, daß er seufzte. »Ja, das ist möglich. Ich habe mit Helen darüber gesprochen, und sie hat es vor zwei Tagen auf einem Regierungsempfang herumerzählt. Einfach so, um irgendeinen Gesprächsstoff zu haben, weißt du, wenn man berufsmäßig auf solchen Empfängen ist...«

»Dann sag ihr, sie soll nicht mehr darüber sprechen, und

du auch nicht. Wenn man dich nach mir fragt, hast du seit damals nichts mehr von mir gehört. Klar?«

»Stephan, steckst du in Schwierigkeiten?« Jerrys Stimme klang jetzt besorgt.

»Ja, und sieh du zu, daß du nicht auch welche bekommst. Wo du schließlich gar nichts weißt. Mach's gut...«

»Wo bist du denn? Brauchst du irgendwas?«

»Tu so, als würdest du mich nicht kennen, wenigstens im Augenblick. Ich melde mich wieder. Grüße an Helen.«

Lange hängte auf und ging zum Tisch zurück. Er kam sich wegen dieses dramatischen Telefongesprächs lächerlich vor. Aber Tatsache war, daß er nur zwei Tage nach seinem Telefonat mit Jerry angegriffen worden war. Er mußte eine Möglichkeit finden, die Insel zu verlassen, und zwar schnell, doch das würde nicht leicht sein. Den Gedanken, sich in Tinos an die Polizei zu wenden, verwarf er gleich. Wenn seine Angreifer Agenten waren, würden sie behaupten, er sei vorbestraft oder wer weiß was. Lange war ein leidenschaftlicher Leser von Spionageromanen und hatte eine gewisse Vorstellung davon, wie so etwas ablief. Die Polizei einer griechischen Insel würde sich mit Sicherheit von zwei falschen oder sogar echten Agenten der Interpol beeindrukken lassen. Er mußte eine Möglichkeit finden, von hier wegzukommen, aber er wußte nicht, wie.

Da fiel ihm der Mann ein, den er in Delphi kennengelernt hatte. Er schien in Ordnung zu sein, vielleicht könnte er ihm helfen. Er fand den Zettel, auf dem er seine Nummer notiert hatte, und ging noch einmal zum Telefon an der Wand. Nach ein paar Versuchen kam die Verbindung zustande.

Ogden packte gerade seinen Koffer, als sein Handy klingelte.

»Mr. Ogden?« fragte eine Stimme, die er nicht erkannte.

»Wer spricht?«

»Hier ist Stephan Lange, erinnern Sie sich an mich? Der Schauspieler, den Sie in Delphi kennengelernt haben.«

»Natürlich erinnere ich mich. Ist Ihre Klausur zu Ende?«

»Ja...« Lange wußte nicht, wie er fortfahren sollte.

»Wie geht es Ihnen? Fühlen Sie sich besser nach der Meditation?«

»Im Moment nicht gerade, ich stecke in Schwierigkeiten«, brachte er heraus.

»Was ist los?«

Lange antwortete nicht gleich und räusperte sich verlegen. Es war nicht leicht, diese Geschichte zu erzählen, und noch weniger, einen Fremden um Hilfe zu bitten.

»Ich muß Tinos so schnell wie möglich verlassen und weiß nicht, wie. Ich bin eben von zwei Männern angegriffen worden. Ich habe sie abgehängt, doch sie werden es wieder versuchen, wenn ich nicht schnell von hier verschwinde. Ich kann nicht zurück in meinen Bungalow, ich bin sicher, sie warten da auf mich...«

»Beruhigen Sie sich und erzählen Sie mir alles der Reihe nach: Wer hat sie angegriffen und warum?«

»Ich weiß nicht, wer sie sind, und ich kann Ihnen auch am Telefon nichts erzählen. Vor zwei Tagen habe ich mit einem Freund in New York telefoniert, und jetzt sind die schon da...«

Ogden war nicht umsonst zwanzig Jahre lang Spion gewesen. Dieser Mann hatte wirklich Angst.

»Sagen Sie mir wenigstens, wie es sich abgespielt hat...«

Lange erzählte sein Abenteuer und ließ auch nicht unerwähnt, wie ihm dank der Pilgerschlange die Flucht gelungen war.

»An mir ist auch ein Wunder gewirkt worden...«, schloß er, doch der Scherz gelang ihm nicht so recht.

»Wirklich Glück gehabt. Wo sind Sie jetzt?«

Lange zögerte. Er hatte weitere Fragen erwartet, das übliche Hinauszögern, wenn die Leute nicht wissen, was sie antworten sollen. Durchs Fenster konnte er draußen das Leuchtschild des Restaurants im vagen Dämmerlicht sehen.

»Ich bin in Kionia, ungefähr drei Kilometer von Tinos entfernt, in einer Taverne an der Strandpromenade. Sie heißt Sofia. Die Leuchtreklame ist grün, Sie können sie nicht verfehlen.«

»In Ordnung, dann bleiben Sie, wo Sie sind, ich komme zu Ihnen. Ich brauche eine halbe Stunde, vielleicht auch länger. In der Zwischenzeit versuchen Sie sich unauffällig zu verhalten. Wo haben Sie das Motorrad abgestellt?«

»Ich habe es hinter dem Restaurant versteckt, man kann es von der Straße aus nicht sehen.«

»Sehr gut. Bis später.«

Lange ging an seinen Tisch zurück. Er war erstaunt darüber, daß dieser Mann ihm zugehört hatte, aber vor allem, daß er ihm helfen wollte. Er hatte ihn zwar angerufen, es aber nicht zu hoffen gewagt. Er setzte sich und bestellte einen griechischen Kaffee, sah dann auf die Uhr. Es war halb neun.

6

Als Ogden in den Jeep stieg, um zu Lange zu fahren, war es schon dunkel. Er machte das Licht an und bog auf die steinige Straße ein, die ihn über den Berg wieder zurück an die Küste bringen würde. Er hatte dem Schauspieler gesagt, daß er in einer halben Stunde bei ihm sein werde, doch jetzt wurde ihm klar, daß er länger brauchte. Als er Agios Ioannis erreicht hatte, konnte er auf der eben verlaufenden Teerstraße endlich in den vierten Gang schalten und mit der erlaubten Höchstgeschwindigkeit Richtung Tinos fahren. Kionia lag wenige Kilometer westlich des Hauptorts, er kannte es, weil er bei einem seiner Ausflüge auf der Insel dort angehalten hatte, um den Tempel von Poseidon und Amphitryon zu besichtigen, und danach in einem Restaurant am Strand essen gegangen war, wahrscheinlich in demselben, wo der Schauspieler jetzt auf ihn wartete.

Hinter Tinos führte die Straße an einer der wenigen Sandküsten der Insel entlang. Die Nacht war dunkel und mondlos, und die Scheinwerfer beleuchteten den schmalen Teerstreifen, der sich am Meer entlangzog. Nach einigen Kilometern sah er auf der rechten Seite das grüne Licht der Neonreklame. Als er vor der Taverne Sofia parkte, war es schon nach neun. Um die Tische in einer Glyzinienlaube waren lärmende Gäste eines Fests versammelt, ein Mann spielte die Zither, und einige tanzten. Ogden betrat das Restaurant: Hinten im halbleeren Gastraum saß Lange an einem Ecktisch. Er ging zu ihm hin.

»Guten Abend«, der Schauspieler stand auf und streckte die Hand aus. »Danke, daß Sie gekommen sind.«

Ogden ergriff seine Hand und lächelte. »Nun, wie geht es Ihnen?«

Lange zuckte die Schultern. »Es könnte besser gehen.«

»Jetzt erzählen Sie mir einmal, wie Sie in diese Schwierigkeiten geraten sind.« Ogden setzte sich so neben ihn, daß er die Eingangstür im Auge behalten konnte.

Der Schauspieler erzählte ihm alles, dann schwieg er erwartungsvoll. Ogden antwortete nicht gleich. Wenn die Geschichte stimmte, war dieser Mann so gut wie tot.

»Ihre Zweifel an dem Unfall haben sich jetzt erhärtet, nicht wahr?« sagte er und bot Lange eine Zigarette an.

Lange nickte. »Zwangsläufig. Ich kann mir nicht vorstellen, aus welchem anderen Grund diese beiden Jagd auf mich machen sollten.«

»Sind Sie sicher, daß es in Ihrer Vergangenheit nicht irgend etwas anderes gibt? Denken Sie gut darüber nach.«

Lange schüttelte den Kopf. »Ich habe keine Feinde. Es gibt keine betrogenen Ehemänner, die hinter mir her sind, noch Verbindungen zum kriminellen Milieu, wenn Sie das meinen. Abgesehen davon, daß ich als Jugendlicher mal ein bißchen rebelliert habe, bin ich für die Behörden ein unbeschriebenes Blatt. Weder nehme ich Drogen, noch handle ich damit, und ich habe auch keinen Kontakt zu Leuten, die es tun. Kurz und gut: Ich bin ein ganz normaler Mensch. Das, was ich Ihnen erzählt habe, ist das einzige, was mich interessant machen kann. Es ist unglaublich, wie schnell die hier aufgetaucht sind«, bemerkte Lange.

»Wenn es die sind, die Sie in Verdacht haben, haben sie sogar zu lange gebraucht.«

»Tatsächlich? Sie scheinen sich ja gut auszukennen.«

Ogden nickte. »Jetzt müssen wir Sie erst einmal aus Griechenland herausbringen. Aber Sie dürfen nicht glauben, daß es mit einem einfachen Ortswechsel getan ist. Ist Ihnen das klar?«

»Wenn ich daran denke, überläuft es mich kalt.«

»In dieser Situation müssen Sie, um sich aus Ihrer Zwangslage zu befreien, so schnell wie möglich Ihr Wissen öffentlich machen, und zwar so, daß die ganze Welt es erfährt. Nur dann gibt es keinen Grund mehr, Sie zu eliminieren.«

Kaum waren diese Worte heraus, bemerkte Ogden, was für ein erschrockenes Gesicht Lange machte. Er hatte es allzu brutal ausgedrückt.

»Hören Sie«, sprach er weiter und versuchte einen solidarischen Ton anzuschlagen, »es hat keinen Sinn, daß ich Ihnen beruhigende Worte sage, es gibt keine. Wenn diese Leute wegen Kenneally gekommen sind, werden sie nicht aufgeben, bis sie Sie auf irgendeine Weise zum Schweigen gebracht haben. Sie sind also in großer Gefahr. Tut mir leid.«

»Was würden Sie an meiner Stelle tun?«

»Zunächst einmal die Insel verlassen und sich irgendwo verstecken, bis Sie eine Möglichkeit gefunden haben, mit Ihrem Wissen an die Öffentlichkeit zu gehen. Und wenn Ihr Freund tatsächlich getötet worden ist, wird das nicht so einfach sein.«

»Das ist zu vermuten. Der Auftraggeber dieser beiden hat bestimmt die Macht, mich so zu diskreditieren, daß ich mit dem, was ich sage, als notorischer Lügner dastehe.«

Ogden nickte. »Im besten Fall…«

»Im schlimmsten Fall lassen sie mich nicht mal reden. So ist es doch?«

Ogden nickte noch einmal und zündete sich eine Zigarette an.

Lange breitete die Arme aus. »Das ist doch Wahnsinn! Und alles nur, weil ich gegenüber Jerry ein Wort zuviel gesagt habe...«

»Das glaube ich nicht«, sagte Ogden.

»Wie meinen Sie das?«

»Auch wenn Sie gegenüber Jerry stumm wie ein Fisch gewesen wären, bin ich überzeugt davon, daß Sie früher oder später etwas unternommen hätten, um Ihr Wissen zu verbreiten. Ist es nicht so?«

Lange antwortete nicht gleich. Er starrte vor sich hin, dann nickte er.

»Sie haben recht, früher oder später hätte ich es getan. Ich bin überzeugt davon, daß sie ihn umgebracht haben.«

»Eben, es war nur eine Frage der Zeit. Vielleicht wäre es dann noch schlimmer für Sie ausgegangen, und die Madonna von Tinos wäre Ihnen nicht zu Hilfe gekommen. Wer weiß...«

»Was meinen Sie, wie ich am besten von hier wegkomme? Die Insel ist klein, man muß sich nur im Hafen postieren, um zu sehen, wer ankommt und wer abfährt.«

Ogden sah ihn an. Der Schauspieler war blaß, und der ratlose Ausdruck in seinem Gesicht ließ ihn jünger erscheinen.

»Ich hatte vor, morgen abzureisen. Wenn Sie wollen, brechen wir gemeinsam auf. Sie suchen einen einzelnen Mann, zu zweit ist es leichter. Heute abend kommen Sie zu mir, und morgen fahren wir ab. Haben Sie Ihren Paß dabei?«

Lange nickte. »Paß und Geld. Zum Glück habe ich die Angewohnheit, beides immer bei mir zu tragen. Im Bungalow habe ich nur eine Tasche mit wenigen Kleidungsstücken und ein paar vollkommen unwichtigen persönlichen Dingen.« Lange sah Ogden gerade in die Augen. »Haben Sie denn keine Angst, sich in Schwierigkeiten zu bringen? Wenn diese beiden uns aufspüren, sind Sie ebenfalls in Gefahr.«

»Ich kann mich ziemlich gut verteidigen. Ich habe mich davon überzeugt, daß Sie kein Paranoiker sind, also glaube ich Ihnen, was Sie mir erzählt haben. Außerdem«, fügte Ogden hinzu, »mochte ich Ihren Freund ebenfalls.«

Lange sah ihn an und konnte seine Verwunderung nicht verbergen. »Sie bewegen sich in dieser Geschichte mit der gleichen Gelassenheit wie Cary Grant in *Der unsichtbare Dritte.* Wie ist das möglich?«

Lange bemerkte, daß Ogdens Blick fast unmerklich kälter geworden war. Es war nur ein kurzer Moment, und sofort verschwand dieser Ausdruck wieder, als er lächelte.

»So wahnsinnig gelassen war der arme Cary Grant auch wieder nicht, als er durch das Maisfeld flüchtete und von dem Flugzeug verfolgt wurde«, wandte Ogden ironisch ein.

Ohne zu wissen, warum, spürte Lange, daß er das Thema fallenlassen sollte. »Ich bin Ihnen sehr dankbar«, sagte er. »Allein würde ich es nicht schaffen, von hier wegzukommen. Was machen wir mit dem Motorrad?«

»Das bleibt da, wo es ist.«

Sie verließen das Restaurant und stiegen in den Jeep. Ogden startete und fuhr Richtung Tinos.

7

Es war fast elf, als sie in Lychnaftia ankamen. Ogden brachte Lange im zweiten Schlafzimmer unter und gab ihm einen von Stuarts Pyjamas. Dann nahm er aus seiner Garderobe eine Hose, zwei Lacoste-Hemden, ein Paar Mokassins und einige Stücke Wäsche und brachte sie Lange.

»Die Sachen hier müßten Ihnen passen, wir haben ungefähr die gleiche Größe. Sie sind ein wenig auffällig angezogen.«

Der Schauspieler trug ein gelbes Unterhemd, ausgefranste Bermuda-Jeans und hohe Tennisschuhe. Lange breitete die Arme aus. »Am Meer laufe ich immer so herum. Es ist wirklich nicht die unauffälligste Art, sich zu kleiden: Ich sehe aus wie ein Rapper.«

»Wollen Sie etwas trinken, während ich versuche, unsere morgige Abreise zu organisieren?«

»Gern.« Lange folgte ihm ins Wohnzimmer. »Das ist ein großartiges Haus. Wenn ich mich nicht irre, haben Sie mir in Delphi gesagt, daß es einem Freund von Ihnen gehört.«

»So ist es«, antwortete Ogden lakonisch, während er eine Nummer in sein Handy tippte. Nach kurzer Zeit meldete sich Vassili.

»Hallo, Vassili, hier ist Ogden. Ich muß morgen mit einem Freund nach Mykonos, aber nicht mit einem von den Linienschiffen. Kennst du jemanden, der uns hinbringen kann?«

»Mein Schwager, er ist Fischer. Um wieviel Uhr möchten Sie abfahren?«

»Früh, nicht nach acht. Aber von Lychnaftia aus. Was für ein Boot hat dein Schwager?«

»Ein sehr schönes Fischerboot, auch für hohen Seegang geeignet. Aber in Lychnaftia kann es nicht anlegen.«

»Ich weiß. Wir können mit Herrn Stuarts Schlauchboot bis zum Boot deines Schwagers fahren, und du bringst es dann zurück. Ihr könnt was dabei verdienen, du und dein Schwager.«

»Ich rede gleich mit Kostantis, er ist im Haus. Ich rufe Sie sofort zurück.«

Ogden wandte sich Lange zu. »Das dürfte die sicherste Art sein, Tinos zu verlassen. Sie sehen uns nicht im Hafen und werden denken, daß Sie noch auf der Insel sind und sich irgendwo verstecken.«

Lange sah ihn überrascht an. »Was für eine phantastische Idee! Und was für ein Glück, daß wir auch noch das Schlauchboot Ihres Freundes haben.«

Vassili rief zurück. »Alles in Ordnung. Kostantis holt Sie um Punkt acht in Lychnaftia ab, und ich komme ein bißchen früher, um das Schlauchboot vorzubereiten. Es wird Sie 30000 Drachmen kosten, für Kostantis. Ich möchte nichts.«

»Abgemacht, Vassili. Danke.«

Ogden wandte sich wieder Lange zu. »Ein Problem ist gelöst. Jetzt werde ich versuchen, im Internet einen Flug von Mykonos nach Athen zu reservieren.«

»Ich weiß wirklich nicht, wie ich Ihnen danken soll«, sagte Lange. »Delphi hat mir meine Verehrung vergolten und mir Sie gesandt.«

»Das ist nur der erste Schritt, den Rest müssen Sie allein

tun. Ich kann Ihnen höchstens raten, wo und wie Sie sich verstecken sollten. Wo wohnen Sie im Moment?«

»In Berlin. Aber ich glaube nicht, daß ich nach Hause zurückkann: Wenn denen klar wird, daß ich Tinos verlassen habe, tauchen Sie als nächstes dort auf...«

»Mit Sicherheit. Sie sollten sich eine Weile an einem Ort verstecken, der nicht mit Ihnen in Verbindung gebracht werden kann.«

Lange zuckte die Achseln. »Was meinen Sie, wo ich mich verstecken könnte?«

»Wir müssen darüber nachdenken«, antwortete Ogden.

Lange begann durchs Zimmer zu laufen. Er war wie benommen; langsam spürte er, wie müde ihn dieser Tag gemacht hatte. Sein Leben war im Laufe weniger Stunden auf den Kopf gestellt worden, und doch schien er sich unglaublicherweise schon an diese Gefahrensituation gewöhnt zu haben. Er lächelte in sich hinein. Ogden bemerkte es.

»Worüber lächeln Sie?«

Lange sah ihn an, er war blaß. »Ich spiele eine Rolle, die ich wieder und wieder gesehen habe. Die Rolle des Flüchtlings...«

»Sie spielen sie nicht, Sie erleben sie«, stellte Ogden klar.

»Ein Schauspieler, auch wenn er, wie in meinem Fall, eine Analyse gemacht hat, läuft immer Gefahr, im Leben eine Rolle zu spielen. Aber mißverstehen Sie mich nicht, ich bin vollkommen in der Realität verhaftet, und doch hat ein Teil von mir das aktiviert, was man in der Psychoanalyse das Als-ob-Syndrom nennt. Es ist eine Verteidigung: Man löst sich von sich selbst und reagiert, als wäre es ein anderer, der die eigene Erfahrung durchlebt, vor allem, wenn sie gefährlich ist. Gefährlich in vielerlei Hinsicht natürlich. In diesem Fall ist meine Erfahrung extrem, weil ich das Leben riskiere. Deshalb hat sich in mir dieser Schutzmechanismus eingeschaltet, den ich seit Jahren bekämpfe, so sehr, daß ich mit der Schauspielerei aufgehört habe, nur um mich davon zu befreien. Damit wir uns recht verstehen: Ich bin mir bewußt, daß die Gefahr real ist und daß ich es bin, der in Gefahr schwebt. Doch diese Bewußtheit ist nur rational, nicht emotional. Ich stelle mir vor, daß auch Heldentum aus einer Loslösung von der Realität entsteht.« Lange breitete die Arme aus. »Kurz und gut: Ich empfinde kein Angstgefühl. Es ist, als geschähe all dies der Figur Stephan Lange, die den Flüchtling in einer internationalen Intrige spielt...« Er machte eine Bewegung, als wollte er etwas vor seinem Gesicht verjagen. »Entschuldigen Sie, ich wirke wie ein Idiot, vor allem für einen, der nicht dasselbe Symptom hat. Schauspieler aber haben es alle: Sie können so gut in die Haut eines anderen schlüpfen, weil sie eine solche Begabung haben, sich ihrer eigenen zu entledigen. Es ist der einzige Beruf, in dem die Neurose die Qualität der Arbeit verbessert. Natürlich ist das auf der persönlichen Ebene katastrophal...«

Ogden hatte aufmerksam zugehört. »Sie können beruhigt sein, es gibt noch andere Berufe, für die eine solche Neurose von Vorteil ist«, sagte er und sah ihn mit einem Blick an, aus dem Sympathie sprach. »*Cherchez l'enfant.* Es sieht so aus, als müßten wir auch in solchen Fällen die Ursache in der frühesten Kindheit suchen...«

Lange zuckte mit den Achseln. »Es ist demütigend, immer alles auf die Zeit zurückzuführen, als wir noch in die Hosen gemacht haben.«

»Jedenfalls«, fuhr Ogden amüsiert fort, »wird es besser sein, daß der Schauspieler erneut dem Regisseur und Dramatiker das Feld überläßt, denn wenn man Sie findet, muß nicht die Figur dafür zahlen, sondern eben Sie. Ich empfehle Ihnen eine vernünftige Dosis Angst, das macht vorsichtiger.«

Der Schauspieler lachte. »Das hat mein Analytiker mich jahrelang gelehrt. Sie können beruhigt sein, ich weiß gut, daß ich es bin, der seine Haut riskiert; ich lasse mir nur ein wenig von diesem alten Symptom helfen, um die Spannung besser zu ertragen. Doktor Guthrie würde das nicht billigen...«

Ogden, der sich gerade eine Zigarette anzündete, sah schlagartig hoch. »Wie sagen Sie?«

»Vincent Guthrie, mein Psychoanalytiker. Warum? Kannten Sie ihn?«

Ogden antwortete nicht gleich. Das Bild des Analytikers aus Wien, der vor seinen Augen auf einer Straße in Mailand starb, war etwas, an das er sich nicht gern erinnerte. Doch die Worte des Schauspielers hatten es wieder aus der Vergangenheit auftauchen lassen, zusammen mit einem Schmerz und einem Gefühl der Ohnmacht, die er früher nicht gekannt hatte. Vincent Guthrie war der einzige gewesen, für den er je so etwas wie Freundschaft empfunden hatte. Vielleicht war es ihm deshalb nicht gelungen, sein Leben und das Leben Veronicas zu retten, die einzigen Menschen auf der Welt, die ihm etwas bedeutet hatten. Er bemerkte, daß Lange ihn ansah und auf eine Antwort wartete.

»Ja, ich habe ihn gekannt. Aber sagten Sie nicht, daß Sie in Berlin leben? Guthrie praktizierte in Wien...«

»Damals lebte auch ich in Wien. Ich war ein paar Jahre am Burgtheater engagiert, als ich noch Schauspieler war. In dieser Zeit habe ich meine Analyse gemacht.« Betrübt schüttelte Lange den Kopf. »Was für ein schreckliches Ende. Er scheint in eine Schießerei geraten zu sein, als er durch eine Mailänder Straße ging. Er war ein außergewöhnlicher Mann, sein Tod war ein großer Schmerz für mich. Kannten Sie ihn gut?«

»Nein, nicht sehr gut«, log Ogden. »Doch er schien mir ein bemerkenswerter Mensch.«

»Das war er allerdings! Als er starb, hatte ich ihn schon ein paar Jahre nicht mehr gesehen, doch ich telefonierte regelmäßig mit ihm, um zu hören, wie es ihm ging, oder einfach nur um mit ihm zu sprechen. Er war wie ein Vater für mich, der einzige, den ich gehabt habe...«

»Sind Sie Waise?«

Lange lachte. »Nein. Doch ich hatte zweifelhafte Eltern. Nietzsche sagt, wenn man mit seinem Vater nicht zufrieden sei, solle man sich einen anderen suchen. Das habe ich getan, und ich hätte keinen besseren finden können...«

»Er war ein wunderbarer Mensch«, pflichtete Ogden ihm bei. »Doch jetzt legen Sie sich bitte hin, wie müssen morgen früh aufstehen.«

»Ich bin todmüde. Gute Nacht, und nochmals vielen Dank.«

Als der Schauspieler sich zurückgezogen hatte, ging Ogden in Stuarts Arbeitszimmer und schaltete den Computer ein. Ohne Langes Namen zu nennen, reservierte er via Internet zwei Plätze für den Flug Mykonos–Athen um elf Uhr. Dann sagte er sich, daß er am besten gleich noch einen Flug buchen sollte, der sie so schnell wie möglich aus Griechenland herausbrächte. Nach einem Augenblick des Zögerns reservierte er zwei weitere Plätze für den Flug Athen–Zürich um dreizehn Uhr dreißig. Von dort würden sie per Bahn oder im Auto nach Bern fahren. Er wußte, daß er sich damit die Verantwortung für Lange auflud, doch nach allem, was er erfahren hatte, meinte er, keine andere Wahl zu haben. Und Bern konnte für den Übergang eine Lösung sein.

Am nächsten Morgen war Lange schon um halb sieben auf den Beinen. Er hatte erstaunlich gut geschlafen, und das beunruhigte ihn. Er dachte, daß mit ihm wirklich etwas nicht in Ordnung sein könne, wenn er in einer solchen Situation sechs Stunden durchschlief. Er duschte, ging dann in die Küche, bereitete ein Frühstück mit Orangensaft, Kaffee und etwas Gebäck und brachte alles auf einem Tablett unter. Als er das Wohnzimmer betrat, sah er Ogden an der Brüstung der Terrasse stehen und ging zu ihm.

»Guten Morgen, ich dachte, Sie schliefen noch.« Er stellte das Tablett auf den Tisch. »Ich habe Kaffee gekocht, ich hoffe, Sie haben noch nicht gefrühstückt.«

Ogden warf einen Blick auf das Tablett. »Noch nicht. Sie haben ja ein richtiges Frühstück gemacht. Nett von Ihnen.«

»Das ist doch das mindeste.« Lange setzte sich und goß den Kaffee in die Tassen.

Die Sonne war schon warm, und in der klaren Luft konnte man bis nach Mykonos sehen.

»Es wird eine ruhige Überfahrt, das Meer ist fast unbewegt«, sagte Ogden.

»Zum Glück! Ich werde leicht seekrank. Gestern abend

habe ich es Ihnen nicht gesagt, damit es nicht noch mehr Probleme gibt...«

Ogden lachte. »Die Probleme hätten Sie gehabt. Doch wir wollen uns fertigmachen, Vassili wird bald hiersein.«

Der junge Grieche kam um halb acht. Er holte Stuarts Schlauchboot aus dem Schuppen, ließ es zu Wasser und machte es an einem kleinen Kai am Strand fest. Dann lud er das Gepäck ein, und Ogden und Lange folgten ihm. Um Punkt acht sahen sie das Fischerboot an der Felsspitze auftauchen, in die Bucht fahren und auf der Reede anlegen. Sie kletterten alle drei ins Schlauchboot, Vassili gab Gas, und in wenigen Minuten erreichten sie das Fischerboot.

Kostantis, ein Mann um die Vierzig mit von der Sonne gegerbter Haut und einem offenen Blick, lächelte und half ihnen einzusteigen. Bevor Ogden das Schlauchboot verließ, gab er Vassili einen Umschlag.

»Danke, Vassili.«

Der junge Grieche protestierte. »Nein, Mister, ich will nichts. Das gehört zu meinen Aufgaben, Herr Stuart hat mir gesagt, daß ich Ihnen zur Verfügung stehen soll...«

»Das ist ein Extra. Doch vor allem dürft du und dein Schwager niemandem erzählen, daß ein Freund bei mir war. Hast du verstanden?«

Vassili lächelte, sagte auf griechisch etwas zu seinem Schwager, der nickte. Dann sah er Ogden erneut an, zufrieden, eine neue Aufgabe zu haben. »Seien Sie ganz beruhigt, Mister. Kostantis spricht nur griechisch, ich habe ihm gesagt, daß er schweigen soll. Niemand wird es erfahren. Nicht einmal Herr Stuart?«

Ogden zögerte, dann beschloß er, es sei nicht von Bedeutung. »Herrn Stuart kannst du es sagen, wenn er dich fragt. Auf Wiedersehen, Vassili.«

Die Überfahrt war ruhig, der Meltemi hatte an diesem Morgen eine Pause eingelegt, und das Wasser war nur leicht gekräuselt. Es herrschte eine so klare Sicht, daß man noch lange die Küste von Tinos sehen konnte, während der wolkenlose Himmel über ihnen fast künstlich wirkte. Nach einer Stunde erreichten sie Mykonos. Der Hafen mit seinen strahlend weißen Häusern lag wie ein weißer Halbmond in der Sonne, nach Süden hin begrenzt vom Hügel mit den Windmühlen, deren lange Flügel sich im Wind bewegten.

Sie legten gegen neun Uhr an. Um diese Zeit schliefen die Tausenden von Touristen noch, die sich im Sommer auf der Insel aufhielten. Mykonos, die mondänste Insel der Kykladen, empfing sie ungewohnt ruhig. Sie verabschiedeten sich von Kostantis, fanden ohne Mühe ein Taxi, luden mit Hilfe des Fahrers die Taschen ein und fuhren zum nur zwei Kilometer entfernten Flughafen. Ihr Flug würde um elf Uhr gehen, sie hatten noch sehr viel Zeit, also setzten sie sich an die Bar und bestellten zwei Kaffee.

»Nun, haben Sie darüber nachgedacht, wo Sie sich verstecken könnten?« fragte Ogden.

Lange schüttelte den Kopf. »Ich müßte ein Haus in den Bergen oder auf dem Land finden; einsam gelegen, aber gleichzeitig nicht zu weit weg von einer Stadt. Kurz gesagt: Mir fällt nichts ein«, schloß er ratlos.

»Wenn wir in Zürich sind, können Sie, falls das für Sie in Ordnung ist, mit mir nach Bern weiterfahren. Ich könnte Sie in meiner Wohnung unterbringen, bis wir ein Versteck für Sie gefunden haben. Was halten Sie davon?«

Lange sah ihn erstaunt an. »Sie sind wirklich unglaublich! Ich bin ein Fremder, und mir zu helfen kann sehr gefährlich sein. Warum tun Sie das?«

Ogden war ungewohnt verlegen und antwortete nicht gleich. Lange hatte recht. Für einen normalen Menschen war es sonderbar, sich mit einer solchen Selbstverständlichkeit in eine derartige Situation zu begeben. Natürlich nicht für ihn, doch das konnte Lange nicht wissen.

»Da Sie ja dazu neigen, das Leben aus psychoanalytischer Sicht zu betrachten, lassen Sie es mich einmal so formulieren: Es ist ein narzißtisches Problem, in diesem Fall meins.«

Lange sah ihn immer noch verblüfft an. »Sie sind ein außergewöhnlicher Mensch, das muß ich schon sagen! Ich habe wirklich Glück gehabt...« Er dachte eine Weile nach, blickte ihm dann gerade in die Augen. »Sagen Sie mir ehrlich: Ist es ausschlaggebend, daß ich Guthrie kannte?«

Ogden hatte einen solchen Scharfsinn nicht erwartet. Lange hatte ins Schwarze getroffen; im Grunde hatte er recht.

»Ich glaube, daß Guthrie viele Leute kannte«, antwortete Ogden schließlich, »doch sicher würde ich mich nicht unterschiedslos für jeden von ihnen in Gefahr begeben. Gestern abend haben Sie gesagt, Vincent Guthrie sei wie ein Vater für Sie gewesen...«

»Das können Sie mir glauben!« unterbrach der Schauspieler ihn eifrig.

»Dann sagen wir einfach, ich kann den Sohn meines Freundes nicht im Stich lassen. Das ist alles.«

Lange betrachtete ihn eine Weile, und in seinem Blick lag

eine Mischung aus Bewunderung und Unglauben. Dann schüttelte er den Kopf.

»Ich mag ja verrückt sein, aber Sie sind auch nicht schlecht.«

»Mag sein. Doch jetzt wollen wir überlegen, wo Sie sich verstecken können, wenn wir erst in der Schweiz sind.«

8

Es war Nachmittag, als Vassili nach Agia Varvara zurückkehrte, einen kleinen Ort im Inselinneren, auf halbem Weg zwischen Lychnaftia und Tinos, wo er wohnte. Er hatte das Schlauchboot versorgt und danach das Haus saubergemacht und abgeschlossen, da ja der Gast nicht zurückkommen würde. Alles war in Ordnung, doch wer weiß, wieviel Zeit vergehen würde, bis Mr. Stuart wieder nach Lychnaftia käme. Er tauchte selten auf, und wenn er Tinos besuchte, meldete er sich nicht früher als einen Tag vor seiner Ankunft an. Einmal, vor ein paar Jahren, hatte er sogar erst angerufen, als er schon auf der Insel war.

Nachdem er mit seiner Arbeit fertig war, nutzte Vassili, da er sonst nichts mehr zu tun hatte, die Gelegenheit, um nach Pyrgos zu fahren und seinen Vetter Dimitrios an der Kunstschule zu besuchen. Dimitrios war sehr begabt, aus ihm würde einmal ein großer Bildhauer werden, er hatte schon zwei Marmorstatuen geschaffen, die Vassili großartig fand. Er war der Stolz der Familie, der einzige, der studiert hatte. Vassili hatte sich bis drei Uhr nachmittags in Pyrgos aufgehalten und war dann zurück nach Agia Varvara gefahren, wo er mit seiner Schwester und ihrem Mann Kostantis lebte.

Als er gegen halb fünf Uhr in die etwas außerhalb vom Ort gelegene Straße, die zu seinem Haus führte, einbog, hatte er gleich das Gefühl, daß irgend etwas nicht stimmte. Es war niemand draußen zu sehen, während normalerweise um diese Zeit die Kinder um das Haus herum spielten und seine Schwester sich um den Gemüsegarten kümmerte.

Vassili parkte im Hof und stieg aus dem alten Jeep, doch noch bevor er die Tür erreicht hatte, stürzte seine Schwester aus dem Haus und umarmte ihn. Sie hatte verquollene Augen und ein vollkommen verstörtes Gesicht. Weinend erzählte sie ihm, daß Kostantis etwas Schlimmes zugestoßen sei.

Als er in Kostantis' Zimmer trat, sah er ihn auf dem Bett liegen, das Gesicht geschwollen.

»Sie haben ihn geschlagen«, sagte Vassilis Schwester und seufzte. »Der Doktor war da, zum Glück hat er nichts gebrochen, doch er mußte mit drei Stichen über der Augenbraue genäht werden.«

Kostantis setzte sich im Bett auf. »Vassili, du mußt sofort deinen Chef anrufen. Sie haben mich so zugerichtet, weil jemand erzählt hat, er hätte mich gesehen, wie ich zwei Männer nach Mykonos gebracht habe«, sagte er und fiel wieder ins Kissen zurück.

Dann erzählte er seinem Schwager unter großer Anstrengung, was ihm widerfahren war. Zwei Stunden nach seiner Rückkehr von Mykonos hatte er bei Markos in der Taverne eine Kleinigkeit gegessen, als zwei Fremde auf ihn zugekommen waren. Einer von ihnen sprach griechisch und hatte ihn gefragt, was er dafür verlange, sie mit dem Boot nach Delos zu bringen. Sie hatten verhandelt, einen Preis abgemacht und die Taverne verlassen, um zum Hafen zu gehen. Doch draußen hatten die beiden ihn gezwungen, in ein Auto zu steigen, waren aus Tinos hinausgefahren und hatten nahe Vaketta angehalten, an einem einsamen Platz nicht weit von der alten Windmühle. Dort hatten sie ihn aussteigen lassen und ihn gefragt, wen er am Morgen nach Mykonos gebracht habe. Er hatte abgestritten, überhaupt gefahren zu sein, doch die beiden hatten ihm gedroht, ihn zu töten, wenn er nichts sagte. Kostantis wußte, daß sie ernst machen würden, und hatte von den beiden Männern aus Lychnaftia erzählt.

»Sie sind auf mich gekommen, weil mich irgend jemand im Hafen verraten hat. Diese Bastarde, nur wegen Geld einen Kollegen in Schwierigkeiten zu bringen!«

Kostantis schüttelte die Fäuste, und das eine Auge, das er aufmachen konnte, funkelte vor Haß. Dann sah er Vassili mit zerknirschter Miene an, er schämte sich, daß er es nicht geschafft hatte, sein Versprechen zu halten. Vassilis Chef war in den letzten Jahren sehr großzügig zu ihnen gewesen. Und vielleicht würde er das jetzt nicht mehr sein.

»Du mußt Mr. Stuart Bescheid geben«, sagte Kostantis noch einmal zu Vassili. »Vielleicht sind seine Freunde in Gefahr!«

»Jetzt ist es genug«, meinte Kostantis' Frau. »Der Arzt hat gesagt, du brauchst Ruhe.« Dann sah sie ihren Bruder an. »Du mußt auch aufpassen...«

Vassilis Gesicht war rot angelaufen, und die Gedanken

wirbelten ihm durch den Kopf. Er fand nicht den Mut, seinen Chef anzurufen. Jahre zuvor hatte Mr. Stuart ihm klare Anweisungen gegeben: Er sollte ihn nur stören, wenn etwas mit dem Haus wäre. Vassili war noch nie jemandem begegnet, der ein Haus solcherart liebte, als sei es ein menschliches Wesen. Wenn Stuart nach Tinos kam, kontrollierte er, ob alles in der Villa in Lychnaftia in tadellosem Zustand war, und wenn er ging, gab er ihm genaue Anweisungen, wie er das Haus vor den Unbilden der Witterung, vor Salz und Wind zu schützen hatte. Vassili mußte jeden Tag ins Haus gehen und lüften, weil es, falls Stuart überraschend kam, in den Zimmern auf keinen Fall muffig riechen durfte. Einmal hatte Stuart ihm gesagt, er solle eine Woche lang im Haus wohnen, »weil Häuser leiden, wenn sie lange unbewohnt sind«. Das waren die genauen Worte dieses Mannes gewesen, der immer so kühl und zurückhaltend wirkte, und Vassili hatte sie nie vergessen. Mit der Zeit hatte auch er gelernt, sich um diese Villa zu kümmern, als wäre sie ein menschliches Wesen. Seine Freunde zogen ihn damit auf, doch der Spott hielt sich in Grenzen, denn der Lebensstandard seiner Familie hatte sich sehr verbessert, seit Stuart nach Tinos gekommen war; Dimitrios konnte nur deshalb die Kunstschule in Pyrgos besuchen, weil Vassili ihn mit einem Teil des Geldes, das er bei Stuart verdiente, unterstützte. Diejenigen, die sich über ihn lustig machten, taten es, weil sie neidisch darauf waren, daß er eine so leichte und gut bezahlte Arbeit hatte. Inzwischen hatte Vassili das Gefühl, er sei unentbehrlich für diesen reichen und wichtigen Mann, für den nichts unmöglich schien. Im Lauf der Zeit hatte sein Chef, der zuerst so schweigsam und reserviert gewesen war, hin und wieder mit ihm geredet, und das hatte ihn stolz gemacht. Einmal hatte er ihm sehr sonderbare Bilder gezeigt und ihm erklärt, dies seien Werke eines spanischen Künstlers, spezialisiert auf Corridas. Ein anderes Mal waren riesige Teppiche gekommen, wie er noch nie welche gesehen hatte, anders als die türkischen, die normalerweise mit Mustern übersät und fast immer rot sind; diese dagegen waren blau und rosa, mit großen Blumen, und Mr. Stuart hatte ihm erklärt, sie kämen aus China. So hatte er Mut gefaßt und angefangen zu fragen, wann immer ihn irgend etwas Neues besonders interessierte. Doch Vassili hatte bald begriffen, daß es nicht die Gegenstände waren, so wertvoll sie auch sein mochten, die seinem Chef am Herzen lagen, sondern eben das Haus selbst. Er erinnerte sich noch an einen Wintertag vor einigen Jahren, als auf der Insel ein noch heftigerer Wind als gewöhnlich wehte und er nach Lychnaftia fuhr, weil sein Chef gerade angekommen war. Während der ganzen Fahrt auf der in den Fels geschlagenen Straße über dem Meer hatte der Meltemi den Jeep mit so heftigen Böen hin- und hergeworfen, daß der Wagen ein paarmal aus der Spur gedrückt worden war. Am Ziel angekommen, hatte Vassili einen Seufzer der Erleichterung ausgestoßen. Mr. Stuart erwartete ihn im Freien, doch es schien, als würde der Wind ihm neue Kraft geben und nicht wie alle anderen hier aussaugen. Als Vassili aus dem Jeep stieg und sich über den Meltemi beklagte, erzählte Mr. Stuart ihm, er habe die Insel eben wegen des Winds ausgesucht, und fügte hinzu: »Du siehst, Vassili, nicht einmal der Gott des Windes kann meinem Haus etwas anhaben. Das hier ist der einzige Platz, wo ich mich wirklich wohl fühle, und dies«, sagte er schließlich und zeigte auf das Haus, »die einzige Sache, die mir wirklich wichtig ist...« Vassili hatte niemals den Gesichtsausdruck vergessen, der diese Worte begleitet hatte, und mochte er auch nicht sehr gebildet sein, so war er doch intelligent genug, intuitiv zu verstehen, daß er ins Vertrauen gezogen worden war. Es hatte ihn ein wenig beunruhigt, weil ihm der Gedanke gekommen war, daß Mr. Stuart dies später vielleicht einmal bereuen könnte. Er hatte nichts dazu gesagt, so, als wären die Worte von den Böen davongetragen worden und als hätte er sie nicht hören können. Vassili wußte, daß sich reiche und mächtige Leute nicht gerne gegenüber Untergebenen öffnen; und wegen dieser Vertraulichkeit würde Stuart später vielleicht eine Antipathie gegen ihn entwickeln oder ihn sogar entlassen. Doch von jenem Tag an begann auch Vassili das Haus mit anderen Augen zu sehen und sich darum zu kümmern, als wäre es ein menschliches Wesen. Er liebte und beschützte es genauso wie sein Chef.

Vassili verließ seine Schwester und ihren Mann und ging in den Innenhof. Er mußte nachdenken, im Grund hatte er getan, was er tun mußte: Mr. Stuart hatte ihm gesagt, daß er sich während des Aufenthalts seines Freundes um ihn kümmern sollte, genauso wie um das Haus, und das machen, was der Gast von ihm verlangte. Und was war außerdem falsch daran, mit dem Boot statt mit der Fähre nach Mykonos überzusetzen?

Zum Schluß nahm Vassili seinen ganzen Mut zusammen und suchte die Telefonnummer heraus, die er in all den Jahren nicht gebraucht hatte. Während er die lange Vorwahl wählte, spürte er, wie sein Magen sich verkrampfte, und als die metallische Stimme am anderen Ende der Leitung ihn anwies, eine andere Nummer zu wählen, gehorchte er mit zitternder Hand.

9

Am Flughafen von Athen hatten sie achtundzwanzig Grad, eine weiße, wahnsinnige Sonne und achtzig Prozent Luftfeuchtigkeit. Ogden sah auf die Uhr: In Kürze würden sie in die 747 der Olympic nach Zürich steigen; kaum zu glauben, aber der Flug war absolut pünktlich. Doch in Griechenland mußte man noch durch den Zoll, also waren sie gezwungen, wie alle anderen Passagiere auch, mit dem Paß in der Hand Schlange zu stehen.

In jedem Fall, sagte er sich, konnte, wer auch immer Jagd auf Lange machte, noch nicht bemerkt haben, daß der Schauspieler die Insel verlassen hatte. Mit Sicherheit hatten sie den Hafen von Tinos und den von Rafina überwacht, doch sowohl die Fähre von Tinos, die fünf Stunden bis Piräus brauchte, als auch das Tragflächenboot von Rafina aus, das dreieinhalb benötigte, fuhren gegen ein Uhr mittags ab. Deshalb wurde den Verfolgern auf Tinos wahrscheinlich jetzt gerade langsam klar, daß der Schauspieler sich nicht eingeschifft hatte. Jetzt würden sie wohl die Fischer fragen, ob irgend jemand Ausländer nach Mykonos gebracht habe, doch Ogden war sich ziemlich sicher, daß Vassilis Schwager nicht reden würde. Aber auch wenn er sich kaufen ließe, hatten sie inzwischen einen Vorsprung, der diese Information vollkommen nutzlos machte. Der Gedanke, daß in diesem Moment jemand am Athener Flughafen sein könnte, war wirklich abwegig.

Die Formalitäten waren schnell erledigt, und als sie durch den Metalldetektor gingen, warf der Zollbeamte einen zerstreuten Blick in ihre Pässe. Zehn Minuten später waren sie an Bord der 747.

Nach dem Start stieß Lange einen Seufzer der Erleichterung aus. Die ganze Zeit über hatte er gefürchtet, daß irgend jemand sie festhalten und daran hindern könnte, Griechenland zu verlassen. Dann kam er sich selbst dumm vor, weil er sich bewußtmachte, daß es hier sicher nicht um eine Frage des Orts ging: Seine Verfolger würden ihn bis ans Ende der Welt jagen. Und doch hatte er aus irgendeinem mysteriösen Grund das Gefühl, in Griechenland verringerten sich seine Chancen zu entkommen noch mehr. Dabei wäre es für ihn wohl wichtiger, sich falsche Papiere zu beschaffen. Er wandte sich seinem Reisegefährten zu. Ogden rauchte und sah aus dem Fenster. Seit sie an Bord waren, hatte er kein Wort gesagt.

»Vielleicht könnte ich einen falschen Paß brauchen. Was meinen Sie?«

Ogden sah ihn an. »Ja, das glaube ich auch. Wenn wir in Bern sind, werde ich sehen, was ich tun kann«, antwortete er und dachte an die beiden Pässe, die er für den Notfall behalten hatte. Der hatte nicht lange auf sich warten lassen, es war nicht einmal einen Monat her, seit er seinen Abschied von der internationalen Spionage genommen hatte, und schon hatte er wieder Bedarf an falschen Dokumenten.

»Glauben Sie, daß sie davonkommen?« fragte Lange mit leiser Stimme.

Ogden schüttelte den Kopf. »Dies ist nicht der richtige Ort für ein solches Gespräch. Doch ich glaube schon: Es ist wahrscheinlich. Sie kommen immer davon. Höchstens daß es gelänge, einen zu eliminieren…«

Lange sah ihn besorgt an. Als Ogden begriff, daß der Schauspieler seine Worte mißverstanden hatte, erklärte er, was er meinte.

»Nicht im wörtlichen Sinn, auch wenn keiner sie vermissen würde. Ich wollte damit sagen, man müßte es so einrichten, daß sie handlungsunfähig sind. Wissen Sie, was ich meine?

»Absolut. Doch ich glaube nicht, daß das so einfach ist. Es müssen sehr mächtige Leute sein.«

»Ich habe nicht gesagt, daß es einfach ist. Es wird übrigens auch nicht einfach sein, Ihnen aus der Klemme zu helfen, wenn es darum geht. Jetzt lassen Sie uns das Thema wechseln. Woran haben Sie gearbeitet, bevor Sie nach Griechenland gereist sind?«

Lange zuckte die Achseln. Alles schien so weit weg, daß er Schwierigkeiten hatte, sich als derselbe Mensch zu fühlen, der vor erst vierzehn Tagen aus Berlin abgereist war.

»Ich war dabei, ein Stück von Alan Ayckbourn zu inszenieren: *Konfusionen*…«

»Ein hellsichtiger Titel…«

»Allerdings!« pflichtete Lange ihm resigniert bei.

Doch keiner der beiden hatte Lust, sich zu unterhalten. Ogden machte sich Gedanken darüber, Langes Schutz zu organisieren, und fragte sich, was er ohne die Unterstützung des Dienstes tun könnte. Sehr wenig, sagte er sich.

Vielleicht konnte er sich von Franz helfen lassen, doch wenn das stimmte, was Lange gesagt hatte, verfügten diese Leute über eine Menge abrufbereiter professioneller Mittel. Im Lichte dessen, was Lange erzählte, war der Mord an George Kenneally sehr plausibel. Außerdem hatte er selbst gleich nach dem Ereignis an eine solche Möglichkeit gedacht. Jedenfalls würde er, sobald sie in Bern waren, Franz um den persönlichen Gefallen bitten, Nachforschungen über die Freundschaft der beiden anzustellen.

Ogden sah auf die Uhr. In einer Viertelstunde sollten sie in Zürich landen. Eine dichte Wolkendecke unter ihnen versperrte den Blick auf die Berge. Er fragte sich, ob er Stuart hätte melden sollen, was geschehen war, beschloß dann jedoch, daß er die Sache unerwähnt lassen würde, wenn der Chef des Dienstes ihn nicht danach fragte. Falls Vassili ihm nicht schon davon erzählt hatte. In diesem Fall konnte er sich auf einen Anruf gefaßt machen, sobald er in Zürich landete.

Und genauso war es. Während sie in Kloten am Rollband auf ihr Gepäck warteten, klingelte sein Handy.

»Stuart hier«, sagte die Stimme am anderen Ende der Leitung, und der Ton versprach nichts Gutes.

»Hallo, Stuart. Ich bin...«

»Sei still!« unterbrach ihn der Chef des Dienstes. »Wirf das Handy in den nächsten Papierkorb, aber nimm vorher den Akku raus. Du weißt, was du tun mußt. Du findest ein abhörsicheres Telefon am Zielort. Ich rufe dich später an. Und sieh zu, daß du dich beeilst, so gut es geht.«

Stuart beendete die Verbindung. Ogden, sofort auf der Hut, sah sich bestürzt um. Irgend etwas mußte schiefgegangen sein, und zwar ganz gehörig. Wieso war auch der Dienst über Lange auf dem laufenden? Hatten sie vielleicht den Auftrag erhalten, ihn zu töten? Oder waren sie sogar in die Geschichte mit Kenneally verwickelt? Er bemerkte, daß Lange ihn mit dem verwirrten Ausdruck von jemandem ansah, der nicht versteht, was geschieht.

»Schlechte Nachrichten?« fragte der Schauspieler vorsichtig.

Ogden versuchte zu lächeln. »Nein, absolut nicht. Ich habe nur eine äußerst dringende Angelegenheit in Bern zu erledigen, die ich vergessen hatte. Es wird besser sein, wir suchen uns ein Air-Taxi, das uns hinbringt, mit dem Zug dauert es zu lange.«

Nachdem sie Ogdens Tasche und den kleinen Reisesack Langes vom Rollband genommen hatten, begaben sie sich zum Informationsschalter und erkundigten sich, ob es ein abflugbereites Air-Taxi nach Bern gebe. Sie hatten Glück: Sie mußten nur eine Viertelstunde warten. Am Check-in stellte ihnen eine hübsche junge Frau die Tickets aus und zeigte ihnen, durch welches Tor sie die Piste für Kleinflugzeuge erreichten. Ogden, der den Akku seines Handys schon in einen Papierkorb geworfen hatte, entledigte sich unauffällig auch des Apparats. Als Lange das kleine Flugzeug auf der Piste sah, blieb er schlagartig stehen.

»Sehen Sie nur!« rief er aus.

»Was denn?« sagte Ogden und ging weiter.

»Das gleiche Flugzeug wie das von George.«

Ogden wandte sich ihm zu und sah ihm gerade in die Augen. »Hören Sie, Sie haben sich bis zu diesem Moment gut gehalten, jetzt nehmen Sie sich zusammen. Betrachten Sie diese Übereinstimmung als Zeichen für die Gunst der Götter; Sie glauben doch daran. Einverstanden?«

Lange fuhr sich mit der Hand über die Stirn. »Entschuldigen Sie, Sie haben recht. Gehen wir.« Mit entschlossenem Schritt ging er auf die Maschine zu.

Als sie auf dem Flughafen von Bern landeten, war Ogden darauf gefaßt, daß jemand sie erwartete. Doch da war niemand. Stuart hatte ihm offensichtlich noch keinen Sender in einen Backenzahn implantieren lassen, so daß er immer auf dem laufenden war, wo er sich aufhielt. Nein, der Chef des Dienstes wußte nicht, auf welche Weise er in die Schweiz zurückkam, doch er konnte davon ausgehen, daß Bern sein Ziel war. Ogden hörte auf, Vermutungen anzustellen, in Kürze würde er mit Stuart sprechen.

Sie nahmen ein Taxi. Die Sonne stand noch hoch, und am azurfarbenen Himmel zeichnete sich der Kondensstreifen eines Flugzeugs ab. Die hellen Fassaden der Häuser erstrahlten im Licht des Nachmittags, während sich die Fialen des gotischen Münsters in den Himmel reckten. Wie immer, wenn er nach Bern zurückkam, drängte sich Ogden der Gedanke auf, daß es dieser so schönen und ruhigen Stadt gelang, einen für einen Augenblick glauben zu machen, daß der Rest der Welt ebenso vertrauenerweckend sei.

Sie stiegen am Rathausplatz aus dem Taxi. Ogdens Wohnung lag im obersten Stock des Gebäudes gegenüber vom Rathaus.

Als Ogden die Tür öffnete und das Licht im Vorraum einschaltete, sah er auf dem Boden ein in braunes Papier gewickeltes Päckchen liegen. Er bückte sich, um es aufzuheben: Es war nicht adressiert. Dies mußte das Telefon sein, von dem Stuart gesprochen hatte. Der Schauspieler beobachtete Ogden, als er das Päckchen auswickelte, die Schachtel öffnete und das Handy herausnahm.

Ogden drehte sich zu ihm um. »Ich hatte ein neues Telefon bestellt...«, erklärte er, während er es aktivierte.

Lange, der bemerkt hatte, daß es im Haus keinen Pförtner gab, fragte sich, wie der Lieferant, falls es nicht ein enger Freund Ogdens war, wohl in seine Wohnung gekommen sei. Doch sein Grübeln wurde vom Klingeln des Handys unterbrochen. Ogden ging ein paar Schritte weg, meldete sich, wandte sich dann erneut ihm zu.

»Fühlen Sie sich ganz wie zu Hause. Es gibt zwei Schlafzimmer, Sie können sich in dem einrichten, das nach hinten geht. Ich bin gleich zurück.«

Lange betrat das Wohnzimmer. Der große, kreisförmige Raum war mit viel Geschmack und nur wenigen Dingen eingerichtet. Zwei große weiße Sofas standen sich gegenüber, dazwischen ein Tisch im orientalischen Stil, der perfekt zu dem prächtigen, in Blautönen gehaltenen chinesischen Teppich paßte. Die in elfenbeinfarbenem venezianischem Stuck gearbeiteten Wände waren kahl, bis auf eine, an der ein großes Bild von Bacon hing, das einen sitzenden Mann auf einer Couch darstellte. Lange schob die Gardinen vor den Bleiglasfenstern beiseite, blickte auf das Rathaus gegenüber und über die Dächer hinweg auf die von Laternen flankierte Aare. Sein Gastgeber war offensichtlich reich, denn der Bacon an der Wand mußte ein Vermögen wert sein, doch daß er auch noch guten Geschmack hatte, beruhigte ihn auf unerklärliche Weise. Er machte kehrt und ging auf die Suche nach seinem Zimmer.

Ogden hatte sich, gleich als Stuarts Anruf gekommen war, in sein weit von den Schlafzimmern entfernt gelegenes Arbeitszimmer begeben.

»Ist dieser Mann bei dir?« fragte Stuart barsch.

»Ja. Würdest du mir bitte sagen, was los ist?«

»Ab sofort benutzt du nur dieses Telefon, es ist so abgeschirmt, wie es sein sollte.«

»Das hatte ich verstanden. Und sonst?«

»Das frage ich dich. Was läufst du mit einem herum, den sie umbringen wollen? Hast du schon genug von deinem neuen Leben?«

»Hör auf, Stuart! Was ist passiert?«

Stuart berichtete Ogden von Vassilis Anruf. Dann schwieg er. Als Ogden nicht gleich etwas dazu sagte, wurde er ungeduldig.

»Was ist los? Hat es dir die Sprache verschlagen? Sag mir, wie du in die Sache verwickelt bist, sonst kann ich dir nicht heraushelfen. Und denk daran, daß ich das nur mache, weil du da zufällig hineingeraten bist. Es ist mein letztes Dankeschön für die Geschichte in Montségur. Also los.«

Ogden erzählte, wie er den Schauspieler in Delphi getroffen hatte und was danach geschehen war, und nannte auch den Grund, warum sich Lange in dieser Situation befand. Als er seinen Bericht beendet hatte, hörte er Stuart seufzen.

»Es ist unglaublich«, kommentierte der Chef des Dienstes. »Von allen Leuten in Griechenland mußtest du unbedingt mit einer wandelnden Leiche Freundschaft schließen.«

Ogden wurde hellhörig. In der Sprache des Dienstes bedeutete »wandelnde Leiche«, daß es sich um einen aussichtslosen Fall handelte, um jemanden, für den man keinen Finger rühren sollte. »Was weißt du über die Geschichte?«

Stuart räusperte sich verlegen.

»Unglücklicherweise sind die Dinge genauso abgelaufen, wie dein unvorsichtiger Freund vermutet.«

»Ist der Dienst darin verwickelt?«

»Ich kann dir nur antworten, weil wir tatsächlich nicht in die Sache verwickelt sind. Der Job war zu schmutzig, ich sage nicht für die Standards des Dienstes, aber für meine persönlichen. Ich gehöre zu einer Generation, die es nicht erträgt, daß noch einer von ihnen umgebracht wird. Eine Schwäche vielleicht. Jedenfalls haben sie uns den Job angeboten. Als wir abgelehnt haben, waren sie nicht begeistert.«

»Das glaube ich«, bemerkte Ogden. »Es ist auch ziemlich gefährlich...«

»Nicht in diesem Fall. Die Auftraggeber sind eine kleine, wenn auch sehr mächtige Gruppe. Das bedeutet, daß sie dem Anschein nach ohne Wissen ihresgleichen und des amerikanischen Regierungsapparats gehandelt haben. Mit anderen Worten: Alle tun so, als hätten sie nicht gewußt, was im Gange war, und beweinen den lieben Verstorbenen. Der Abgang dieses Mannes kommt vielen Leuten gelegen, aber gewollt und ausgeführt hat es nur eine Splittergruppe. Und die ist außerdem derart fanatisch, daß sie, in dem unwahrscheinlichen Fall, daß die Wahrheit ans Licht kommt, nicht auf die übliche politische Verschwiegenheit zählen könnte. Diese Leute wußten das, trotzdem haben sie gehandelt, weil die Sache der Mühe wert war. Es ist wie immer: Frag dich, wem der Tod eines Menschen nützen wird, und du hast seinen Mörder.«

»Du hast das Futur benutzt, als du von den Folgen dieses Mords gesprochen hast«, sagte Ogden nach einem Augenblick des Schweigens. »Das heißt, die Vorteile dieser Aktion stellen sich für die Auftraggeber nicht sofort ein, oder irre ich mich?«

»Ich vergesse immer, daß dir nicht das kleinste Detail entgeht«, bemerkte Stuart gereizt. »Also kannst du dir vorstellen, wen wir mit der Ablehnung des Auftrags enttäuscht haben.«

»Ja, ich glaube, ich habe verstanden. Irgendeinen amerikanischen Senator, der begierig darauf ist, Präsident zu werden, und sich den einzigen Mann in den Vereinigten Staaten vom Hals schaffen wollte, der, wenn er kandidiert hätte, mit absoluter Sicherheit ins Weiße Haus gekommen wäre.«

»Ins Schwarze getroffen. Doch mit dabei sind auch noch andere über jeden Verdacht erhabene mächtige Männer. Kurz gesagt, die Crème de la Crème eines gewissen Teils von Amerika...«

»Eine Möglichkeit gäbe es aber, einen solchen Gegner aus dem Weg zu räumen«, warf Ogden geheimnisvoll ein. »Es genügte, es so einzurichten, daß Lange die Wahrheit überall ausposaunt...«

»Um Himmels willen!« rief Stuart aufgebracht aus. »Der Dienst ist nicht so empfindlich wie du. Sie machen uns keinen Ärger, und wir machen ihnen keinen. Sie sind mächtig, aber sie wissen, daß wir es auch sind, und außerdem könnten wir etwas über sie ausplaudern. Glaub nicht, daß ich mich nicht abgesichert hätte, als die Unterredungen liefen.«

»In Ordnung, reg dich nicht auf. Jetzt sag mir, was ich für diesen armen Kerl tun kann.«

»Überlaß ihn seinem Schicksal. Im Augenblick haben sie dich noch nicht identifiziert, doch das ist nur eine Frage der Zeit. Danach bist auch du ein toter Mann. Aber das muß ich dir nicht sagen, jetzt, wo du weißt, wie die Dinge stehen. Also, wirst du dich danach richten?« fragte er besorgt.

»Nein, mir ist nicht danach, ihn hängenzulassen. Vor allem, weil er nur die eine Chance hat, seine Haut zu retten: zu erzählen, was er weiß. Und allein wird er das nie schaffen«, sagte Ogden ruhig.

»Du bist verrückt. Das bedeutet, du stellst dich gegen die Geheimdienstabteilungen, die von diesen Leuten finanziert werden...«

»Ich weiß. Kann ich wenigstes auf gelegentliche Hilfe von Franz rechnen?«

»Nicht im Traum! Wenn du beschlossen hast, Selbstmord zu begehen, schicke ich dir bestimmt nicht meine Agenten, damit sie das gleiche Ende nehmen. Aber warum zum Teufel tust du das?« fragte er gereizt.

»Für den armen Lange und aus dem gleichen Grund, aus dem du den Auftrag abgelehnt hast: Sie haben einen zuviel umgebracht. Eine Schwäche meiner Generation, wie bei dir. Und außerdem gefiel mir dieser Mann, ich bin davon überzeugt, er hätte Gutes geleistet, wenn sie ihn am Leben gelassen hätten.«

»Wenn sie ihn am Leben gelassen hätten, hätten sie ihn umbringen müssen, sobald er Senator oder Präsident geworden wäre.« Stuart schwieg eine Weile, dann räusperte er sich. »Du wirst allein sein, Ogden. Und sehr bald ein toter Mann, das weißt du.«

»Mag sein. Danke für das abhörsichere Handy. Es wird das einzig technologisch fortgeschrittene Hilfsmittel sein, über das meine jämmerliche Truppe verfügt«, schloß Ogden ironisch.

»Ich schicke dir Informationen über diese Leute, dann weißt du wenigstens im Detail, mit wem du es zu tun hast. Tut mir leid, Ogden, ich wollte nicht, daß es so endet.«

»Was soll's, Stuart, früher oder später müssen wir alle sterben. Aber sei nicht so pessimistisch, wir könnten auch davonkommen...«

»Das glaube ich nicht. Viel Glück.«

Ogden legte auf und setzte sich an den Schreibtisch, um nachzudenken. Draußen auf der Fensterbank hatte sich eine Taube niedergelassen, die ihn ansah und dabei leicht ihren kleinen Kopf bewegte. Stuart hatte recht, sie würden nicht lange überleben. Auch wenn es ihnen gelungen war zu fliehen und ihn noch niemand mit Lange in Verbindung bringen konnte, war es nur eine Frage von Stunden. Wenn diese Leute sich erst das Videoband vom Athener Flughafen angesehen hätten, würden sie auch ihn leicht identifizieren können. Das bedeutete zweierlei: daß alles, was Stuart unternommen hatte, um zu erreichen, daß die Geheimdienste in aller Welt ihn für tot hielten, umsonst gewesen wäre und daß sie die Berner Wohnung sofort verlassen müßten. Es blieb nur eine einzige Möglichkeit, aus dieser Falle herauszukommen: Lange mußte so bald wie möglich sein Wissen öffentlich machen.

10

In dem Apartment in einem der elegantesten Gebäude New Yorks legte ein Majordomus letzte Hand an einen prächtig gedeckten Tisch. In wenigen Minuten würden sich vier Personen an diesen Tisch setzen und über das Schicksal anderer Menschen entscheiden. Der Hausherr, ein Mann von siebzig Jahren, der zehn Jahre jünger aussah, hochgewachsen, hager und mit schneeweißem, sehr kurz geschnittenem Haar, betrat das große Eßzimmer.

»Ist alles in Ordnung, Victor?«

Der Majordomus, der gerade den silbernen Tafelaufsatz um einen Zentimeter verschoben hatte, wandte sich ihm zu.

»Selbstverständlich, Mr. Sullivan.«

»Wir sind uns also einig. Ich möchte das Essen serviert haben und ansonsten keine Störungen. Du selbst bringst den Kaffee, wenn ich dich rufe.«

Victor nickte. Er war an die Eigenheiten seines Chefs gewöhnt, der ungefähr einmal im Monat seine Ranch verließ und sich zu diesen Abendessen hinter verschlossenen Türen in das luxuriöse New Yorker Apartment begab. Victor wußte, daß das Personal nicht bei Tisch servieren und sich auch auf keinen Fall dem Eßzimmer nähern durfte. Um keine Erklärungen geben zu müssen, hatte die Dienerschaft bei diesen Gelegenheiten Ausgang. Der Majordomus, der einzige, dem erlaubt war zu bleiben, trug den einen Gang des ungewöhnlichen Essens auf und hatte Anweisung, sich danach zu entfernen. Victor stellte sich keine Fragen, er bezog ein sehr hohes Gehalt, und dieses riesige Apartment stand immer leer, ausgenommen Mr. Sullivan kam nach

New York. Allerdings hatte es ihn schon oft gewundert, wieso sein Chef seine Freunde nicht in das teuerste Restaurant der Stadt einlud; es hätte sicherlich weniger gekostet als der Unterhalt einer Wohnung, die nur bei diesen Gelegenheiten benutzt wurde. Doch Geld gehörte wohl kaum zu seinen Problemen.

Als es läutete, ging Jack Sullivan persönlich die Tür öffnen. Wie immer traten die Gäste alle gemeinsam ein, weil die Tradition es wollte, daß sie sich vorher trafen und gleichzeitig kamen. Der Grund dieses Vorgehens war nicht klar, vielleicht fand ihr Gastgeber, dies sei eine Garantie für Diskretion, auch wenn die Sache recht lächerlich war. Doch die vier Gäste waren der Meinung, daß es sich nicht lohne, ihn wegen einer solchen Kleinigkeit zu verärgern.

Jack Sullivan empfing sie mit Lächeln und Schulterklopfen, brachte sie dann ins Eßzimmer, einen rechteckigen Raum mit wertvollen Möbeln im Empirestil. Sie setzten sich zu Tisch und tranken den Aperitif, schon vorbereitet von Victor, der in der Küche auf das Klingelzeichen wartete, um das Essen zu servieren.

»Ich habe euch früher als üblich zusammengerufen, weil, wie ihr wißt, ziemlich beunruhigende Dinge geschehen sind.« Sullivan unterbrach sich und sah seine Gäste einen nach dem anderen an. Es waren mächtige Männer, einige von ihnen gehörten zu den bedeutendsten und reichsten Familien der Vereinigten Staaten. Und doch fühlte er sich ihnen überlegen. Was sie geschafft hatten, war nur ihm zu verdanken; *sie* hätten niemals den Mut dazu gehabt. Als er ihnen, nur ein halbes Jahr zuvor, seine Idee dargelegt und erklärt hatte, warum sie es tun sollten, hatten sich im ersten

Moment alle empört gegeben. Dann jedoch, nach einer Reihe unterschiedlicher Reaktionen, die Sullivan erwartet hatte, waren sie zu dem Schluß gekommen, daß sie auch dem Land einen Dienst erwiesen, wenn sie diesen Mann eliminierten. Sullivan verachtete ihre Heuchelei, er wußte, daß ihnen in Wirklichkeit das Land vollkommen egal war; was ihnen am Herzen lag, war der Vorteil, den sie aus dem Tod dieses Mannes ziehen würden: Wenn sie ihn ausschalteten, befreiten sie sich von einer realen Gefahr. Am Ende ihrer pathetischen Inszenierung war ihre Zustimmung, nachdem sie die Form gewahrt hatten, vorbehaltlos gewesen. Der Texaner hatte nie daran gezweifelt. In der Einschätzung dieser Männer war George Kenneally gefährlicher für ihre Interessen, als sein Vater es zu seiner Zeit gewesen war. Er war eine Zeitbombe, die, wenn sie erst einmal explodierte, jedem von ihnen ernste Probleme bereiten würde. Doch ohne Sullivan hätte keiner dieser Männer den Mut gefunden, das zuzugeben, und noch weniger, zu handeln. Deshalb verachtete sie der Ölmagnat.

»Liebe Freunde«, fuhr er nach seinem Blick durch die Runde fort, »die Dinge sind bis vor wenigen Tagen gut gelaufen. Dann hat sich jemand eingemischt, und es ist uns nicht gelungen, das Problem rechtzeitig zu lösen. Ihr habt meinen Bericht bekommen, und ich möchte, daß ihr mir sagt, was ihr davon haltet.«

Als erstes wandte er sich an einen Mann mit eckigem Gesicht und einem willensstarken Kinn. Walter Bronson, der Mann der CIA, räusperte sich.

»Wie du weißt, war ich nicht damit einverstanden, diesen unabhängigen Dienst zu kontaktieren, der ja außerdem den

Auftrag abgelehnt hat. Wir konnten das sehr gut allein erledigen, wie es dann auch geschehen ist. Du hast nicht genug Vertrauen in meine persönlichen Möglichkeiten gehabt, und dies sind nun die Resultate. Jetzt scheint es, daß Lange auf der Flucht von einem ihrer Agenten geholfen wurde, einem gewissen Ogden, der bei der CIA außerdem als tot galt. Ich habe einen Mann nach Athen geschickt, um sich die Videobänder vom Flughafen anzusehen, und mir wurde heute nachmittag berichtet, daß der Schauspieler und dieser Ogden den Zoll passiert haben. Das kann kein Zufall sein, allein wäre es Lange niemals gelungen zu fliehen. Aber da ist noch etwas: Auf Tinos hat der Chef des Dienstes eine Villa, wo sein Agent sich einige Tage aufgehalten hat, während Lange in der Nacht vor seiner Flucht dort war…«

»Und was bedeutet das deiner Meinung nach?« schnitt Sullivan ihm das Wort ab.

Bronson sah ihn an und runzelte die Stirn. »Das scheint mir klar! Jemand muß dem Agenten den Auftrag gegeben haben, sich um Lange zu kümmern. Und wer, wenn nicht dieser Dienst? Der Schauspieler interessiert nur uns, aus naheliegenden Gründen. Deshalb riecht es für mich nach Erpressung. Ich muß dich daran erinnern, daß du nicht auf die übliche Hilfe zählen könntest, falls etwas durchsickern sollte…«

»Wenn es darum geht: Auch der Rest der CIA hat keine Ahnung von deiner persönlichen Aktion. Wenn etwas durchsickern sollte, macht dein Chef Hackfleisch aus dir. Die Zeiten haben sich geändert, zuverlässige Leute wie Hoover gibt es nicht mehr. Wir sitzen alle in einem Boot, und das wußten wir von Anfang an…«

Sullivan wandte sich dem nächsten Gast zu. Der Mann, auf den sich seine Augen richteten, war ein junger Senator, Calvin Stutton. Er hatte ein gewinnendes Äußeres, eine rötliche Gesichtsfarbe und den Ausdruck des ewigen Jungen. Stutton gehörte zu einer der wichtigsten Familien des Südens und schien immer kurz davor, irgend jemandem auf die Schulter zu klopfen. Er würde bei den Wahlen im Jahre 2004 kandidieren, und nun, da alles nach Sullivans Plan gegangen war, hatte er gute Chancen, es zu schaffen. Sein Vater, ein Berater Trumans, hätte seinen rechten Arm für die Pläne seines Sohns gegeben und hatte deshalb eine immense Summe zu dem Unternehmen beigesteuert. Im Augenblick lag er im Cedar Hospital und kämpfte mit dem Tod. Falls sein Sohn die Wahl in vier Jahren gewinnen würde, müßte er sich damit zufriedengeben, ihm aus der Hölle zuzuprosten. Das Gesicht, das sein Sohn in diesem Moment machte, hätte bei ihm einen Wutanfall ausgelöst: Der Senator schien, wie immer, ziemlich unentschlossen.

»Ich weiß nicht, was ich sagen soll, Jack. Sicher, das ist alles ziemlich beunruhigend...«

Es war offensichtlich, daß er sich nicht klar äußern würde, und Sullivan überging ihn. Der Mann, dem er jetzt seinen Blick zuwandte, war in seinem Alter, und Sullivan kannte ihn, seit sie Kinder waren. Eugene Garrett war ein erfahrener Politiker, der seit Jahrzehnten eine bedeutende Stellung im konservativsten Flügel der Regierung einnahm.

»Wir müssen uns sofort von diesem Schauspieler befreien. Und dabei«, er wandte sich an den Mann der CIA, »wird deine Hilfe entscheidend sein. Du bist der Experte, wir haben es mit Agenten zu tun, nicht? Deine Privatarmee soll ihr Bestes geben.«

Der letzte Mann, auf den der forschende Blick Sullivans fiel, war knapp über fünfzig, elegant und gutaussehend und schien nicht im mindesten von Sullivans Verhör beeindruckt. James Burlow war seit Jahren ein Wohltäter der Republikanischen Partei und außerdem einer der größten Lieferanten des Verteidigungsministeriums. Seine Familie war seit drei Generationen im Waffengeschäft.

»Ich glaube, wir müssen begreifen, was da geschieht, und zwar schnell, wenn wir nicht zu den Hauptfiguren des letzten Skandals dieses Jahrtausends werden wollen.«

»So ist es«, pflichtete Sullivan ihm bei. »Ich lasse jetzt das Essen auftragen, und wir unterbrechen die Unterhaltung, bis Victor das Feld wieder geräumt hat. Zeit zum Nachdenken.«

Victor trug das Essen auf. Die Männer aßen und sprachen über dieses und jenes. Als sie fertig waren, rief Sullivan erneut den Majordomus, der die Teller abräumte und den Kaffee servierte. Victor wußte, daß er nicht noch einmal eintreten durfte, um die Tassen zu holen. Er ging zurück in die Küche, stellte das Geschirr in die Spülmaschine, zog sich um und verließ das Apartment.

Sullivan sah Bronson an. »Bist du überzeugt davon, daß der unabhängige Dienst in all dies verwickelt ist?«

Bronson breitete die Arme aus, auf seinem Gesicht lag ein gereizter Ausdruck. »Ich sehe mir die Fakten an. Der Chef des Dienstes hat ein Haus auf Tinos. Einer seiner Agenten war auf der Insel, und als er abgereist ist, hat er den Schauspieler mitgenommen.«

Sullivan blickte auf das Leinentischtuch und zeichnete mit der silbernen Gabel geometrische Muster darauf.

»Was gedenkst du zu tun?«

»Beide so schnell wie möglich eliminieren. Der Chef des Dienstes hat schon eine Warnung erhalten.« Er sah auf seine elegante Patek Philippe aus Platin, die er am Handgelenk trug, und hatte einen zufriedenen Ausdruck, als er den Blick wieder hob. »Seine Hollywoodvilla ist vor zehn Minuten in die Luft geflogen...«

Ein paar Sekunden lang herrschte Stille. Burlow, der Lieferant des Verteidigungsministeriums, sah ihn kalt an. »Das war keine großartige Idee. Ich kenne den Dienst, ein guter Teil der Regierungen auf der ganzen Welt bedient sich seiner. Wenn du glaubst, daß solche Leute derart dumme Fehler machen, irrst du dich. Sie sind nicht die CIA ...«, fügte er mit einem überheblichen Lächeln hinzu und steckte sich eine Zigarette an. »Auch wenn die Fakten den gegenteiligen Anschein erwecken, der Dienst muß nicht unbedingt in die Geschichte verwickelt sein. Wenigstens nicht bis zu diesem Moment...« Er schüttelte mißbilligend den Kopf. »Du hast nicht genug nachgedacht. Vielleicht arbeitet dieser Agent nicht mehr für sie, ist dir der Gedanke nicht gekommen? Du weißt besser als ich, daß dieser Dienst eine ungeheuer mächtige Organisation ist, mit absoluten Spitzenagenten. Du bist unüberlegt vorgegangen, wir hätten zuerst mit ihnen sprechen müssen.«

Es folgten einige Augenblicke verlegenen Schweigens. Nur der Waffenhändler konnte sich diesen Ton gegenüber dem CIA-Mann herausnehmen; schließlich verdankte der ihm seine Position.

Bronson zuckte die Achseln. »Was den auferstandenen Agenten angeht, wundere ich mich über deine Leichtgläubigkeit: Spione dieser Art hören erst auf, wenn sie sterben. Und wenn der Dienst wirklich nichts damit zu tun hat, um so besser. Auf diese Art haben wir ihnen ein für allemal die Lust genommen, sich einzumischen. Mach dir keine Sorgen, das hat keine weiteren Folgen, sie würden sich niemals gegen potentielle Kunden stellen.«

»Das hoffe ich. Sie haben jedoch seinerzeit den Auftrag abgelehnt, und das ist kein gutes Zeichen. Du kannst die CIA hinhalten, doch du bist einem Dienst auf die Füße getreten, der deinem in nichts nachsteht, weder im Personal noch in den Mitteln. Das war der letzte Feind, den wir brauchen konnten.«

Sullivan tippte mit dem Messer an sein Kristallglas, um die Aufmerksamkeit wieder auf sich zu lenken, und die Blicke wandten sich erneut ihm zu. Der alte Ölmagnat kaute nervös auf einer Zigarre herum und legte sie in den Aschenbecher, bevor er sprach.

»Wenn ich dich richtig verstanden habe«, sagte er, an den Waffenhändler gewandt, »fürchtest du, daß der Chef dieses Dienstes sich rächen könnte, indem er überall herumerzählt, wie die Dinge tatsächlich gelaufen sind?«

Burlow zuckte mit den Schultern. »Vermutlich wird das nicht geschehen, sie sind Profis, sie haben keinerlei Interesse daran, die Regeln zu verletzen. Doch in diesem Fall würden sie nicht die Regierung verärgern, also einen ihrer wichtigsten Auftraggeber, sondern eine extremistische Gruppe, die eigenmächtig gehandelt hat. Denn so würden wir definiert, falls die Wahrheit durchsickern sollte. Und du«, sagte er zu

Bronson, »hast die Angelegenheit mit dem Sprengen des Hauses auf die persönliche Ebene gebracht. Und das verstößt allerdings gegen die Regeln.«

»Was empfiehlst du uns zu tun?« fragte Sullivan.

»Warten wir ab, wie sie reagieren. Doch wir müssen diesen Schauspieler aus dem Weg räumen, denn die Leute schenken einem normalen Bürger mehr Glauben als einer Bande von Spionen.«

11

Am Morgen nach ihrer Ankunft in Bern wurde Lange um sechs Uhr wach. Das Licht drang durch die Gardinen und erhellte das Zimmer: Er sah das französische Messingbett, in dem er geschlafen hatte, den mit weißem Atlasstoff bezogenen Sessel neben dem Fenster und einen kleinen Artdeco-Sekretär, auf dem seine Tasche stand. Erst da wurde ihm bewußt, daß er nicht mehr in Griechenland war und daß kein Gong ertönen würde, um ihn und seine Gefährten zur ersten Meditationssitzung zu rufen. Schlagartig überkam ihn die neue Wirklichkeit: Georges Tod, die Männer, die ihn verfolgten, und die Aufgabe, mit seinem Wissen an die Öffentlichkeit zu treten. Er war versucht, die Augen wieder zu schließen. Jeder Alptraum war besser als das. Doch er stand auf und schob die Gardinen beiseite. Es war ein schöner Sonntagmorgen: Im kalten Morgenlicht umschloß der heitere Himmel die Häuser Berns, lag über ihnen wie eine blaue Decke; sein Blick fiel auf die Altstadt, die sich vor dem Hintergrund der Alpen abzeichnete, mit einer endlosen Reihe von Ziegeldächern und spitzen Türmen, deren höchster der des gotischen Münsters war. Er öffnete das Fenster und machte es gleich wieder zu, weil es ihn in der kalten Luft schauderte. Dann ging er ins Bad, ließ heißes Wasser in die Wanne laufen, tauchte ein und versuchte mit geschlossenen Augen seine Gedanken zu ordnen. Bald würden seine Freunde in Berlin anfangen, sich Sorgen über sein Verschwinden zu machen, die Proben für das neue Stück sollten am ersten Oktober beginnen. Sie würden tausend Vermutungen anstellen, um dann die Suche nach ihm aufzunehmen; doch zu diesem Zeitpunkt wäre er vielleicht schon tot. Er konnte Uwe, seinen Regieassistenten, nicht benachrichtigen, weil dessen Telefon mit Sicherheit überwacht wurde. Erschreckt stellte er fest, daß es unmöglich war, die wenigen Freunde, die er hatte, zu schützen. Man würde ihre Telefonate abhören, ihre Bewegungen kontollieren, und alles seinetwegen.

Er stieg aus der Wanne, schlüpfte in den Bademantel und öffnete die Reisetasche mit den Kleidungsstücken, die Ogden ihm gegeben hatte: ein blaues Sporthemd und ein Paar cremefarbene Hosen. Als er sich anzog, bemerkte er den Namen Savile Row auf dem Hosenetikett. Sein Gastgeber war ein eleganter Mann, das zeigten seine Wohnung und seine Kleidung; doch er mußte auch verrückt sein, denn nur so war zu erklären, warum er sich dieses Problem aufgeladen hatte. Lange verließ das Zimmer, versuchte keinen Lärm dabei zu machen und ging über den Flur zur Küche. Ogden mußte schon aufgestanden sein, denn es duftete nach Kaffee. Er warf einen Blick ins Wohnzimmer, doch dort war niemand. Am Abend zuvor hatte er ein weiteres Zimmer gesehen, das auf den Flur hinausging. Er näherte sich der Tür und klopfte diskret, bekam aber keine Antwort. Als er in sein Zimmer zurückkehrte, hörte er, wie sich die Wohnungstür öffnete. Er ging wieder auf den Flur, und Ogden stand vor ihm.

»Guten Morgen.« Sein Gastgeber lächelte, stellte eine Reisetasche auf den Boden, wandte sich dann wieder zur Tür und hantierte daran herum. Nach einer Sekunde war ein Pfeifton zu hören, und an einem Schalter neben dem Türpfosten ging ein kleines rotes Licht an.

»Diebstahlsicherung«, erklärte Ogden und wandte sich erneut Lange zu. »Haben Sie gut geschlafen?«

»Ja, danke. Sie müssen sehr früh aufgestanden sein.«

»Das stimmt. Ich hatte etwas Dringendes zu erledigen.« Ogden gab Lange ein Zeichen, ihm zu folgen. »Kommen Sie, wir müssen reden. Haben Sie schon Kaffee getrunken?«

»Noch nicht.«

»Dann lassen Sie uns in die Küche gehen, ich nehme auch noch einen. Wir müssen entscheiden, wie es weitergehen soll.«

Ogden machte zwei Tassen Pulverkaffee und nahm Lange gegenüber Platz.

»Leider müssen wir weg von hier.«

Lange hob den Deckel von der Zuckerdose und sah ihn erstaunt an. »Warum? Niemand kann mich mit Ihnen in Verbindung bringen.«

Ogden seufzte. Der Bedauernswerte vermochte sich sicherlich nicht vorzustellen, daß er von allen Leuten in ganz Griechenland den Mann gefunden hatte, der am geeignetsten war, ihm zu helfen, aber auch den einzigen, der wegen seiner Verbindung zu Stuart von seinen Verfolgern identifiziert werden konnte.

»Nein, hier ist es nicht mehr sicher. Bisher habe ich Ihnen helfen können...«

»Und sehr geschickt!« unterbrach ihn Lange bewundernd.

»Danke. Doch ich bin nicht der, für den Sie mich halten, und meine Geschicklichkeit ist kein Zufall.«

Lange runzelte die Stirn. »Ich verstehe nicht...«

»Bis vor kurzem war ich Geheimagent. Das Haus auf Tinos gehört meinem ehemaligen Chef. Ich habe gestern abend mit ihm gesprochen. Der Fischer, der uns geholfen hat, die Insel zu verlassen, ist von zwei Männern zusammengeschlagen worden; um sein Leben zu retten, hat er zugegeben, daß er uns nach Mykonos gebracht hat. Diese Leute wissen jetzt, wem das Haus in Lychnaftia gehört und wer ich bin. Das ist der Grund, warum es hier nicht mehr sicher ist.«

Lange hatte die Augen aufgerissen. »Ein Spion? Und für welche Regierung haben Sie gearbeitet?«

»Für keine. Der Dienst ist eine unabhängige Organisation. Allerdings sind im allgemeinen Regierungen unsere Auftraggeber. Wir sind so etwas wie Söldner auf hohem Niveau. Hören Sie«, setzte Ogden eilig hinzu, »wir müssen einen anderen Platz finden, und auch ich muß mich verstecken, weil sie wissen, daß ich Ihnen geholfen habe.«

Lange nahm eine Zigarette und zündete sie an. Er tat ein paar Züge und blickte dann wieder zu Ogden. »Überlassen Sie mich meinem Schicksal, es ist nicht richtig, daß Sie Ihr Leben für mich riskieren.«

Ogden lächelte und machte eine ungeduldige Geste. »Dafür ist es zu spät. Wir haben nur eine Chance, aus diesen Schwierigkeiten herauszukommen: daß Sie sobald wie möglich erzählen, was Sie wissen. Doch jetzt müssen wir ein anderes Versteck finden.«

»Haben Sie irgendeine Idee?«

»Zunächst einmal müssen wir hier weg. Wohin, das entscheiden wir unterwegs.«

Kurz nach fünf Uhr an diesem Morgen war Ogden in eine kleine Wohnung in der Nähe des Bahnhofs gegangen, wo er Arbeitsmaterial verwahrte, das er nicht in seinem Apartment am Rathausplatz haben wollte. Er nahm die Reisetasche, die er auf den Tisch gestellt hatte, und machte sie auf.

»Hier ist ein Paß für Sie, ich habe das Foto durch Ihres ersetzt. Niemand wird es bemerken, wenn er nicht gerade ein Experte ist. Der andere ist für mich. Sie sind ein Philologieprofessor der Universität Köln, ich bin ein Geschäftsmann aus München.«

Während Lange sich neugierig seinen neuen Paß besah, ging Ogden durch den Kopf, daß er zum erstenmal ohne die Unterstützung des Dienstes agierte. Langes Verfolger verfügten über Personal und Mittel, außerdem hatten sie ein Dossier über ihn. Es war offensichtlich, daß er und der Schauspieler keine großen Chancen hatten.

»Woran denken Sie?« fragte der Schauspieler.

»Packen Sie Ihre Tasche, wir gehen.«

Lange, der die Besorgnis des Agenten gespürt hatte, tat, was er sagte, ohne weiter nachzufragen. Er wollte ihn nicht mit unnützen Fragen belästigen. Ogden war der Experte, und wenn er sagte, daß sie sobald wie möglich verschwinden sollten, konnte er es glauben.

Nachdem Lange das Zimmer verlassen hatte, trat Ogden ans Fenster, schob die Gardine beiseite und sah hinunter auf den noch fast menschenleeren Platz. Als er vor einer Stunde aus dem Haus gegangen war, hatte er all die ausgeklügelten Sicherheitssysteme aktiviert, so daß niemand in sein Apartment eindringen könnte. Draußen hatte er sich davon überzeugt, daß er nicht verfolgt wurde und daß es, wenigstens in der unmittelbaren Nachbarschaft, keine verdächtigen Bewegungen gab. Alles war glattgegangen, doch es war nur eine Frage der Zeit: Noch an diesem Vormittag würden die Amerikaner in Bern sein.

»Meinen Sie, wir schaffen es?« Lange kam ins Wohnzimmer zurück, und sein Ton war überraschend ruhig.

»Wenn wir schnell sind«, log Ogden, der keineswegs sicher war. »Wir fahren zum Bahnhof und nehmen einen Zug zu irgendeinem internationalen Flughafen: Zürich, Genf oder Mailand.«

»Wenn Sie mich nicht getroffen hätten, würden Sie jetzt nicht in diesen Schwierigkeiten stecken...« Lange bedauerte es aufrichtig. »Unsere Wege haben sich gekreuzt, und für mich war es ein Glück, doch bei Ihnen kann man das nicht sagen...«

»Hören Sie, vergessen Sie es, in Ordnung?« antwortete Ogden ein wenig ungeduldig.

Lange zuckte die Achseln. »Entschuldigen Sie. Aber ich möchte Ihnen wenigstens sagen, daß ich mich geehrt fühle, mit Ihnen zusammen auf der Flucht zu sein«, schloß der Schauspieler mit einer Verbeugung.

Ogden lächelte. »In Ordnung, die Ehre ist ganz auf meiner Seite. Und jetzt rufen wir ein Taxi.«

Er wollte gerade die Nummer wählen, als sein Handy läutete. Es war Stuart.

»Hast du beschlossen, in deinem Apartment zu sterben?« eröffnete der Chef des Dienstes brüsk das Gespräch.

»Woher weißt du, daß wir noch hier sind?« fragte Ogden erstaunt.

»Zwei Männer des Dienstes sind seit heute morgen in Bern und überwachen deine Wohnung. Du hast sie nicht bemerkt, weil sie im Rathaus postiert sind. Sie haben mir gesagt, daß du eben zurückgekommen bist.«

»Und welchem Umstand verdanke ich diese ganze Sorge? Ich nehme nicht an, daß mein ungewisses Geschick dich rührt...«

»Da hast du recht. Doch von diesem Augenblick an wird sich der Dienst um euch kümmern. Allerdings unter einer Bedingung...«

»Sag mir zuerst, was dich umgestimmt hat. Gestern abend hast du noch deine Hände in Unschuld gewaschen...«

Stuart antwortete nicht gleich, und zum ersten Mal seit Jahren zündete er sich eine Zigarette an. »Das Haus auf Tinos ist in die Luft geflogen. Die Amerikaner müssen gedacht haben, daß ich für Langes Flucht verantwortlich bin. Wenn sie auf diese Art vorgehen, vermuten sie vielleicht sogar, daß der Dienst sie erpressen will und Lange als letztes Druckmittel benutzt. Eine lächerliche Hypothese, wenigstens bisher. Zu Ihrem Pech wissen wir alles über die Operation George, da sie uns den Auftrag angeboten haben.«

»Ein schwerer Fehler...«, bemerkte Ogden.

»In der Tat. Doch wenn man mit Fanatikern zu tun hat, noch dazu mit Einzelgängern, kann das passieren. Mir hat die Sache nicht gefallen, wie du dir vorstellen kannst, also werde ich alles tun, daß dein Schauspieler gesund und wohlbehalten zu seinem großen Auftritt kommt. Aber du mußt wieder für den Dienst arbeiten, in vollem Umfang. Das ist die Bedingung, wie du dir vielleicht schon gedacht hast. Und außerdem ist durch deinen schwachsinnigen Altruismus die einzige Sache zerstört worden, die mir am Herzen lag...«

Stuart unterbrach sich, und Ogden hörte ihn tief Luft holen. Dann fuhr der Chef des Dienstes fort. »Natürlich könnte ich meine Rechnung mit diesen Idioten auch begleichen, ohne daß du und Lange irgendeinen Vorteil daraus ziehen würdet. Doch da dir Guthries ehemaliger Patient so am Herzen liegt, habe ich gedacht, ich könnte dich verpflichten, wieder für mich zu arbeiten.«

Ogden antwortete nicht gleich. Es wunderte ihn nicht, daß Stuart von Guthrie wußte. Der Dienst hatte seinen alles erfassenden Blick auf Lange gerichtet. Er ertappte sich bei einem Lächeln; die Dinge hatten sich so entwickelt, daß er Stuarts Vorschlag nur annehmen konnte. Es faszinierte ihn, durch welchen Schachzug des Schicksals er wieder ins Spiel kam. Wenigstens würde es nichts geben, dem er nachtrauern könnte: Seine Freiheit war allzu kurz gewesen. Er dachte an Verena und an die flüchtige Idee, auch sie in sein neues Leben einzuschließen. Offensichtlich war das vom Schicksal nicht vorgesehen.

»Einverstanden«, sagte er ohne weiteren Kommentar.

»Sehr gut, ich wußte, daß ich auf das bißchen Vernunft, das du noch hast, bauen konnte. Auf dem Flughafen von

Bern wartet ein Flugzeug auf euch. Es bringt euch nach Berlin. Es tut mir leid, daß dein neues Leben so schnell vorbei ist.«

»Mir auch. Wo verstecken wir Lange, wenn wir in Berlin sind?«

»Wenn du hier bist, erkläre ich dir alles.«

»Wer sind die Männer, die du geschickt hast?«

»Franz natürlich. Und ein anderer, den du nicht kennst, eine Neuerwerbung. Bis später, Ogden. Schön, daß du wieder bei uns bist.«

Kaum war das Gespräch zu Ende, läutete es an der Tür. Lange zuckte zusammen.

»Bleiben Sie, wo Sie sind, und rühren Sie sich nicht«, wies Ogden den Schauspieler an, ging in den Vorraum und näherte sich mit gezogener Pistole der Tür. In diesem Moment hörte er Franz' Stimme.

»Ich bin's, Chef.«

Ogden öffnete. Der Einsatzagent, der ihm jahrelang bei vielen Missionen zur Seite gestanden hatte, trat ein, gefolgt von einem jüngeren Mann.

»Schön, dich gesund und munter zu sehen«, sagte Franz und lächelte.

Ogden schloß die Tür wieder.

»Was glaubst du, wie froh ich erst bin!«

»Ich kann es nur ahnen; ich habe Stuart noch nie so außer sich gesehen. Das ist Gabriel«, sagte er und stellte ihm den anderen Agenten vor. »Nun, seid ihr fertig? Wir müssen schnell weg. Unten haben wir ein Auto.«

»Wohin geht es?« fragte Lange, der zu ihnen in den Vorraum gekommen war.

»Nach Berlin«, antwortete Ogden und nahm seine Tasche vom Boden.

»Sind das Agenten des Dienstes?« fragte der Schauspieler.

Ogden nickte. »Ich möchte Ihnen Franz vorstellen, und das ist –« Doch er erinnerte sich nicht an den Namen des zweiten Agenten.

»Er heißt Gabriel«, kam ihm Franz zu Hilfe. »Der Name eines Engels, doch er paßt nicht zu seinem Lebenslauf«, fügte er mit einem Grinsen hinzu.

Lange lächelte. »Danke, Freunde.«

Gabriel warf dem Schauspieler einen kalten Blick zu. Franz klopfte ihm auf die Schulter. »Entspann dich, Gabriel, Ogden ist der beste Agent weit und breit. Ihn nach Berlin zu eskortieren ist eine Ehre, mit der du beim Nachwuchs angeben kannst.«

Dann wandte er sich erneut an Ogden, wie um seinen Kollegen zu entschuldigen. »Er ist ein tüchtiger Kerl, der unbarmherzigste Killer, mit dem ich je zusammengearbeitet habe. Stuart hat sich für die harte Linie entschieden, wir haben den Befehl, jeden zu erschießen, der sich Lange nähert.«

Lange, der das Hin und Her der Unterhaltung verfolgt hatte, sah alarmiert hoch. Dann warf er Ogden, dem sein Unbehagen nicht entgangen war, einen Blick zu.

»Bleiben Sie ganz ruhig, Lange, wahrscheinlich wird das nicht nötig sein«, versicherte Ogden ihm und versuchte glaubwürdig zu klingen.

Sie verließen das Apartment. Der BMW stand direkt vor dem Eingang. Der Platz war noch kaum belebt, Ogden sah auf die Rathausuhr, sie zeigte halb neun. Franz hatte für

Lange die Wagentür rechts geöffnet, und Gabriel umkreiste das Auto, um zum Fahrersitz zu gelangen. In diesem Moment fuhr ein Mercedes, aus der Rathausgasse kommend, langsam auf den Platz. Ogden konnte undeutlich erkennen, daß vorne im Wagen zwei Männer saßen, ein dritter auf dem Rücksitz. Er wandte sich Franz zu, zog den Revolver aus dem Halfter, und Franz tat das gleiche. Dann stieß er Lange mit einer heftigen Bewegung in den BMW.

»Unten bleiben und nicht bewegen!«

Der Mercedes war inzwischen schneller geworden und fuhr neben ihren Wagen.

»Achtung!« schrie Ogden dem anderen Agenten zu, doch Gabriel hielt schon die Pistole umklammert. Fast lautlos traf in dem Moment eine Salve von Projektilen den BMW und ließ die Scheiben zu Bruch gehen. Franz und Ogden, in Deckung hinter dem Auto, beantworteten das Feuer. Gabriel, auf dem Boden ausgestreckt wie ein Scharfschütze, schoß das Magazin seiner Beretta leer und versuchte die Reifen zu treffen. Der Mercedes schleuderte einen Moment, fing sich dann wieder und bog mit hoher Geschwindigkeit in die Postgasse ein. Franz und Gabriel rannten hinterher, gaben noch ein paar Schüsse ab, doch der Wagen war schon um die Ecke gebogen und verschwunden. Ogden beugte sich über Lange, der noch immer im Wageninneren kauerte.

»Alles in Ordnung?«

Der Schauspieler hob den Kopf. Er wirkte benommen. »Ja, ich glaube schon...«

Franz und Gabriel kamen zum Auto zurück. »Sie sind weg«, sagte Franz und steckte die Pistole ins Halfter.

»Verschwinden wir von hier, schnell!« Ogden gab Gabriel ein Zeichen, sich ans Steuer zu setzen. »Kennst du den Weg zum Bahnhof?« fragte er ihn.

»Ich komme aus Bern, deshalb haben sie mich geschickt«, antwortete der Agent und nahm den Platz am Steuer ein.

Ogden setzte sich neben ihn, Franz und der Schauspieler auf den Rücksitz, und das Auto schoß los. Einige Fenster hatten sich geöffnet, in Kürze würde die Polizei dasein.

»Am Bahnhof lassen wir das Auto stehen und nehmen ein Taxi zum Flughafen – falls sie keinen zweiten Angriff versuchen«, sagte Ogden. Gabriel nickte und beschleunigte noch einmal das Tempo.

Sie rasten durch die noch verschlafenen Straßen. Zunächst gab es keine weiteren Überraschungen; doch in der Nähe vom Bahnhofsplatz tauchte der Mercedes wieder hinter ihnen auf.

»Da sind sie!« rief Franz. »In dieser Oase der Ruhe würden sie uns auch finden, wenn wir durchsichtig wären.«

Gabriel riß das Steuer herum und bog in eine Seitenstraße ein; sie war eng und lang. Ogden wandte sich um, der Mercedes war ungefähr fünfzig Meter hinter ihnen.

»Wenn du an der Ecke bist, bieg ab und halt an«, befahl Ogden. Franz sah ihn fragend an.

»Wir steigen aus und eröffnen das Feuer auf sie, sobald sie auftauchen. *Um sie zu eliminieren*«, betonte er. »Wenn wir sie jetzt nicht ausschalten, kommen wir hier nicht lebend heraus. Lange, Sie legen sich flach auf den Boden und heben den Kopf nicht hoch, bis Sie einen von uns hören. Auf gar keinen Fall, habe ich mich klar ausgedrückt?«

Lange nickte, ohne einen Ton zu sagen. Gabriel und Franz verständigten sich mit einem Blick.

»Seid ihr fertig?«

Der BMW bog um die Ecke, Ogden und die Agenten sprangen aus dem Wagen und gingen in Stellung, die Pistolen mit Schalldämpfern auf die Stelle gerichtet, wo das Verfolgerauto auftauchen würde. Der dröhnende Lärm des Mercedes in der Gasse wurde lauter, und der Wagen raste um die Ecke. Franz und Ogden schossen gleichzeitig los, im Lärm berstender Scheiben und im Dröhnen der Hupe unter dem Körper des Fahrers, der über dem Steuer zusammengesackt war. In wenigen Augenblicken war alles vorbei. Aus dem Mercedes kam kein Lebenszeichen.

»Ich gehe nachsehen, gebt mir Deckung«, sagte Franz und näherte sich dem Wagen mit gezogener Pistole.

Doch die drei im Mercedes rührten sich nicht. Der Agent vergewisserte sich, daß keiner von ihnen mehr in der Lage war, Schaden anzurichten, gab dann Ogden und Gabriel ein Zeichen. Sie gingen ebenfalls hin. Franz durchsuchte die Taschen der drei und reichte Ogden die Papiere, die er gefunden hatte. Ohne ein Wort stiegen sie wieder in den BMW, der einen Satz tat und losfuhr, diesmal Richtung Flughafen.

12

Nach einer schnellen Reise ohne Zwischenfälle landeten sie auf dem Flughafen Tegel. Der kleine Jet des Dienstes wurde von einem Agenten geflogen, mit dem Ogden in der Vergangenheit mehrfach zusammengearbeitet hatte. Der zweite Pilot dagegen war ein Dreißigjähriger mit einem ausdruckslosen Gesicht und eiskalten Augen: eine Neuerwerbung, wie Franz die unter Stuarts Leitung eingestellten Agenten nannte.

Am Sitz des Dienstes, einem im Nikolaiviertel gelegenen eleganten Jugendstilhaus an der Spree, wurden sie von Stuarts Sekretärin Rosemarie empfangen. Sie war viele Jahre lang Casparius' Sekretärin gewesen, und nach seinem Tod hatte der neue Chef des Dienstes sie übernommen, mit ihrem Schatz an Geheimnissen und ihrer ganzen Hingabe.

»Ogden, wie schön, Sie wiederzusehen!« begrüßte die Frau ihn mit einem herzlichen Lächeln.

»Hallo, Rosemarie, alles in Ordnung?« Ogden erwiderte das Lächeln und drückte ihr die Hand.

»O ja, alles in bester Ordnung! Herr Stuart erwartet Sie in seinem Büro. Er möchte Sie allein sehen, ich werde mich um Herrn Lange kümmern.«

Ogden wandte sich an den Schauspieler. »Gehen Sie nur mit Rosemarie, Sie macht Ihnen einen ausgezeichneten Kaffee. Wir sehen uns gleich wieder…«

Lange nickte. »Mit Vergnügen, ich habe mich noch nie so sicher gefühlt wie in diesem Moment«, sagte er und wandte sich Rosemarie mit einem gewinnenden Lächeln zu.

Ogden ging den langen Korridor hinunter und klopfte an die letzte Tür.

»Herein!« Stuart stand vor einem breiten Fenster und sah hinunter auf den vom Regen gepeitschten Fluß. Das Büro, in dem lange Jahre Casparius residiert hatte, war nicht verändert worden: Die antiken Nußbaummöbel und die wertvollen Drucke an den Wänden verliehen dem Raum nach wie vor schlichte Eleganz. Stuart drehte sich um, lächelte und ging Ogden entgegen.

»Dann haben wir dich also wieder bei uns!« rief er aus und reichte ihm die Hand. »Bist du bereit, diese Angelegenheit in die Hand zu nehmen?«

Ogden preßte die Lippen aufeinander. »Das ist quasi eine persönliche Rache, nicht wahr?«

Stuart zuckte die Achseln. »Die ganze Geschichte ist eine persönliche Rache, angefangen von dem Mord an George Kenneally. Wenn du einen Mann tötest, mußt du auch seine Söhne töten, sonst rächen sie sich. Die Mentalität der griechischen Tragödie, aber auch die der Mafia. Dieser Mann ist gestorben, weil sie vor ihm seinen Vater getötet hatten. Um dieser Nemesis zu entkommen, hätte er auf einem anderen Kontinent leben und die Politik vergessen müssen...« Stuart unterbrach sich kurz, um dann fortzufahren: »Doch wie dem auch sei, was uns angeht, so weißt du gut, wie viel mir an diesem Haus lag; doch Lychnaftia ist nicht der einzige Grund. Der Dienst reagiert, um jeden davon abzuhalten, eine ähnliche Vergeltungsmaßnahme in Zukunft zu wiederholen. Zu Zeiten von Casparius wäre das nicht passiert...« Stuart schüttelte den Kopf, doch sein Gesichtsausdruck war ironisch. »Die Russenmafia verändert unsere Sitten. Das ist die einzige wirkliche Konsequenz, die uns das Ende des kalten Kriegs beschert hat.«

Der Chef des Dienstes setzte sich an den Schreibtisch und forderte Ogden mit einer Geste auf, in einem Sessel Platz zu nehmen. »Ich hätte keinen Finger für diesen Schauspieler gerührt, vielleicht hätten wir ihn sogar liquidiert, wenn sie uns darum gebeten hätten. Doch die Amerikaner haben gehandelt, ohne vorher Klarstellungen zu erbitten, wie es die Gepflogenheiten unter den Diensten normalerweise verlangen. Die Gruppe, die den Tod George Kenneallys angeordnet hat, handelt unabhängig von der amerikanischen Regierung, deshalb werden wir mit niemandem dort in Konflikt geraten. Es sind Einzelgänger, mächtig, aber doch isoliert; wenn der Skandal an die Öffentlichkeit käme, würde niemand irgend etwas für sie tun.«

»Du solltest mir noch etwas mehr verraten, meinst du nicht?«

»Natürlich. Als erstes bringen wir unseren Schauspieler in Sicherheit. Wir werden ihn uns für seinen großen Auftritt warmhalten...«

»Das habe ich mir gedacht. Ich möchte wissen, wer den Mord gewollt hat. Lange sagt, daß Kenneally vor einem halben Jahr bedroht worden ist. Ein Ölmagnat aus Texas hat ihm durch einen hochrangigen Mittelsmann zu verstehen gegeben, daß es kein gutes Ende mit ihm nehmen würde, wenn es ihm in den Sinn käme zu kandidieren.«

»Du mußt dir mal das Niveau vorstellen...«, murmelte Stuart verächtlich. »Aber es stimmt, was Lange sagt. Dieser alte Trottel hat Kenneally doch tatsächlich ein Telegramm geschickt, bevor er ihn umbrachte. Sullivan ist ein Fanatiker der extremen Rechten, enorm reich und davon überzeugt, daß er die anderen dank seines Charismas in dieses Unternehmen eingebunden hat. Einer dieser Amerikaner, die sich jeden Sonntag in den Kathedralen des neuen häretischen Christentums unserer Zeit drängen, um gegen Abtreibung zu wettern und die Amerikaner aufzuhetzen, sich zu bewaffnen und selbst zu verteidigen. Im Senat hat er gegen die Abrüstung und den Stopp von Atomwaffen gekämpft; mit welchem Ergebnis, das wissen wir ja. Es ist auch ihm zu verdanken, wenn man sich in den Vereinigten Staaten noch immer eine Kalaschnikow im Drugstore gegenüber kaufen kann.«

»Alles klar. Eine Art Goldwater der neunziger Jahre. Wer ist sonst noch dabei?«

Stuart wurde wieder ernst. »Ein Mann der CIA, wie üblich. Er verfügt über eine enorme Macht, auch wenn er keinen offiziellen Posten bekleidet: Praktisch leitet er eine CIA innerhalb der CIA – die alte Geschichte. Er ist ebenso fanatisch wie Sullivan; die Agenten, die ihr in Bern eliminiert habt, waren seine. Jetzt muß er die Verluste bei seinen offiziellen Chefs rechtfertigen, aber das wird er natürlich hinkriegen… Dann haben wir einen jungen Politiker, der 2004 Präsident werden möchte. Sein Vater hat einen großen Teil der Operation bezahlt. Wenn George Kenneally noch am Leben wäre und kandidieren könnte, hätte Calvin Stutton keine Chance, genausowenig wie irgendein anderer. Jetzt dagegen sind wieder alle im Rennen. Des weiteren ist noch ein alter Freund Sullivans dabei, Senator Garrett, seit langen Jahren Mitglied des äußersten rechten Flügels. Einer der größten Viehzüchter des Landes, der Vater des Dosenfleischs. Er und Sullivan haben sich vor dreißig Jahren in Dallas zugeprostet. Und das ist kein Witz: In unseren Archiven haben wir ein Foto, das die beiden 1963 bei einem Festessen am Abend der Ermordung des Präsidenten zeigt. Und *last, but not least:* ein Waffenhändler, einer der mächtigsten Männer der Welt. Er gehört zu den Lieferanten des Verteidigungsministeriums. So sieht die Gruppe aus.«

»Gibt es einen Beweis, ich meine einen konkreten Beweis, daß George Kenneally kandidieren wollte?«

»Du meinst, außer der Tatsache, daß sie ihn umgebracht haben?« fragte Stuart und verzog ironisch das Gesicht, wurde aber gleich wieder ernst. »Ja, den gibt es. Einmal abgesehen von den Aussagen Langes und anderer Freunde wissen wir, daß *Atlantic News* mit einer Titelgeschichte herauskommen wollte, bei der es um seine Absicht ging, im nächsten Jahr bei den Senatswahlen im Staat New York zu kandidieren. Das war der erste Schritt, dem ein unaufhaltsamer Aufstieg mit dem Sieg bei den Präsidentschaftswahlen 2004 als Höhepunkt gefolgt wäre.«

»Ich nehme an, daß es die Zeitschrift nicht mehr gibt.«

»So ist es. Sie haben sie rechtzeitig aus dem Verkehr gezogen, und die bewußte Ausgabe ist verschwunden.«

»Wann ist der Dienst kontaktiert worden?«

»Vor drei, vier Monaten.« Stuart betrachtete nachdenklich seine Hände. »Sie haben die Sache überstürzt und schlecht durchgeführt, wahrscheinlich hat dieser Artikel sie erschreckt. Sie wollten Kenneally ausschalten, bevor seine Kandidatur bekannt wurde, weil sich sonst der Verdacht, es stecke ein Komplott dahinter, mit Sicherheit eingestellt hätte. Damit hatten sie natürlich recht. Sie sind gerade noch mal davongekommen, wenigstens für den Augenblick.«

»Und tatsächlich hat ja niemand öffentlich von einer Verschwörung gesprochen...«

Stuart nickte. »Nur der eine oder andere Querkopf im Internet sagt, was er davon hält. Allerdings haben Sullivan und seine Mitverschwörer das Pech, daß es Zeugen gibt, die der Desinformation, wie sie gleich nach dem Ereignis und während der Nachforschungen ins Werk gesetzt wurde, widersprechen können.«

»Zum Beispiel?«

Stuart nahm ein paar Blätter und las. »Der Funkkontakt von 21.39 Uhr. Einem Artikel von *United Press International,* datiert auf den Tag nach dem Ereignis, ist zu entnehmen, daß Kenneally am Tag des Absturzes um 21.39 Funkkontakt mit dem Fluglotsen hatte, und er beruft sich darauf, daß sowohl *WCVB-TV* Boston als auch *ABC News* dies gemeldet hätten. Im Augenblick dieses Funkkontakts war alles vollkommen in Ordnung: das Flugzeug, die Wetterlage und der Pilot. Kenneally wußte, wo er sich befand und welche Flughöhe er hatte, er war ruhig, hatte das Flugzeug im Griff und hielt es auf Kurs. Er teilte mit, daß er sich zur Landung bereit mache, um eine Person aussteigen zu lassen und den Flug zu seinem Zielflughafen fortzusetzen. Seltsamerweise stürzte das Flugzeug nur wenige Sekunden danach ins Meer. Schon vom dritten Tag nach dem Unglück an war jede Spur dieser Funkverbindung aus den Berichten in den Massenmedien verschwunden, und am zweiten Tag kamen die Federal Aviation Authority, also die Flugabteilung der Marine, und der National Transportation Safety Board mit einem Radarbericht heraus, aus dem sich ergeben sollte, daß der Flug Kenneallys Unregelmäßigkeiten aufwies, und dies kurz vor eben jenem Zeitpunkt, zu dem er über Funk mitgeteilt hatte, daß alles okay sei. Tatsache ist, daß jeder Hinweis auf den Funkkontakt von 21.39 Uhr aus dem offiziellen Bericht entfernt wurde. Aber hier, lies selbst...«

Stuart reichte Ogden das Dossier. Der Agent blätterte es ein paar Minuten lang durch und schüttelte dann den Kopf. »Nicht schlecht«, kommentierte er, ohne von den Papieren hochzusehen. »Im Laufe weniger Stunden hat man das Funkgespräch, das beweisen würde, daß Sekunden vor dem Absturz des Flugzeugs noch alles in bester Ordnung war, verschwinden lassen ... Und auch die ursprünglich erwähnte acht Meilen weite Sicht kommt nicht mehr vor und ist nur vierundzwanzig Stunden später durch die zwanghafte Wiederholung, wie undurchdringlich der Nebel entlang der Küste an jenem Abend gewesen sei, ersetzt worden. Sie sind wirklich mächtig, deine Cowboys, wenn sie solche Lügenmärchen in die Welt setzen können und damit durchkommen.«

Stuart nickte. »Es scheint so, daß es über New York und einem Teil von Long Island dunstig gewesen ist, doch eine knappe Stunde nach dem Verschwinden des Flugzeugs war das Wetter am Zielort klar und die Sicht optimal. Außerdem war auch wenige Augenblicke vor dem Absturz nach Mitteilung Kenneallys die Sicht ausgezeichnet, und er hatte keinerlei Probleme. Folgt man dem, was man uns einreden will, scheint es so, daß der Nebel urplötzlich genau im Moment des Unglücks niedergesunken ist, um sich sofort danach wieder zu heben. Ein außergewöhnlicher meteorologischer Opportunismus. Dazu kommt noch, daß die Küste, die das Flugzeug inzwischen erreicht hatte, seit einigen Monaten wie ein Jahrmarkt erleuchtet ist, so daß die Anwohner sich schon beklagen. Insgesamt hat man uns glauben machen wollen, daß er von einer Art schwarzem Loch verschluckt worden ist, während er in Wirklichkeit nur wenige Meilen von einer hellerleuchteten Küste entfernt war.«

»Man hat auch seine Fähigkeit als Pilot in Zweifel gezogen...«

Stuart stand vom Schreibtisch auf und ging durchs Zimmer. »Zwangsläufig. Es mußte ja wie ein Unfall aussehen. In Wirklichkeit war er ein erfahrener Pilot mit wenigstens siebzehn Jahren Flugerfahrung. Diese Information und andere Daten, die seine Kompetenz betreffen, haben wir von Jack McDougan, seinem Fluglehrer, der landesweit anerkannt ist. McDougan hat ausgesagt, daß Kenneally einige hundert Flugstunden absolviert hatte, seit 1982 flog und ihm nur die Abschlußprüfung fehlte, um das Patent für Instrumentenflug zu erhalten. Die Halbwahrheit der Desinformation lautet, er habe nur vierzig Flugstunden hinter sich; was stimmt, aber nur mit diesem Flugzeug, als Pilot hatte er dreihundert. Und dann, zu guter Letzt, gibt es noch wenigstens drei Zeugen, die behaupten, an jenem Abend einen Blitz genau in dem Himmelsabschnitt gesehen zu haben, wo der Radar das Flugzeug ausmachte, als es verschwand. Keine Explosion auf der Meeresoberfläche, sondern in der Luft. Einer der Zeugen, ein Journalist, beschreibt das, was er gesehen hat, als großen Blitz am Himmel. Unnötig hervorzuheben, daß durch diese Zeugenaussage die Hypothese von Dunst und Nebel noch unglaubhafter wird.«

Stuart räusperte sich. »Unter den gegebenen Umständen muß ich natürlich nicht davon überzeugt werden, daß dieser Mann umgebracht worden ist, denn ich weiß es mit Sicherheit. Doch du warst nicht dabei, als man uns den Job angeboten hat, deshalb wollte ich dir einen Überblick über die Situation geben, unabhängig von der Aussage Langes.«

Ogden hatte wieder begonnen zu lesen. Dann hob er den Blick und sah den Chef des Dienstes an. »Hier steht, daß die Radaraufzeichnung zeigt, daß er in der richtigen Höhe geflogen ist; die Tatsache, daß die korrekten Daten seines Höhenmessers vom Radargerät empfangen werden konnten, beweist doch, daß die Instrumente an Bord funktionierten... Wie können sie behaupten, daß die Instrumente ausgefallen seien, das ist doch lächerlich!«

»Aus Erfahrung wissen wir, daß in solchen Fällen niemand erkennt, was lächerlich ist. Man muß dreist sein; das sieht man an den Lügen, die sie erzählt haben, und an der Dummheit oder dem schlechten Gewissen derer, die sie schlucken.«

»Wie ich lese, hat schon so mancher Journalist gemerkt, daß er an der Nase herumgeführt worden ist.«

»Stimmt. Wenn ich einer von ihnen wäre, würde ich die Sache fallenlassen. Die Geschichte lehrt...«

»Gut, dann sag mir jetzt, wie deine Pläne aussehen.« Ogden legte das Dossier auf den Schreibtisch.

Stuart antwortete nicht gleich. Er ging zum Schreibtisch zurück und setzte sich, sah dann seinen besten Agenten an und musterte ihn nachdenklich.

»Bist du sehr verärgert über meine kleine Erpressung?«

Ogden lächelte. »Wenn ich du wäre, würde ich das Adjektiv weglassen, Erpressung ist Erpressung, und da macht deine keine Ausnahme. Aber seit wann hast du denn Gewissensbisse?«

Stuart zuckte die Achseln. »Nie gehabt. Ich will nur sicher sein, daß du in der richtigen Verfassung bist, diese Geschichte durchzuziehen. Ich habe die Absicht, dir Aufgaben zu übertragen, die vielleicht nicht zu deiner neuen Einstellung passen.«

Ogden schüttelte den Kopf. »Willst du irgendwelche Versicherungen? Die wirst du nicht bekommen. Du hast mich gezwungen, wieder einzusteigen, und hier bin ich. Falls du an meiner Einsatzbereitschaft zweifelst, so weißt du gut, daß es dafür keinen Grund gibt. Schließlich bin ich ein Profi…«

»Es ist dieses *Schließlich,* was mich stört. Aber egal. Du versuchst also wieder, einen Patienten Guthries zu retten, und das kann ich verstehen. Wenn man sich überlegt, wie die Dinge in Wien gelaufen sind…«

»Vorsicht!« unterbrach ihn Ogden barsch. »Das ist ein Thema, das zu berühren ich nicht einmal mir selbst gestatte. Willst du auch in diesem Büro sterben, wie Casparius, aber eines unnatürlichen Todes?«

»Ich sehe, daß du in bester Verfassung bist«, sagte Stuart und versuchte eine zufriedene Miene aufzusetzen. Doch es war ihm vollkommen bewußt, daß Ogden seine Drohung innerhalb weniger Minuten wahr machen würde, wenn er nicht vorsichtiger wäre. »In Ordnung, entschuldige, ich bin zu weit gegangen«, lenkte er ein. »Jetzt sage ich dir, wie ich vorzugehen gedenke. Wir werden unsere Cowboys derart fertigmachen, daß sie nirgendwohin gehen können, um sich zu beklagen. Sie werden vor ihrem Land und ihrer Familie in einer Weise diskreditiert sein, daß zum Schluß alle froh sind, sie sich vom Hals zu schaffen, wenn der entscheidende Schlag kommt. Was sagst du dazu? Zu dramatisch?« fragte er mit seelenruhiger Miene und zündete sich eine Zigarette an.

»Ich sehe, du hast wieder angefangen zu rauchen.« Ogden langte über den Schreibtisch und griff nach dem Päckchen. Stuart beeilte sich, ihm das Feuerzeug zu reichen.

»Das scheint mir perfekt. Du schlägst zwei Fliegen mit einer Klappe: Du hast mich wieder als Agenten im Dienst – woran dir ja offensichtlich viel liegt –, und du erteilst allen eine Lektion. Die Botschaft ist: Versucht das nicht noch einmal, unsere Archive sind die vollständigsten und aktuellsten der Welt. Was absolut stimmt. Außerdem läufst du nicht Gefahr, Washington herauszufordern, da es sich ja um Einzelgänger handelt. Und danach benutzt du Lange als Megafon, um die ganze Sache zu vollenden. Sehe ich das richtig?«

Stuart antwortete nicht gleich. Er ließ seinen Blick wie abwesend durchs Zimmer schweifen. Dann sah er Ogden erneut an und nickte.

»Genau. Ich habe ausführliche Dossiers über diese Leute. Sie haben uns unterschätzt, eine Sache, die noch nie passiert ist und die sich nicht wiederholen darf. Wir werden unser Wissen nutzen, um sie in die Falle zu locken, und wenn wir mit ihnen fertig sind, wird Lange seinen Teil tun und aussagen, was er weiß. Wir werden der amerikanischen Regierung die Mörder George Kenneallys zum Fraß vorwerfen und gleichzeitig allen beibringen, daß es besser ist, uns nicht zum Feind zu haben. Und du wirst deinen Schauspieler retten. So sind wir alle zufrieden, was meinst du?«

Ogden sah ihn amüsiert an. »Ist dir schon aufgefallen, Stuart, daß deine Strategien in letzter Zeit dahin tendieren, auf irgendeine Art die Gerechtigkeit wiederherzustellen? Wenn du nicht achtgibst, nennen sie dich zum Schluß noch den Robin Hood der Geheimdienste«, schloß er amüsiert.

Doch diese Bemerkung ärgerte Stuart nicht, er neigte den

Kopf, wie um zu danken. »Wenn du das sagst, klingt es sogar richtig. Du verstehst dich ja darauf!«

Diesmal lachte Ogden herzlich, wurde aber gleich wieder ernst. »Ob der Dienst sein Image verbessert, ist mir egal. Doch daß diese Leute zahlen sollen, das freut mich. Was Lange angeht, so bin ich froh, wenn er heil davonkommt. Damit ist alles gesagt. Jetzt laß uns die Details besprechen.«

Stuart stieß einen erleichterten Seufzer aus. »In Ordnung, ich erkläre dir, was wir machen werden.«

13

Lange war von der Sekretärin in den Konferenzsaal geführt worden, ein Zimmer mit einem großen Tisch aus Nußbaum vor einem breiten Fenster, das auf den Fluß hinausging. Auf der anderen Seite des Raums bildete eine Ledersitzgruppe eine gemütliche Ecke, wo die Sekretärin ihm Kaffee servierte. Rosemarie wechselte mit ihm ein paar Worte über den frühzeitigen Herbst, ließ ihn dann allein und versicherte ihm, daß Ogden sich bald zu ihm gesellen werde.

Lange rauchte ein paar Zigaretten und betrachtete den Fluß und die eleganten Häuser am anderen Ufer der Spree. Er kannte das Viertel gut, vor Jahren war er oft bei einer Frau gewesen, die genau im Haus gegenüber wohnte, er konnte ihre Fenster neben dem Ephraim-Palais sehen. Doch vielleicht war sie ja umgezogen. Wenn man ihm damals gesagt hätte, daß er wenige Jahre später aus den Räumen eines Geheimdienstes in Friedas Wohnung blicken würde, hätte er Tränen gelacht. Und doch war er jetzt hier, in den eleganten Büros einer Scheinfirma für Import-Export, in eine Affäre verwickelt, die eine Nummer zu groß für ihn war. Aber diese Geschichte war für alle zu groß. Mit einem Mal ergriff ihn ein Gefühl der Klaustrophobie, das ihm den Schweiß ausbrechen ließ. Was geschehen war, bewies, wie monströs die Welt war, lächerlich und vulgär zugleich. Ein Ort, wo man sich kaum hinwünschte, vielleicht ein Ort der Sühne, wo zu leben zutiefst demütigend sein konnte.

Für Lange war die Ermordung George Kenneallys der sprichwörtliche Tropfen, der das Faß zum Überlaufen bringt. Jetzt hatte er die Gewißheit, daß die große Verschwörung Realität war, nicht nur der Gegenstand soziologischer, anthropologischer, psychologischer, politischer oder, noch schlimmer, ideologischer Salongespräche. Wer auch immer sich in den Weg stellte, wurde ungestraft eliminiert, und im Normalfall waren es die Guten, die auf der Strecke blieben. Wie George. Es genügte, ihn anzusehen, um seine Qualitäten zu ahnen. Er gehörte zu jenen Menschen, deren äußere Schönheit der inneren entspricht. Bei ihm fiel einem der Gedanke von Kant ein, daß die Schönheit der Ausdruck des moralisch Guten sei.

Lange schüttelte den Kopf und begann im Zimmer auf und ab zu gehen, dieses Grübeln würde nirgendwohin führen. Er versuchte sich zu beruhigen, setzte sich wieder in den Sessel und begann tief zu atmen, in der Anapanaa-Meditation zu versinken. Nach ein paar Minuten hatte er das Gefühl, daß sein Herz ruhiger schlug, und ein Gedanke ging ihm durch den Kopf: Es mußte doch einen Sinn haben, daß er in diesen Büros war, daß ihm von diesen Leuten geholfen wurde, die er unter normalen Umständen als Gegner betrachtet hätte. Außerdem konnten die Mörder nur mit ihren eigenen Waffen bekämpft werden. George würde nicht wieder lebendig werden, aber vielleicht würde ihm Gerechtigkeit widerfahren.

Er sah auf die Uhr, es war fast sechs, draußen war es schon dunkel. Er fragte sich, was sie mit ihm vorhätten, wie lange er noch warten müsse. Dann kehrten seine Gedanken zu seinem Freund George zurück. Sie hatten ihn getötet, bevor seine politischen Pläne öffentlich bekannt werden konnten, also hatte jemand sein Vertrauen mißbraucht. Lange fiel ein Mann ein, den er im letzten Sommer bei einer Reise in die Vereinigten Staaten kennengelernt hatte. Ein Freund, dem George vertraute, der ihm selbst jedoch nicht gefiel. Es war ein Musiker, der in den sechziger Jahren in einer berühmten Band gespielt hatte. Er arbeitete jetzt als Musikproduzent und pendelte zwischen Los Angeles und New York; dort hatte ihn George ihm vorgestellt. Alles war möglich, doch nur allein deshalb, weil er ihn unsympathisch fand, mußte Larry nicht gleich schuldig sein. Doch wie dem auch sei, er würde mit Ogden darüber sprechen.

In diesem Moment trat der Agent ins Zimmer. »Es tut mir leid, ich habe Sie warten lassen. Wie fühlen Sie sich?«

Lange zuckte mit den Schultern. »Ich hatte Gelegenheit nachzudenken...«

Ogden sah ihn an, der Schauspieler machte eine besorgte Miene. »Das scheint Ihnen nicht bekommen zu sein. Gibt es irgendein Problem, außer denen, die wir bereits kennen?«

»Mir ist ein Freund von George eingefallen, dem er vertraute. Ich weiß nicht warum, aber mir kam der Gedanke, daß er etwas mit der Sache zu tun haben könnte...«

»Wer ist es?«

»Ein Musiker, der in den sechziger Jahren berühmt war. Ein gewisser Larry Wells.«

Ogden wußte, daß es ein Dossier über diesen Mann gab, und zwar ein ziemlich umfangreiches. »Jeder, der das Vertrauen Ihres Freundes hatte, kann verdächtig sein«, meinte er. »Doch darüber sprechen wir später. Jetzt bringe ich Sie in Ihr neues Apartment; es ist sehr komfortabel, es wird Ihnen gefallen.«

Lange glaubte, sie würden das Gebäude verlassen, doch Ogden ging mit ihm den Gang hinunter, um dann vor einer Schiebetür stehenzubleiben, hinter der ein Aufzug zum Vorschein kam. Er gab dem Schauspieler das Zeichen einzutreten und folgte ihm. Als er einen Knopf drückte, schloß die Tür sich wieder, und der Fahrstuhl fuhr nach oben.

»Wohin gehen wir?« fragte Lange, der bemerkt hatte, daß sie im obersten Stock angekommen waren.

»Sie können beruhigt sein, ich habe nicht die Absicht, Sie vom Balkon zu stürzen. Wir gehen in ein Apartment, eine Art Gästehaus. Wir benutzen es in Ausnahmefällen, und Sie sind einer davon.«

Der Aufzug hielt mit einem kleinen Ruck an, und die Tür öffnete sich. Sie betraten das Apartment, das der Dienst in seltenen Fällen benutzte, um einen Gast zu verstecken. Es war eine Idee von Casparius gewesen, der vor vielen Jahren hier einen der Apostel verborgen hatte, bevor dieser definitiv überlief und den MI5 fassungslos zurückließ. Die Sowjets hatten ein Vermögen für diese Operation bezahlt und waren dem Dienst lange Zeit dafür dankbar, praktisch bis zum Ende des kalten Kriegs.

Ogden ging voran. »Hier sind Sie in Sicherheit. Wir befinden uns in einem Stockwerk, das gar nicht existiert und das man von außen nicht sieht. Leider müssen Sie ohne natürliches Licht auskommen, es gibt keine Fenster. Doch das Apartment ist geräumig und mit allem Komfort ausgestattet. Folgen Sie mir, ich zeige es Ihnen.«

Aus dem kleinen Vorraum gelangten sie in ein großzügiges und ausgesprochen elegantes Wohnzimmer, eingerichtet mit modernen Polstermöbeln, einer gut ausgestatteten Bibliothek, einer Bar in einer Ecke und einem Fernseher in einer anderen. Fenster gab es keine, doch Vorhänge, die zugezogen waren, und Lange nahm an, daß dahinter nur die Wand war. Aus dem Wohnzimmer gingen sie in den Flur, auf den verschiedene Türen führten. Ogden öffnete eine, und sie befanden sich in einem großen Zimmer mit Doppelbett und einer Arbeitsecke mit Schreibtisch. Aus dem Schlafzimmer kam man in ein Badezimmer mit Massagewanne, Dusche und kleiner Sauna. Zurück im Flur, öffnete Ogden eine andere Tür und zeigte Lange eine moderne, blitzsaubere Küche.

»Wenn Sie gerne kochen, können Sie hier einen guten Teil Ihrer Zeit verbringen«, sagte er und schloß die Tür wieder. »Die anderen Zimmer werden mich und die beiden Männer beherbergen, mit denen wir nach Berlin gekommen sind. Wie gefällt es Ihnen?«

»Nicht schlecht, wirklich. Aber warum ausgerechnet am Sitz des Dienstes?«

»Im Moment haben wir nicht die Zeit, ein *safe house* zu organisieren. Aber wie dem auch sei: Es ist der sicherste Ort in Berlin, glauben Sie mir.«

Lange nickte. »Daran zweifle ich nicht. Was soll ich tun?«

»Im Augenblick nichts. Sie bleiben hier und langweilen sich, bis es an Ihnen ist, an die Öffentlichkeit zu gehen. Es kann sein, daß dies der ideale Ort zum Meditieren ist. Jetzt informiere ich Sie kurz darüber, was ich erfahren habe und wie wir vorgehen werden.«

Ogden erzählte Lange einen Teil dessen, was Stuart ihm gesagt hatte, und enthüllte dem Schauspieler die Identität der Männer, die das Komplott geschmiedet hatten, verschwieg ihm aber, daß diese Leute, bevor sie selbst ans Werk gegangen waren, dem Dienst den Auftrag angeboten hatten. Lange hörte ihm aufmerksam zu und achtete auf jedes Wort.

»Die üblichen Fanatiker«, bemerkte er schließlich. »Auch wenn ich glaube, daß ein Teil eines gewissen Establishments George nicht beweint hat. Viele sind von einem unschlagbaren Rivalen befreit worden, meinen Sie nicht?«

»Gewiß. Doch man kann Intentionen nicht den Prozeß machen, deshalb geben Sie sich damit zufrieden, diejenigen brennen zu sehen, die Ihren Freund getötet haben. Wir werden diesen Individuen einen empfindlichen Schlag nach dem anderen verpassen, wir werden sie öffentlich und privat vernichten, und wenn sie auf niemandes Solidarität mehr rechnen können, werden Sie die Sache beenden. Was halten Sie davon?«

Lange lächelte. »Was Sie mir vorschlagen, geht weit über meine optimistischsten Erwartungen hinaus. Sie retten nicht nur mein Leben, sondern ermöglichen mir, mein Wissen zu offenbaren – mit der Wahrscheinlichkeit, daß man mir glaubt. Warum tun Sie das?«

»Weil diese Leute dachten, daß der Dienst in unsere Flucht von Tinos verwickelt sei, haben sie Stuarts Haus in die Luft gejagt. Offensichtlich hat ihm das nicht gefallen, also hat er beschlossen, ihnen eine Lektion zu erteilen.«

Lange schüttelte den Kopf. »Dieses wunderschöne Haus…«, murmelte er traurig. »Ich würde Herrn Stuart gern sagen, wie leid mir das tut.«

»Jetzt duschen Sie erst einmal und entspannen Sie sich. Er wird Sie später besuchen.«

Ogden ließ Lange allein und kehrte in das Stockwerk darunter zurück, in das Büro, das früher einmal sein Büro gewesen war. Dort traf er auf Franz, der die Dossiers über die Amerikaner las. Er hob den Blick. »Ein einfacher Job«, meinte er und hielt das Dossier hoch. »Wer ist mit von der Partie?«

»Wir zwei, Gabriel und drei Männer, die wir morgen früh treffen. In der Zwischenzeit richten wir uns im Gästehaus mit Lange ein. Morgen um zehn gibt es ein Treffen mit Stuart.«

Franz schüttelte den Kopf. »Es wird allerdings kein Spaziergang, diese Leute in den Staaten ausfindig zu machen«, sagte er unsicher.

»Wir haben Glück. Einige von ihnen befinden sich als Gäste Sullivans auf dem Mittelmeer. Eine Kreuzfahrt, die er organisiert hat, um nach Europa zu kommen und die Suche nach Lange zu überwachen. Sullivan ist ein Bastard, der alles unter Kontrolle haben und sich das Vorgehen von Bronsons Agenten aus der Nähe ansehen will.«

»Wer ist Bronson?«

»Ein hohes Tier bei der CIA. Er hat sich eine persönliche

CIA geschaffen, mit Männern seines Vertrauens, die er benutzt, um ohne Wissen seiner Vorgesetzten zu agieren, wie in diesem Fall. Das ist nichts Neues.«

»Das übliche Spiel«, kommentierte Franz. »Ich habe mich immer gefragt, ob die Geheimdienste der Regierungen wirklich nichts von der Existenz solcher Gruppen wissen oder ob sie nur so tun, um das Gesicht zu wahren, wenn irgendeine Schweinerei ans Licht kommt...«

Ogden lächelte. »Beides. Und das ist übrigens mit ein Grund, warum es uns gibt. Diesmal jedoch hat die CIA wirklich keine Ahnung. Bronson hat sich übernommen, und auch all die Dossiers, die er jahrelang über die wichtigsten Exponenten der Regierung gesammelt hat, werden ihn nicht retten.«

»Stuart ist wirklich wütend...«

»Ich würde sagen, ja.«

»Darf ich dir eine Frage stellen?« druckste Franz.

»Das hängt von der Frage ab. Nur Mut, was willst du wissen?«

»Wie kommt es, daß du wieder bei uns bist?« Franz schlug die Augen nieder, er schien die Frage schon zu bereuen. »Aber wenn du nicht antworten willst, bin ich nicht beleidigt«, beeilte er sich hinzuzufügen.

Ogden sah ihn mit Sympathie an. Franz hatte bei vielen Missionen mit ihm zusammengearbeitet und sich immer als loyal, ja sogar als treu erwiesen. Er verdiente eine Antwort.

»Um es mit dem Paten zu sagen: Stuart hat mir ein Angebot gemacht, das ich nicht ablehnen konnte«, antwortete er mit einem ironischen Lächeln.

Franz sah ihn an und schüttelte den Kopf. »Das tut mir leid, wirklich.«

Ogden klopfte ihm auf die Schulter. »Gräm dich nicht, das mußte so kommen. Wir werden zusammen einen ausgezeichneten Job machen.«

»Mit dir ganz bestimmt! Es freut mich, diesen Scheißkerlen eine Lektion zu erteilen. Das war ein tüchtiger Mann, er gefiel mir besser als sein Vater.«

»Mir auch. Jetzt bring deine Sachen in das Apartment und leiste Lange ein bißchen Gesellschaft. Ich möchte nicht, daß er deprimiert ist.«

Als Franz gegangen war, verließ Ogden den Sitz des Dienstes und nahm in aller Eile ein Taxi. Er wählte auf dem abhörsicheren Telefon Verenas Nummer. Sie meldete sich sofort.

»Ich bin in Berlin. Ich komme in dein Hotel. In Ordnung?«

»Natürlich. Ich hatte die Hoffnung schon aufgegeben.«

»Es ist besser, am Telefon nicht zu reden, an *deinem* Telefon…«

»Du bist wieder …« Die Stimme der Frau wurde unsicher.

»Ja… Jetzt leg auf. Ich bin gleich da.«

14

Ogden ließ sich vom Taxi nicht weit vom Nikolaiviertel gegenüber dem eindrucksvollen Bau aus dem neunzehnten Jahrhundert absetzen, der das Hotel Luisenhof beherbergt. Nachdem er den Fahrer bezahlt hatte, wandte er sich jedoch nicht dem Eingang des Hotels zu, sondern ging mit entschlossenen Schritten in die entgegengesetzte Richtung. Inzwischen war es dunkel, aber in den erleuchteten Straßen war es leicht zu kontrollieren, ob ihm jemand folgte. Er ging durch die Köpenicker Straße, wandte sich Richtung Alexanderplatz und verhielt sich so, daß man ihn leicht hätte beschatten können. Doch niemand folgte ihm. Als er sich dessen sicher war, kehrte er in die Köpenicker Straße zurück und betrat das Hotel durch einen Hintereingang.

Er stieg hinauf in den ersten Stock und klopfte an Verenas Zimmer. Sie öffnete sofort. Als sie die Tür wieder geschlossen hatte, sah sie ihn mit einem unsicheren Lächeln an.

»Grüß dich. Ich freue mich, dich zu sehen.«

»Ich mich auch, sehr.« Er zog sie an sich und küßte sie. Sie blieben eine Weile in der Mitte des Zimmers stehen und hielten sich in den Armen, dann löste sie sich von ihm.

»Komm, trinken wir etwas. Aber vielleicht hast du ja noch nicht zu Abend gegessen. Soll ich den Room service rufen?«

»Großartige Idee.«

Ihre Augen leuchteten auf. »Wunderbar! Wir lassen uns ein Essen im großen Stil bringen, um zu feiern.«

Ogden lächelte, setzte sich in einen Sessel und betrachtete sie, während sie am Telefon mit fröhlicher Mädchenstimme eine Reihe von Köstlichkeiten bestellte.

»Sie werden denken, daß wir seit drei Tagen nichts zu essen hatten«, sagte er, als sie sich ihm gegenüber hinsetzte.

»Freust du dich denn, mich zu sehen?« fragte Verena ein wenig kokett.

»Sehr. Wieso hast du gerade Berlin ausgesucht?«

»Ein deutscher Verlag hat sich entschlossen, meine Gedichte zu veröffentlichen, und er hat hier seinen Sitz.«

»Meinen Glückwunsch!« sagte Ogden, der sich wirklich für sie freute.

Verena errötete und zuckte die Achseln. »Wir Dichter sind das Schlußlicht bei den Verlagen. Lyrik verkauft sich schlechter als früher, das heißt, sie verkauft sich überhaupt nicht mehr. Es ist ein Wunder, daß sich noch jemand findet, der sie veröffentlicht, vor allem, wenn der Autor nicht schon berühmt ist. Aber solche Helden gibt es wirklich...«

»Um so besser«, meinte Ogden. »Sicher ist es ihnen zu verdanken, daß man nicht nur Schund zu lesen bekommt. Aber ich glaube auch, daß es nicht viele gibt, die so begabt sind wie du. Dein Verleger hat ein Geschäft gemacht.«

Sie sah ihn mit gespielter Empörung an. »Du bist doch nicht etwa eifersüchtig?«

»Doch sicher. Ich habe auch Gedichte in der Schublade...«

Verena lachte, stand aus dem Sessel auf und setzte sich auf seine Knie. »Und sympathisch bist du auch noch, leider...«, murmelte sie und küßte ihn auf den Hals. Dann blickte sie ihm in die Augen.

»Bist du nur wegen mir nach Berlin gekommen?«

»Das wollte ich ursprünglich, doch die Dinge haben sich geändert. Ich habe hier einen Job zu erledigen«, er machte eine Pause. »Für den Dienst...«, fügte er hinzu, doch er lächelte nicht mehr.

»Warst du nicht ausgeschieden?«

»Ja, aber dann ist etwas geschehen. Als du mich in Griechenland angerufen hast, wußte ich noch nicht, daß ich wieder eintreten müßte, sonst...«

»Sonst hättest du dich nicht sehen lassen?« unterbrach sie ihn kühl.

»So ist es.«

»Schlägst du dich wieder mit einer neuen teuflischen internationalen Intrige herum?«

»Verena«, Ogden versuchte einen begütigenden Ton anzuschlagen, »ich bin absolut derselbe, der ich in Montségur war. Es hat einen Moment gegeben, da dachte ich, ich könnte mein Leben ändern, aber es ist nicht möglich. Ich bin gekommen, dir das zu sagen.«

Es war eine Weile still. Verena spielte mit ihrer Perlenkette, ohne ihn anzublicken. In diesem Moment klopfte es an der Tür, sie stand auf und ging öffnen. Der Kellner schob einen mit Platten beladenen Servierwagen herein, ging auf den kleinen runden Eßtisch zu und begann zu decken. Verena sagte die ganze Zeit über kein Wort. Bevor der Kellner hinausging, stand Ogden auf und reichte ihm einen Geldschein. Dann näherte er sich dem elegant gedeckten Tisch: Es gab Kaviar und Räucherlachs, eine Flasche Champagner auf Eis und zwei Kerzen, in deren Schimmer das silberne Besteck und die Kristallgläser funkelten.

»Das war eine wunderbare Idee von dir.« Ogden rückte den Stuhl ab und sah sie an.

Sie erhob sich träge und setzte sich an den Tisch. Sie wartete, bis er das gleiche getan hatte, nahm dann eine Scheibe Brot und begann sie mit nervenzermürbender Langsamkeit zu bestreichen, penibel zuerst die Butter und dann den Kaviar zu verteilen, während er ihr das erste Glas Champagner einschenkte.

»Ausgezeichnet«, sagte sie, nachdem sie den ersten Bissen genommen hatte, und sah ihm endlich in die Augen.

»Kaviar gehört zu den Dingen, die ich am liebsten mag. Wie hast du das herausgefunden?« Ogden erwiderte ihren Blick.

»Unsere immer wieder unterbrochene Beziehung macht mich dir gegenüber sehr intuitiv, wie du sicher schon bemerkt hast…«

Wie immer, wenn sie meinte, sich verteidigen zu müssen, hatte Verena einen formellen und distanzierten Ton angeschlagen. Er antwortete nicht, weil es ihm lieber war, daß sie sich Luft machte. Nach kurzem Schweigen räusperte sie sich, nahm einen großen Schluck Champagner und sah ihm wieder in die Augen.

»Warum kannst du nicht aufhören? Was hindert dich daran?«

Ogden zündete sich eine Zigarette an. »Diesmal bin ich es, der Stuart braucht. Ich mußte auf seine Bedingungen eingehen, wenn ich die Hilfe des Dienstes wollte.«

Verena war beunruhigt. »Und das ist der Stand der Dinge?«

Ogden nickte. »Es wäre besser gewesen, wenn wir vor ein paar Tagen nicht miteinander telefoniert hätten; sie könnten die Spur bis zu dir verfolgen. Ich bin ins Visier von Leuten geraten, die keinen Spaß verstehen, und ich will dich nicht mit hineinziehen. Du mußt das Handy wechseln, ich habe dir eins mitgebracht, mit dem du dich im Notfall mit mir in Verbindung setzen kannst. Von heute abend an benutzt du nur das, ich nehme deins mit. Ich weiß, es ist lästig.«

»Mein Gott, Ogden, mit dir zu tun zu haben ist ein Alptraum! Jetzt muß ich der halben Welt meine neue Nummer mitteilen.« Verena schüttelte den Kopf. »Und das ist noch das kleinste Problem…«

»Allerdings.«

»Können wir wenigstens die Nacht zusammen verbringen?«

Ogden schüttelte den Kopf. »Ich kann nicht bleiben. Solange diese Geschichte nicht abgeschlossen ist, kann ich nicht über meine Zeit verfügen.«

»Wie lange wird das gehen?«

»Ich habe keine Ahnung.«

»Dann wollen wir die Gelegenheit nutzen«, sagte sie. Sie stand auf und löschte die Lichter, ließ nur eine Lampe brennen. Dann wandte sie sich ihm zu, nahm seine Hand, zog ihn hoch und umarmte ihn, preßte ihre Lippen auf seinen Mund.

»Du hast mir sehr gefehlt«, flüsterte sie.

Ogden küßte sie zuerst sanft, dann leidenschaftlich, bis sie auf die Couch sank. Da begann er sie zu entkleiden, während sie das gleiche tat, und sie liebten sich mit einer Heftigkeit, als wäre es das letzte Mal. Danach hielten sie sich lange umschlungen, ohne zu sprechen. Ogden streichelte sie sanft und betrachtete ihren Körper im weichen Licht der Lampe.

»Du bist sehr schön«, sagte er zu ihr und streichelte sie weiter, wie man es mit Kindern oder Tieren tut.

»Du auch«, sie legte sich auf die Seite und sah ihm in die Augen. »Wann werde ich dich wiedersehen?«

»Ich weiß es nicht. Ich melde mich, du rufst mich nur im Notfall an.«

»Wenn uns jemand zuhören würde, würde er denken, daß du ein Mann bist, der seine Geliebte loswerden will und sich deshalb geheimnisvoll gibt. Ich weiß von vielen Frauen, die auf solche Tricks hereingefallen sind.«

»Du nicht«, sagte er und streichelte sie ein letztes Mal, bevor er aufstand. »Verlaß Berlin und kehr nach Zürich zurück.«

»Und wenn ich es nicht tue? Kann ich nicht hierbleiben?«

»Besser nicht.«

»Gut. Aber wenn alles vorbei ist, kommst du dann zu mir?«

»Ich verspreche es dir.«

»Agentenehrenwort?«

»Agentenehrenwort.«

15

Am nächsten Morgen kurz vor zehn Uhr empfing Stuart Ogden in seinem Büro. Rosemarie hatte schon ein Tablett mit Kaffee und Gebäck bereitgestellt. In Kürze würden die anderen Agenten zusammen mit Lange eintreffen. Ogden nahm vor dem Schreibtisch Platz, Stuart unterschrieb noch einige Papiere, dann sah er zu ihm hoch.

»Ich habe gestern abend Lange kennengelernt. Es wäre

besser gewesen, du hättest dich auch gezeigt...« Er ließ den Satz in der Schwebe, doch Ogden sagte nichts dazu.

»Mir ist bewußt, daß die Mission eine ungewohnte Logistik erfordert, doch die Sache wird nicht lange dauern«, fuhr Stuart fort. »Ich bitte dich, Geduld zu haben und die Dinge nicht dadurch zu komplizieren, daß du weitere Außenstehende mit hineinziehst.«

»Du meinst Verena Mathis?« fragte Ogden ruhig.

»Wen denn sonst? Du hast sie gestern abend im Luisenhof besucht. Mußte das unbedingt sein?«

»Ja. Verena hat mich in Griechenland angerufen, wenige Stunden bevor Lange mich um Hilfe bat. Seltsamerweise haben wir uns in Berlin verabredet, und kurz darauf bin ich in diese Geschichte verwickelt worden. Ich habe ihr ein abhörsicheres Telefon gebracht und ihr Handy mitgenommen. Außerdem habe ich ihr gesagt, sie soll nach Zürich zurückkehren. Doch es wäre besser, du würdest jemanden hinschicken, der sie schützt. Und ihr Telefon könnten wir benutzen, um die Amerikaner auf eine falsche Fährte zu locken, falls sie die Spur schon bis zu Verena verfolgt haben.«

»Das war nicht nötig«, bemerkte Stuart.

»Ich weiß, aber wir können nichts daran ändern; es ist nun mal geschehen.«

»In Ordnung, ich schicke zwei Männer nach Zürich. Das Handy der Mathis übergibst du der Technikabteilung, sie sollen sich darum kümmern. Aber du hast recht, wir könnten sie damit ein bißchen an der Nase herumführen...«

Ogden nickte. »Genau.«

»Lange ist ein sympathischer Typ. Er wird tun, was wir

wollen, ohne Probleme zu machen. Er ist voller Wut über den Tod George Kenneallys. Aber was ist das für eine Geschichte mit der Meditation? Ist er bei Ferguson gewesen?«

Ogden nickte. »Deshalb war er in Griechenland.«

Stuart schüttelte amüsiert den Kopf. »Der CIA-Agent Ferguson ist zum Buddhismus konvertiert«, sagte er und betonte jedes Wort. »Davon hat mir damals schon Casparius erzählt und gesagt, die CIA habe ihn nur deshalb nicht eliminiert, weil sie meinten, er sei zu verrückt, um irgend etwas anrichten zu können.«

»Hast du ihn gekannt?« fragte Ogden.

»Nein, doch gestern abend hat Lange mir viel von ihm erzählt. Er glaubt fest an diese Meditation und hat mir erklärt, wie sie funktioniert. Seiner Meinung nach ist Ferguson ein außergewöhnlicher Mensch, ein Lehrer, der wie ein Laienmönch lebt. Sie sind alle verrückt...«, schloß er resigniert.

»Beruhige dich, wenigstens wird das nie jemand von uns beiden behaupten.«

»Dieser Hauch von Mißbilligung in deinen Worten – ich wünsche mir, daß du auf der Suche nach Erleuchtung nicht auch noch anfängst, durch die Nasenlöcher zu schnauben. Das hast du nicht nötig.«

Ogden lachte. »Mach dir keine Sorgen, Ferguson ist die Ausnahme, die die Regel bestätigt. Was mich angeht, glaube ich nicht, daß ich es tun werde, jedenfalls nicht in den nächsten zehn Leben.«

Stuart hob den Blick zum Himmel. »Ich vermute, daß es dir im Grunde ganz gut gefallen würde. Doch zurück zu uns. Die Bande ist an der Côte d'Azur unterwegs. Sullivan hat eine Yacht in Monte Carlo, und er kommt mit Bronson, Burlow, dem Waffenhändler, und dem alten Eugene Garrett. Besser konnte es nicht laufen. Mit Stutton, dem jungen Politiker, beschäftigen wir uns später. Er ist nur ein kokainsüchtiger Dummkopf; sein Vater, der eigentliche Komplize, liegt im Sterben.« Stuart schob Ogden einige Akten zu. »Hier sind ihre Dossiers. Ich habe schon ein paar Ideen. Wenn du sie gelesen hast, erzähle ich dir mehr darüber. Du wirst interessante Dinge darin finden.«

Ogden nahm die Unterlagen. »Was ist Wahres an Sullivans Pädophilie?«

Stuart hob die Augenbrauen. »Ich sehe, du weißt schon Bescheid. Es ist alles wahr, und wir werden es benutzen. Doch jetzt wollen wir uns darauf vorbereiten, Lange und unsere Männer zu treffen, wir werden auch ihm ein wenig über unsere Pläne erzählen. Was hältst du von Gabriel?«

»Tüchtig. Er hat sich in Bern gut geschlagen.«

Nach dem Treffen in Stuarts Büro fuhr Ogden zusammen mit Lange nach oben ins Gästehaus und ging in sein Zimmer, um die Dossiers zu lesen. Es war eine erhellende Lektüre, die über das hinausging, was er erwartet hatte. Der am wenigsten interessante Typ war Calvin Stutton; Stuart hatte völlig recht, ihn für eine Null zu halten. Doch nun, da er nicht mehr mit einem leuchtenden Stern wie George Kenneally konkurrieren mußte, hatte der Sprößling des mächtigen Milton Stutton wieder durchaus Chancen, der nächste Präsident der Vereinigten Staaten zu werden. Wenn dies nun einmal der Lauf der Geschichte war. James Burlow, der Waffenhändler, hatte die berüchtigte E-Bombe geliefert, jenes Gerät, in Teilen noch *top secret,* das man benutzt hatte, um Kenneallys Flugzeug zum Absturz zu bringen. Ogden betrachtete sein Foto: Der Lieferant des Verteidigungsministeriums war ein Mann mit unregelmäßigen Zügen, doch einem interessanten Gesicht. Sein Blick war hart, wenn auch durch ein Lächeln mit einem allzu vollkommenen Gebiß gemildert. Man konnte ihm nur das Verbrechen zur Last legen, ein perfekter Händler des Todes zu sein, ansonsten war er über jeden Verdacht erhaben. Er verkaufte Waffen in die halbe Welt und trug so, zusammen mit seinesgleichen, dazu bei, sie ununterbrochen am Rande eines dritten Weltkriegs zu halten. Er hatte in großem Umfang vom Konflikt auf dem Balkan profitiert und sich wie durch ein Wunder von den mageren Jahren zwischen 87 und 91 wieder erholt, in denen das Geschäftsvolumen von 45,8 Milliarden Dollar auf ungefähr die Hälfte zurückgegangen war. Die Produktion von Raketen mit Atomsprengköpfen war sein ganzer Stolz. Auf dem Schnappschuß, den Ogden nun vor sich hatte, trug er einen Smoking und schüttelte Walter Bronson die Hand, dem mächtigsten Mann der CIA, wenn auch dem am wenigsten bekannten. Die schwarze Seele der CIA wurde er von Kollegen genannt, und er verdankte diesen Beinamen seinen unbestrittenen strategischen Fähigkeiten und dem vollkommenen Fehlen von Skrupeln. Alle bedienten sich seiner, doch jeder hielt ihn sich vom Leib. Das Foto von Bronson und Burlow war bei einem Bankett in Texas aufgenommen worden, zu dem sich die Elite des reaktionärsten republikanischen Establishments versammelt hatte. Halb verdeckt hinter ihm, doch das Gesicht erkennbar, war Burlows Leibwächter zu sehen, ein Mann, der bei den Navy

Seals gedient hatte und ihn seit Jahren beschützte. Burlow, ein studierter Jurist, galt als gebildeter Mann, seine Leidenschaften waren moderne Kunst und Frauen. Bronson dagegen liebte Jungen, wobei er Farbige bevorzugte, doch er war ein Sadist, und einmal hatte er einen jungen jamaikanischen Stricher fast getötet. Dank seiner Macht und seines Geldes hatte er es geschafft, daß seine oft noch halbwüchsigen Opfer den Mund hielten. Der CIA-Mann pflegte seine heikle Vorliebe mit absoluter Heimlichkeit, und niemand hatte je Verdacht gehegt. Eugene Garretts Dossier war das banalste. Der alte Viehzüchter war ein Mann des Südens, mit allen schlechten Eigenschaften, die bisweilen damit verbunden sind. Er hatte vor dreißig Jahren mit allen Mitteln für die Wahl von Senator Goldwater gekämpft und den Mißerfolg nie verdaut. Er gehörte zu den größten Rindfleischproduzenten des Landes, verließ, wie Sullivan, seine Ranch nur selten, war Witwer und kinderlos.

Garrett und Sullivan waren zu ihrer Zeit Gegner der Öffnung Nixons gegenüber dem kommunistischen China und der Sowjetunion gewesen, und es schien sogar so, als hätten sie etwas mit Watergate und dem daraus folgenden Rücktritt des Präsidenten zu tun. Über Garrett ließ sich nicht viel mehr sagen, höchstens daß er offensichtlich ein Rassist alten Schlags war, in seiner Jugend beim Ku-Klux-Klan aktiv und an Strafaktionen gegen Schwarze beteiligt. Doch da war er in guter Gesellschaft: Schon immer hatte der Dienst über eine Liste von bekannten und über jeden Verdacht erhabenen Persönlichkeiten verfügt, in deren Vergangenheit sich ähnliche Sünden fanden. Zu guter Letzt kam Sullivan und seine Leidenschaft für junge Mädchen.

Zwei Skandale hätten ihn fast ruiniert, doch er hatte es immer geschafft davonzukommen, indem er die Familien der Opfer und die örtliche Polizei kaufte. Ogden betrachtete das Bild des Mannes, der das Komplott geschmiedet hatte: Dieses Foto, auf dem er ganz zu sehen war, zeigte, wie stattlich der Ölmagnat trotz seines Alters noch war. Das schneeweiße Haar so kurz geschnitten wie der Bürstenschnitt eines Marine, während ihm das gerötete Gesicht das Aussehen eines Genießers verlieh, was kaum zu dem entschlossenen Blick paßte, mit dem er ins Objektiv sah. Ogden warf das Dossier auf den Schreibtisch, verließ sein Zimmer und ging in den Wohnraum. Lange saß im Sessel und sah sich im Fernsehen einen Schwarzweißfilm an.

»Möchten Sie etwas trinken?« fragte er den Schauspieler und steuerte auf die Hausbar zu.

Lange, der ihn nicht hatte kommen hören, wandte sich um. »Hallo! Ich habe mir gerade einen alten Film angesehen.« Er machte den Fernseher aus. »Was mixen Sie sich denn da?«

»Einen Martini. Nehmen Sie auch einen?«

»Warum nicht…«

Ogden mixte die Drinks, und Lange sah ihm dabei zu. Er war nach dem Treffen am Vormittag ein wenig frustriert gewesen. Zu erfahren, daß auf kurze Sicht ein Teil der Aktion ohne ihn ablaufen würde, gefiel ihm nicht. Ogden und die anderen machten sich daran, diese Hurensöhne zu attackieren, und er wäre trotz des Risikos gerne mit von der Partie gewesen. Doch man hatte ihm erklärt, daß seine Aufgabe eine andere, nicht weniger schwierige sein werde: Er sollte der Welt via Fernsehen offenbaren, was er wußte. Aber dies würde erst möglich sein, wenn Ogden und die anderen vorher aktiv geworden waren.

»Der Chef des Dienstes ist ein sympathischer Typ«, sagte er und bemerkte gleich, wie wenig diese Bezeichnung zu Stuart paßte. Ogden wandte sich ihm zu und sah ihn amüsiert an.

»Ach kommen Sie, Lange! Von allen Adjektiven, mit denen man Stuart beschreiben könnte, ist *sympathisch* zumindest eine seltsame Wahl.«

Der Schauspieler zuckte die Achseln. »Ein bißchen kühl vielleicht«, lenkte er ein. »Aber sehr entschlossen«, fügte er dann hinzu, weil er nicht wußte, was er sonst sagen sollte.

»Das will ich meinen!« sagte Ogden und goß die Drinks ein.

»In der Tat«, bekräftigte Lange. Er stand auf, um das Glas zu nehmen, das Ogden ihm reichte. »Seit wann kennen Sie sich?« fragte er nach dem ersten Schluck Martini.

»Mehr oder weniger schon immer.«

»Wirklich? Wie ist das möglich?«

»Wir sind beide sehr jung vom Vorgänger Stuarts eingestellt worden.«

»Wenn ich es richtig verstanden habe, ist der Dienst eine Art MI5 oder Mossad, nur nicht regierungsabhängig. Mehr oder weniger auf die gleiche Art organisiert, doch für sein Handeln niemandem außer seinen Auftraggebern verantwortlich. Ist das so?«

»Zum Teil. Wir können entscheiden, ob wir einen Auftrag annehmen oder nicht.«

»Sie haben gesagt, Sie würden sich dessen bedienen, was

Sie über diese Männer wissen. Das bedeutet, daß Sie schon Dossiers über sie hatten...«

Ogden nickte. »Der Dienst besitzt Dossiers über jeden, der auf dieser Welt etwas zählt, und wenn es nötig ist, kann er sich in kürzester Zeit auch ein Dossier über jemanden beschaffen, der überhaupt nichts zählt. Wir haben ein besseres Informationsnetz als die Regierungsdienste, die sich ja auch regelmäßig unserer Hilfe bedienen.«

»Also haben Sie auch ein Dossier über mich...«

»Natürlich. Aber es wird nie hier herausgelangen, wenn Sie das fürchten. Höchstens, Sie beschließen, Stuarts Haus in die Luft zu jagen... Wie schmeckt Ihnen der Martini?«

»Sehr gut. Ich muß mich in Form halten, um das Warten zu ertragen.« Lange scherzte, doch Ogden wußte, daß es im Grunde die Wahrheit war.

»Ich weiß, daß Sie mit uns kommen möchten, doch Sie würden nur sinnlos Ihr Leben riskieren. Sie werden es sein, der diesen Mördern den Todesstoß versetzt, doch Sie müssen Geduld haben.«

»Meinen Sie, es wird schwierig, sie in die Enge zu treiben?«

Ogden zuckte die Schultern. »Der erste Teil der Mission ist der unangenehmere. Wir müssen uns mit ihren mehr oder weniger schmutzigen Lastern beschäftigen, danach könnte es fast amüsant werden. Sie haben den besten Part.«

»Immer vorausgesetzt, daß Sie es schaffen...«

Ogden sah ihn an. »Im allgemeinen schaffen wir es. Sicher, wir spielen nicht Räuber und Gendarm. Doch vielleicht machen Sie sich Sorgen darüber, was mit Ihnen geschehen könnte, falls die Sache schiefgeht...«

Lange schüttelte den Kopf. »Wenn ich Sie nicht getroffen hätte, wäre ich schon tot. Das ist es nicht. Ich frage mich nur, ob es diesen Leuten, mächtig, wie sie sind, nicht gelingt, noch einmal davonzukommen.«

»Wer nicht davongekommen ist, ist Ihr Freund George; und dies läßt sich leider nicht wiedergutmachen. Und ansonsten ist die Welt in Händen von Leuten wie Sullivan und Genossen. Lassen Sie sich das von einem sagen, der sich auskennt.«

Lange sah ihm in die Augen. »Das sind Ihre üblichen Kunden, nicht wahr?«

Ogden nickte.

»Und deshalb wollten Sie den Dienst verlassen?«

Ogden lächelte kühl. »Das ist meine Sache. Doch seien Sie beruhigt: Wenn wir keinen Erfolg haben sollten, werden Sie trotzdem geschützt sein. Wir besorgen Ihnen eine neue Identität und bringen Sie an einem Ort unter, wo man Sie niemals findet. Auch wir sind in der Lage, ein Zeugenschutzprogramm durchzuführen, genauso wie die Regierungen. Sogar besser als sie, weil innerhalb unserer Organisation niemand ein Interesse an Verrat hat, wir zahlen zu gut. Ist es nicht interessant, daß man einem Söldnergeheimdienst mehr vertrauen kann als dem einer Regierung?«

16

Sullivan und Garrett landeten mit leichter Verspätung auf dem Flughafen Nizza. Sullivan war ausgesprochen schlecht gelaunt, der Kontrollturm hatte seinen Privatjet gezwungen, über dem Flughafen zu kreisen, bis eine Landebahn frei war. Nachdem sie den Jet verlassen hatten, stiegen die beiden Männer in eine von einem französischen Chauffeur gelenkte Limousine mit Ziel Monte Carlo. Sie waren in der Umgebung von La Turbie, als eines der Handys läutete. Es war Bronson.

»Wie war der Flug?«

»Schlecht. Diese Bastarde haben mich zehn Minuten lang in der Luft gehalten. Wo bist du?«

»In Nizza. Burlow ist im Negresco, ich im Méridien.«

»Gut. Du weißt, wo die White Buffalo festgemacht hat. Wir essen an Bord.« Sullivan beendete die Verbindung und sah Garrett an.

»Du bist so schweigsam. Auf der ganzen Reise hast du kein Wort gesagt. Machst du dir über irgend etwas Sorgen?«

Garrett schüttelte den Kopf. »Ich bin alt, und diese Interkontinentalreisen ermüden mich mehr als früher. Aber es stimmt, ich mache mir Sorgen.«

»Worüber?«

»Aus welchem Grund sind wir in Monte Carlo? Die einzige Spur, die wir von diesem Mann haben, ist Berlin; wir wissen, daß er in dieser Stadt lebt, und es liegt nahe anzunehmen, daß er versucht, dorthin zurückzukehren.«

Sullivan machte eine nervöse Geste mit der Hand, als wollte er irgend etwas vor seinem Gesicht verscheuchen. »In Berlin sind schon Bronsons Männer. Wir dürfen nicht auffallen. Meine Yacht, auf die ich euch angeblich zu ein paar Urlaubstagen eingeladen habe, ist eine optimale Dekkung. Wenn es nötig ist, sind wir in kürzester Zeit in Berlin.«

»Dann sollte Bronson nach Berlin gehen«, insistierte Garrett.

»Das wird er tun, du kannst ganz beruhigt sein.«

Die Limousine brachte sie an den Quai des États-Unis und hielt vor einer riesigen Yacht an. Sullivan und Garrett gingen an Bord, wo sie im Salon von der kompletten Mannschaft empfangen wurden: Victor, Sullivans Majordomus, der zwei Tage früher gereist war, um bei der Ankunft Sullivans schon auf seinem Posten zu sein, zwei Kellner und drei Seeleute. Sullivan begrüßte alle herzlich, und Garrett tat das gleiche: Er kannte das Personal seit Jahren, weil er viele Male seinen Urlaub auf der Yacht des Ölmagnaten verbracht hatte.

»Victor, meine Gäste treffen in Kürze ein. Laß sie es sich bequem machen und serviere ihnen einen Aperitif. Mr. Garrett und ich gehen uns umziehen. Ich hoffe, du hast eine leichte Mahlzeit vorbereitet, die Reise hat meinen Magen durcheinandergebracht.«

Nach einigen Minuten kamen Bronson und Burlow, die sich auf dem Kai trafen. Der CIA-Mann ließ dem Waffenhändler den Vortritt, und sie gingen gemeinsam an Bord der Yacht. Victor führte sie in den Salon, der übertrieben prunkvoll eingerichtet war. Ein paar Miròs von beträchtlichen Dimensionen, ein Gemälde von Bonnard, drei Zeichnungen von Picasso und eine Statue von Marino Marini im Zentrum, außerdem eine Sammlung von Keramiken, wiederum von Picasso, ließen den Raum wie eine Dependance der Fondation Maeght aussehen. Sullivan hatte keinerlei Interesse an moderner Kunst, doch der französische Architekt, der für die Ausstattung der Yacht verantwortlich war, hatte ihm geraten, sie mit europäischer Kultur zu schmükken, und er hatte einen Kunsthändler beauftragt, ihm Originale zu beschaffen, die er »meine Tapete« nannte. Jedesmal, wenn Burlow auf die Yacht kam, versetzte ihm der Anblick dieser vernachlässigten Werke einen Stich ins Herz. Vergebens hatte er versucht, Sullivan zu überreden, ihm wenigstens die Keramiken von Picasso zu verkaufen, oder den Bonnard, der ein kleines Juwel war, doch der Alte gab seine Kunstwerke nicht her, auch wenn er sie nie eines Blickes würdigte.

»Hatten unsere Freunde eine gute Reise?« fragte Burlow.

»Sullivan war verärgert, sie haben gewagt, ihn auf die Landeerlaubnis warten zu lassen«, sagte Bronson amüsiert. »Hier kann er keine Gesetze diktieren, wie in seiner Prärie, und dann bekommt er schlechte Laune.«

»Er hätte in seiner Prärie bleiben sollen!« meinte Burlow gereizt. »Ich verstehe nicht, welchen Sinn diese Gruppenreise haben soll...«

Bronson zuckte die Achseln. »Er ist davon überzeugt, daß es für euch alle besser ist, die Operation aus der Nähe zu verfolgen. Wer weiß, vielleicht traut er mir nicht...«

»Rede keinen Unsinn. Wir sollten aber trotzdem damit aufhören, ihm immer nachzugeben; dieses Treffen ist wirklich unvorsichtig. Was mich angeht, so mußte ich sowieso geschäftlich nach Europa, deshalb hat es mich nicht viel gekostet, ihn zufriedenzustellen. Aber man sollte Klartext mit ihm reden, ein für allemal.«

»Du machst dir zu viele Sorgen, dafür gibt es keinen Grund. Die beiden Alten verbringen häufig ein paar gemeinsame Urlaubstage. Es ist nichts Ungewöhnliches daran, daß sie es auch in diesem Herbst tun. Daß du hier bist, darüber würde sich niemand wundern, du reist oft und kennst sowohl Garrett als auch Sullivan: Du bist gekommen, ihnen guten Tag zu sagen. Was mich angeht, so bin ich *nicht* da, ganz einfach.«

In diesem Moment betraten die beiden Alten den Salon. Burlow und Bronson standen auf, um ihnen die Hand zu geben. Sullivan klopfte beiden wie üblich auf die Schulter, dann sah er Burlow an.

»Was ist los, Burlow, irgend etwas nicht in Ordnung?«

»Ich finde diese Reise unvorsichtig.«

»Und warum? In ein paar Tagen ist alles vorbei, und wir genießen hier den Erfolg. Dieser späte September ist sehr heiß, du könntest dich entspannen und ein bißchen schwimmen gehen.«

»Bronson denkt, daß wir ihm nicht trauen und nach Europa gekommen sind, um seine Arbeit zu kontrollieren. Du solltest ihn beruhigen«, entgegnete Burlow und setzte sich wieder in den Sessel.

Sullivan sah Bronson mit einem gefrorenen Haifischlächeln auf den Lippen an. »Ich habe großes Vertrauen zu dir, Bronson, doch wenn ich auf ein Pferd setze, sehe ich es gerne rennen. Und da ich davon überzeugt bin, daß du gewinnst, möchte ich in der ersten Reihe sitzen, um es zu genießen.«

Bronson lachte. »Dann sollte ich lernen zu wiehern! Doch kommen wir zur Sache: Unser Mann ist wahrscheinlich in Berlin. Es ist uns noch nicht gelungen, ihn ausfindig zu machen, doch das ist nur eine Frage der Zeit, früher oder später wird er einen falschen Zug tun. Ich bin deinem Rat gefolgt, Burlow, und habe mit Stuart, dem Chef des Dienstes, gesprochen.«

»Besser spät als nie...«, kommentierte der Waffenhändler mit vielsagender Miene. »Ich kann mir vorstellen, er hat dir für die Umstrukturierung seines Hauses gedankt...«

Bronson zuckte die Schultern. »Er ist ein Profi. Als ich ihm erklärt habe, daß wir dachten, er wäre in die Flucht Langes verwickelt, hat er es sehr gut verstanden. Wir werden ihm den Schaden ersetzen, und er kann sich zwei Villen auf diesen Felsen bauen. Ogden, der Mann, der Lange geholfen hat, scheint früher sein bester Agent gewesen zu sein. Dann zeigte er Anzeichen von Unausgeglichenheit, doch da er ein alter Freund Stuarts war, hat er ihn in sein Haus auf Tinos geschickt, damit er sich eine Zeitlang ausruht, aber vor allem, um ihn vor Schwierigkeiten zu bewahren. Dort hat er Lange kennengelernt und die bekannte Geschichte angerichtet, ohne Wissen seines Chefs. Jetzt will Stuart seinen Kopf genauso wie wir. Was den Schauspieler angeht, habe ich den Dienst um Hilfe bei der Suche nach ihm gebeten. Praktisch arbeiten wir zusammen, was haltet ihr davon?«

Alle Augen waren auf ihn gerichtet. Sullivan drückte einen Klingelknopf, und der Majordomus erschien. »Bring uns eisgekühlten Champagner, Victor, wir wollen feiern.« Dann schaute er mit zufriedener Miene erneut den Mann von der CIA an. »Mein Kompliment, du hast die Klippe umschifft. Was sagst du, Burlow, bist du jetzt beruhigt? Wie es scheint, ist der Dienst nicht über uns verärgert.«

Burlow nickte. »Wie es scheint...«

Victor kam mit einer Flasche Tattinger zurück, ließ den Korken knallen und schenkte den Champagner ein.

»Dann wollen wir anstoßen!« sagte Sullivan und erhob sein Glas.

Die anderen taten es ihm nach. Doch Burlow, der keinen Alkohol trank, beschränkte sich darauf, mit einem abwesenden Lächeln sein Glas zu heben.

17

Ogden entschied sich für Cap Ferrat als Basis. Bronson und Burlow waren in Nizza, Sullivan und Garrett in Monte Carlo an Bord der White Buffalo. Der kleine, überlaufene Touristenort, von beiden Städten nicht weit entfernt, war ihm am geeignetsten vorgekommen.

Stuart hatte ihn über das doppelte Spiel unterrichtet, das er mit Bronson trieb. Der Mann der CIA hatte jetzt noch ein Motiv mehr, Ogden zu eliminieren: dem Chef des Dienstes einen Gefallen zu tun, damit er ihm die unerfreuliche Geschichte in Lychnaftia verzieh.

So hatte Ogden zum ersten Mal sein Äußeres verändert. Am Abend vor der Abreise hatte einer der »Maskenbildner« des Dienstes ihn sich eine ganze Weile angesehen, um schließlich zufrieden mit den Fingern zu schnippen.

»Es genügt, die Haarfarbe zu ändern, wir machen sie weiß. Sie wissen vielleicht, wie Richard Gere heute aussieht...« Er hatte Ogden einige Fotos des amerikanischen Schauspielers gezeigt. »Das meine ich: ein jugendlicher Typ, aber mit weißem Haar. Nicht schlecht, oder?«

Nach einer Stunde sah Ogden nicht, wie er angenommen hatte, älter aus, sondern einfach anders. Die Verwandlung hatte ziemlich viel Zeit in Anspruch genommen und war einigermaßen mühsam gewesen; als sie abgeschlossen war, aß Ogden zusammen mit Lange im Apartment zu Abend. Bell, ein Agent der alten Garde, hatte für sie gekocht.

Nachdem er das Essen serviert hatte, gab er Ogden zum Abschied die Hand. »Ich weiß, daß Sie morgen abreisen. Ich wollte Ihnen sagen, daß ich unseren Gast so gut wie möglich betreuen werde. Doch Ihnen wünsche ich vor allem viel Glück!«

Ogden war angenehm überrascht, und dann erinnerte er sich, daß er vor Jahren mit Bell in Südamerika zusammengearbeitet hatte. Danach hatte sich der Agent aus dem aktiven Dienst zurückgezogen, wegen schwerer Verletzungen, die er bei eben jener Mission davongetragen hatte, war aber am Sitz in Berlin geblieben, zuständig für besondere Aufgaben, wie nun dieser, sich während Langes Aufenthalt im Gästehaus um ihn zu kümmern.

Lange hatte Ogdens neuer Look gefallen. »Es ist unglaublich: eine andere Haarfarbe, und Sie sehen völlig verändert aus!« hatte er ausgerufen, als er ihn betrachtete. »Dieser Typ versteht wirklich etwas von seinem Handwerk, er sollte fürs Theater arbeiten.«

»Das hat er vor langer Zeit tatsächlich getan.«

»Sie meinen, bevor er bei Ihnen angefangen hat?«

Ogden hatte genickt. Lange war eine Weile still gewesen, bis er schließlich damit herausrückte, was ihm Sorge machte.

»Wenn diese Geschichte zu Ende ist, werden Sie mich

dann bitten, für Sie zu arbeiten?« hatte er gefragt und versucht, es wie einen Scherz klingen zu lassen.

»Natürlich nicht, was für eine Idee!«

»Wieso nicht? Glauben Sie nicht, daß ich auch Spion werden könnte?« hatte Lange beinahe beleidigt nachgehakt.

Ogden hatte die Augen zum Himmel gehoben. »Es stimmt also doch! Ihr Schauspieler seid unverbesserliche Narzißten…«

»Ich meine es ernst«, hatte Lange insistiert, »glauben Sie, ich wäre dazu nicht in der Lage?«

»Ich würde es nicht als Beschränkung, sondern als Glück betrachten«, hatte Ogden geduldig geantwortet. »Haben Sie mir nicht erzählt, wieviel Mühe es Sie gekostet hat, sich vom berüchtigten Als-ob-Syndrom zu befreien? Nun, für einen Spion ist das ›Als-ob‹ unverzichtbar, sehr viel mehr als für einen Schauspieler. Ein Schauspieler, der sich davon befreit, riskiert nur, den Beruf wechseln zu müssen, ein Spion dagegen riskiert sein Leben. Wenn Sie diesen fragwürdigen Beruf ergreifen wollten, müßten Sie als erstes vergessen, was Sie zusammen mit Dr. Guthrie erreicht haben. Und wofür? Dafür, sich umbringen zu lassen?«

Lange hatte ihm aufmerksam zugehört. »Wollten Sie deshalb aufhören?«

»Mag sein. Doch jetzt lassen Sie uns weiteressen. Es wird langsam kalt.«

Ogden sah sich im Spiegel seines Zimmers im Royal Riviera an. Er war zufrieden mit der Arbeit des Maskenbildners: Die silberfarbenen Haare veränderten ihn vollkommen, und wenn er noch eine Sonnenbrille aufsetzte, würde Bronson ihn nach dem Foto in seinem Dossier kaum wiedererkennen. In diesem Moment läutete das Telefon. Es war Franz. Ogden sagte ihm, er solle nach oben in sein Zimmer kommen.

Franz betrat das Zimmer und sah sich um. »Ein ausgezeichnetes Hotel«, meinte er, als er am Fenster stand, das auf den Privatstrand hinausging. »Hier sollte man Urlaub machen und nicht wegen einer solchen Geschichte sein...«

Ogden entging sein angeekelter Ton nicht. Er sah ihn mit gerunzelter Stirn an.

»Kann man erfahren, was los ist?«

»Es paßt mir nicht, Kinder für diese schmutzige Arbeit zu gebrauchen...«

»Hast du mit Foquet gesprochen?«

»Ja. Er hat mir das Foto des Mädchens gezeigt, das wir benutzen werden, um Sullivan in die Falle zu locken.«

Ogden lachte belustigt. »Er hat dich hereingelegt. Foquet ist wirklich ein Mistkerl, er macht sich gern einen Spaß. Du kannst beruhigt sein: Was du gesehen hast, ist das Foto einer Professionellen.«

Franz machte eine Handbewegung. »Ja, und zwar einer von zwölf Jahren, stell dir vor!«

»Nein, du irrst dich. Wir benutzen keine Kinder, das solltest du wissen. Sie heißt Thérèse, ist eine Zwergwüchsige und fünfundzwanzig Jahre alt, lebt als Prostituierte in Paris und verdient ein Vermögen damit, daß sie wie ein Kind aussieht. Das hier ist ihr Dossier.« Er gab ihm eine Akte, die Franz durchzublättern begann.

»Unglaublich!« murmelte er, als er fertig war. Dann sah er verlegen hoch. »Entschuldige, ich hätte wissen müssen, daß das nicht unser Stil ist. Dieser Foquet hat sich wirklich über mich lustig gemacht. Wer ist das denn?«

»Ein gut eingeführter Mafioso aus Marseille. Er kennt die Kanäle, die Sullivan in Frankreich benutzt, um seine Gelüste zu befriedigen. Er tut so, als würde er ihm Thérèse besorgen. Hat er dir etwas darüber gesagt, wann es losgeht?«

»Im allgemeinen hält der Alte es nicht länger als drei oder vier Tage aus. Es scheint so, als ob er sich in Europa freier fühlt als bei sich zu Hause. Letztes Jahr hat er sich gemeldet, kaum daß er in Monte Carlo war. Aber vielleicht will er in dieser Situation keine Ablenkungen…«, schloß Franz unsicher.

»Das glaube ich nicht. Normalerweise lassen sich solche Leute eher gehen, wenn sie nervös sind, deshalb müssen wir uns bereithalten. Sag Foquet, er soll die Frau herbringen, wir bereiten die Sache mit ihr zusammen vor. Danach sollen Jonas und Gary nach Monte Carlo aufbrechen, um die Yacht zu überwachen und uns über jede Bewegung auf dem laufenden zu halten. Habt ihr den Technikraum vorbereitet?«

»Ja, in Kurts Zimmer. Er hat die Apparate so verstaut, daß das Personal nichts merken wird. Dieses neue Zeug ist phantastisch: Alles in Alukoffern verschlossen. Man könnte es wirklich für die Ausrüstung eines Fotografen halten.«

»Gut. Wenn Thérèse angekommen ist, bring die Männer hierher.«

»Was hast du vor?«

»Sobald Sullivan anruft und nach seinem Opfer verlangt, bringt Foquet ihm Thérèse. Wir werden es so einrichten, daß Sullivans Kabine mit allem Notwendigen ausgerüstet ist, um die Begegnung zu filmen. Aber ich will auch Garrett, also müssen wir es so anstellen, daß er in der Kabine ist. Auch wenn Pädophilie nicht zu seinen Lastern gehört, wird sie es bei der Gelegenheit werden.«

»Ein schändliches Ende«, bemerkte Franz.

Ogden preßte die Lippen aufeinander und machte ein verächtliches Gesicht. »Der Mann, den sie getötet haben, hätte es eher verdient, am Leben zu bleiben, als dieser Rassist. Und er war nur halb so alt...«

Franz nickte und wechselte das Thema. »Wie willst du es mit den Kameras machen? Es wird nicht einfach sein, sie anzubringen. Sullivans Yacht ist gut bewacht.«

»Wir werden seinen Majordomus, einen gewissen Victor, überzeugen, uns zu helfen.«

»Und wenn er nicht mitmacht?« gab Franz zu bedenken.

Ogden lächelte kühl. »Er wird. Ich habe ein paar ziemlich überzeugende Argumente...«

Als Franz gegangen war, nahm Ogden die Zeitung und warf einen Blick auf die erste Seite. Ein neues Gemetzel, begangen von einer Gruppe Studenten auf einem kalifonischen Campus, war der Aufmacher. Die Studenten hatten auf Kommilitonen und Professoren geschossen und ein Blutbad angerichtet. Der Streit darüber, ob es sinnvoll sei, den Verkauf von Waffen zu beschränken, war erneut ausgebrochen. Ogden fragte sich, wie Burlow auf diese neuerliche Gefahr für seine Geschäfte reagieren würde. Doch wenn der Plan, den Stuart und er sich ausgedacht hatten, gelingen würde, wäre dies sein kleinstes Problem.

Als Thérèse in Begleitung Foquets das Zimmer betrat, war Ogden einen Augenblick sprachlos angesichts dieses Mädchens, kaum größer als ein Meter dreißig, mit unschuldigen blauen Augen und aschblondem Haar, das bis auf die Schultern fiel. Sie trug ein Strandkleid, das ihre Schultern frei ließ, unter dem Baumwollstoff ahnte man einen zarten Busenansatz; der kurze Rock entblößte ihre mageren braunen Beine, und an den Füßen trug sie Sandalen mit flachem Absatz. Sie wirkte jünger als zwölf.

»Das ist Thérèse«, stellte Foquet sie stolz vor und weidete sich an Ogdens Reaktion. »Wie Sie sehen, wirkt sie trotz ihrer fünfundzwanzig Jahre wie ein Kind.«

Thérèse reichte ihm die Hand. »Sehr erfreut«, sagte sie mit tiefer, verführerischer Stimme. Ogden runzelte die Stirn, doch sie beeilte sich, ihm zu versichern: »Machen Sie sich keine Sorgen, ich kann meine Stimme nach Belieben verstellen. *Was sagst du dazu, Papi?*«, fuhr sie wie ein quengelndes Mädchen fort.

Ogden schüttelte den Kopf und lächelte über diese Kirmesvorführung. Dann drückte er ihr die Hand. »Ich freue mich ebenfalls, Sie kennenzulernen, Thérèse. Sie sind also fünfundzwanzig?«

Thérèse war nicht nur eine außergewöhnliche Erscheinung, sondern auch intelligent. Da sie das Mißtrauen des Agenten spürte, machte sie ihre kleine Strohtasche auf und hielt ihm ihren Ausweis hin. »Bitte, überzeugen Sie sich. Ich wußte nicht, daß es noch Leute mit solchen Skrupeln gibt.«

Ogden besah sich den Ausweis. Neben dem Foto von Thérèse standen ihre Daten: Das Mädchen war tatsächlich vor fünfundzwanzig Jahren geboren. Er sah sie erneut an. »Jetzt wissen Sie es«, sagte er und gab ihr den Ausweis zurück.

18

Victor hatte die White Buffalo verlassen und war am Quai des États-Unis entlang Richtung Place Ste-Dévote gegangen. Ihm gefiel Monte Carlo und die hier herrschende Atmosphäre des Luxus. Wenn Sullivan ihn bat, ihn nach Europa zu begleiten, wußte Victor, daß er sich um die Laster seines Herrn kümmern mußte, und das hatte ihn sehr reich gemacht, da er schon lange alle Skrupel verdrängt hatte. Wenn der Ölmagnat mit seiner Yacht eine Kreuzfahrt auf dem Mittelmeer unternahm oder wenn er wie in diesem Fall in Frankreich vor Anker ging, begleitete Victor ihn immer, um das Personal vor Ort zu organisieren. Er hatte die Aufgabe, dafür zu sorgen, daß alles reibungslos funktionierte, deshalb kümmerte er sich um das Schiffspersonal, die Kellner, den Koch und den ganzen Ablauf auf diesem riesigen Schiff. Seit mehr als zehn Jahren arbeitete er schon für Sullivan, doch erst seit drei Jahren war er mit seinen privaten Angelegenheiten befaßt. Das erste Mal, als er mit dem Gesindel zu tun hatte, das dem Alten die Mädchen besorgte, hatte Victor sich betrunken, um die Schande zu vergessen. Doch am Morgen danach hatte sein Chef ihm einen Scheck ausgestellt, mit dem er sich ein Haus auf Long Island kaufen konnte. Von jenem Tag an waren seine Bedenken geschwunden. Als Hüter der Geheimnisse des Ölmagnaten fühlte er sich ebenso wichtig wie die Männer, die zu den Abendessen in das Apartment nach New York kamen. Seit er für Sullivan arbeitete, hatte er ein beachtliches Kapital angesammelt, er besaß ein wundervolles Haus und ein Aktienvermögen, das es ihm erlaubt hätte, sich schon am nächsten Tag zur Ruhe zu setzen. Doch Victor gefiel der Kontakt mit den Mächtigen, und es schmeichelte ihm, das Gefühl zu haben, für einen Mann wie Sullivan unersetzlich zu sein. Zudem reiste er gern, auch wenn dies der anstrengendste Part seiner Arbeit war, denn wenn er nicht mit seinem Chef unterwegs war, mußte er sich nur um das Apartment in New York kümmern, das fast immer leerstand. Er fand, daß er es sehr gut getroffen hatte: noch ein paar Jahre, und er würde sich dem schönen Nichtstun hingeben können.

Beschwingt von diesen grandiosen Träumen erreichte Victor die Place Ste-Dévote und ging auf die Rue Grimaldi zu, wo er eine Verabredung mit Foquet hatte. Ihm mißfiel dieser Mann, und das nicht nur wegen seiner widerlichen Arbeit. Victor verabscheute dieses verschlagene, schmierige Gesicht, die ganze Erscheinung dieses herausgeputzten Fettwansts, die auffällige Eleganz und die öligen Brillantinehaare. Foquet schien aus einem Souk von Tanger zu kommen, doch seine dunklen, glänzenden Äuglein, die immer zu einem süßlichen Lächeln blinzelten, konnten hart und kalt wie Basalt werden. Und wenn das geschah, hatte er den Blick eines Mörders.

Victor kam auf die Sekunde genau zur Verabredung. Pünktlich zu sein war für ihn ein Gebot, seit er irgendwo gelesen hatte, daß Pünktlichkeit die Höflichkeit der Könige sei. Foquet erwartete ihn schon, er saß mit einem Pastis vor sich an einem Ecktisch. Als er sah, wie Victor sich zwischen den Tischen durchzwängte, verzog der Franzose die Lippen zu einem Lächeln.

»Guten Tag, Victor, du siehst großartig aus«, grüßte er ihn und machte ihm ein Zeichen, sich zu setzen. »Was willst du trinken?«

Victor blickte auf seine Uhr, eine elegante Vacheron Constantin, die ihm Sullivan zum Geburtstag geschenkt hatte. Er sah, daß es fast zwölf war, und entschied sich für einen Aperitif. Als der Kellner gegangen war, schaute er Foquet an und versuchte, dessen Lächeln zu imitieren, in der Hoffnung, sein Gegenüber ahne vielleicht, wie sehr er ihn verachtete.

»Du siehst auch gut aus, Foquet. Also, was hast du zu bieten?«

»Ich habe eine Neuerwerbung, die Art, wie sie deinem Chef gefällt. Doch nur für morgen abend.«

Victor wußte, daß sein Chef es vorgezogen hätte, seinen Gelüsten noch an diesem Abend nachzugehen, weil sein Freund Garrett zu einem Abendessen in Nizza eingeladen war und erst sehr spät wieder zurücksein würde.

»Heute abend wäre besser.«

»Das ist nicht möglich. Doch wenn es morgen nicht klappt, könnte ich im Laufe dieser Woche noch etwas anderes anbieten. Allerdings nicht ganz so frisch. Wenn du weißt, was ich meine...«

Victor sah Foquet mit einem Gefühl des Abscheus an. Dieser Mensch erzeugte bei ihm einen Widerwillen, den er sonderbarerweise nicht für seinen Chef empfand.

»Ich komme gleich zurück.« Er stand auf und verließ das

Lokal. Foquet sah ihm mit undurchdringlicher Miene nach. Als Victor auf der Straße war, rief er mit dem Handy Sullivan an und verständigte sich schnell mit ihm. Dann kehrte er ins Café zurück und setzte sich wieder an den Tisch.

»Okay für morgen nacht. Um eins«, fügte er hinzu und sah sich mit zerstreuter Miene um. Er fühlte sich wie ein Spion, der eine wichtige Aufgabe zu Ende zu bringen hat. Er wußte nicht, daß einer der Männer Ogdens, der nicht weit entfernt saß, ihm gefolgt war, seit er die White Buffalo verlassen hatte.

Foquet nickte. »Dein Chef hat die richtige Wahl getroffen, er wird es nicht bereuen.«

Victor reichte ihm einen Umschlag mit einer Summe, die dem Jahresgehalt eines mittleren Angestellten entsprach. Dann stand er auf, deutete einen Gruß an und ging eilig davon, ohne daß er seinen Aperitif angerührt hätte.

Als Victor gegangen war, verließ auch der Agent des Dienstes das Lokal. Er hatte Order, ihm bis zu einem bestimmten Punkt auf der Place Ste-Dévote zu folgen, wo ein Auto mit Franz und Gabriel auf sie wartete. Hier würde der Majordomus vorbeikommen, wenn er zum Quai des États-Unis zurückkehrte, um wieder zur Yacht zu gelangen. Der dichte Verkehr und das Gedränge der Menschen auf dem Platz erleichterten die Operation. Als Victor an der bewußten Stelle an dem Renault vorbeikam, öffnete sich die hintere Tür: Adam packte ihn bei den Schultern und stieß ihn ins Wageninnere, in die Arme von Gabriel. Dann stieg er selbst ins Auto, das mit Vollgas losfuhr. Die Aktion hatte höchstens ein paar Sekunden gedauert, Victor hatte nicht einmal die Zeit gehabt zu schreien.

Als sie die Peripherie von Nizza erreichten, hatte Victor schon seit einer ganzen Weile aufgehört zu protestieren. Durch die Pistole, die Gabriel ihm von Anfang an in die Seite gedrückt hatte, war er für die wenigen, doch unmißverständlichen Drohungen, die Franz ausgesprochen hatte, empfänglich geworden. Bei ihrer Ankunft vor dem heruntergekommenen Hotel, wo Ogden ein Zimmer für dieses Treffen genommen hatte, hatte Victor längst resigniert. Adam blieb in dem geparkten Auto, während Franz und Gabriel den Mann in das reservierte Zimmer brachten. Als sie den halbdunklen Raum betraten, saß Ogden in einem der beiden abgewetzten Sessel, die zusammen mit einem Bett und einem Nachtschränkchen die Einrichtung des schäbigen Zimmers bildeten.

»Setz dich«, befahl ihm Ogden und zeigte auf den anderen Sessel. Victor gehorchte. Franz stellte sich hinter ihn, während Adam hinausging und sich neben der Tür postierte.

»Wir wissen, daß du bei Foquet gewesen bist«, begann Ogden.

Victor, dem Franz ohne Umschweife mit dem Tod gedroht hatte, sollte er eine falsche Bewegung machen, riß die Augen auf.

»Foquet?« fragte er verwundert.

Ogden stand ganz ruhig auf. Er blieb einen Moment stehen, dann schnellte seine Hand so unvermittelt vor, daß selbst Franz zusammenzuckte, und er schlug Victor mit dem Handrücken ins Gesicht. Der Kopf des Mannes kippte zur Seite, gegen den Sessel, fiel dann wieder nach vorn.

»Wir wollen keine Zeit verlieren.« Ogden setzte sich wieder und wartete, bis Victors Gesicht erneut ihm zugewandt war, dann beugte er sich vor und bot ihm eine Zigarette an. Der Mann nahm sie, während er sich mit der anderen Hand die gerötete Backe hielt. Ogden gab ihm Feuer und lehnte sich schließlich erneut im Sessel zurück.

»Dein Chef ist ein Pädophiler, jedesmal, wenn er sich ein Mädchen beschafft, bist du der Vermittler. Morgen wird er es wieder tun, um Mitternacht auf seiner Yacht. Verbessere mich, wenn ich mich irre.«

Victor war zu Tode erschrocken. Er fragte sich, ob diese Männer von der Polizei waren, doch dann hätten sie ihn nicht in ein Hotel gebracht. Ob Foquet ihn verraten hatte? Oder wurden die Telefone auf der Yacht abgehört? Ein Wirrwarr von Gedanken ging ihm durch den Kopf, doch am Ende blieb nur einer übrig: Wie sollte er mit heiler Haut davonkommen? Gierig amtete er den Rauch ein, sog ihn tief in die Lungen, als könnte das ihm Mut machen. Doch er war es nicht gewöhnt zu rauchen, und das einzige Ergebnis war ein so starker Hustenanfall, daß seine Augen zu tränen anfingen. Franz ging zum Waschbecken, füllte ein Glas mit Wasser und brachte es ihm. Victor trank es gierig, sah dann diesen Mann, der ihn verhörte, wieder an. Und der betrachtete ihn auf eine Art, daß ihm das Blut in den Adern gefror: Er fühlte sich wie ein aufgespießtes Insekt.

»Wenn du genau unseren Instruktionen folgst, wird alles gutgehen«, sagte Ogden in einem monotonen Tonfall. »Andernfalls kannst du das schöne Haus auf Long Island vergessen.«

Victor schreckte zusammen. Niemand wußte von seinem Haus, nicht einmal Sullivan. »Wer seid ihr?« stammelte er verängstigt.

Ogden stand auf und begann durchs Zimmer zu gehen. »Leute, die einen mächtigen Mann wie Sullivan ruinieren können; und was glaubst du, was wir mit einer Laus wie dir machen? Wenn du tust, was wir sagen, wirst du aus dem Skandal herausgehalten; wenn du versuchst, uns zu hintergehen, töten wir dich.«

»Seid ihr von der Polizei?« fragte Victor, obwohl er wußte, daß es nicht so war.

Ogden beschränkte sich darauf, den Kopf zu schütteln. »Wir werden deine Hilfe sehr gut bezahlen. Du kannst dich früher zurückziehen, als du gedacht hast.«

»Aber Sullivan ist sehr mächtig. Wie kommt ihr auf die Idee, ihm schaden zu können?«

»Wir werden ihm nicht schaden, Victor, wir werden ihn vernichten«, präzisierte Ogden und betonte das letzte Wort. »Du mußt dir überlegen, wer mächtiger ist, wir oder dein Chef. Von dieser Überlegung hängt dein Leben ab.«

Es folgten einige Momente des Schweigens, die wie Minuten wirkten, während Ogden langsam durchs Zimmer ging. Franz kannte dieses Verhalten, er wußte, daß es keine Komödie war, um den Gefangenen zu beeindrucken. Dieser Typ hatte Glück, daß er etwas zum Tausch für sein Leben anzubieten hatte.

»Mit deiner Hilfe werden wir bis morgen abend Kameras auf der Yacht anbringen, um Sullivan mit dem Mädchen zu filmen. Wenn du uns hintergehst, töten wir dich, doch vorher spielen wir den französischen Behörden die Beweise für deine Kontakte mit Foquet zu. Euer Treffen ist gefilmt worden«, log Ogden.

»Ich bin kein Pädophiler«, protestierte Victor, der einen

solchen Skandal mehr fürchtete als den Tod. Das würde seine Mutter nicht überleben.

»Wir haben die Beweise für deine Komplizenschaft mit Sullivan über all die Jahre. Ob du pädophil bist oder nicht, hat wenig Bedeutung, weil man dich einfach dafür halten wird. Du wirst mit einer schändlichen Anklage im Gefängnis landen, und das überlebt deine Mutter nicht.«

Dieser Mann wußte alles über ihn, ging Victor durch den Kopf. Der Schweiß brach ihm aus allen Poren, und Franz gab ihm ein Kleenex.

»Doch wenn du uns hilfst«, fuhr Ogden in einem weniger barschen Ton fort, »werden wir es so einrichten, daß du aus der Sache draußen bleibst. Jemand könnte bezeugen, daß du in Nizza warst, während sich dein Chef vergnügt hat. Und wenn Sullivan seine Schweinereien macht, hat die Dienerschaft ja Ausgang, nicht wahr?«

Victor nickte. »Nur ich bleibe da, für den Fall, daß er etwas brauchen sollte…« Victors Stimme brach. Ihm wurde klar, daß er zum ersten Mal seine tatsächliche Komplizenschaft bei den abstoßenden Praktiken des Alten gestand.

»Um wieviel Uhr geht Senator Garrett schlafen?«

»Sehr früh, normalerweise zieht er sich um zehn in seine Kabine zurück, und um elf schläft er schon wie ein Stein.«

»Jetzt hör mir gut zu. Heute nacht kommen wir auf die Yacht und installieren die Kameras, und du wirst uns dabei helfen.«

»Aber Sullivan hat einen Leibwächter…«, wandte Victor ein.

»Ich weiß. Doch um den mußt du dir keine Sorgen machen. Daran haben wir schon gedacht.«

»Wenn ich mache, was ihr von mir wollt, wird Sullivan erfahren, daß ich ihn verraten habe.«

Ogden lächelte. »Es gibt keinen Grund, daß er dich verdächtigt. Jeder vom Personal hätte sich bestechen lassen können.« Ogden beugte sich über ihn. Franz, der hinter Victor stand, kannte diesen Blick, und es fröstelte ihn.

»Du hast keine Wahl«, sagte Ogden mit schmeichlerischer Stimme. Dann drückte er ihm blitzartig die Hand auf die Kehle und hielt ihn fest. »Dein Chef ist erledigt. Wenn du mit uns zusammenarbeitest, kannst du dich aus der Affäre ziehen, ansonsten werde ich dich umbringen. Doch nicht bevor ich deine Mutter darüber informiert habe, was für ein Schwein ihr Sohn ist.«

Victor zappelte, streckte die Arme aus und verdrehte die Augen. Ogden lockerte den Griff, damit er wieder atmen konnte.

»Ich mache alles, was ihr wollt«, sagte er mit dünner Stimme. »Doch laßt um Gottes willen meine Mutter aus dem Spiel!«

Ogden richtete sich wieder auf. »Gut, Victor, dann spitz jetzt einmal gut die Ohren...«

19

Am Nachmittag waren Ogden und seine Männer, nachdem sie den verängstigten Victor nicht weit vom Boulevard Albert Premier in Monte Carlo abgesetzt hatten, nach Cap Ferrat zurückgekehrt, um die nächtliche Aktion vorzubereiten. Ogden stand am Fenster seines Zimmers und sah hinunter auf die Baie des Fourmis. Die Sonne war schon hinter den Hügeln verschwunden, und der verlassen daliegende Strand wurde von Sekunde zu Sekunde dunkler. Der schwarze Bademeister, ein Bodybuilder, dessen Oberarmmuskeln sein weißes T-Shirt beinahe sprengten, räumte zum Rhythmus eines Rap aus einem Transistorradio die Liegen zusammen.

Cap Ferrat bereitete sich auf den Saisonwechsel vor. Wenn der Winter kam, würde es hier ebenso gedrängt voll sein wie im Sommer, da die Hügel ringsum den Ort vor den Nordwinden schützten und zum mildesten Platz an der Côte d'Azur machten. Ogden trat vom Fenster zurück und wandte sich Franz zu.

»Was ist mit Sullivans Leibwächter?«

»Er hat seinem Chef erzählt, seine Mutter liege im Sterben. Für Sullivan ist er in diesem Moment an Bord eines Flugzeugs auf dem Weg in die USA. Ich glaube nicht, daß der Alte es schafft, ihn bis morgen zu ersetzen, er ist ja offensichtlich sehr vorsichtig bei der Auswahl des Personals.«

»Gut. Sind die Jungs bereit?«

Franz nickte. »Kurt hat das Material vorbereitet. Wer führt die Aktion auf der Yacht durch?«

»Nur wir beide und Kurt. Gabriel wartet im Auto auf uns. Du kannst jetzt gehen, wir brechen nicht vor Mitternacht auf.«

Als Franz ihn verlassen hatte, ging Ogden an die Bar und goß sich einen Martini ein. Es war einfacher als erwartet gewesen, Victor zur Zusammenarbeit zu bewegen und sich des Leibwächters mit einer stattlichen Summe zu entledigen. Der kräftige Kerl aus Kansas hatte keine Bedenken gehabt, das Geld eingesteckt und nur gefragt, wann er zu Sullivan zurückkehren könne: Er wolle seinen Job nicht verlieren. Was Victor anging, so würde er an diesem Abend ein Schlafmittel in das Essen der Besatzung und des übrigen Personals mischen, um Überraschungen zu vermeiden. Das dürfte nicht schwierig sein, da Victor die Aufsicht über alles hatte, auch über die Arbeit des Kochs. Wenn sicher war, daß alle an Bord tief schliefen, würde er sie benachrichtigen. Ogden sah auf die Uhr, es war nach sieben, er mußte Stuart anrufen und ihn über die letzten Entwicklungen informieren. Nach wenigen Klingelzeichen meldete sich der Chef des Dienstes.

»Alles in Ordnung?«

»Wir installieren die Kameras heute nacht.«

»Wenn es uns gelänge, auch Bronson in diesem Autorenfilm mitspielen zu lassen, würden wir uns viel Mühe ersparen«, sagte Stuart. »Was meinst du: zu kompliziert?«

»Eher ja. Es wird auch nicht ganz einfach sein, Garrett unterzubringen...«, gab Ogden zu bedenken.

»Du hast recht, vergiß es. Wir führen den Plan unverändert durch. Was Bronson angeht, so kommt morgen der farbige Junge nach Nizza und fängt als Kellner im Méridien an. Auch wenn die CIA nach Hoover an allerhand gewöhnt ist, wird der *snuff movie,* den wir ihnen präsentieren, sie in Verlegenheit bringen. Amid ist ein Profi darin, solche Fallen zu stellen. Kurt wird einen perfekten Film montieren, in dem es so aussieht, als ob Bronson zuerst seinen Spaß mit dem Jungen gehabt und ihn dann getötet hätte.« Stuart seufzte. »Nach Abschluß der Mission werden wir wohl eine kleine Horrorfilmsammlung haben. Hast du schon den richtigen Ort für die Aktion gefunden?«

»Ja, ein Apartment in Cimiez. Morgen wird Kurt die Kameras dort installieren.«

»Sieht so aus, als liefe alles bestens…«

»Ich vermisse Burlow bei diesem allgemeinen Massaker…«

Stuart antwortete nicht gleich. Er überlegte. Der Waffenhändler war ein harter Brocken und der einzige schwache Punkt des Plans, weil er keine Laster hatte, mit denen man einen öffentlichen Skandal auslösen könnte.

»Dummerweise bietet dieser Fuchs wenig Angriffsflächen. Das Prädikat ›Händler des Todes‹ schockiert heute niemanden mehr. Leider hat er keine Perversion wie die anderen beiden, jedenfalls keine sexuelle. Man kann ihn nur damit treffen, daß man seine Verwicklung in den Mord an George Kenneally nachweist, und genau das werden wir tun. Doch falls dir etwas einfällt, ihn ebenfalls zu schwächen, bevor wir zum finalen Schlag ausholen…« Stuart ließ den Satz in der Schwebe.

»Wir können ihn immer noch beseitigen…«, sagte Ogden ruhig.

»Der Vollstrecker in dir meldet sich doch immer wieder. Aber Burlow nützt uns lebendig mehr, im Grunde ist das Flugzeug wegen seiner elektromagnetischen Bombe auf so unerklärliche Art abgestürzt. Wenn unsere Bombe hochgeht, einmal angenommen, daß er durch seine Protektion von ganz oben davonkommt, wird er auf jeden Fall sozial geächtet, das Verteidigungsministerium wird sich von ihm lossagen, und er kann nicht mehr in der Oberschicht verkehren, auf die er soviel Wert legt. Wenn du ihn dann töten willst, steht dem nichts im Wege.«

»Hast du Informationen über die Bombe?«

»Ich habe ein Dokument für dich vorbereitet, du bekommst es morgen als E-Mail. Kurz gesagt: Es handelt sich um eine Waffe, die von der Regierung der Vereinigten Staaten schon viele Male im geheimen und nur einmal offiziell erprobt worden ist. Sie nutzt die Energie einer Atombombe, ohne jedoch deren zerstörerische Wirkung zu haben. Insgesamt ist es ziemlich kompliziert. Praktisch sendet man einen Laserstrahl aus, der zielgerichtet eine Zeitlang alle elektrischen und elektronischen Instrumente lahmlegt. Genau das ist bei dem Flugzeug geschehen, deshalb ist es abgestürzt. Den Gebrauch und die Wirkung dieser mörderischen Waffe wirst du in dem Dokument erklärt finden, und zwar prägnanter und einfacher dargestellt als in dem, das wir uns in Berlin angesehen haben. Natürlich besitzen nicht nur die USA diese Waffe. Die Russenmafia ist inzwischen so mächtig, daß sie sich alle Waffen, die sie will, leisten kann. In der Tat nutzen sie EMP, um einige Regierungen zu erpressen; erinnerst du dich an die Explosionen, die ganze Mietshäuser in Rußland in Trümmer gelegt haben? Das ist das wenigste, es scheint so, als könnte man mit EMP auch Erdbeben erzeugen, und in letzter Zeit hat es ja einige gegeben. Früher oder später werden Burlows Kollegen die Welt zerstören, doch sie sind so dumm, daß sie vergessen, daß sie selbst auf diesem verdammten Planeten leben.«

»Aus diesem Grund hatte ich vorgeschlagen, ihn zu töten, einer weniger ...«, kommentierte Ogden lakonisch. »Aber egal, er scheint der Intelligenteste der Truppe, ich kann mir nicht vorstellen, daß es seine Idee war, dein Haus in die Luft zu sprengen«, fügte er ironisch hinzu.

Stuart lachte. »Das war Bronsons Idee, kein Zweifel. Und er bekommt ja von uns, was er verdient.«

»Ich informiere dich noch heute nacht darüber, wie die Installation gelaufen ist. Wie geht es Lange?«

»Er meditiert immer.«

»Um so besser. Grüß ihn von mir.«

»Hals- und Beinbruch!« sagte Stuart, bevor er auflegte.

Es war fast ein Uhr, als sie von Victor das Zeichen erhielten, daß die Luft rein war. Der Mercedes parkte am Boulevard Albert Premier, mit von der Partie waren Franz, Gabriel und Kurt, der Techniker. Kaum hatte Franz aufgelegt, fuhr Gabriel langsam den Boulevard hinauf und dann auf den Quai des États-Unis.

»Sieh dir mal an, wo dieser Scheißkerl mit seiner Yacht vor Anker geht!« kommentierte Franz. »Am Quai des États-Unis! Nicht schlecht für einen, der einen zukünftigen Präsidenten ermordet hat…«

»Bald wird er keine Gelegenheit mehr haben, irgend jemanden umzubringen…«, meinte Gabriel.

Der Wagen hielt vor der Yacht, und kaum waren die Männer ausgestiegen, entfernte er sich wieder. Lautlos überquerten die Agenten den überdachten Steg; Victor stand in einer dunklen Ecke und wartete auf sie. Ohne ein Wort zu sagen, gingen sie durch den Salon, den Korridor entlang bis zu Sullivans Kabine. Victor öffnete die Tür und ließ die drei Männer eintreten, schloß sie dann wieder und blieb als Wache draußen. Als sie im halbdunklen Zimmer waren, sahen sie den Alten, ausgestreckt in einem riesigen Bett mit einem lächerlichen Baldachin darüber. Der Mann schnarchte laut, Victor mußte großzügig mit dem Schlafmittel umgegangen sein. Kurt hatte schon vorher den Plan der Yacht und die Fotos der Kabinen, die der Dienst besorgt hatte, studiert und wußte, was zu tun war. Geschickt nahm er zwei Gemälde von der Wand und brachte Mikrofone an. Die winzige Kamera, die Bilder und Ton direkt in den Technikraum im Hotel in Cap Ferrat übertragen würde, wurde strategisch im Baldachin positioniert, während er eine andere, die eher die ganze Szene erfassen sollte, im Leuchter, einem vierarmigen, mit Büffelhörnern geschmückten Monstrum, versteckte. Die Operation war durch den schlechten Geschmack des Ölmagnaten erleichtert worden, und als Kurt Ogden ein Zeichen gab, daß er fertig sei, war höchstens eine Viertelstunde vergangen. Die ganze Zeit über hatte Sullivan geschnarcht, so daß Franz, der mit einem äthergetränkten Wattebausch in der Hand immer an seinem Bett geblieben war, bereit, ihn jederzeit ins Reich der Träume zurückzuschicken, nicht eingreifen mußte.

Still, wie sie gekommen waren, verließen die beiden Männer das Zimmer wieder. Auf dem Korridor wartete der kreidebleiche Victor auf sie. Sie gingen den gleichen Weg zurück, den sie gekommen waren, und stiegen auf die Brücke, während Franz über Funk Gabriel rief. Als sie den Steg überquerten, stand der Mercedes schon vor der Yacht, den Motor im Leerlauf. Die Männer stiegen in den Wagen, der schnell auf dem Quai des États-Unis zurück Richtung Place Ste-Dévote fuhr. Die ganze Operation hatte keine halbe Stunde gedauert.

20

Am Morgen verließ Burlow frühzeitig das Negresco. Der Chauffeur brachte ihn nach Monte Carlo, wo er einen befreundeten Reeder treffen wollte. Um halb zwölf, als die geschäftliche Unterredung beendet war, lud der griechische Reeder ihn zu einem gemeinsamen Mittagessen mit zwei Topmodels im Sporting ein. Doch Burlow war nicht in der richtigen Stimmung, außerdem interessierte ihn dieser Typ Frau nicht; seiner Meinung nach waren Models in der Realität im allgemeinen weniger interessant als auf Fotos.

Nachdem er sich von Ioannidis verabschiedet hatte, beschloß er, einen kurzen Abstecher zur White Buffalo zu machen, um Sullivan zu fragen, ob er Neuigkeiten habe, denn seit dem Vortag hatte er nichts von Bronson gehört. Er war besorgt über die Wendung, die die Ereignisse genommen hatten, und teilte den Optimismus des CIA-Mannes nicht. Er war inzwischen der Ansicht, daß er sich auf diese Sache eingelassen hatte, ohne gründlich darüber nachzudenken: allzu sicher, daß die Eliminierung Kenneallys ohne Folgen bleiben würde. Und tatsächlich war am Anfang alles glattgegangen: Niemand hatte besondere Anstrengungen unternommen herauszufinden, aus welchem Grund das Flugzeug abgestürzt war. So hatte man ohne große Schwierigkeiten einen Mann und seine Zukunft ausgelöscht, und von dem, was er hätte machen können, würde man für immer und allezeit nur im Konditional sprechen. Kein Kandidat in der Geschichte der Vereinigten Staaten würde je wieder sein Potential haben: von Kind auf geliebt, attraktiv wie ein Filmstar, mit vierzig Jahren in keinen einzigen Skandal verwickelt, charakterstark und aufrichtig, hätte er der Nation sogar noch mehr gefallen als sein unvergeßlicher Vater. Zudem hatte er auf kluge Art eine gewisse Distanz zwischen sich und seinem unglücklichen Clan geschaffen. Dieser Mann hätte ganz ungeachtet seines Namens von sich aus brilliert; ja, er hatte schon damit begonnen. Doch sie hatten es so eingerichtet, daß er das Feld räumte, bevor die Nachricht von seiner Kandidatur für den Senat offiziell wurde. Danach, als Burlow sah, wie einfach es gewesen war, ihn ohne Konsequenzen zu liquidieren, hatte er oft gedacht, daß die Dinge nur zwanzig Jahre zuvor nicht so problemlos gelaufen wären. Damals wäre die Möglichkeit eines Komplotts wenigstens in Betracht gezogen worden. Zum Glück hatten sich die Zeiten wirklich geändert. Die öffentliche Meinung, abgesehen von ein paar isolierten Verrückten, denen niemand zuhören würde, hatte die großangelegte Desinformation durch die Massenmedien hingenommen, so, als wäre man nicht in der Lage, auch nur den Verdacht eines weiteren Mords in jener Familie zu ertragen. Jedenfalls hatten sie damit, daß sie handelten, bevor George Kenneally offiziell antrat, ihr Motiv im verborgenen gehalten. Und ohne Motiv ist ein Verbrechen fast immer perfekt.

Burlow wußte, daß diejenigen, die wie er die Macht innehatten, seit Jahrzehnten die öffentliche Meinung so geschickt manipulierten, daß der größte Teil der Bürger derart verunsichert war, daß sie sich keine Fragen mehr stellten und schon gar nicht an Protest dachten. Was einst das »souveräne Volk« genannt wurde, war inzwischen in eine solche Resignation verfallen, daß es eine verzerrte Darstellung der Fakten hinnahm und falsche, doch beruhigende Antworten, mit denen die vielen skandalösen Vorgänge verschleiert wurden, dankbar glaubte, um nicht den Verdacht hegen zu müssen, von Betrügern und Mördern manipuliert zu werden. Wie ein mißhandeltes Kind, das versucht, den Erwachsenen, von dem es mißbraucht wird, zufriedenzustellen, um die Gewalt vielleicht von sich fernzuhalten. Die Welt war verkauft worden, und die Aktieninhaber konnte man an den Fingern einer Hand abzählen.

Beschäftigt mit solchen Gedanken, die bei ihm immer eine gewisse Euphorie auslösten, stieg Burlow aus der Limousine, die vor der White Buffalo angehalten hatte. Sullivan, der gerade einen Daiquiri auf der Terrasse seiner Yacht trank, winkte ihm zu, als er ihn kommen sah. Entgegen seinen Gewohnheiten trug er eine Sonnenbrille und blieb sitzen, als Burlow vor ihm stand.

»Grüß dich, James«, die Stimme des Ölmagnaten klang ein wenig heiser.

»Guten Tag, Jack. Ich war in Monte Carlo, und da dachte ich, ich statte dir einen kurzen Besuch ab.« Burlow setzte sich, und Victor tauchte an seiner Seite auf.

»Darf ich Ihnen etwas bringen, Mr. Burlow?«

»Das gleiche wie Mr. Sullivan, danke.«

Sullivan nahm die Brille ab, und Burlow bemerkte, daß sein Gesicht müde war. »Geht es dir gut?« fragte er ihn und tat besorgt. In Wirklichkeit war es ihm völlig gleichgültig, doch er wollte nicht, daß der Alte in einem so heiklen Moment ausfiel.

»Ich bin mit Kopfschmerzen wach geworden. Normalerweise leide ich nicht darunter, trotz meiner siebzig Jahre.«

»Seit wann bist du siebzig Jahre?« schmeichelte ihm Burlow.

»Ach, hör auf!« wehrte der Alte ab, ohne daß es ihm gelungen wäre, einen zufriedenen Ausdruck zu verhehlen.

»Was macht Bronson?« fragte der Waffenhändler.

»Er ist heute morgen nach Berlin abgereist. Er hat versucht, mit dir Kontakt aufzunehmen, doch dein Handy war ausgeschaltet… Auf jeden Fall hat er weitere Männer aus Langley kommen lassen.«

»Die CIA wird langsam Verdacht schöpfen…« Burlow unterbrach sich, weil Victor näher kam, um zu servieren.

»Du weißt gut, daß Bronson über so viele Männer verfügen kann, wie er will. Leider haben wir noch keine Nachrichten über den Schauspieler…«, sagte Sullivan, als der Majordomus sich wieder entfernt hatte.

»Und was ist mit dem Dienst?«

»Bronson trifft sich mit Stuart, und die beiden rauchen die Friedenspfeife.«

Burlow enthielt sich jeden Kommentars. Vor Jahren war eine äußerst heikle Angelegenheit, die ihn in den Augen der Regierung hätte kompromittieren können, vom Dienst geregelt worden, und zwar von eben dem Agenten, der ihn jetzt leitete. Er erinnerte sich gut an diesen Mann: Der einzige Mensch auf der Welt, der es geschafft hatte, daß er sich unbehaglich fühlte.

»Ich reise morgen nach Berlin. Ich will Bronson sehen und wissen, was los ist. Dann kehre ich in die Vereinigten Staaten zurück, ich kann nicht allzulang in Europa bleiben.«

Sullivan lächelte undurchsichtig. »Mußt du nach Kolumbien?«

Burlow warf ihm einen kalten Blick zu. Dieser alte Bastard wollte ihm zu verstehen geben, daß er über seine Geschäfte mit dem Cali-Kartell auf dem laufenden sei; er glaubte, sich alles erlauben zu können, dachte er zornig. Doch er hielt seine Wut unter Kontrolle und lächelte seinerseits sanft.

»Jeder hat eben so seinen Umgang. Ich bin sicher, du bleibst noch in Frankreich, bis du genügend Mädchen vergewaltigt hast. Ist es nicht so?«

Sullivan schoß das Blut ins Gesicht. Einen Moment fürchtete Burlow, den Alten würde der Schlag treffen. »Was sagst du denn da?« schrie er. »Bist du verrückt?«

Dem Waffenhändler reichte es. Er beugte sich zu Sullivan vor und sah ihn verächtlich an. »Hör zu, du jämmerlicher Perverser, glaubst du, Bronson hat nur wegen seiner Verdienste einen so wichtigen Posten? Dem ist nicht so. Um sich erkenntlich zu zeigen, informiert er mich über die Geheimnisse der anderen, vor allem, wenn sie mit mir verkehren. Also unterlasse in Zukunft solche Unterstellungen, wenn du nicht willst, daß ganz Amerika erfährt, wer du wirklich bist...«

Burlow stand auf und verließ ohne ein weiteres Wort die Yacht. Sullivan sah ihn von Bord gehen und in die Limousine steigen, die auf dem Kai wartete. Der Ölmagnat war erschüttert: Bis zu diesem Moment hatte er nicht den geringsten Verdacht gehabt, daß irgend jemand außer Victor sein Geheimnis kennen könnte. Er versuchte sich zu beruhigen und holte tief Luft; sein Herz schlug wie wahnsinnig, er fürchtete, einen Infarkt zu bekommen. Als sein Puls sich wieder normalisierte, gab er sich Mühe, klar zu denken.

Doch zum ersten Mal, seit diese Geschichte begonnen hatte, empfand er Angst.

Adam, in einem nicht weit entfernt parkenden Lieferwagen versteckt, hatte dank eines Richtmikrofons das Gespräch der beiden Männer auf der Yacht aufgenommen. Es wurde in den Technikraum des Hotels in Cap Ferrat übertragen, wo Ogden und Franz es direkt mithörten.

Ogden, der an den Geräten gesessen hatte, stand auf. »Ich rufe Stuart an. Wenn Adam weitere Neuigkeiten auffängt, gebt mir sofort Nachricht.«

Vom seinem Zimmer aus rief er den Chef des Dienstes an. Diesmal mußte er warten, und sein Anruf wurde umgeleitet. Rosemarie meldete sich.

»Herr Stuart telefoniert gerade«, sagte sie.

»Er soll mich bitte sofort zurückrufen, Rosemarie.«

Nach wenigen Minuten läutete Ogdens Handy.

»Ich höre«, sagte Stuart.

»Wir müssen das Programm ändern. Bronson ist heute morgen abgereist und kommt nach Berlin. Scheint so, als hätte er weitere Männer aus Langley geholt.«

»Ich weiß, er hat mich angerufen, kaum daß er auf dem Flughafen war, und ist hierher unterwegs. Kein Snuff Movie an der Côte d'Azur. Hol Amid zurück, und wir stellen ihm in Berlin eine Falle. Schöner Ärger...«

»Allerdings. Nach der Sache heute nacht kommen wir auch zurück nach Berlin.«

»Okay. Ich rufe dich an, wenn ich mit Bronson gesprochen habe.«

»In Ordnung. Bis später.«

21

Victor hatte der Mannschaft und dem Dienstpersonal Ausgang gegeben. Außer ihm arbeiteten auf der Yacht zwei Kellner und das Schiffspersonal, wovon einer der Koch war. Er sah auf die Uhr, es war Viertel nach elf, doch Senator Garrett hatte sich noch nicht in die Kabine zurückgezogen. Er und Sullivan hatten zusammen zu Abend gegessen und sich danach noch eine ganze Weile unterhalten. Irgend etwas sehr Wichtiges mußte auf dem Spiel stehen, denn Victor hatte Garrett noch nie so besorgt erlebt. Sein Chef dagegen war bester Laune, wie immer, wenn er eines seiner Abenteuer vor sich hatte. Die Verabredung mit Foquet war um ein Uhr nachts, doch der Franzose würde seinen Anruf abwarten, bevor er das Mädchen auf die Yacht brachte.

Das Wetter war schlechter geworden, Regenschauer gingen nieder, und die Temperatur war gefallen. Der Mistral blies, und das Meer war bewegt, die Wanten der Boote klapperten beunruhigend im Wind.

Victor saß in der Kombüse und trank einen Kaffee nach dem anderen. Er war nervös, und das Unwetter mit dem Heulen des Winds und dem gegen die Brücke schwappenden Wasser drückte noch zusätzlich auf seine Stimmung. Er mußte umsichtig und geschickt vorgehen, wenn er Sullivan nicht in seinen Untergang folgen oder sogar sterben wollte. Der Mann, der ihn in diese Bedrängnis gebracht hatte, ließ keine Fehler durchgehen. Er mußte nur die Augen schließen, um dieses Gesicht, das ihm so nahe gekommen war, wieder vor sich zu sehen und diesen Griff am Hals wieder zu spüren, mit dem der Mann ihm fast die Luft abgedrückt hätte. Die goldenen Zeiten mit Sullivan waren vorbei, nach dieser Nacht würde er ein paar Tage abwarten und dann unter irgendeinem Vorwand in die Vereinigten Staaten zurückkehren.

Endlich summte die Sprechanlage: Es war Garretts Kabine. Victor schnellte hoch und meldete sich. Der Senator wollte wie jeden Abend noch eine Tasse Pfefferminztee gebracht haben.

Nachdem er aufgelegt hatte, bereitete Victor den Tee, stellte ihn, als er fertig war, auf ein Tablett und verließ die Kombüse. Auf dem Gang traf er Sullivan.

»Er ist im Bett, endlich«, murmelte der Alte ungeduldig. »Wenn ich sicher bin, daß er schläft, rufe ich dich an, und du benachrichtigst Foquet. Hast du alles vorbereitet?«

Victor nickte. »Das Geschenk liegt auf dem Schreibtisch.«

»Sehr gut. Jetzt geh.«

Victor klopfte an Garretts Kabine. Als er eintrat, sah er, daß der Senator schon im Bett lag. Der Alte lächelte und machte ihm ein Zeichen, das Tablett auf den Nachttisch zu stellen.

»Scheußliche Nacht, nicht wahr, Victor?«

»Ja, schrecklich. Leider sind auch die Aussichten für morgen nicht gut. Das schlimmste ist der Wind.«

»Da hast du recht. Danke für den Tee, Victor. Gute Nacht.«

Der Majordomus verließ die Kabine und schloß die Tür hinter sich. Garrett tat ihm leid, er würde in den Skandal mit hineingezogen werden, obwohl er unschuldig war. Eines solchen Verbrechens angeklagt zu werden war ein furchtbares Ende. Doch sein Mitgefühl für den Senator schwand schnell, als Victor sich sagte, daß er sich besser um sein eigenes Leben sorgen sollte. Wenn nicht alles genauso ablief, wie dieser Mann es angeordnet hatte, würde er Garretts Alter nicht erreichen.

Er ging in seine Kabine zurück und streckte sich in der Koje aus. Zum tausendsten Mal sah er auf die Uhr: Es war halb zwölf. Jetzt mußte er warten, bis sich Sullivan selbst davon überzeugt hatte, daß Garrett eingeschlafen war; danach würde er Foquet grünes Licht geben. Doch an diesem Abend würde sich seine Aufgabe nicht darauf beschränken. Victor seufzte und stand auf, um sich etwas Hochprozentiges einzugießen. Das konnte er jetzt brauchen.

Endlich rief Sullivan an, und Victor benachrichtigte seinerseits mit dem Handy den schmierigen Kuppler. Foquet, der in einem in der Nähe geparkten Auto auf das Signal wartete, würde in wenigen Minuten mit dem Mädchen kommen. Victor sollte es in Empfang nehmen und in Sullivans Kabine bringen. Er wählte eine weitere Nummer, und am anderen Ende meldete sich Ogden.

»Foquet ist auf dem Weg. Er wird in wenigen Minuten hiersein.«

»Gut. Wenn es soweit ist, daß mein Mann an Bord kommen kann, benachrichtige uns.«

Victor beendete die Verbindung und wischte sich den Schweiß von der Stirn. In diesem Moment läutete das Handy erneut. Foquet meldete, daß er im Begriff sei, auf die Yacht zu kommen. Victor verließ die Kabine und ging ihm entgegen.

Als er den Franzosen sah, wie er über den Steg kam, gefolgt von einem vielleicht zwölfjährigen Mädchen, dessen kindlicher Ausdruck kaum zu ertragen war, meinte er, sich übergeben zu müssen. Jedesmal, wenn er sich um diese Dinge kümmern mußte, hatte er so reagiert, doch diesmal war es, wegen der Gefahr, in der er selbst schwebte, noch schlimmer. Er riß sich zusammen, holte tief Luft und ging auf Foquet zu.

»Guten Abend«, sagte er.

»Guten Abend. Ist dein Chef in der Kabine?«

»Natürlich.«

»Gut.« Foquet wandte sich an das Mädchen. »Jetzt geh mit ihm, Schatz. Er bringt dich zu einem Herrn, der ein wunderschönes Geschenk für dich hat. Du weißt, was du tun mußt, benimm dich gut und sei nett zu Onkel Jack. Er ist ein Freund von mir, du brauchst keine Angst zu haben.«

Das Mädchen ließ sich von Victor, der es noch einmal flüchtig ansah, bei der Hand nehmen. Es hatte seidiges, schulterlanges blondes Haar. Die himmelblauen Augen sahen ihn mit einem so vertrauensvollen Blick an, daß sich ihm das Herz zusammenkrampfte.

»Komm, wir gehen«, sagte er, und das Mädchen folgte ihm gehorsam. Victor, der verlegen vor sich hin sah, bemerkte das komplizenhafte Zwinkern nicht, mit dem es sich von dem pomadisierten kleinen Mann verabschiedete.

Als er an die Kabine klopfte, wurde die Tür sofort geöffnet. Sullivan lächelte, nahm das Mächen an der Hand, zog es nach drinnen und machte Victor die Tür vor der Nase zu. Wortlos drehte dieser sich um und gab Ogden über Handy das vereinbarte Signal, bevor er zu Foquet zurückging. Foquet wartete im Salon und rauchte eine Zigarre. Als er ihn sah, gab er ihm ein Zeichen näher zu kommen.

»Nun, was sieht das Drehbuch jetzt vor? Mal sehen, ob du dich erinnerst«, sagte der Franzose, amüsiert darüber, daß Victor nicht den geringsten Verdacht hegte, daß dieses Mädchen, das er Sullivan übergeben hatte, in Wirklichkeit eine Frau war.

»Gleich wird ein Mann auftauchen, und ich muß so tun, als wäre ich geschlagen worden...«

»Nein, mein Lieber, du mußt nicht so tun, er wird dir wirklich einen Schlag auf den Kopf verpassen. Das ist zu deinem Besten, wie solltest du sonst bei deinem Chef ungestraft davonkommen?«

Victor nickte. »Und dann?«

»Besser, du weißt es nicht. Dann wirkst du natürlicher«, schloß Foquet und sah ihn aus seinen kleinen schwarzen Augen an.

Victor nahm seinen Mut zusammen und fragte: »Wieviel zahlt dir dieser Mann?«

Foquet lachte. »Sehr viel natürlich. Und ich will dir einen Rat geben: Tu nichts, was dieser Operation schaden könnte. Es ist eine große Sache, sie bringen dich um, wenn du Probleme machst. Wir hätten dich auch zusammen mit deinem Chef und seinem Freund untergehen lassen können.«

Bei dieser Vorstellung brach Victor der kalte Schweiß aus, und er wollte gerade beteuern, daß er zu allem bereit sei, als wie aus dem Nichts Adam hinter ihm auftauchte. Der Agent des Dienstes versetzte ihm einen Schlag auf den Kopf, und der Majordomus fiel wie ein Sack zu Boden.

Foquet lächelte. »Gut, daß du gekommen bist, dieser

Idiot fing an, mir auf die Nerven zu gehen. Jetzt bin ich an der Reihe«, sagte er, riß sich das Hemd aus der Hose und zerraufte sich das Haar. »Thérèse hat die Sache mit dem Alten inzwischen sicher vorangetrieben, ich würde sagen, wir können in die Kabine einfallen. Soll ich Garrett wekken?«

Adam nickte. »In Ordnung, gib mir drei Minuten und bring ihn dann in Sullivans Kabine. Los, gehen wir.«

Adam und Foquet gingen an Deck und trennten sich dort. Foquet wartete, bis Adam in Sullivans Kabine verschwunden war, und drang dann bei Garrett ein, stürzte sich wie ein Rasender auf den Senator und schüttelte ihn.

»Wachen Sie auf! Um Himmels willen, wachen Sie auf!« schrie er, als wäre er völlig außer sich.

Der Alte schlug die Augen auf und erschrak, als er nur wenige Zentimeter von sich entfernt Foquets Gesicht sah.

»Wer sind Sie? Was wollen Sie?« schrie er.

»Keine Angst, ich bin ein Freund von Sullivan. Ein Einbrecher ist an Bord. Er hat den Majordomus niedergeschlagen, vielleicht umgebracht. Mir ist es gelungen zu fliehen. Wir müssen Sullivan helfen!«

Garrett sprang aus dem Bett. »Rufen wir die Polizei!«

»Nein!« schrie Foquet. »Das können wir nicht...«

»Was sagen Sie denn da? Sind Sie verrückt?«

»Kommen Sie, gehen wir.« Foquet zog ihn mit. »Dieser Einbrecher ist allein, wir schaffen es, mit ihm fertigzuwerden. Die Polizei würde sowieso nicht rechtzeitig kommen.« Foquet betete, daß der Alte diese absurde Geschichte glaubte. Doch Garrett schlüpfte schon in seinen Morgenmantel. Dann schwenkte er einen Golfschläger und wandte sich ihm zu. »Worauf warten Sie, wollen Sie mich allein gehen lassen?«

Foquet beeilte sich, ihm zu folgen. Sie gingen auf den Gang hinaus und auf Sullivans Kabine zu. Als sie die Klinke drückten, öffnete sich die Tür. Foquet trat als erster ein, gefolgt von Garrett mit dem Golfschläger in der Hand. In der Kabine herrschte ein einziges Chaos: Auf dem aufgedeckten Bett lag Thérèse, an Händen und Füßen gefesselt und mit verbundenen Augen. Sullivan lag auf ihr, er schien zu schlafen. Von Adam keine Spur. Foquet wußte, daß Garrett nun allein weiter nach vorn sollte, damit die Kameras ihn und Thérèse auf dem Bett zusammen mit Sullivan aufnehmen konnten.

»Lieber Himmel«, stöhnte Foquet. »Ist er tot?«

Garrett warf ihm einen unentschlossenen Blick zu, dann näherte er sich seinem Freund, um ihm zu helfen; er bewegte sich wie in Zeitlupe, so überrascht war er von dem Anblick, der sich ihm bot.

»Mein Gott, Jack!« murmelte er ein paarmal, mehr brachte er nicht heraus. Er beugte sich über Sullivan, zog ihn von Thérèse herunter und legte ihn auf den Rücken, betastete dann seinen Hals. Sullivan lebte, Adam hatte bei seinem Schlag achtgegeben, daß er nur bewußtlos wurde. In diesem Augenblick begann Thérèse ihre Rolle zu spielen, wand sich, soweit die Fesseln an Händen und Füßen es zuließen, und jammerte mit einer Kinderstimme, daß Foquet einen bewundernden Blick auf sie warf.

Garrett wandte sich ihm zu. »Wer ist dieses Mädchen? Was geht hier vor?«

Foquet tat so, als stehe er unter Schock. Thérèse wand

sich weiter auf dem Bett und stieß Klagelaute aus. Garrett nahm ihr die Augenbinde ab. Doch in diesem Moment wurden Thérèses Klagelaute kehliger, als sei sie kurz vor dem Ersticken, und Garrett, der früher einmal freiwilliger Sanitäter gewesen war, begann mit einer Mund-zu-Mund-Beatmung. Zur Freude von Foquet und Adam, der hinter der halboffenen Tür zum Bad versteckt war. Was der Alte da tat, würde in dem Film ganz anders aussehen. In diesem Moment verließ der Agent des Dienstes sein Versteck und versetzte dem Senator einen Schlag in den Nacken. Nun sank Garrett auf Thérèses Brust.

»Sehr gut, Foquet, du kannst dich wieder rühren«, sagte Adam.

Der Franzose gehorchte. »Wie ist es gelaufen?«

»Ausgezeichnet. Was wir von Garrett auf Film haben, genügt uns. Den Rest montieren wir entsprechend. Was Sullivan angeht, so hatte er schon sein Bestes gegeben.«

»Würdet ihr mich bitte von diesem Arschloch befreien!« meldete sich Thérèse mit ihrer Erwachsenenstimme vom Bett aus.

»Bin schon da, Schätzchen!« Foquet beeilte sich, die Fesseln zu lösen, die sie am Bett festhielten. Adam holte in der Zwischenzeit Kameras und Mikrofone aus den Verstecken.

»Was tun wir jetzt?« fragte Foquet.

»Schnell abhauen. Diese beiden haben noch für eine Stunde genug. Wenn Sullivan sich bei dir meldet, was ich nicht annehme, erzählst du ihm, daß du mit Victor zusammen gewartet hast, als ein Einbrecher eingedrungen ist und ihn niedergeschlagen hat. Es ist dir gelungen zu fliehen und Garrett zu rufen. Als ihr angekommen seid, bist du ebenfalls niedergeschlagen worden, und als du wieder zu dir gekommen bist, waren Sullivan und Garrett bewußtlos. Deshalb hast du das Mädchen fortgebracht. Ich nehme aus dem Salon zwei Bilder mit, dann gibt es ein Motiv. Victor mit seiner Beule auf dem Kopf wird der Geschichte noch den letzten Schliff geben.«

Adam sah auf die Uhr, es war zwei. Er öffnete einen Kabinenschrank, nahm eine Ledertasche heraus und verstaute die Kameras und Mikrofone darin. Inzwischen hatte Thérèse sich wieder angezogen.

»Ihr habt sehr gutes Material«, sagte sie, an den Agenten gewandt. »Dieser Alte ist ein Schwein. Ich hoffe, ihr macht ihn so fertig, daß er sich umbringt. Leute wie der verdienen es nicht zu leben«, schloß sie mit einer verächtlichen Grimasse.

Adam reichte Foquet einen Umschlag. »Das ist für eure Mühe.«

Foquet verbeugte sich. »Sag deinem Chef schönen Dank. Komm, Schätzchen, Zeit für eine Luftveränderung.«

Adam, Foquet und Thérèse verließen die Kabine und gingen zurück durch den Salon, wo Victor langsam wieder zu sich kam. Adam trat zu ihm hin.

»Wie geht es?« fragte er, als Victor die Augen aufmachte.

»Ich habe furchtbare Kopfschmerzen«, antwortete er und setzte sich auf. »Wie ist es gelaufen?«

»Sehr gut«, erwiderte Adam. »Die beiden Alten sind unten, bewußtlos. Gib uns eine Viertelstunde, dann gehst du sie aufwecken. Du weißt, was du sagen mußt. Das Geld ist auf dem Konto in Zürich, wie abgemacht. Viel Glück.«

22

Am nächsten Tag verließen Ogden und seine Männer am frühen Morgen das Hotel in Cap Ferrat und erreichten schon gegen Mittag den Sitz des Dienstes. Stuart empfing Ogden mit einem zufriedenen Lächeln.

»Zwei haben wir schon in der Tasche.«

»Ja, das war eine gute Inszenierung. Wie ist es mit Bronson gelaufen?«

»Er ist bei mir gewesen. Daß dem Schauspieler bei der Flucht geholfen worden ist, scheint ihm, angesichts des Umstands, daß du den Dienst verraten hast und allein agierst, keine ausreichende Erklärung dafür, daß ihr beide noch auf freiem Fuß seid. Jedenfalls ist es mir gelungen, ihn davon zu überzeugen, daß ich deinen Kopf ebenso dringend will wie er. Bis jetzt hat er keinen Verdacht, auch wenn er ziemlich sprachlos über das Massaker an seinen Männern in Bern ist...«

»In Bern habe ich achtgegeben, daß nur Franz und ich geschossen haben, damit die Amerikaner glauben, daß wir nur zu zweit gewesen sind.«

Stuart zuckte die Schultern. »Bis denen die ersten Zweifel kommen, ist die Sache vorbei.«

»Ist der Junge, den wir auf Bronson ansetzen wollen, wieder in Berlin?«

Stuart nickte. »Seit heute morgen arbeitet Amid im Service vom Inter-Continental in der Budapester Straße, wo unser Mann abgestiegen ist. Wenn Bronson ihn erst sieht, wird er ihn sich nicht entgehen lassen. Du weißt ja, daß er nicht nur ein gefährlicher Sadist, sondern auch ein eingefleischter Rassist ist. Normalerweise schlägt er farbige Stricher blutig, wahrscheinlich um sich dafür zu rächen, daß er sich unwiderstehlich von ihnen angezogen fühlt.«

Ogden verzog das Gesicht. »Er sollte sich besser die Eier abschneiden. Aber wie dem auch sei, es ist unangenehm, daß wir uns der Perversionen dieser Bastarde bedienen müssen.«

»Ich weiß, aber Skrupel sind hier nicht angebracht. Bis gestern wolltest du Burlow noch töten...«

Ogden sah ihn an und schüttelte den Kopf. »Du weißt sehr gut, daß ich sie alle, wenn es nach mir ginge, auch heute noch töten würde. Es ekelt mich aber, in diesem Schmutz herumzuwühlen.«

Stuart nickte. »Ekelhaft, doch unvermeidlich. So wird es niemand wagen, sie zu verteidigen, aus Angst, in solche schmutzigen Geschichten mit hineingezogen zu werden. Absurderweise werden die von uns gelieferten Beweise ihrer Schuld an der Eliminierung George Kenneallys weniger zählen als diese ganzen Laster. Auch wenn sie unschuldig wären, was Kenneally angeht, würden sich alle auf sie stürzen. Wie immer geht es nur darum, den Mechanismus in Gang zu setzen.«

Ogden lächelte. »Wenigstens wird es einmal die wirklichen Schuldigen treffen. Wir machen uns tatsächlich verdient, Stuart...«

Der Chef des Dienstes verzog das Gesicht. »Mich interessiert einzig und allein, jeden davon abzuhalten, den Dienst anzugreifen. Ich will ein Exempel statuieren. Wenn wir dadurch dem armen Kenneally Gerechtigkeit widerfahren lassen, um so besser.«

Ogden, der vor Stuarts Schreibtisch gesessen hatte, stand auf. »Jetzt warten wir erst einmal ab, bis Amid Fühlung mit Bronson aufnimmt. In der Zwischenzeit wäre es besser, wenn Lange, ich und die Mannschaft in ein *safe house* übersiedeln würden. Jetzt, wo sich die Aktion nach Berlin verlagert hat, ist es zu gefährlich für den Dienst, uns alle im eigenen Haus zu haben.«

Stuart nickte. »Ich habe mich schon darum gekümmert. Franz ist dabei, den Umzug zu organisieren. Er teilt dir heute nachmittag die Einzelheiten mit. Bist du zufrieden mit den Männern?«

»Ausgezeichnete Leute.«

»Gut, dann lasse ich dir als ausführende Agenten Gabriel und Adam – neben Franz. Bell, der Mann, der sich bis jetzt um Lange gekümmert hat, wird auch im *safe house* für ihn sorgen – ich weiß, daß er ein alter Bekannter von dir ist –, während Kurt, Gary und Jonas als Externe dabeibleiben. Ist das so in Ordnung?«

»Perfekt. Ich gehe jetzt zu Lange. Wie vertreibt er sich die Zeit?«

»Er liest und meditiert. Diese Geschichte ist sicherlich gut für die Entwicklung seiner Spiritualität«, schloß Stuart.

Ogden fuhr hinauf ins Apartment und traf Lange, ein Buch lesend, im Wohnzimmer an. Als der Schauspieler ihn eintreten sah, stand er aus dem Sessel auf und ging ihm entgegen. Er freute sich, ihn zu sehen.

»Schön, daß Sie wieder da sind. Wie ist es an der Côte d'Azur gelaufen?« fragte er und reichte ihm die Hand.

»Wir haben Garrett und Sullivan eine Lektion erteilt.«

»Wie?«

»Sprechen wir lieber nicht davon, es würde nicht zu Ihrer Meditation passen.« Ogden setzte sich in einen Sessel, und Lange tat das gleiche.

»Nun, kommen Sie, lassen Sie uns ernsthaft reden!« protestierte der Schauspieler.

»Sullivan ist ein Perverser, und wir haben ihn bei der Ausübung seiner Laster gefilmt. Senator Garrett haben wir mit hineingezogen, wobei wir ein wenig Regie führen mußten. Doch wir haben es geschafft.«

»War es das, was Sie und Stuart meinten, als Sie davon sprachen, ihre Schwächen auszunützen?«

Ogden nickte.

»Und jetzt?«

»Was meinen Sie?«

»Sie sind zurück in Berlin...«

»Bronson und Burlow sind hier. Bis spätestens morgen werden wir den Sitz des Dienstes verlassen und in ein *safe house* umziehen. Wissen Sie, was das ist?«

»Natürlich. Ich lese doch Spionageromane.«

»Gott segne John le Carré«, murmelte Ogden.

»Das ist alles sehr schnell abgelaufen, es sind nicht einmal drei Tage vergangen«, bemerkte Lange.

»Wir versuchen, unser Bestes zu geben...«

»Wann werde ich sagen können, was ich weiß?«

»Es ist noch zu früh, wir müssen uns noch Burlow und Bronson vorknöpfen. Und dann vielleicht diesen Kandidaten in den Vereinigten Staaten, damit er keinen Vorteil mehr aus dem Tod Ihres Freundes ziehen kann.«

»Das wird kein Spaziergang«, meinte Lange zögernd.

Ogden nickte. »Denken Sie nicht darüber nach, das ist unsere Aufgabe. Morgen ziehen wir um. Doch Sie werden das gleiche abgeschiedene Leben führen müssen wie bisher. Berlin wimmelt von Amerikanern, und die warten nur darauf, Sie in die Finger zu bekommen.«

»Und Sie...«, fügte Lange hinzu.

Nachdem er den Schauspieler verlassen hatte, rief Ogden Verena Mathis auf dem Handy an, das er ihr besorgt hatte. Sie meldete sich nach einigen Freizeichen.

»Wie ist es mit deinem Verleger gelaufen?«

»Ogden!« rief sie mit einer Begeisterung aus, die ihn überraschte. »Endlich meldest du dich. Ich habe mir Sorgen gemacht. Von wo rufst du an?«

»Aus Berlin. Bist du in Zürich?«

»Natürlich. Wo sollte ich sonst sein?«

Daß Verena nicht bemerkt hatte, daß sie von zwei Agenten des Dienstes geschützt wurde, hob seine Stimmung. Er wollte nicht, daß sie sich seinetwegen wieder kontrolliert fühlte. Jetzt wußte er nicht mehr, was er ihr sagen sollte. Er fühlte sich ansonsten selten verlegen, doch bei ihr konnte es ihm passieren, und das machte ihn wütend.

»Ich wollte mich vergewissern, daß du gut wieder in Zürich angekommen bist...«

»Besser spät als nie«, unterbrach sie ihn. »Sag mal, rufst du erst heute an, weil du damit beschäftigt warst, die Welt zu retten, oder hast du es einfach nur vergessen?«

»Bitte, Verena, wir wollen nicht streiten. Ich konnte dich nicht anrufen, das ist alles...«

»Wenn du es jetzt kannst, heißt das dann, daß diese Sache, mit der du beschäftigt warst, vorbei ist?«

»Nein, wir stehen erst am Anfang. Doch laß uns über etwas anderes reden. Wie geht es dir?«

»Sehr gut. Aber es würde mir bessergehen, wenn ich dich sehen könnte. Das ist natürlich unmöglich, oder?«

Ogden bereute es, sie angerufen zu haben, doch er hatte es einfach tun müssen. Er räusperte sich. »Allerdings. Wenn diese Geschichte vorbei ist, komme ich zu dir nach Zürich. Erzähl mir von dem Buch.«

»Was für ein Buch?« fragte sie verärgert.

»Kommt nicht bald ein Buch mit deinen Gedichten heraus?«

»Ach ja, es wird zu Weihnachten veröffentlicht.«

»Freust du dich?«

»Natürlich. Aber ich will jetzt nicht über mein Buch sprechen. Warum kann ich nicht nach Berlin kommen?«

»Keine Diskussion«, sagte Ogden brüsk.

»Dann steckst du also genauso drin wie früher«, stellte sie fest, als spräche sie zu sich selbst.

»Mehr als früher. Ich will nicht, daß du kommst, weil meine Position sehr heikel ist, es wäre zu gefährlich.«

Verena antwortete nicht gleich, und als sie es tat, war ihr Ton beunruhigt. »Haben Sie jetzt dich im Visier?«

Ogden bemerkte, wie sehr diese Möglichkeit sie erschreckte, und er versuchte das Ganze herunterzuspielen. »Es ist nichts, das sich nicht lösen ließe. Hab keine Angst, es wird alles gutgehen.«

Am anderen Ende war es still.

»Verena?«

Sie räusperte sich, versuchte, den Kloß im Hals loszuwerden und die Tränen zu unterdrücken. Sie wollte nicht, daß er sie weinen hörte.

»Alles in Ordnung«, sagte sie schließlich, doch Ogden spürte ihre Angst.

»Was kann ich tun, damit du dich besser fühlst?« fragte er mit freundlicher Stimme.

»Laß mich nach Berlin kommen.«

Ogden verlor die Geduld. »Benimm dich nicht wie ein kleines Mädchen! Ich rufe dich später noch einmal an, um zu hören, wie es dir geht.«

»Spar dir die Mühe«, sagte sie ruhig und legte auf.

Ogden schleuderte das Handy aufs Bett und wunderte sich gleichzeitig darüber, daß er so wütend reagierte. Diese Frau schaffte es, ihn aus der Fassung zu bringen, das letzte, was er im Moment gebrauchen konnte. Er hätte sich mit den Berichten der Agenten aus Zürich zufriedengeben sollen, es sah so aus, als würden sich die Amerikaner nicht um Verena kümmern, jedenfalls im Moment nicht. Das mit den Büros des Dienstes verbundene Haustelefon läutete. Es war Stuart.

»Komm herunter, es scheint so, als hätte unser Amid schon Kontakt mit Bronson aufgenommen.«

Ogden nahm das Handy vom Bett und ging hinaus.

23

Nachdem sie aufgelegt hatte, ging Verena in ihr Schlafzimmer und ließ sich aufs Bett fallen. Ogden schlug sich wieder mit seinen Intrigen herum, vielleicht hatte er sogar gelogen, als er ihr damals gesagt hatte, daß er den Dienst endgültig verlassen habe. Aber aus welchem Grund hätte er das tun sollen, fragte sie sich und machte sich die Absurdität dieses Verdachts bewußt. Seit ihre Cousine tot war und Willy, für den sie eine starke Zuneigung empfand, in Italien lebte, war ihr Leben noch leerer. Vielleicht verband sie Ogden mit den einzigen Menschen, die sie liebte; vielleicht fiel es ihr deshalb so schwer, ihn nach ihrer kurzen Beziehung zu vergessen.

Sie lächelte bitter in sich hinein: Nur eine Wahnsinnige konnte sich als Liebhaber einen Spion aussuchen, dessen Leben jeden Tag auf dem Spiel stand. Doch Ogden hatte ihren Neffen Willy gerettet, und deshalb war er anders als ihre früheren Männer. Mit Ausnahme von Klaus natürlich.

Sie setzte sich auf. Sie hatte Lust auf eine Zigarette, suchte das Päckchen auf dem Nachttisch, konnte es aber nicht finden. Also ging sie ins Wohnzimmer, dann ins Arbeitszimmer, wo neben dem Computer die letzte Marlboro lag. Sie beschloß, Zigaretten kaufen zu gehen, obwohl es regnete, dann nach Hause zurückzukehren und den Artikel zu Ende zu schreiben, den sie am nächsten Tag abgeben mußte.

Als sie sich den Regenmantel überzog, klingelte das Telefon. Sie vergaß, daß Ogden sie nur über Handy anrief, und meldete sich eilig. Es war ihre Freundin Dora.

»Ich bin direkt vor deinem Haus. Ich mache gerade einen Einkaufsbummel und dachte, wir könnten vielleicht etwas zusammen trinken gehen«, schlug Dora vor.

»Einverstanden. Ich wollte mir gerade Zigaretten holen, ich bin sofort unten.«

Verena nahm den Schirm, streichelte Giap, den Kartäuserkater, der zusammengerollt auf dem Sofa schlief, und verließ die Wohnung.

Dora wartete vor dem Eingang auf sie. Sie berieten sich rasch und beschlossen dann, bei Sprüngli eine Schokolade zu trinken. Auf dem Weg zum Paradeplatz wurden sie von zwei Männern des Dienstes verfolgt. Zuerst noch auf Distanz, doch als sie in die belebte Bahnhofstraße einbogen, rückten die Agenten auf. Es regnete nicht mehr, und die beiden Freundinnen gingen im Spazierschritt und unterhielten sich.

Sie traten bei Sprüngli ein und setzten sich an einen Tisch. Während Dora von ihrer letzten mondänen Abendgesellschaft erzählte, ging Verena ihr Telefonat mit Ogden nicht aus dem Kopf. Sie fragte sich, in welcher Gefahr er schwebte, und spürte, daß sich eine Angst in ihr ausbreitete, wie sie es nur von damals kannte, als das Leben ihres Neffen auf dem Spiel gestanden hatte.

»Also habe ich zu meiner Mutter gesagt, daß sie sich nicht dauernd in mein Privatleben einmischen soll«, ereiferte sich Dora gerade, »ich bin inzwischen groß genug, um auf mich selbst achtzugeben. War das richtig?«

Verena nickte zerstreut. »Sie ist eine patente Frau, mach ihr doch die Freude. Was kostet es dich schon…«, sagte sie versöhnlich.

Dora hob den Blick zur Decke. »Das sagst du einfach so. Du mußt ja nicht Bericht erstatten, wie du deine Abende verbracht hast, als wärst du achtzehn Jahre alt. Einmal angenommen, daß die Achtzehnjährigen das heute noch tun. Aber reden wir nicht weiter über sie. Sag mir lieber, wie dein Urlaub war. Hast du dich amüsiert?«

Verena zuckte die Schultern. »Ich war bei Freunden in der Provence. Und ein paar Tage in Barcelona.«

»Hast du jemand Interessantes getroffen?« Dora sah sie hoffnungsvoll an.

»Ganz sympathische Leute...«

»Das meinte ich nicht! Ich wollte wissen, ob du einen interessanten Mann getroffen hast.«

»Die findet man nicht mehr so leicht, falls dir das noch nicht aufgefallen ist...«

»Und ob mir das aufgefallen ist!« Dora machte ein verzweifeltes Gesicht und Kulleraugen.

Verena sah sie mitfühlend an. Dora lebte seit kurzem getrennt. Sie hatte nach einer jahrelangen Verlobungszeit ihre erste Liebe geheiratet, doch die Ehe war für ihre lange Beziehung das Ende gewesen. Trotzdem blieb sie lieber verheiratet, weil sie fest davon überzeugt war, das sei nun einmal der natürliche Stand für eine Frau.

»Du bist noch in Klaus verliebt...« Dora sah sie traurig an. »Doch er ist tot. Du mußt daran denken, dein eigenes Leben zu leben. Ich bin sicher, daß er nicht glücklich darüber wäre, daß du allein bleibst.«

Verena wollte nicht über Klaus reden, auch nicht mit Dora, die ihn gekannt hatte. Es war ein schmerzliches Kapitel ihres Lebens. Ihre Beziehung war schwierig gewesen, doch Verena glaubte, ihn geliebt zu haben, jedenfalls in dem Maße, wie sie es konnte. Jemanden zu lieben war für sie nicht leicht, und bei Klaus war es auch so gewesen. Wenn er noch lebte, wäre ihre Beziehung vielleicht heute zu Ende, oder auch nicht. Doch er war tot, und deshalb würde sie es nie wissen.

»Ich bitte dich, Dora, du weißt, daß ich nicht gern darüber spreche.«

»Du hast recht, entschuldige. Hör zu, ich würde dir gerne einen wahnsinnig netten Freund von Ronnie vorstellen. Wir könnten morgen abend zu viert essen gehen.«

Ronnie war Doras neuester Freund, ein fünfzigjähriger Rechtsanwalt, sehr bekannt und wohlhabend, den sie für eine ausgezeichnete Partie hielt.

»Nicht noch ein Rechtsanwalt, bitte ...«, flehte Verena, denn als sie vor einiger Zeit mit den beiden und Ronnies Teilhaber ausgegangen war, hatte sie einen detaillierten Bericht über den letzten Fall der Kanzlei über sich ergehen lassen müssen.

»Nein, du kannst ganz beruhigt sein. Er baut Schiffe und ist ein ausgesprochen gutaussehender Mann! Ich bitte dich, Verena, sag ja!«

»Na gut«, kapitulierte Verena. »Aber jetzt muß ich gehen, ich bin schon spät dran mit dem Artikel zu Werners Ausstellung. Ruf mich bitte morgen vormittag an.«

Verena verabschiedete sich mit einem Kuß von ihrer Freundin und stand auf.

»Schreibst du die Einführung für den Katalog?«

»Ja, und ich tu es gern. Ich habe die Bilder gesehen, die er ausstellt, es sind die besten der letzten Jahre.«

»Du hast recht. Werner ist begabt. Schade nur, daß er kein Geld hat...«

»Um Himmels willen, Dora!« rief sie mit gespieltem Entsetzen aus.

»Ach, was soll's? Wir Frauen müssen auf solche Dinge achten, findest du nicht?«

»Du bist unverbesserlich ...« Verena fuhr streichelnd über ihre Wange und wandte sich zum Ausgang.

Der Agent des Dienstes, der ihr ins Café gefolgt war, legte Geld auf seinen Tisch, wartete, bis sie durch die Tür gegangen war, und stand dann auf.

Verena machte sich ohne Hast auf den Heimweg. Die Geschäfte waren erleuchtet, es hatte wieder angefangen zu regnen, und die Luft war kühl geworden. Auf einer Leuchtanzeige sah sie, daß der erste Oktober war. In Berlin war es sicher kälter, sagte sie sich und ärgerte sich darüber, daß der Gedanke an Ogden sie nicht losließ. Sie war wütend und besorgt, auch wenn er recht hatte. Die Vorstellung, daß er wieder in Gefahr schwebte, war für sie ebenso unerträglich wie das Gefühl der Ohnmacht, das in ihr aufstieg, weil sie ihm in einer solchen Situation nicht nah sein konnte.

Sie war unentschlossen, ob sie sich in dieser Stimmung in ihre Wohnung zurückziehen oder ins Kino gehen und sich ablenken sollte. Sie entschied sich fürs Kino, der Artikel konnte warten. Eilig hielt sie ein Taxi an, stieg ein und nannte dem Fahrer den Namen eines Kinos, wo sie einen Film zeigten, den sie schon seit einer ganzen Weile sehen wollte.

Der Agent des Dienstes sprang in einen BMW, der hinter ihm und Verena hergefahren war, seit sie Sprüngli verlassen hatten, dann fädelte sich das Auto in den Verkehr ein und folgte dem Taxi.

24

Wie immer, wenn er in Berlin war, wohnte Burlow im Kempinski am Kurfürstendamm mit seinem europäischen Flair.

Gleich nach seiner Ankunft hatte er Bronson angerufen und sich mit ihm für den Abend in einem der Restaurants des Inter-Continental verabredet, wo der CIA-Mann wohnte. Er erinnerte sich, daß das Hugenotten hauptsächlich von Geschäftsleuten frequentiert wurde, die bei steifen Arbeitsessen zusammensaßen; also der ideale Ort, sich unter Menschen zu mischen und nicht zu sehr aufzufallen. Marvin, sein Leibwächter, würde am nächsten Tag ankommen. Burlow hatte ihn in New York angerufen und ihn zu sich beordert. Die Dinge nahmen eine ungünstige Wendung; jeder Tag, der ohne Nachricht über den Schauspieler verging, verstärkte sein ungutes Gefühl. Vor allem glaubte er nicht an die beruhigenden Worte Bronsons.

Als er im Hotel war, nahm er ein heißes Bad, kleidete sich an und klickte sich im Internet in eine Auktion bei Sotheby's ein, um sich die Zeit bis zum Abendessen zu vertreiben. Gegen sieben rief Bronson an und teilte ihm mit, daß er zurück sei und ihn in einer halben Stunde im Restaurant erwarte.

»Irgendwelche Neuigkeiten?« fragte Burlow.

»Sage ich dir später.«

Burlow legte auf und ärgerte sich, daß er Zeichen von Ungeduld gezeigt hatte. Er durfte nicht zulassen, daß er wegen seines alarmierten sechsten Sinns nervös wurde. Und schließlich durchkämmte ein Team von Spezialisten die

Stadt: Wenn Lange sich in Berlin versteckt hielt, würden sie ihn früher oder später finden, und mit ihm den Spion, der ihm geholfen hatte. In Gedanken versunken saß Bronson da und starrte auf den hellen Bildschirm seines Computers. Vielleicht war Lange gar nicht in Berlin, das würde alles erklären. Wenn er allein floh, würde er gezwungen sein, seine Freunde um Hilfe zu bitten und Kreditkarten zu benutzen. Doch Lange war nicht allein, und der ehemalige Agent des Dienstes hatte sicherlich keine Schwierigkeiten, sich Geld und falsche Papiere zu besorgen.

Als er im Restaurant Zum Hugenotten ankam, saß Bronson schon an einem ruhigen Tisch hinten im Saal. Der CIA-Mann stand auf, um ihm die Hand zu geben.

»Schön, dich zu sehen, James. Man ißt hier übrigens sehr gut!«

Burlow hatte kaum Platz genommen, als schon der Oberkellner neben ihm stand. Sie bestellten Austern und 87er Riesling. Dann nahm Bronson Eisbein, während Burlow, der Schweinefleisch verabscheute, sich für ein Rotbarschfilet entschied. Erst beim Kaffee sprachen sie über ihre Probleme, und auch da wartete Burlow, bis Bronson das Thema anschnitt.

»Leider versteckt sich der Schauspieler gut«, sagte er leichthin.

Burlow sah ihn an und hob eine Augenbraue. »Das scheint dich nicht zu beunruhigen. Sollte es aber.«

Bronson war gleich auf der Hut. Wieder einmal hatte er sich von Burlow täuschen lassen. Er hatte das Thema nur deshalb nicht angesprochen, damit er es tat.

»Laß uns offen reden«, sagte er pragmatisch. »Wenn dieser Mann in Berlin ist, werden wir ihn finden, das ist nur eine Frage der Zeit. Wir haben seine Freunde kontrolliert, keiner von ihnen hat sich verdächtig verhalten. Wir überwachen das Theater, wo er in diesem Herbst ein Stück inszenieren sollte, und ebenso seine Mitarbeiter. Nichts. Das bedeutet, das er um Hilfe gebeten hat. Und das verdanken wir mit Sicherheit diesem Agenten: Ogden. Wie dem auch sei, jedenfalls beschäftigt sich auch der Dienst mit ihm…«

Burlow antwortete nicht sofort, er ließ seinen Blick durch den Raum schweifen. Das Restaurant war voller Geschäftsleute, hauptsächlich lärmende Amerikaner. Burlow haßte diese Neigung seiner Landsleute, sich überall auf der Welt als Herren aufzuführen. Sein Blick wanderte zurück zu Bronson: Niemand konnte mit größerem Recht als er diese Stadt als seine persönliche Dependance betrachten. Die Vulgarität der Sache ärgerte ihn, auch wenn soviel Empfindlichkeit gerade von seiner Seite eher lächerlich war.

»Bist du dir dessen gewiß?« fragte er nach einer so langen Pause, daß Bronson verunsichert aufschaute, da er das Gespräch für beendet gehalten hatte.

»Was meinst du damit?«

Burlow beschloß, ihm die bittere Pille nicht zu versüßen: »Vielleicht hat uns Stuart in Wirklichkeit den Streich auf Tinos nicht verziehen…«

Bronson gelang es nicht, seine Überraschung zu verbergen. Er räusperte sich und schüttelte den Kopf. »Red keinen Unsinn, Stuart würde niemals mit einem anderen Dienst solche Spielchen treiben…«

Burlow lächelte. »In diesem Fall würde er sie nicht mit der CIA treiben, sondern mit dir. Oder besser: mit uns.«

»Du meinst also, sie betrügen uns?« fragte Bronson skeptisch.

Burlow zuckte die Achseln. »Das ist eine Möglichkeit. Was hättest du an seiner Stelle getan? Ich kann mich natürlich irren...«

Bronson war fast unmerklich blaß geworden. Er überlegte eine Weile, dann lächelte er erneut und sah Burlow direkt in die Augen. »Nein, das schließe ich aus. Stuart wäre verrückt, wenn er sich so verhalten würde. Der Dienst verlöre seine Glaubwürdigkeit, und niemand würde ihnen mehr trauen.«

»Ich hoffe, du hast recht« war alles, was Burlow bemerkte, während der Kellner den Cognac servierte.

Bronson kam schlecht gelaunt in sein Zimmer zurück. Was Burlow gesagt hatte, hatte ihn alarmiert, auch wenn er seinen Verdacht nicht teilte. Er zog die Jacke aus, nahm die Krawatte ab, knöpfte den Kragen auf und warf sich aufs Bett.

In einem Zimmer auf dem gleichen Stockwerk stellte Kurt, der Techniker des Dienstes, den Audio-Teil ein und betrachtete zufrieden die Bilder auf dem Monitor. Adam und Jonas, die hinter ihm standen, besahen sich ihrerseits die Totale, die das Zimmer von Wand zu Wand zeigte. Das Gespräch zwischen Bronson und Burlow war dank eines Mikrochips im Tischaufsatz zum Sitz des Dienstes übertragen worden.

»Amid müßte jeden Moment hiersein«, sagte Adam.

»Bronson hat keine Zeit verloren«, bemerkte Kurt. »Kaum daß er ihn heute morgen gesehen hat, hat er sich mit ihm verabredet. Er schafft es nicht, einem schönen farbigen Jungen zu widerstehen, den er mißhandeln kann, wenn er ihn erst gehabt hat...«

In diesem Augenblick war an der Tür das vereinbarte Klopfzeichen zu hören, und Jonas ging öffnen. Ein farbiger Junge in Livree betrat das Zimmer. Amid hatte ein perfekt geschnittenes Gesicht, pechschwarzes Haar und dunkle Augen mit langen Wimpern. Er war nicht groß, doch sehr schlank, und die enganliegende Uniform stand ihm gut. Als Sohn einer Eritreerin und eines Algeriers war er in London geboren, doch niemand wußte, wie alt er war. Als Waise hatte er acht Jahre lang in einem Heim verbracht, aus dem er schließlich weggelaufen war. Danach hatte er sich mit Prostitution durchgeschlagen, bis der Dienst in sein Leben getreten war – gerade noch früh genug, um ihn vor Aids zu retten. Bei einem langen Klinikaufenthalt hatte man ihn von den unzähligen Drogen entgiftet, die er über Jahre zusammen mit seinen Kunden genommen hatte, und er war nicht wieder rückfällig geworden. Für Stuart und den Dienst hätte er alles getan. Amid war ein fähiger Agent, und auf seinem Gebiet tat er seine Arbeit mit Hingabe: Endlich konnte er sich an der Art von Männern rächen, die ihm jahrelang Gewalt angetan hatten.

»Du siehst klasse aus in dieser Uniform!« meinte Jonas, nachdem er die Tür geschlossen hatte.

Der Junge lächelte. »Seid ihr soweit?«

»Alles bereit«, sagte Kurt. »Ton- und Bildqualität sind ausgezeichnet. Sei trotzdem darauf bedacht, ihn auf der Seite mit dem Bett zu halten, da ist das Licht besser.«

»Also, rekapitulieren wir«, fuhr Adam fort. »Du bringst

ihn auf Touren, dann versuchst du ihn zu überreden, eine Pille zu nehmen.« Er hielt ihm ein Tütchen hin. »Die rosa Pille ist für dich, es ist reiner Zucker, nimm sie als erster, damit er keinen Verdacht schöpft. Du mußt es so anstellen, daß er eine der anderen nimmt. Er wird dann innerhalb von fünf Minuten am ganzen Körper starr. Du darfst ihn allerdings nicht drängen: Falls er nichts davon wissen will, haben wir andere Methoden. Zwei von Bronsons Männern haben ein Zimmer auf diesem Stockwerk, die anderen benutzen ein Gebäude der CIA in Spandau als Basis. Heute abend hat Bronson den beiden gesagt, sie sollten mal ausgehen, also werden sie uns nicht in die Quere kommen. Aber wie dem auch sei«, er zeigte auf die Monitore, auf denen man den Korridor bis zum Aufzug sah, »die Situation ist unter Kontrolle. Zieh es ein bißchen in die Länge und warte, bis er einschläft. Bronson wird bei Jungs sentimental. Spiel den Schüchternen, aber nimm nichts von ihm an, verstanden?«

»Da kannst du ganz beruhigt sein«, sagte Amid und verzog das Gesicht.

»Wenn du sicher bist, daß er eingeschlafen ist, gib uns ein Zeichen, indem du zur Tür schaust. Alles klar?«

Amid nickte. »Sonnenklar. Ich gehe jetzt.«

»Hals- und Beinbruch«, sagte Adam.

»Wird schon schiefgehen«, antwortete der Junge und verließ das Zimmer.

Was Burlow gesagt hatte, nagte an Bronson und drohte ihm seine Vorfreude auf die Nacht mit dem Jungen zu verderben. Er beschloß, bis zum nächsten Tag nicht mehr daran zu denken, da er ja sowieso nichts ändern könnte. Er stand vom Bett auf, öffnete seinen Reisekoffer und nahm einen chinesischen Kimono aus rosa Seide, ein Schminktäschchen, lange bunte Seidenbänder und einen Flakon mit Öl heraus. Er ging ins Bad und ließ heißes Wasser in die große Wanne mit Massagedüse, die in den Boden eingelassen war, gab Duftsalze hinein und zündete die Kerzen an. Kurz zuvor hatte er sich vom Zimmerservice Süßes und eine Flasche Champagner bringen lassen. Er sah auf die Uhr, es war fast elf, der Junge hätte eigentlich schon dasein müssen.

In diesem Moment klopfte es an der Tür, und Bronson beeilte sich aufzumachen. Amid stand mit einer schüchtern-verlegenen Miene vor ihm. Dieser Junge war ein Traum. Er trat zur Seite, um ihn ins Zimmer zu lassen.

»Komm, ich habe dich schon erwartet…« Bronson schloß die Tür wieder, ohne den Blick von ihm wenden zu können. Amid tat ein paar Schritte, blieb in der Mitte des Zimmers stehen und sah zu Boden. Bronson betrachtete ihn bewundernd: die schmale Taille, die muskulösen Gesäßbacken, die den Stoff der Hose spannten. Er war zwar nicht groß, doch seine schlanke Figur verlieh ihm eine natürliche Eleganz. Bronson trat näher, nahm ihn bei der Hand und brachte ihn zu dem mit Köstlichkeiten beladenen Servierwagen.

»Du hast gesagt, daß du gern Süßes ißt…«

Amid machte ein paar zögerliche Schritte, setzte sich dann auf die Couch. Bronson ließ es ruhig angehen, auch wenn er erregt war wie seit Jahren nicht mehr und sein Atem schon schwer wurde. Doch die Präliminarien waren für ihn oft jener Teil der Begegnung, den er am liebsten hatte. Sich den geschmeidigen Körper Amids in den Kimono gehüllt vorzustellen, seine schmalen Handgelenke mit den bunten Seidenbändern umwickelt, machte seine Erregung fast zu einer Qual. Es war ein unverzichtbares Vorspiel der Lust, die folgen würde. Er setzte sich neben ihn, nahm die Flasche Veuve Cliquot und begann den Verschluß zu öffnen.

Amid streckte eine Hand aus. »Lassen Sie doch, das mache ich«, sagte er dienstfertig. Als er die Flasche nahm, streifte er absichtlich Bronsons Hand: Ihn überlief ein Schauer. Er betrachtete Amid weiter, während dieser den Korken mit der Hand herauszog, die rosa glänzenden Fingernägel, die durch den Druck weiß wurden, die schlanke Hand auf dem beschlagenen Glas der Flasche. Er sehnte sich danach, ihn zu umarmen, doch er hielt sich zurück und genoß das Warten. Amid ließ den Korken knallen und goß den Champagner in die Gläser; sie tranken sich zu, sahen sich in die Augen. Bronson hatte das Gefühl, daß der Junge erregt war, also legte er ihm eine Hand aufs Bein, verstärkte den Griff und spürte unter den Fingern, wie sich die Muskeln zusammenzogen. Amids Mund war rot und glänzend, und als er ihn ein wenig öffnete, kamen kleine, schneeweiße Zähne zum Vorschein. Bronson befreite sich von seinem Glas, nahm das des Jungen und stellte es auf den Servierwagen, legte dann erneut seine linke Hand auf Amids Schenkel und schob sie höher, während er mit der anderen über seinen Kopf streichelte, den Blick fest auf die dunklen Augen gerichtet.

»Die schwarze Seele der CIA …«, sagte Jonas, machte sich ein Corona auf und nahm einen Schluck, ohne seine Augen vom Monitor zu wenden.

Bronson hatte einen Arm um Amids Schultern gelegt und mit der linken Hand sein Kinn gefaßt. Der Junge wollte sich wie eine scheue Geisha entziehen, doch Bronson preßte seine Lippen auf Amids Mund und gab ihm einen leidenschaftlichen Kuß. Dann ließ er ihn los und stand auf.

»Ich habe etwas für dich«, sagte er und holte den Kimono vom Bett. Während er ihm den Rücken zuwandte, begann Amid sich die Jacke seiner Livree auszuziehen. Er trug nichts darunter. Als Bronson sich wieder umdrehte und ihn mit nacktem Oberkörper erblickte, blieb er mitten im Zimmer stehen, den Kimono in der Hand, und sah ihn bewundernd an. Amid zog sich langsam weiter aus, doch es war keine Spur von Schüchternheit mehr in seinem Blick. Zum Schluß trug er nur noch einen String. Bronson näherte sich ihm und legte ihm den Kimono um die Schultern, fast als müsse er ihn vor indiskreten Blicken schützen.

»Er steht dir ausgezeichnet«, murmelte er und ging begeistert um ihn herum. »Komm, mein Engel, ich will dich massieren, leg dich aufs Bett, ich bin gleich zurück...«

Als Bronson im Bad war, nahm Amid aus seiner Jacke, die er auf die Couch geworfen hatte, die falschen Ecstasy-Pillen und legte sie auf das Nachtschränkchen, dann streckte er sich in einer Pose auf dem Bett aus, daß die Nackte Maya vor Neid erblaßt wäre.

Bronson kam in einem Morgenmantel aus dem Bad und setzte sich neben ihn. »Du bist der schönste Junge, der mir je begegnet ist«, sagte er, streichelte ihm über die glatte Brust und küßte ihn auf den Mund. Amid erwiderte den Kuß, löste sich dann unvermittelt von ihm. Mit einem Mal schien er voller Reue und furchtbar unglücklich.

»Was ist, mein Lieber, irgend etwas nicht in Ordnung?«

»Ich brauche etwas, um in Fahrt zu kommen...« Amid streckte den Arm zum Nachtschränkchen hin aus. »Das hilft mir, mich richtig gehenzulassen.«

Bronson schien unentschlossen, dann, als er sah, daß Amid schon eine Pille in der Hand hatte, schüttelte er den Kopf.

»Ist das guter Stoff?«

Amid setzte sich auf. »Keine Angst, ich bekomme es von einem Hotelgast«, sagte er, legte ihm die Hand in den Schoß und fuhr mit einem schuldbewußten Stimmchen fort: »Aber wenn du nicht willst, nehme ich es nicht...«

Bronson nahm das Tütchen und deponierte es wieder auf dem Nachttisch. »Laß es uns ohne versuchen«, sagte er, zur Enttäuschung der Zuschauer im Nebenzimmer. Also gab Amid ihm auch seine Pille, und Bronson legte sie wieder zurück zu den anderen.

»Was ist denn mit diesem Scheißkerl los?« platzte Adam heraus. »Er stopft sich doch immer mit Pillen voll, wenn er mit Jungen zusammen ist, und gerade heute spielt er den Gesundheitsapostel?«

»Wahrscheinlich traut er nur seinem eigenen Stoff. Er kann sich schließlich das Beste leisten«, bemerkte Jonas genervt.

Doch Amid war mit allen Wassern gewaschen. Während Bronson ihn streichelte, blieb er regungslos wie eine Heilige, die auf das Martyrium wartet. Der Dienst kannte die sexuellen Gewohnheiten des CIA-Mannes in allen Einzelheiten: Es machte ihm keinen Spaß, wenn sein Partner nicht aktiv war. Zum Schluß kapitulierte Bronson. Mit hochrotem Kopf löste er sich von dem Jungen und sah ihn an.

»Also gut, von mir aus nimm eine, wenn du unbedingt willst…«

Amid setzte sich auf und sah ihn aus dankbaren Rehaugen an. Dann beugte er sich über den Mann, gab ihm einen langen Kuß und streichelte sein Geschlecht. Bronson konnte nicht mehr, er stieß ein lautes Stöhnen aus.

»Bitte nimm auch eine«, flehte Amid mit heiserer Stimme. »Sonst fühle ich mich nicht wohl. Nachher kannst du mit mir machen, was du willst…«

Bronson streckte eine Hand zum Nachttisch aus und griff nach dem Tütchen. Amid angelte sich blitzschnell die rosa Pille, steckte sie sich in den Mund und achtetet darauf, daß der andere es sah. Bronson nahm eine weiße heraus und tat dasselbe. Dann öffnete er Amids Kimono, packte den Flakon und begann Brust und Bauch des Jungen einzuölen, der auf diese gekonnte Massage zu reagieren schien. Bronson wurde immer gröber, seine großen Hände rieben immer hemmungsloser über Amids Brust, seine Hüften, seine Schenkel. Dann kam der Moment, den Jungen mit den Seidenbändern zu fesseln; Bronson drehte sich um und streckte den Arm zum Nachttisch aus. Doch durch die einsetzende Wirkung des Mittels wurde selbst diese einfache Bewegung für ihn zu einem Problem. Er rappelte sich mühsam hoch, wollte ins Bad gehen, um sich Wasser ins Gesicht zu spritzen, aber als er taumelnd neben dem Bett stand, begann sich das Zimmer um ihn herum zu drehen, und sein Blick trübte sich. Ein letztes Mal sah er sein Opfer an, das er nur noch verschwommen erkennen konnte, dann wurde Bronson ohnmächtig und fiel schwer zu Boden.

Amid ließ einige Sekunden vergehen, ohne die Augen

von dem CIA-Mann zu nehmen. Schließlich stand er vom Bett auf und beugte sich über ihn, schüttelte ihn ein paarmal, kniff ihm in eine Brustwarze, ohne daß eine Reaktion kam. Da wandte er den Blick zur Tür und blinzelte in die versteckte Kamera.

»Endlich, das hat ja gedauert!« rief Kurt zufrieden aus.

»Komm, Jonas, jetzt sind wir dran«, sagte Adam.

Jonas nahm eine Tasche, und die beiden Agenten verließen das Zimmer.

25

Stephan Lange war gerne in das *safe house* umgezogen, auch wenn die im Apartment im Nikolaiviertel verbrachten Tage angenehm gewesen waren. So ganz allein, ohne die stumme Gesellschaft seiner Gefährten von Tinos, hatte er die Erfahrung der Meditation vertiefen können. Einmal täglich hatte Stuart ihm einen Besuch abgestattet und ihm ein paar magere Informationen darüber gegeben, wie Ogden vorging. Bell, der sich um das Apartment kümmerte, kam nur, wenn es nötig war.

Im Nikolaiviertel hatte Lange viel über seine Zukunft nachgedacht – einmal angenommen, daß er überhaupt eine hatte. Sein altes Leben lag so weit zurück, daß er manchmal sogar daran zweifelte, es gelebt zu haben. Mit Sicherheit würde nichts mehr wie früher sein: Er hatte keine Wohnung, keine Arbeit, keine Freunde mehr, all das gehörte jenem Stephan Lange, den es nicht mehr gab. Nicht einmal der Flirt mit Elke, den er vor seiner Abreise nach Tinos mit wenig Begeisterung begonnen hatte, würde eine Fortsetzung haben. Vor seiner Flucht hatte er sich nicht viel aus der Schauspielerin gemacht, doch jetzt dachte er fast mit Wehmut an sie.

Mit solchen Gedanken im Kopf war er zu Ogden und den beiden anderen Agenten ins Auto gestiegen. Die Fahrt nach Potsdam hatte etwas Traumähnliches gehabt: Durch die getönten Scheiben konnte er nach draußen sehen, ohne gesehen zu werden; es war wie ein weiterer Beweis seiner Nicht-Existenz, fast als wäre er schon tot. Ihm fiel der Satz von Heinrich Mann ein, daß Berlin ohne den Glanz und den Überfluß von einst unvergleichlich viel schöner sei als vor den Katastrophen. Diese Worte schienen ihm noch immer zu stimmen, obwohl Berlin in Wirklichkeit erneut voller Überfluß und doch wie immer wunderschön war. Was die Katastrophen anging, so waren sie überall, mochte man sie auch nicht sehen. Ein möglicher Titel für seine nächste Arbeit ging ihm durch den Kopf: *Die verborgene Katastrophe.* Er merkte ihn sich, wiewohl er seine Zweifel hatte, ob er lange genug leben würde, um noch etwas schreiben zu können. Unter den gegebenen Umständen wäre es eher angebracht gewesen, an Wedekind zu denken, der von Berlin als einem Konglomerat des Unglücks gesprochen hatte.

»Fahren wir in unsere Sommerresidenz?« fragte er und versuchte einen ironischen Ton anzuschlagen, als sie die Stadt Richtung Süden verließen.

Ogden wandte sich zum Rücksitz um und lächelte. »Wir haben nicht die Ansprüche Friedrichs des Großen. Unser *safe house* ist im Holländischen Viertel von Potsdam, ein kleines Haus aus rotem Backstein im Hänsel-und-Gretel-Stil.«

Sie fuhren über die Glienicker Brücke, eine der beliebtesten Kulissen des kalten Kriegs, wo früher Spione aus Ost und West ausgetauscht wurden. Lange zeigte darauf. »Waren Sie je bei einem Austausch auf dieser Brücke dabei?«

»Ein paarmal, für die Amerikaner«, gab Ogden zerstreut zurück.

Als sie das Haus erreichten, fuhr Gabriel, der am Steuer des BMW saß, direkt in die schon geöffnete Garage, worauf das Tor sich sofort schloß. Das Innere war beleuchtet, und Bell, der sie erwartet hatte, kam ihnen entgegen.

»Herzlich willkommen«, begrüßte er sie, gab den Agenten die Hand und klopfte Lange auf die Schulter, der sich ehrlich zu freuen schien, ihn wiederzusehen.

»Bist du auch abkommandiert worden? Dann ist es ja nur halb so schlimm«, sagte der Schauspieler fast beruhigt.

Bell zuckte die Achseln. »Stuart hat begriffen, daß du meine Küche schätzt...« Dann wandte er sich an Ogden. »Stuart hat vor zwei Minuten angerufen, er will mit Ihnen sprechen.«

»In Ordnung, gehen wir nach oben.«

Sie gelangten direkt von der Garage ins Haus, eine kleine Villa, die in nordischem Stil eingerichtet war, mit hellen Holzmöbeln und hübschen Gardinen an den Fenstern. Im Erdgeschoß gab es ein Wohnzimmer, ein Eßzimmer, in dem Bell sich eingerichtet hatte, und eine große Küche. Eine Holztreppe führte ins obere Stockwerk in eine Art Aufenthaltsraum, wo Adam, der andere Einsatzagent, dabei war, die Technik zu installieren. Von diesem Raum, in den durch ein Erkerfenster Licht fiel, gingen drei Schlafzimmer ab, zwei Doppelzimmer und ein Einzelzimmer. Jedes Zimmer hatte ein Bad, da das Haus früher ein kleines Hotel gewesen war.

»Hübsches Häuschen.« Franz schaute sich um, sah dann Adam an, der mit den Computern beschäftigt war. »Hast du alles angeschlossen?«

»Ja, alles im Griff. Das Haus ist kürzlich für diesen Mossad-Einsatz benutzt worden. Sie haben einen Teil des Materials dagelassen.«

In der Zwischenzeit war Ogden in sein Zimmer gegangen, um Stuart anzurufen.

»Wie ist es mit Bronson gelaufen?« fragte er.

»Hervorragend. Amid war seiner Aufgabe wie immer voll gewachsen. Wir haben einen wirklich erschreckenden *snuff movie*, in dem Bronson sich mit dem Jungen vergnügt und ihn dann tötet. Jedenfalls sieht es so aus...«

»Wenn Bronson eingeschlafen ist, wie habt ihr es dann geschafft, daß er mitmacht?«

»Du unterschätzt die Wirkung unserer Pülverchen«, sagte Stuart zufrieden. »Er ist eingeschlafen, dann durch die Zaubertränke, die Franz ihm gegeben hat, wieder aufgewacht und hat alles getan, was Jonas und Adam ihm befohlen haben. Das Zimmer sah aus wie ein Schlachthaus, zum Schluß war überall Blut, wenn auch falsches. Aber daß es falsch war, wird man im Film nicht sehen. Der Arme ist dann wieder in Schlaf versetzt und das Zimmer aufgeräumt worden, abgesehen von einigen kleinen Indizien hier und da. Wenn er aufwacht, wird er in Panik ausbrechen. Er kann sich an nichts erinnern, doch ein paar Blutspuren werden ihn das Schlimmste fürchten lassen. Heute morgen, als er wach geworden ist, konnte er einem fast leid tun. Kurt hat mir gesagt, daß er das Zimmer wie ein Spürhund durchsucht hat.«

»Er wird sich fragen, wo Amid geblieben ist...«

»Genau, doch er wird ihn nicht mehr zu sehen bekommen. Wir lassen ihn ein paar Tage lang schmoren, dann tun wir so, als wären wir Amids Zuhälter, die seine Leiche weggeschafft und das Zimmer gesäubert hätten, um ihn bis ans Ende seiner Tage zu erpressen.«

»Schlechte Aussichten«, kommentierte Ogden. »Im Unterschied zu Sullivan, der nicht weiß, daß ein Damoklesschwert über seinem Kopf schwebt, wird Bronson es innerhalb von vierundzwanzig Stunden erfahren. Die Zeit wird knapp.«

»Nicht unbedingt. Mit unserer vorgetäuschten Erpressung können wir weitermachen, bis wir soweit sind, Lange grünes Licht für seine Enthüllungen zu geben.«

»Ist der Film schon montiert?«

»Ja, wenn du willst, kannst du ihn sehen.«

»Dann fehlen jetzt noch Burlow und der junge Senator.«

»Genau. Was Calvin Stutton angeht, habe ich gedacht, daß wir uns die Mühe sparen können. Wenn wir die Komplizenschaft seines Vaters mit Sullivan und Garrett aufdecken, ist es überflüssig, noch gegen ihn vorzugehen: Der Skandal wird ihn erledigen. Die Stunden des alten Stutton sind gezählt, er ist an ein Atmungsgerät angeschlossen. Früher oder später ziehen sie den Stecker raus...«

»Und Burlow?«

»Da triffst du allerdings unsere Schwachstelle. Ich

möchte, daß er bei der Abrechnung genauso angeschlagen ist wie die anderen. Doch bei ihm ist es schwieriger…«

»Ein europäischer Drogenskandal?« schlug Ogden vor.

»Daran habe ich auch schon gedacht. Wir haben Zeitungen, die die Nachricht drucken würden, und in Europa wäre es für ihn schwieriger, alle gleich zum Schweigen zu bringen. Im Augenblick können wir uns nicht beklagen: In weniger als einer Woche haben wir drei in eine Falle gelockt. Auch bei Burlow könnte es genügen, seine Komplizenschaft mit Sullivan öffentlich zu machen.«

»Müssen wir für Langes Auftritt in die Vereinigten Staaten?«

»Absolut nicht!« sagte Stuart kategorisch. »Wir nutzen unseren Heimvorteil: mit der wichtigsten europäischen Fernsehstation. Da gibt es jemanden, der mir einen Gefallen schuldet… Wie geht es in Potsdam?«

»Gut, wir richten uns gerade ein. Dann komme ich also heute nachmittag, um mir die Filme anzusehen.«

»In Ordnung, ich erwarte dich.«

Nach dem Gespräch mit Stuart ging Ogden in das Zimmer, das Lange mit Franz teilte. Der Schauspieler saß mit gekreuzten Beinen auf dem ein wenig abgenutzten Teppich vor dem Fenster. Er hielt die Augen geschlossen, den Rükken gerade und den Kopf leicht nach vorn geneigt. Ogden betrachtete ihn ein paar Sekunden, dann räusperte er sich. Lange schlug die Augen auf, seine Lider flatterten, und als er ihn sah, lächelte er.

»Ich habe ein bißchen meditiert«, sagte er und stand auf.

»Das sehe ich. Alles in Ordnung?«

»Unter den gegebenen Umständen würde ich sagen: ja. Das Haus ist schön. Wem gehört es?«

»Dem Dienst. Es ist ein *safe house.* Wissen Sie, was das ist?«

»Natürlich.«

»Ach, ich vergaß. Le Carré…«

»Nicht nur er. Mir gefallen Spionagebücher, sie bieten einen sehr realistischen Schlüssel zur Interpretation unserer Zeit. Praktisch sind es die einzigen Bücher, die uns erklären, wie sich die Dinge in Wirklichkeit abspielen. Und weil ich viele gelesen habe, bin ich jetzt erschrocken, aber nicht überrascht. Was nicht wenig ist. Stellen Sie sich nur vor, was für eine Katastrophe, wenn ich auch noch starr vor Staunen wäre.«

»Da haben Sie recht«, gab Ogden mit einem sanften Lächeln zu. »Doch wie dem auch sei, bald sind Sie an der Reihe. Ist Ihnen noch danach?«

Lange sah ihn mit kämpferischer Miene an. »Und wenn es die letzte Tat in meinem Leben wäre!«

Ogden schüttelte den Kopf. »Ohne Pathos ist es wirkungsvoller.«

Der Schauspieler zuckte die Schultern. »Sehr richtig. Ich bin einfach wahnsinnig wütend auf diese Scheißkerle.«

»Drei von ihnen sitzen schon so arg in der Falle, wie Sie es wohl nicht einmal Ihrem schlimmsten Feind wünschen würden.«

»Seien Sie sich da nicht so sicher. Trotz Vipassana hat das, was ich gegenüber diesen Mördern empfinde, weniger mit Buddhismus als mit dem Alten Testament zu tun: Auge um Auge, Zahn um Zahn.« Lange schüttelte den Kopf. »Ich kann seinen Tod einfach nicht akzeptieren. Er war mein Freund, und ich hatte ihn gern, aber es ist nicht nur das. Ich habe immer geglaubt, daß es auf der Welt nicht gerecht zugeht und daß Ungerechtigkeiten die Norm sind. Nur hätte ich nie gedacht, daß es mit so einer kaltblütigen Dreistigkeit geschieht. Dabei wird dies ja auf gewisse Weise erst durch die totale Fügsamkeit des normalen Bürgers möglich. Früher waren die Leute aufmerksamer, und das hat viel damit zu tun, wer an der Macht ist. Im Grunde geht es immer ganz vulgär ums Geld. Im Mittelalter ging es bei Kriegen wenigstens noch um Religion.«

»Es war damals nicht soviel anders als heute«, meinte Ogden. »Damals war eine falsche Auffassung von Religion das Motiv, heute ist es das Geld.«

Lange nickte nachdenklich. »Es ist ein Unglück, ich hätte gern früher gelebt, und zwar...«, er unterbrach sich ratlos, »tatsächlich fällt mir keine Epoche ein, in der es besser gewesen wäre. Doch heute empört sich niemand mehr, und das ist das Ärgernis. Im biblischen oder ganz einfach im ethischen Sinne. Alles wird als unabwendbar betrachtet. Das Ziel ist wohl, die Leute in eine globale Depression zu versetzen, so daß sie in eine Lähmung verfallen oder besser noch in Dummheit versinken.«

»Da können Sie gewiß sein«, pflichtete Ogden bei.

»Als George mir vor einem Jahr sagte, daß er von einem sehr mächtigen Mann, nämlich einem texanischen Ölmagnaten, einem gewissen Sullivan, Drohungen erhalten habe, waren wir in seinem Haus.« Lange lächelte kühl. »Wir hatten zusammen mit Freunden in einem Restaurant im Village gegessen, und später, als wir allein waren und George sah, daß ich wegen der Zeitverschiebung nicht müde war, bot er sich an, mir Gesellschaft zu leisten, bis ich zusammenbräche.« Lange lächelte bei der Erinnerung. »So war er, verstehen Sie? Doch ich hatte schon beim Essen bemerkt, daß irgend etwas mit ihm nicht stimmte. Nachdem er mir von Sullivan erzählt hatte, sagte er mir, der Grund für die Drohungen seien seine Pläne, als Kandidat für das Senatorenamt im Staat New York zu kandidieren, um dann 2004 den Versuch zu unternehmen, ins Weiße Haus zu kommen. Ich sagte ihm, daß er, wenn die Drohungen ernst zu nehmen seien, das alles lassen und weiter als Rechtsanwalt arbeiten solle. Er sah mich mit seinem jungenhaften Lächeln an, wie um mich zu beschwichtigen. ›Du kannst ganz beruhigt sein‹, sagte er zu mir, ›ich weiß, wie ich mich bewegen muß. Ich bin nicht umsonst umgeben von Leibwächtern und Geheimagenten aufgewachsen.‹ Dann fügte er hinzu, und das werde ich nie vergessen: ›Es gibt Dinge, vor denen ein Mann nicht davonlaufen kann. Ich muß es tun, ich will mich dem nicht entziehen und kann es auch nicht.‹«

Lange schüttelte den Kopf, sichtlich gerührt. »So ist George Kenneally gestorben.«

»Das ist das Warum, nicht das Wie«, warf Ogden ein.

»Richtig. Wie haben sie es gemacht? Mit einer Bombe?«

»Mit einer sehr speziellen Bombe, geliefert von einem Waffenhändler, der weit oben im System steht. Doch Sie werden mehr darüber erfahren, wenn Sie sich für Ihre Pressekonferenz vorbereiten. Später bringe ich Ihnen etwas zu lesen, die Dossiers der Männer, die für den Tod Ihres Freundes verantwortlich sind, und einen Bericht darüber, was wir bisher unternommen haben.«

26

Am Tag, nachdem er mit dem CIA-Mann zu Abend gegessen hatte, rief Burlow in Monte Carlo auf der White Buffalo an. Er hatte nicht die Absicht, mit Sullivan zu sprechen, deshalb ließ er sich, als Victor sich meldete, Senator Garrett geben.

»Wie geht's, Burlow?« Garrett war ausgesprochen freundlich. Offensichtlich hatte ihm Sullivan ihren Zusammenstoß verschwiegen.

»Bestens, und euch?«

»Wir machen uns Sorgen wegen dieser Verzögerungen. Gibt es Neuigkeiten? Seit heute morgen versuche ich, Bronson zu erreichen, aber er ist nicht im Hotel.«

»Warum hast du nicht unter der Handy-Nummer angerufen?«

»Das habe ich, das habe ich«, beklagte sich Garrett in einem übertriebenen Ton. »Doch sein Telefon ist nicht eingeschaltet. Das ist sonderbar, findest du nicht?«

Burlow spürte einen Druck im Magen. Sein sechster Sinn war erneut alarmiert. »Natürlich ist das sonderbar«, pflichtete er Garrett bei. »Ich versuche ihn aufzutreiben und melde mich dann bei dir.«

»Burlow ...«, sagte Garrett noch, als er gerade das Gespräch beenden wollte. »Ist irgend etwas nicht in Ordnung?«

»Wahrscheinlich hat Bronson gestern abend zuviel getrunken und wollte ausschlafen, mach dir keine Sorgen. Ich rufe dich an, sobald ich etwas weiß.«

Burlow legte auf und wählte Bronsons Handy-Nummer,

doch es meldete sich niemand. Also rief er im Inter-Continental an, wo man ihm sagte, daß der Amerikaner nicht in seinem Zimmer sei. Daraufhin bestellte Burlow sofort ein Taxi und verließ in Begleitung von Marvin das Kempinski.

In Bronsons Hotel angekommen, fuhr er direkt in den dritten Stock. Als er aus dem Aufzug trat, sah er einen Wachmann vor Bronsons Zimmer. Er ging entschlossen auf ihn zu.

»Ich muß zu Mr. Bronson.«

»Tut mir leid, ich habe Anweisung, niemanden einzulassen.«

»Red keinen Unsinn, ich bin James Burlow!«

Der Wachmann sprach in einen kleinen Sender. »Mr. Burlow ist hier.« Dann nickte er, öffnete die Tür und ließ ihn eintreten.

Bronson lag auf dem Bett und gab ihm ein Zeichen, näher zu kommen. Burlow sah sich um: Es schien alles in Ordnung. Vor der Couch im Salon stand ein mit einem weißen Tuch abgedeckter Servierwagen – was fast ein bißchen an ein Krankenhaus erinnerte –, darauf zwei benutzte Gläser, ein Eiskübel und ein Stapel leerer Teller. Bronson hatte offensichtlich am Abend vorher Besucher gehabt, dachte Burlow, während er auf das Bett zuging, aber aus irgendeinem Grund hatte er dem Zimmermädchen nicht erlaubt, den Servierwagen zu holen.

Der CIA-Mann wirkte erschöpft. Seine blasse Gesichtsfarbe und die rot umränderten Augen ließen ihn um einiges älter erscheinen, als er war.

»Was ist denn los mit dir? Garrett versucht dich schon den ganzen Tag zu erreichen, du weißt, wie ängstlich unsere

Freunde sind. Wir hatten doch abgemacht, daß eine Leitung immer frei bleibt, für alle Fälle…«

»Ich hatte Bauchweh, mir ging es hundsmiserabel.«

Burlow sah sich erneut um. »In unserem Alter können wir nicht mehr so über die Stränge schlagen, das solltest du wissen. Hattest du gestern abend Gäste?«

Bronson setzte sich auf. »Gäste! Wie kommst du auf die Idee!« protestierte er wenig überzeugend. Seine Reflexe waren langsam, er schaffte es nicht einmal, das richtige Gesicht zu machen, um glaubwürdig zu lügen. Er hat Drogen genommen, dachte Burlow, auch wenn er das niemals zugeben wird.

»Normalerweise bringen sie den Servierwagen, wenn du etwas aufs Zimmer bestellst«, meinte der Waffenhändler zerstreut. »Bei all dem, was du gestern abend mit mir zusammen gegessen hattest, ist das wirklich seltsam…«

»Um Himmels willen, glaubst du, du bist Sherlock Holmes?«

Burlow lächelte kalt. »Ich wünschte, der wäre ich! Dann hätte ich schon verstanden, was du vor mir verbirgst. Also, falls du ein Problem hast…«

»Ich habe kein Problem«, unterbrach ihn Bronson verärgert.

»Warum hast du dann einen Mann vor der Tür postiert?«

»Ich wollte nicht belästigt werden.«

Burlow sah ihn an und stellte sich ungläubig. »Tatsächlich? Du bist ja echt ein Herzensbrecher.« Dann änderte sich sein Ausdruck, und seine kalten Augen musterten Bronson ohne jede Sympathie. »Ich will diesen Schauspieler, und du hältst deinen Kopf dafür hin. Habe ich mich klar ausgedrückt? Steh auf und besorg mir die Dossiers von Lange und diesem Agenten, ich will sie in einer halben Stunde im Hotel haben. Dann sieh zu, daß du wieder auf die Beine kommst. Bis sieben Uhr bist du bei mir im Kempinski. Ich habe das Gefühl, daß der große Stratege aus Langley einen Aussetzer hat…«

Burlow verließ den Raum, ohne den Wachmann an der Tür eines Blickes zu würdigen.

Kurt hatte das Gespräch der beiden Männer auf demselben Stockwerk aufgenommen und direkt zum Sitz des Dienstes übermittelt. Ogden war gerade bei Stuart, und gemeinsam gingen sie in den Technikraum, um es sich anzuhören.

»Gefahr im Anzug«, bemerkte Stuart, als das Band zu Ende war.

»Burlow ist auf Draht, das wußten wir. Beim Essen gestern abend war klar, daß er etwas vermutet.«

»Vielleicht war deine erste Idee nicht falsch, und wir sollten ihn sofort eliminieren.« Stuart zuckte mit den Achseln. »Sehen wir mal, wie die Dinge sich entwickeln, wenn er uns Ärger macht, begnügen wir uns damit, ihn post mortem ins Gerede zu bringen.«

»Wird die Suite im Kempinski von uns abgehört?« fragte Ogden.

»Ja, wir haben zwei Wanzen untergebracht. Aber es würde mich nicht wundern, wenn er sie säubern ließe.«

»Dann brauchen wir unbedingt ein angrenzendes Zimmer, für den Fall, daß er das tut. Schaffen wir das bis heute abend?«

»Ich denke, ja. Burlow hat jetzt das Ruder in die Hand

genommen, und er wird sich nicht darauf beschränken, Bronsons Männer einzusetzen. Er hat alle Tricks und die ganze Technologie der CIA zur Verfügung. Wir werden es mit einem ebenbürtigen Gegner zu tun haben«, sagte Stuart.

»Wie du gesagt hast: Er könnte immer noch einem Unfall erliegen…«

Stuart lächelte. »Mir gefällt dieser neuerliche Mangel an Skrupeln bei dir.«

»Bei solchen Leuten habe ich noch nie Skrupel gehabt. Gute Gefühle hebe ich für andere auf.«

Stuart hob den Blick zum Himmel. »Ich hoffte, du hättest gar keine, gute Gefühle, meine ich. Los, wir haben nur wenige Stunden, um für eine Alternative zu sorgen, falls sie die Mikrofone entdecken.« Stuart wandte sich an den Agenten am Steuerpult. »Funktioniert alles in Burlows Suite?«

»Alles in Ordnung. Die letzte Aufnahme enthielt das Telefonat mit der White Buffalo.«

»Ausgezeichnet. Dann also los.«

Burlow war seit kaum einer halben Stunde wieder im Kempinski, als einer von Bronsons Männern kam und ihm die verlangten Dossiers brachte. Nach der Lektüre starrte er lange aus dem Fenster auf das Abendrot am Himmel über Berlin. Dann rief er Marvin in seinem Zimmer an.

»Komm her, ich brauche dich.«

Der Leibwächter zog sich die Jacke über und verließ sein Zimmer, das sich auf dem gleichen Stockwerk wie Burlows Suite befand. Marvin war einsachtzig groß, hatte einen kräftigen Körperbau und wirkte trotzdem gewandt. Er war ein in Kampfsportarten erfahrener, aber auch intelligenter Mann, nicht einfach ein Bodyguard, sondern ein in jeder Hinsicht voll ausgebildeter Agent. Burlow hatte ihn eher wegen seines Gehirns als wegen seiner Muskeln ausgewählt. Schon bei seiner Ankunft in Berlin hatte Marvin begriffen, daß es um eine große Sache ging, als der Waffenhändler ihn darüber informierte, daß Bronson von der CIA in der Stadt sei. Die Situation war also heikel: Wo Bronson war, war der Ärger nicht weit.

Er klopfte an die Tür der Suite, die sofort geöffnet wurde. Burlow, mit einem Finger auf dem Mund, hielt ihm, bevor er etwas sagen konnte, ein Notizbuch unter die Nase, in das er »Mikrofone« geschrieben hatte. Dann hakte er ihn unter und zog ihn in die Mitte des Zimmers.

»Wir gehen zusammen nach unten, Marvin«, sagte er ein wenig übertrieben. »An der Rezeption liegen die Dokumente, die du zu Lorenz bringen sollst. Also los.«

Mit beredten Gesten forderte Burlow ihn auf, das Theater mitzumachen. Marvin verstand gleich, um was es ging.

»Chef, ich wollte fragen, ob ich mich, wenn ich bei Lorenz gewesen bin, ein bißchen auf dem Kurfürstendamm umsehen kann«, improvisierte er.

Burlow nickte zufrieden. »Geh nur, für heute ist das alles. Ich erwarte dich um neun zurück im Hotel, dann essen wir zusammen zu Abend.«

Die beiden verließen die Suite. Als sie im Aufzug waren, stieß Burlow einen Seufzer der Erleichterung aus.

»Ausgezeichnet, Marvin, du hast sofort begriffen, was ich wollte. Jetzt nimm den Wagen und halte vor der Lorenz Bank. Geh rein, bleib ein paar Minuten drinnen, und dann gehst du auf dem Ku'damm spazieren. Falls du verfolgt wirst, erwecken wir so keinen Verdacht.«

»Bahnt sich Ärger an?« fragte Marvin vorsichtig.

Burlow zuckte die Schultern. »Nichts Besonderes, einfache Vorsichtsmaßnahmen«, antwortete er lakonisch. Marvin verstand, daß er nicht nachfragen sollte.

Nachdem Marvin gegangen war, ließ Burlow sich vom Hoteldirektor einen der privaten Räume mit Fax und Telefon öffnen. Von dort aus führte er einige Telefonate in die Vereinigten Staaten und nach England, und im Laufe einer Stunde erfuhr er, was er wissen wollte.

Als Bronson um Punkt sieben Uhr kam, schien er sich wieder gefangen zu haben.

»Wieso sind wir nicht in deiner Suite?« fragte er und sah sich verwundert im Konferenzraum um.

Burlow überhörte die Frage. »Ich habe die Dossiers gelesen. Ich nehme an, du weißt, mit wem wir es zu tun haben. Ich meine diesen Ogden...«

»Sicher, er war einer der besten Agenten überhaupt. Jetzt nicht mehr, er ist ein Einzelgänger.«

»Ein Einzelgänger, der sich sehr gut schlägt...«

»Ach komm, hör auf, den Dienst zu verdächtigen«, rief Bronson gereizt aus.

»Warum haben wir es dann noch nicht geschafft, die beiden zu finden?«

»Wir werden sie finden. Im Grunde hat diese ganze Geschichte doch erst vor einer Woche angefangen!«

Burlow zuckte die Schultern, als hätte der andere etwas Absurdes gesagt. »Ich habe ein paar Nachforschungen angestellt, die du unerklärlicherweise unterlassen hast...«

»Und das wäre?« fragte Bronson alarmiert.

»Wir haben Echelon, hast du das vergessen? Unser leistungsfähiges Ukusa-Netz, das die Welt kontrolliert, der Große Bruder, der in der Lage ist, die gesamte Kommunikation auf dem Globus aufzuzeichnen. Ich habe Morwenstow angerufen und ihnen das Schlüsselwort gegeben. Unsere englischen Verbündeten haben das dritte Element des Ukusa-Systems in Gang gesetzt, das perfekt auf unsere Erfordernisse zugeschnitten ist: die Stichwortcomputer. Ein echtes Wunder!« Burlow stand von seinem Stuhl auf und begann wie ein Professor, der eine Vorlesung hält, durch den Raum zu gehen. Bronson, der verstanden hatte, worauf der andere hinauswollte, brach der kalte Schweiß aus.

»Das sind Dinge, die du genauer weißt als ich«, fuhr Burlow sibyllinisch fort. »Doch ich glaube, es ist besser, ich frische dein Gedächtnis auf, da du ja bei all dem Durcheinander vergessen hast, die außergewöhnlichen Mittel zu nutzen, die uns zur Verfügung stehen. Ein Gitter aus Netzcomputern der Spitzenklasse, die man Stichwortcomputer nennt und die in der Lage sind, enorme Mengen digitaler und analoger Botschaften in Realzeit aufzunehmen, zu untersuchen, zu filtern und diejenigen herauszuziehen, die die programmierten Schlüsselwörter enthalten, sie zu decodieren und automatisch zu dem Hauptquartier des Nachrichtendienstes der fünf Länder zu senden, die Echelon unterhalten. Darunter wir Amerikaner und die Engländer. Ich habe Morwenstow angerufen, weil ich wissen wollte, mit wem dieser Agent vor seiner Flucht mit Lange gesprochen hat. Also war das Schlüsselwort, das ich unseren englischen Freunden übermittelt habe: ›Ogden‹ ...«

Burlow unterbrach seinen Vortrag und sah Bronson mit Siegermiene an.

»Und?« fragte der CIA-Mann kleinlaut.

»Treffer, mein Freund! Jemand hat ein Handygespräch mit ihm geführt und ihn beim Namen genannt. Und du weißt gut, daß...«

»... wenn das Schlüsselwort erst einmal eingegeben ist, es nur eine Frage von Minuten ist, bis die Stichwortcomputer die Botschaften ausspucken, in denen es vorkommt«, vervollständigte Bronson den Satz gereizt.

»Genau! Also haben unsere englischen Verbündeten den Namen Ogden eingegeben, und im Handumdrehen konnten sie mir sagen, wer mit ihm auf seinem *nicht* abhörsicheren Handy gesprochen hat. Eine dieser Verbindungen kam kurz vor Langes Hilferuf zustande. Ogden hat den Anruf in Griechenland erhalten, es war eine Frau. Der Text des Telefonats ist äußerst interessant. Hier, lies!«

Bronson nahm das Blatt, das Burlow ihm hinhielt. Er sah, daß das Fax direkt vom Sitz in Morwenstow in Cornwall kam, der Kontrollbasis für das gesamte europäische Netz. Die Telefongesellschaften der ganzen Welt benutzten für internationale Gespräche fünfundzwanzig geostationäre Satelliten, und von dort wurde die Kommunikation direkt an die Ukusa-Basis weitergeleitet. Nur ein mächtiger Mann wie Burlow konnte der NSA Anweisung geben, Echelon für seinen Nutzen und Bedarf in Gang zu setzen. Bronson las und hob dann erleichtert den Blick.

»Wie du siehst, sagt Ogden zu der Frau, daß er nicht mehr für den Dienst arbeitet«, stellte er fest und wirkte wieder sicherer.

»Stimmt. Aber die Worte scheinen mir nicht die eines in Ungnade gefallenen, durchgedrehten Spions.«

Bronson zuckte die Achseln. »Das muß nichts bedeuten…«

»Wie dem auch sei, sie verabreden sich in Berlin. Dann erhält Ogden am Tag darauf Langes Anruf. Hier, lies. Wenn du dich früher bewegt hättest, wäre die ganze Angelegenheit jetzt schon erledigt.«

Bronson überflog das Fax, hob dann wieder den Blick. »Ich gebe zu, es ist sehr interessant. Aber du hast nur entdeckt, daß Ogden nicht mehr für den Dienst arbeitet und daß er verrückt ist, genau wie Stuart gesagt hat. Nur ein Verrückter mischt sich in diese Geschichte ein.«

»Es gibt noch ein Telefonat, eine Verbindung mit dem Handy seiner Freundin von vor wenigen Tagen. Ich habe natürlich auch ihr Handy kontrollieren lassen. Sie ist nach Berlin gekommen. Ogden rief sie im Hotel an und sagte ihr, sie sollte ihr Telefon nicht mehr benutzen. Hier lies, das ist das letzte Geschenk unserer Stichwortcomputer.«

Bronson tat, was er sagte, sah Burlow dann mit einem erleichterten Ausdruck ins Gesicht. »Aber da findet sich nichts, was man dem Dienst vorwerfen könnte! Ogden ist in Berlin, das hatten wir uns gedacht, und deshalb sind wir ja auch hier. Es gibt kein einziges Wort, das dem widerspricht, was Stuart gesagt hat.«

»Dann erkläre mir einmal, wieso es uns nicht gelungen ist, eine Spur dieses Agenten zu finden, der bis vor kurzem nicht abhörsichere Handys benutzt hat, während ihn heute niemand mehr auftreiben kann! Und auch seine Freundin scheint seit damals nicht mehr telefoniert zu haben!«

»Es ist logisch, daß er sich, wenn er in eine solche Geschichte verwickelt ist, ein abhörsicheres Telefon beschafft. Für einen wie ihn ist das einfach.«

»Nehmen wir das einmal an, doch das ist deine Sicht der Dinge. Meine ist anders, mein Instinkt sagt mir, wir sollten ihr folgen. Deshalb will ich, daß du einen Mann nach Zürich schickst, um diese Frau im Auge zu behalten.«

Bronson sah entnervt zum Himmel. *»Cherchez la femme«*, zitierte er mit einer furchtbaren Aussprache.

»Die Frau ist wichtig, und ich glaube nicht, daß Ogden auf eigene Faust handelt. Wenn ich recht habe, stecken wir echt in der Scheiße. Also tu, was ich dir sage, das ist ein Befehl.«

»Er nimmt bestimmt keinen Kontakt mit ihr auf...«

»Schick einen Mann nach Zürich! Ich habe den Engländern schon gesagt, sie sollen auch das Telefon der Frau kontrollieren. Das stumme natürlich, denn es ist offensichtlich, daß er auch ihr ein abhörsicheres beschafft hat.«

»Wenn du dich dann besser fühlst«, gab Bronson nach, behielt aber einen polemischen Unterton bei. »Ogden würde sich doch nie an jemanden wenden, der auch nur im entferntesten mit ihm in Verbindung gebracht werden kann.«

»Was haben wir zu verlieren?« Burlow fixierte ihn fast mitleidig. »Diese Geschichte ist nicht sauber...«

»Stuart hat mir gesagt, daß er Ogden, wenn der sich darauf beschränkt hätte, ruhig zu bleiben, im Namen ihrer alten Freundschaft am Leben gelassen hätte«, sagte Bronson. »Also war die Haltung des Dienstes noch nicht definitiv, bis er sich bei Lange eingemischt hat. Ogden ist nicht im

Vollbesitz seiner geistigen Kräfte, er stellt seit Jahren allen möglichen Unsinn an. Aber egal, sag mir, was ich tun soll.«

»Ich will ihn aus dem Versteck herauslocken, dann sehen wir, ob der Dienst etwas damit zu tun hat oder nicht. Laß diese Frau beschatten.«

»Okay. Und dann?«

»Bring sie nach Berlin. Vielleicht stöbern wir Ogden so auf.«

27

Verena Mathis kam nach Hause zurück, nachdem sie mit Dora, deren Verlobten Ronnie und ihrem gemeinsamen Freund Hans zu Abend gegessen hatte. Sie hatten einen angenehmen Abend in einem Restaurant im Niederdorf verbracht, doch Ronnies Freund war zwar brillant und attraktiv, hatte aber den Fehler, sich dessen zu sehr bewußt zu sein. Verena fragte sich, warum seine Selbstsicherheit sie so störte, denn normalerweise mochte sie keine schüchternen Männer. Doch vielleicht wäre ihr bei ihrer momentanen Stimmung jeder Mann auf die Nerven gegangen.

Giap, ihr Kater, kam ihr schnurrend entgegen, sie gab ihm in der Küche zu fressen und streichelte ihn. Dann ging sie ins Wohnzimmer und schaltete eine Lampe ein. Das gedämpfte Licht warf den Schatten der Pflanzen an die Decke und schuf eine warme und entspannte Atmosphäre. Verena liebte Pflanzen, sie hatte viele, und alle gediehen prächtig. Der Florist meinte, sie habe wirklich einen grünen Daumen. Leute mit einem »schwarzen Daumen« könnten sich anstrengen, soviel sie wollten, ihre Pflanzen würden immer eingehen. Die Menschen nach dem Gedeihen ihrer Pflanzen zu fragen könnte ein guter Test sein.

Sie war noch nicht müde, also nahm sie aus dem Bücherregal *Le retour à soi* von René Daumal und legte sich auf die Couch. Es war eines ihrer Lieblingsbücher, und sie las den Anfang des Kapitels »Schwarze Poesie und weiße Poesie«.

»Wie die Magie ist auch die Poesie schwarz oder weiß, je nachdem, ob sie dem Untermenschlichen oder dem Übermenschlichen dienen soll...«, schrieb Daumal.

In diesem Moment klingelte das Telefon, und Verena nahm ab.

»Verena Mathis?« fragte eine Männerstimme mit starkem englischen Akzent.

»Wer spricht?« fragte sie gereizt zurück, weil sie es nicht leiden konnte, wenn man sich am Telefon nicht vorstellte.

Doch am anderen Ende antwortete niemand, obwohl der Mann noch dran war: Sie konnte ihn atmen hören. Verena legte auf und las weiter.

»Der weiße Dichter versucht seine eigene Natur zu verstehen, sich von ihr zu befreien und es so zu tun, daß sie dienlich ist. Der schwarze Dichter bedient sich ihrer und macht sich ihr dienstbar.«

Verena konnte nicht weiterlesen, weil ihr die Szene wieder in den Sinn kam, deren Zeugin sie am Nachmittag geworden war, als sie mit dem Wagen zurück nach Zürich gefahren war. Sie war auf dem Land gewesen, hatte Werner in seinem Haus besucht, um ihm den Text für die Ausstellung zu bringen, den sie am Vormittag fertiggestellt hatte.

Sie fuhr durch die Felder, und es wehte ein heftiger Nordwind. Nach einer Kuppe hatte sie langsamer fahren müssen, weil nicht weit vor ihr Leute neben einem umgestürzten Rennrad mitten auf der Straße standen. Sie wollte anhalten, fragen, ob man Hilfe brauche, doch man gab ihr Zeichen weiterzufahren. Aus den Augenwinkeln hatte sie die Beine des Mannes gesehen, ausgestreckt auf dem Asphalt, sie schauten unter einer Decke hervor, an den Füßen Radlerschuhe. Daneben eine große Blutlache, die in der Sonne glitzerte, und als sie weiterfuhr, war sie einem Krankenwagen mit heulender Sirene begegnet.

Den ganzen Tag über und auch während des Abendessens hatte sie immer wieder an diesen Mann denken müssen und war traurig geworden. Ob er tot war? Oder nur verwundet? Dieser schöne Vormittag hatte dem Radfahrer eine Falle gestellt. Wenn es nicht so kalt gewesen wäre, hätte es ein Sommertag sein können, doch der eisige Wind drückte die Pflanzen nieder und sammelte die letzten Blätter in Wirbeln, während unter den heftigen Böen Äste abbrachen. Selbst ihr schwerer Jeep war ein paarmal ins Schleudern geraten. Ohne diesen Wind wären die Berge ferner erschienen, das Blau des Himmels blasser, und die Farben hätten nicht so in der Sonne geleuchtet. Und vielleicht wäre der Mann nicht auf sein Rennrad gestiegen.

Sie stand von der Couch auf, ging in ihr Arbeitszimmer und setzte sich an den Schreibtisch, um ein paar Notizen zu machen. Wie immer konnte sich ein schmerzhaftes Erlebnis für sie abschwächen, wenn es ihr gelang, darüber zu schreiben.

Sie arbeitete bis eins, dann wurde sie müde und bereitete

sich für die Nacht vor. Doch sie löschte die Lichter nicht. Verena ließ immer ein Licht brennen, auch nachts, denn sie hatte Angst vor der Dunkelheit. Schon als kleines Mädchen war es ihr so gegangen, und nur als sie mit Klaus zusammenlebte, hatte sie diese absurde Furcht verloren. Doch ihre gemeinsame Zeit war so kurz gewesen, daß sie sich nicht mehr daran erinnern konnte, wie es war, sich nicht vor der Dunkelheit zu fürchten.

Als sie im Bett lag, dachte sie an Ogden und fragte sich erneut, was ihn dazu gebracht oder ihn gezwungen hatte, wieder für den Dienst zu arbeiten. Beim Einschlafen beschloß sie, zu ihm nach Berlin zu fliegen. Im Grunde konnte er es ihr nicht verbieten. Wie immer war es für Verena leichter, etwas zu tun, als sich ihre Gefühle bewußtzumachen. In Zürich zu bleiben und auf Nachricht zu warten wäre vernünftiger gewesen, doch bei diesem zermürbenden Warten hätte sie sich schließlich eingestehen müssen, wie wichtig Ogden für sie war. Die Angst auszuhalten, die eine solche Erkenntnis bei ihr heraufbeschworen hätte, war genau das, wozu Verena nicht in der Lage war.

Am nächsten Morgen wurde sie um neun Uhr wach und rief bei ihrem Reisebüro an, um einen Flug zu buchen. Doch es gab keine freien Plätze, und die Angestellte sagte ihr, sie werde sie später zurückrufen, falls sie eine Stornierung erhielten. Verena frühstückte gerade, als das Telefon klingelte; es war Dora.

»Er ruft dich noch heute an, du wirst schon sehen«, verkündete Dora und meinte damit Hans. »Dieser Mann hat sich in dich verliebt. Er hat den ganzen Abend keinen Blick von dir gewandt.«

Verena gähnte. »Aber ich bitte dich! Na ja, er ist sympathisch...«

»Laß ihn nicht entwischen! Das ist ein phantastischer Mann in einer beneidenswerten Position.«

»Ich reise ab«, sagte Verena kurz angebunden.

»Wohin?«

»Nach Berlin.«

»Und was willst du da?«

»Mein Verleger will mich sehen«, log sie.

»Und wie lange bleibst du fort?«

»Ein paar Tage. Sobald ich zurück bin, melde ich mich.«

»Hans hat dir seine Nummer gegeben«, hielt Dora sie fast besorgt zurück. »Ruf ihn doch aus Berlin an!«

»In Ordnung«, gab Verena ihr nach. »Es ist noch gar nicht sicher, daß ich abreise. Ich habe noch keinen Flug. Wenn ich bleibe, sage ich dir Bescheid.«

Sie legte auf und ging unter die Dusche. Als sie sich ankleidete, läutete erneut das Telefon. Es war das Reisebüro, sämtliche Flüge nach Berlin waren ausgebucht, sie könnten sie auf die Warteliste setzen. Verena hatte keine Lust, stundenlang auf dem Flughafen zu sitzen und zu warten, und gab es auf.

Sie sah auf die Uhr. Es war zehn. Sie beschloß, in die Stadt zu gehen, und während sie sich zurechtmachte, kam ihr der Gedanke, daß es vielleicht kein Zufall war, daß sie keinen Flug bekommen hatte. Es konnte bedeuten, daß sie noch einmal über diese Reise nachdenken sollte.

Als sie das Haus verließ, folgte ihr der Agent des Dienstes. Er war allein in Zürich zurückgeblieben, seinen Kollegen hatte man zu einer wichtigeren Mission gerufen, und der Ersatzmann würde erst am nächsten Tag kommen. Das war kein Problem, denn dieser Auftrag war reine Routine: Irgendein Paranoiker im Dienst machte sich Sorgen um diese Frau und wollte beruhigt sein. Bevor er am Morgen abgefahren war, hatte sein Kollege sich beklagt: Er war nach Sarajevo abkommandiert worden, einen mit Sicherheit weniger angenehmen Ort als Zürich. Und doch wäre der Agent, der Verena beschattete, gerne an seiner Stelle gewesen, denn er verabscheute drittklassige Detektivarbeit, bei der klar war, daß keine reale Gefahr für irgend jemanden bestand.

Verena war Richtung Rathausbrücke gegangen und hatte die Absicht, einen Spaziergang am Limmatquai zu machen. Es war ein schöner Tag, doch die Wolken begannen die Sonne zu verschleiern, und der Wetterbericht sagte für den Nachmittag Regen voraus. Sie mußte in einem Geschäft in der Bahnhofstraße eine Bluse abholen, also würde sie den Fluß auf der Rudolf-Brun-Brücke erneut überqueren, um wieder auf das linke Flußufer zu gelangen.

Die feste Überzeugung, daß diese Beschattung überflüssig sei, war der Grund dafür, daß der Agent des Dienstes den Mann, der ihnen folgte, nicht bemerkte. Als sie das Limmatquai erreicht hatten, ging Verena dreißig Schritte vor dem Agenten, dem wiederum Bronsons Mann folgte. Der Amerikaner holte auf, kam immer näher. Bekleidet mit einem Jogginganzug rückte er in einem gleichmäßigen Tempo vor; er war um die Dreißig, muskulös und athletisch genug, um die Inszenierung plausibel zu machen. Er überholte den Mann des Dienstes, blieb dann nach wenigen Metern stehen und bückte sich, die Hände auf die Schenkel gestützt, als müßte er wieder zu Atem kommen. Derweil bog Verena auf die Rudolf-Brun-Brücke ein.

Bronsons Mann wartete in gebückter Haltung ab, daß der Agent des Dienstes ihn überholte, dann setzte er seinen Weg ebenfalls auf der Brücke fort und blieb den beiden weiter auf den Fersen. Als Verena auf der Mitte der Brücke war, erreichte der Amerikaner den Agent des Dienstes, überholte ihn erneut und verlangsamte dann seinen Lauf. Nach einigen Metern drehte er sich kurz um, und als er festgestellt hatte, in welcher Entfernung sich der Agent befand, lief er in leichtem Trab weiter und hielt sich dabei nah am Geländer. Es waren nicht viele Leute unterwegs, und das bewog ihn, die Gelegenheit auszunutzen. Als der Agent direkt hinter ihm war, stieß er einen Schmerzensschrei aus, krümmte sich und faßte sich an eine Wade, als hätte er plötzlich einen Krampf. Der Agent des Dienstes schaffte es nicht mehr, ihm auszuweichen, und fiel fast über ihn. Bronsons Mann drehte sich um, das Gesicht vor Schmerz verzerrt.

»Könnten Sie mir bitte helfen aufzustehen? Ich habe einen Wadenkrampf!« sagte er in perfektem Schweizerdeutsch.

Der Agent des Dienstes sah nach vorn, um sich zu vergewissern, daß Verena die Brücke noch nicht verlassen hatte. Den Bruchteil einer Sekunde lang mißtraute er dem Mann, doch da er in perfektem Zürcher Dialekt gesprochen hatte, wiegte er sich in Sicherheit. Er war nach Zürich geschickt worden, weil er lange hier gelebt hatte. Er kannte jeden Winkel der Stadt und merkte sofort, wenn jemand einen fremdländischen Akzent hatte. Unglücklicherweise hatte Bronson seinen Mann nach den gleichen Kriterien ausgesucht wie Stuart.

Er streckte eine Hand aus, und der andere ergriff sie mit seiner Linken. Doch im Aufstehen zog Bronsons Mann ihn mit Gewalt an sich und holte gleichzeitig ein Tauchermesser aus seinem Gürtel. In den Armen seines Mörders begriff der Agent des Dienstes, daß er in die Falle gegangen war, doch er hatte keine Zeit mehr zu reagieren, der Mann stieß ihm das Messer in die Brust und tötete ihn auf der Stelle. Dann packte er die Leiche und lehnte sie an das Brückengeländer, wo sie von eben dem Messer in der Brust gestützt wurde. Der Agent des Dienstes schien mit verschränkten Armen hinunter auf das in der Sonne glitzernde Wasser der Limmat zu schauen.

All das hatte nur wenige Sekunden gedauert. Hätte jemand ihr kurzes Menuett beobachtet, er hätte es lediglich für einen Zusammenstoß zweier Passanten gehalten.

Der Mann lief weiter im leichten Trab über die Brücke und stieß einen Seufzer der Erleichterung aus: Gerade in diesem Moment kam eine Gruppe japanischer Touristen mit umgehängten Fotoapparaten näher. Mit gleichmäßigen Schritten lief er an ihnen vorbei und blickte starr vor sich hin.

Als Verena die Rudolf-Brun-Brücke verließ und auf die Uraniastraße trat, hatte der Amerikaner ihre Position bereits über Funk einem nicht weit entfernt in einem Auto wartenden Kollegen mitgeteilt. Nach wenigen Minuten fuhr das Auto in die Uraniastraße, doch Verena hatte schon die Fußgängerzone der Bahnhofstraße erreicht, also folgte ihr nur der Jogger.

Sie betrat die Boutique und wurde von der Verkäuferin überschwenglich begrüßt. Verena war eine elegante und wohlhabende Frau, doch für Kleidung gab sie weniger Geld aus als andere Frauen ihres Alters und ihrer gesellschaftlichen Stellung, weil sie es verabscheute, Zeit in Geschäften zu vergeuden. Ihr guter Geschmack und ihre Figur ermöglichten ihr normalerweise eine schnelle Wahl. Doch an diesem Tag, vielleicht weil sie unentschlossen war, ob sie nach Berlin reisen sollte oder nicht, war sie froh, daß ihr die Verkäuferin ihre ganze Aufmerksamkeit widmete und ihr die aktuellen Modelle zeigte. Sie blieb eine Dreiviertelstunde im Geschäft, und als sie es verließ, nahm sie nicht nur die Bluse, sondern auch noch ein neues Kostüm mit.

Sie ging in ein Café und bestellte sich eine Schokolade. Während sie darauf wartete, beschloß sie, am nächsten Tag abzureisen. Sie rief noch einmal ihr Reisebüro an, um zu buchen, und die Angestellte sagte ihr, sie werde sie zurückrufen, um den Flug zu bestätigen. Verena trank ihre Schokolade, rauchte eine Zigarette, verließ dann das Café und machte sich auf den Heimweg.

Als sie die Tür zu ihrer Wohnung öffnete, klingelte das Telefon. Sie beeilte sich abzunehmen: Es war das Reisebüro, das die Buchung bestätigte; Verena bat sie, auch ein Zimmer im Luisenhof für sie zu reservieren. Sie legte auf und hörte den Anrufbeantworter ab, dessen Lämpchen blinkte. Eine Nachricht von Hans: Sie seien am Abend zu einem Essen im kleinen Kreis bei Dora eingeladen. Während sie die Nachricht löschte, fiel Verena ein, daß sie weder Hans noch dem Reisebüro ihre neue Handynummer gegeben hatte. Deshalb hatten sie bei ihr zu Hause angerufen. Einen Moment lang machte sie sich deshalb Sorgen. Ogden hatte sie ausdrücklich gebeten, nur das Handy zu benutzen, das er ihr gegeben hatte. Etwas wie Unwille kam in ihr hoch: Sie war ja schließlich kein Spion. Doch sie wußte, daß sie einen Fehler gemacht hatte, denn auch wenn sie kein Spion war, so hatte sie doch mit einem zu tun.

Sie verdrängte diese Gedanken und dachte wieder an Dora. Diese Hingabe, mit der ihre Freundin versuchte, einen Mann für sie zu finden, war schon fast rührend. Sie hatte sogar die Gelegenheit beim Schopf gefaßt, ein Abendessen für sie zu organisieren, falls sie noch nicht abgereist war. Verena beschloß, die Einladung anzunehmen, Dora hatte sich schließlich solche Mühe gegeben. Sie suchte die Nummer von Hans heraus und rief ihn an, diesmal mit dem Handy. Er schien sich wirklich zu freuen, daß sie sich bei ihm meldete.

»Dora hat mir gesagt, du wärst vielleicht schon abgereist, doch ich wollte es trotzdem versuchen.«

»Ich fliege morgen.«

»Phantastisch. Wenn es für dich okay ist, hole ich dich um sieben ab.«

»In Ordnung, bis später.«

Nachdem sie aufgelegt hatte, blieb sie eine Weile nachdenklich und unentschlossen. Sie spürte das Bedürfnis, Ogden ihre Abreise mitzuteilen, sie kam sich ihm gegenüber unfair vor, wenn sie es nicht tat. Zum Schluß entschied sie sich für einen Kompromiß: Sie würde ihm später eine schriftliche Nachricht schicken. Dann stellte sie ihr Haustelefon und ihr Handy ab. So könnte er sie nicht erreichen, um sie umzustimmen.

28

Von Samstag morgen an wurde Verenas Telefon kontrolliert. Bronsons Männer hatten zwar das abhörsichere Handy nicht aufspüren können, aber die über Festnetz geführten Gespräche mitgehört: mit Dora, Hans und dem Reisebüro. Als er von ihrer Abreise unterrichtet wurde, hatte Bronson seine Männer angewiesen, mit ihr zu fliegen und sie nach der Ankunft in Berlin festzuhalten. Bis dahin sollten sie Verena nicht aus den Augen lassen. Als Verena und ihr Begleiter also Doras Haus an der Pelikanstraße verließen und Richtung Augustinergasse gingen, folgten ihnen Bronsons Männer, hielten sich jedoch in einiger Entfernung, da die Straßen nur wenig belebt waren.

Verena und Hans begegneten einem betrunkenen jungen Mann. Er schwankte und sprach laut vor sich hin. Er war sehr jung, gut gekleidet und mit Sicherheit harmlos. Als sie an ihm vorbeigingen, grüßte er sie überschwenglich und erzählte ihnen, daß seine Freundin ihn wegen einem anderen verlassen habe, er sich aber gar nichts daraus mache. Er verbeugte sich vor ihnen, setzte sich dann würdevoll aufs Kopfsteinpflaster, die Bierflasche neben sich, und blickte ins Leere.

Sie waren vielleicht zwanzig Meter weitergegangen, als sie ihn gegen jemanden wettern hörten. Verena drehte sich um, der Junge war mitten auf der Straße und zeigte auf die Ecke. Nur ganz kurz hatte sie den Eindruck, einen Schatten zu sehen, der hastig in einen Hauseingang huschte. Wie zur Bestätigung, daß sie sich nicht geirrt hatte, machte der Junge eine abschätzige Geste dorthin. Dann ging er in die Gegenrichtung davon.

Verena verspürte ein ungutes Gefühl in der Magengegend. Doch Hans begann gerade, eine witzige Geschichte zu erzählen, und das zerstreute sie. Sie drehte sich noch einmal um: Die Straße war leer.

Verena, die die Einladung für diesen Abend nur angenommen hatte, um sich von dem Gedanken an ihre Reise abzulenken, hatte sich ganz gegen ihre Erwartung amüsiert. Es war eine angenehme Gesellschaft gewesen, die Freunde Doras sympathisch und das Essen hervorragend. Doch jetzt, wo sie vor ihrer Haustür angekommen waren und Hans sich anschickte, sich zu verabschieden, wurde ihr klar, daß sie Angst hatte, allein zu bleiben. Vielleicht hatte sich doch jemand in diesem Hauseingang versteckt.

»Es ist also beschlossene Sache: Morgen reist du ab?« fragte Hans.

»Ja, am Nachmittag.«

»Ich könnte dich zum Flughafen bringen...«

»Das ist nett von dir, aber ich wohne ja ganz in der Nähe des Bahnhofs, und in zehn Minuten bin ich mit dem Zug in Kloten...«

»Ich weiß, doch es würde mir große Freude machen«, sagte er offen heraus.

Verena hatte es gefallen, wie Hans sich an diesem Abend verhalten hatte. Er hatte sie nicht irgendwie bedrängt, sondern sich darauf beschränkt, ihr auf herzliche Art seine Sympathie zu zeigen. Wenn er ein alter Freund gewesen wäre, hätte sie ihn gebeten, dazubleiben und bei ihr zu schlafen, denn sie hatte die Vorahnung einer Gefahr.

»Wenn es dir nicht zu viele Umstände macht, in Ordnung«, nahm sie sein Angebot an, ohne lange zu zögern.

»Dann hole ich dich also morgen ab. Um wieviel Uhr?«

Nachdem sie eine Zeit ausgemacht hatten, verabschiedeten sie sich. Als sie in ihrer Wohnung war, verriegelte Verena die Tür hinter sich, schaltete alle Lichter ein, machte einen Rundgang durch die Zimmer und sah sogar in den Schränken nach. Während sie all dies tat, sagte sie mehr als einmal zu sich, daß sie wohl nicht mehr alle beisammen habe, und ordnete ihr Verhalten selbst als neurotischen Panikanfall ein. Sie versuchte auch, darüber zu lachen, doch sie spürte, daß irgend etwas nicht stimmte und daß ihre Angst nicht unbegründet war. Sie fragte sich, ob sie Ogden anrufen und von diesem Schatten erzählen sollte, verwarf den Gedanken jedoch gleich. Sie würde die Sache benutzen, wenn sie in Berlin war, um ihre Reise mit der Furcht zu rechtfertigen, daß sie von jemandem verfolgt werde.

Sie schlüpfte unter die Decke, und der Kater sprang aufs Bett und kuschelte sich an sie, so als spürte er ihre Angst und wollte sie beruhigen. Verena drückte ihn an sich. »Ganz ruhig, mein Kleiner, Dora kommt, gibt dir zu fressen und bleibt ein bißchen bei dir, das hat sie mir versprochen.« Der Kater schnurrte, und bei diesem vertrauten und beruhigenden Geräusch schlief sie ein.

29

Am Samstag abend las Lange im *safe house* in Potsdam Ogdens Dokumente über die Verschwörer und die vom Dienst gegen sie durchgeführten Aktionen. Jetzt wurde ihm erst richtig klar, mit wem er sich verbündet hatte.

Er legte die Papiere beiseite und griff zu der Berliner Tageszeitung, die Bell ihm täglich besorgte. Mit der Welt stand es nicht zum besten, aber das war nichts Neues, und in der Zeitung fand er nichts, das seine Stimmung gehoben hätte, abgesehen von der leichtbekleideten Miss Irgendwas. Er wollte das Blatt schon weglegen, als er im Lokalteil einen Artikel über Ferguson entdeckte. Er würde einen Vipassana-Kurs in Potsdam abhalten, im Schloß Cecilienhof, einem Hotel, das man in einem Flügel jenes Gebäudes eingerichtet hatte, wo das Potsdamer Abkommen zwischen Churchill, Truman und Stalin unterzeichnet worden war.

Die Sache an sich hatte nichts Außergewöhnliches: Ferguson hielt in vielen Ländern Kurse ab, um die Lehre Buddhas im Westen zu verbreiten, denn dies war die Aufgabe, die sein birmanischer Meister ihm vor vierzig Jahren übertragen hatte. Doch Lange schien es ein sonderbarer Zufall, daß er tatsächlich so nah bei ihm war und nicht etwa in Berlin.

Lange hätte ihn gern wiedergesehen, er hatte richtiggehend das Bedürfnis nach Kontakt mit seinem ruhigen Geist. Sein eigenes Schicksal kam ihm sonderbar vor: Bevor diese Geschichte begonnen hatte, war er auf eine außergewöhnliche Lehre gestoßen, doch jetzt, wo ihn jeden Tag Haß und Wut überkamen, war sein Weg unterbrochen worden. Er haßte Georges Mörder und alles, was sie darstellten. Mitgefühl, die unabdingbare Notwendigkeit, um dem Weg Buddhas folgen zu können, war Lichtjahre von ihm entfernt. Auch während der Metabavana-Meditation (einer Vipassana-Praxis, bei der man seine eigenen Verdienste mit denen anderer Menschen teilt und insbesondere für die unwürdigen betet) spürte er bei dem Versuch, die Verschwörer in sein Gebet einzuschließen, ein heftiges Aufbegehren in sich, das ihn daran hinderte. Außerdem hatte er sich in den Tagen der Isolation bewußtgemacht, daß er fähig gewesen wäre zu töten. Ganz offensichtlich war Mitgefühl nicht seine starke Seite. Er fühlte sich allein und unzufrieden mit sich selbst wie nie zuvor und hätte gern mit Ferguson über all das, was gerade mit ihm geschah, gesprochen, doch es war, als wäre sein Lehrer Tausende von Kilometern entfernt und nicht nur wenige hundert Meter, denn er könnte ja das *safe house* auf keinen Fall verlassen.

Er beschloß, in die Küche zu gehen und sich einen Kaffee zu machen. Als er sein Zimmer verließ, sah er Adam, der mit einem Blatt Papier in der Hand die Treppe hinunterstürzte.

»Was gibt es?« fragte er ihn.

»Ärger«, antwortete Adam, ohne auch nur den Kopf zu heben.

Lange folgte ihm. Als sie den Wohnraum betraten, waren Ogden und Franz gerade dabei, die Kassette mit Bronson und Amid anzusehen. Franz schaltete augenblicklich den Fernseher aus, während Adam das Fax an Ogden weitergab.

»Wann ist es angekommen?« fragte Ogden.

»Gerade eben.«

Ogden las es und stand auf, gab Franz ein Zeichen mitzukommen. Lange und Adam folgten ihnen. In diesem Augenblick piepste Ogdens Handy und meldete den Eingang einer Kurznachricht. Ogden blieb mitten auf der Treppe stehen, tippte etwas ein und rief die Nachricht ab. Sie war von Verena.

»Komme Sonntag nach Berlin. Nicht nötig, daß wir uns sehen, wenn du nicht willst oder kannst. Entschuldige, aber ich will lieber da sein, wo du bist. Kuß, Verena.«

Gereizt wandte Ogden sich zu Adam um. »Überprüfe die morgigen Flüge von Zürich nach Berlin. Verena Mathis müßte eine Reservierung haben.« Dann stieg er weiter die Treppe hinauf, immer zwei Stufen auf einmal. Oben setzte er sich über ein Telefon, das an die Computeranlage angeschlossen war, mit dem Agenten in Verbindung, der Zürich am Morgen verlassen hatte und sich jetzt in Sarajevo aufhielt. Als er ihn am Apparat hatte, sprach er englisch mit ihm, so schnell und leise, daß Lange, der näher gekommen war, nicht verstehen konnte, was er sagte. Franz trat zu ihm.

»Gehen Sie bitte in Ihr Zimmer.«

»Was ist denn los?«

»Wir erklären Ihnen alles später. Sie können ganz ruhig sein, es hat nichts mit Ihnen zu tun«, log Franz.

Lange ging, und Franz trat wieder an das Terminal. Ogden hatte inzwischen aufgelegt.

»Nun?« entschloß Franz sich zu fragen.

»Die Neuerwerbungen Stuarts sind so großartig nun auch wieder nicht«, kommentierte Ogden bitter. »Einer der Männer, die in Zürich waren, um Verena Mathis zu schützen, ist heute morgen getötet worden. Bronsons Männer haben seinen Platz eingenommen, und ihre Absichten sind bekanntlich nicht gerade freundlich.«

»Verena Mathis? Wie ist das denn möglich?«

»Es gab eine Spur, die zu ihr führte. Sie wollen mich herauslocken, um an Lange heranzukommen.«

»Himmel!« rief Franz bestürzt aus. »Und jetzt?«

»Wir sind im Krieg mit einer Abweichlergruppe der CIA. Ich habe eben mit Paul gesprochen, dem Kollegen des getöteten Agenten. Er hat Zürich heute morgen Richtung Sarajevo verlassen, doch nach seinen Aussagen wurde Verena Mathis bis zu diesem Zeitpunkt nicht beschattet. Wir hatten das Pech, daß Bronsons Männer in Aktion getreten sind, als gerade die Ablösung lief.«

»Was gedenkst du zu tun?« fragte Franz.

»In dem Fax von Stuart steht, daß Louis, der Mann, der den getöteten Agenten unterstützen sollte, heute abend in Zürich angekommen ist…« Ogden unterbrach sich, und zum ersten Mal, seit sie zusammenarbeiteten, bemerkte Franz, daß er unschlüssig war.

»Stuart erwartet meinen Anruf«, sagte Ogden unvermittelt. »Ich lasse dich nachher wissen, was wir beschlossen haben.«

»Lange möchte wissen, was geschehen ist«, hielt Franz ihn zurück.

»Sag ihm, daß ich später zu ihm komme.«

Ogden ging in sein Zimmer und schloß die Tür. Er wählte die Nummer des Handys, das er Verena gegeben hatte: keine Antwort. Dann versuchte er ihre Telefonnummer zu Hause, doch auch dort meldete sich niemand. Er fluchte und wählte Stuarts Nummer. Es läutete ein paarmal, dann nahm Rosemarie ab.

»Herr Stuart kann im Moment nicht mit Ihnen sprechen«, sagte die Sekretärin mit ihrer freundlichsten Stimme. »Er hat mir aufgetragen, Ihnen zu versichern, daß alles unter Kontrolle ist und daß er sich so schnell wie möglich bei Ihnen meldet.«

Ogden beendete die Verbindung und starrte ein paar Sekunden vor sich hin, versuchte Wut und Angst im Zaum zu halten. Stuart wollte nicht mit ihm reden, deshalb hatte er ein Fax geschickt, statt anzurufen. Er zündete sich eine Zigarette an und begann im Zimmer auf- und abzugehen. Nicht zu wissen, was geschah, empfand er als unerträglich frustrierend.

Die beruhigenden Worte Rosemaries waren das einzige, woran er sich klammern konnte, um dem Bild von Verena in der Hand von Bronsons Männern etwas entgegenzusetzen. Er sah auf die Uhr, es war erst eine Viertelstunde her, seit er beim Dienst angerufen hatte. Was tat Stuart, verdammt noch mal? Die Erinnerung an die Ereignisse in Wien begann ihn zu quälen, und er hatte Angst, daß sich alles wiederholen könnte. In diesem Augenblick klopfte es an der Tür, er öffnete, und Lange stand vor ihm.

»Kann ich irgend etwas tun?« fragte der Schauspieler. Und das war nicht nur so dahingesagt, der Ausdruck auf seinem Gesicht war so offen und verständnisvoll, daß es Ogden bewegte. Er trat zur Seite, um ihn einzulassen.

»Was ist los? Können Sie es mir sagen?« fragte Lange wieder und sah ihm gerade in die Augen.

»Jemand ist in Gefahr...«

»Und Sie sind hier, während Sie woanders sein möchten«, unterbrach er ihn.

Ogden musterte ihn. »Wie kommen Sie darauf?«

Der Schauspieler zuckte die Achseln. »Intuition...«

»Auf jeden Fall betrifft Sie das, was geschehen ist, nicht direkt. Sie müssen sich keine Sorgen machen.«

Der Schauspieler lächelte. »Mag sein, auch wenn ich

glaube, daß leider alles, was hier geschieht, mit mir zu tun hat. Doch ich bin gekommen, um Ihnen etwas anderes zu sagen.« Lange unterbrach sich, schien nicht die richtigen Worte zu finden. Schließlich räusperte er sich und fuhr fort: »Lassen Sie sich von meinem mystischen Verhalten nicht in die Irre führen, das ist nicht mehr aktuell. Vipassana ist eine aktive Meditation, wer sie praktiziert, zieht sich nicht in Klöster zurück, sondern lebt in dieser schmutzigen Welt wie wir und bemüht sich um eine ethische und mitleidsvolle Einstellung. Doch ich habe leider erkannt, daß ich nicht dazu fähig bin, deshalb habe ich beschlossen, mich einzumischen.« Lange unterbrach sich noch einmal, als koste es ihn Mühe zu sprechen. »Ich bin nicht so, wie ich zu sein hoffte«, murmelte er.

»Ich verstehe nicht, worauf Sie hinauswollen.«

»Ich will sagen, daß ich bereit bin zu tun, was ihr tut, einschließlich töten, wenn es nötig wäre. Ich weiß, daß ich nicht ausgebildet bin und daß ich keine Erfahrung habe, aber ich könnte trotzdem nützlich sein...«

Ogden sah ihn an und schüttelte den Kopf. »Ich weiß Ihr Angebot zu schätzen, doch das Drehbuch bleibt unverändert. Sie werden Ihre wichtigste Rolle spielen, indem Sie der Welt erzählen, wie George Kenneally getötet wurde. Überlassen Sie uns die schmutzige Arbeit, sonst brauchen Sie noch Tausende von Leben, um aus dem Rad der Wiedergeburt herauszukommen. Richtig?« sagte er und sah ihn mit einem Blick voller Sympathie an.

Lange zuckte die Schultern. »Ich wollte Ihnen einfach sagen, daß Sie auf mich zählen können.«

Der Schauspieler hob zum Abschied die Hand, ohne noch

etwas hinzuzufügen, und ging aus dem Zimmer. Kaum hatte er es verlassen, läutete das Handy. Es war Stuart.

»Verena Mathis meldet sich nicht am Telefon!« fuhr Ogden ihn an. »Wo ist der Agent, der heute abend in Zürich angekommen ist?«

»Beruhige dich«, sagte Stuart. »Louis ist schon auf seinem Posten, und Jonas ist mit einem Flugzeug des Dienstes unterwegs nach Zürich, um ihn zu unterstützen; er landet in einer halben Stunde. Wir haben erst von Berrys Tod erfahren, als Louis Alarm geschlagen hat, weil er nicht am vereinbarten Treffpunkt erschienen ist. Nachdem ich dir das Fax geschickt hatte, habe ich sofort bei Verena Mathis angerufen, aber vergebens. Doch keine Angst, ich habe Louis zu ihrem Haus geschickt, er hat geklingelt, und sie hat sich an der Sprechanlage gemeldet. Es ist nicht klar, warum sie die Telefone abgestellt hat...« Stuart schwieg, räusperte sich, und als er weitersprach, hatte seine Stimme einen Anflug von Mitgefühl. »Bevor ich mit dir sprach, wollte ich sicher sein, daß ihr nichts geschehen ist.«

»Bronsons Männer?«

»Sind in Aktion. Louis ist auf Draht, im Unterschied zu Berry, Friede seiner Seele. Er hat einen von Bronsons Leuten vor dem Haus von Verena Mathis ausgemacht. Doch sie sind bestimmt zu zweit, wenn nicht noch mehr.«

»Ist er sicher, daß sie ihn ihrerseits nicht auch gesehen haben?«

»Haben sie nicht. Es war riskant, aber er hat es geschafft. In Kürze, wenn auch Jonas in Zürich ist, wird die Mathis zwei Agenten zu ihrem Schutz haben, und ich stelle eine Mannschaft zusammen, die sie in Zürich abholt. Doch wir müssen Tempo machen, ich habe schon Kontakt mit dem deutschen Fernsehsender aufgenommen…«

»Leider gibt es eine Neuigkeit: Verena kommt morgen nach Berlin. In Kürze kann ich dir sagen, mit welchem Flug«, unterbrach Ogden ihn trocken.

»Himmel! Woher weißt du das?«

»Sie hat mir eine SMS aufs Handy geschickt.«

»Du hattest sie doch angewiesen, nur unser Telefon zu benutzen?«

»Natürlich.«

»Die Amerikaner haben das Telefon in ihrer Wohnung mit Sicherheit angezapft«, sagte Stuart, »ich sehe zu, daß ich den Inhalt der Telefonate herausbekomme, falls es welche gegeben hat. So erfahren wir, ob sie von der Abreise wissen. In diesem Fall werden sie vielleicht versuchen, sie morgen zu entführen, oder sie lassen sie nach Berlin kommen, um es hier zu tun. Schwer zu sagen…« Stuart ließ den Satz in der Schwebe. Dann räusperte er sich. »Irgendeiner hat sich angestrengt, um bis zu dir zu gelangen, es muß der Gerissenste der Gruppe sein: Burlow.«

»Wir hätten uns gleich von ihm befreien sollen, ich hatte es dir gesagt«, meinte Ogden. »Jetzt wissen sie, daß der Dienst in die Sache verwickelt ist. Es herrscht offener Krieg…«

»Allerdings. Deshalb wird Langes Auftritt früher stattfinden als geplant. Bald wird unser Schauspieler Gast in einer berühmten TV-Talkshow sein, die direkt über Satellit von einem wichtigen amerikanischen Sender übertragen wird. Dort kann er von den Geheimnissen Sullivans und der anderen erzählen. Doch zuerst schicken wir die Kassetten mit den belastenden Filmen an die amerikanische Presse und speisen sie auch ins Internet ein. Innerhalb von achtundvierzig Stunden wird es unseren Freunden schlechter gehen, als hätten sie die Pest.«

»Aber nicht Burlow«, warf Ogden müde ein. »Finde bitte heraus, ob die Amerikaner über Verenas Abreise Bescheid wissen, davon hängt unser morgiges Vorgehen ab.«

Stuart seufzte. »Komm nicht auf komische Gedanken. Unsere Männer sind absolut in der Lage, sie zu beschützen, ob die Amerikaner nun hier in Berlin oder in Zürich operieren. Du mußt in Potsdam bleiben.«

»Das entscheide ich selbst«, widersprach Ogden schroff. »Informiere mich schnell darüber, wie die Dinge stehen. Aber versuch nicht, mich hereinzulegen, auch ich habe Freunde bei der NSA, und der Große Bruder Echelon hat für sie keine Geheimnisse. Und laß nachprüfen, ob es eine Reservierung auf Verenas Namen im Luisenhof gibt.«

»In Ordnung, wir hören später voneinander«, sagte Stuart knapp und legte auf.

Ogden starrte eine Weile still vor sich hin. Diese Geschichte war die Hölle. Wenn er doch nur in Delphi kein Gespräch mit Lange angefangen hätte, dann wäre Verena jetzt nicht in Gefahr. Und doch war es so, als gehe mit diesem Plan etwas in Erfüllung: Sie hatten sich alle zusammengefunden, den Tod George Kenneallys zu rächen. Eine Geschichte, deren Wurzeln weit zurückreichten, ein Fluch wie in einer griechischen Tragödie. Vielleicht hatten Langes Buddhisten recht: Das Gesetz von Ursache und Wirkung war das einzige, das eine logische Erklärung für diesen absurden Zirkus geben konnte, den man Leben nannte. War er im Grunde nicht deshalb Spion geworden, weil sein Vater Casparius gerettet hatte? Und durch welchen Plan war sein Leben und das Verenas miteinander verwoben worden? Warum hatte sie das Unglück gehabt, ihm zu begegnen?

Ogden atmete tief durch und verbot sich weitere Fragen, er war entschlossen, Verena zu retten, und wenn er den Flughafen Tegel dafür in Schutt und Asche legen müßte.

Er verließ das Zimmer und ging an den Computer, um Menwith Hill in Yorkshire anzurufen, die leistungsfähigste Basis des Ukusa-Netzes zur Kontrolle einer von der NSA in den Weltraum geschickten Gruppe von Satelliten. Jener Satellit, der in 22 300 Meilen Höhe über dem Horn von Afrika zur Überwachung des europäischen Verkehrs mit 22 Satellitenterminals eingesetzt war, wurde von der Bodenstation in Yorkshire kontrolliert. In Menwith Hill gab es einen Mann, der ihm einen Gefallen schuldete, und jetzt war der Moment gekommen, ihn darum zu bitten. Stuart könnte ihn anlügen, doch er wollte sich darüber Gewißheit verschaffen, ob Bronsons Männer über Verenas Abreise informiert waren. Er war so gut wie sicher, daß es so war, aber es stand zuviel auf dem Spiel, um auch nur das kleinste Risiko einzugehen.

Später, als der Mann in Menwith Hill ihm schon bestätigt hatte, daß Verena ihren Apparat benutzt und bei den aufgefangenen Gesprächen von ihrer Reise gesprochen hatte, rief Stuart ihn erneut an. Der Chef des Dienstes wußte, daß es nicht leicht sein würde, Ogden zu überzeugen, in dem *safe house* in Potsdam zu bleiben; er fürchtete sogar, daß

Ogden noch in der gleichen Nacht nach Zürich abreisen wollte.

»Erstens: Du darfst dich nicht aus Potsdam fortbewegen«, sagte er, als Ogden sich meldete. »Es ist schon zu spät, und deine Anwesenheit in Zürich wäre sowieso überflüssig. Zweitens: Die Amerikaner wissen, daß Verena morgen abreist.«

»Ich weiß, ich habe mit Menwith Hill gesprochen.«

»Ich sehe, daß du mir nicht vertraust...«

»Wie du dir vorstellen kannst, fühle ich mich hier in Potsdam ein bißchen weit weg vom Schuß...« Ogdens Ton war kühler als sonst, und Stuart wußte, daß dies kein gutes Zeichen war.

»Tut mir leid«, sagte Stuart. »Aber ich möchte, daß klar ist, daß unsere Interessen übereinstimmen. Die Tatsache, daß Verena noch frei herumläuft, bedeutet, daß sie den Zufall ausnutzen und sie in Berlin entführen wollen. Hier meint Bronson dich leichter aufstöbern zu können, deshalb mußt du vernünftig sein...«

Ogden antwortete nicht gleich. Stuart hatte recht. Seine Anwesenheit in Zürich wäre sinnlos. Mit Sicherheit würden die Amerikaner Verena morgen erlauben abzufliegen, und das einzig Vernünftige war, ihre Rettung zu organisieren, sobald sie einen Fuß auf den Boden setzte. Und doch wußte er, daß er es sich nie verzeihen würde, sie auf dieser Reise allein gelassen zu haben. Wenn es nicht um Verena gegangen wäre, hätte es für ihn kein Zweifeln oder Zögern gegeben, wie diese Operation am besten durchgeführt werden sollte. Doch in diesem Fall fehlte es ihm an der nötigen Distanz und Kühle.

»Wie willst du sie vom Flughafen wegbringen?« fragte er Stuart. »Bronson wird einiges aufbieten, jetzt wo er weiß, daß du in die Sache verwickelt bist.«

»Jonas und Louis reisen mit ihr, wie leider auch die Männer Bronsons. Doch am Berliner Flughafen haben wir eine komplette Mannschaft: Gabriel und Gary, die du schon kennst, und fünf weitere unserer besten Männer, insgesamt also neun. Wir können ganz Tegel in Schach halten. Doch du darfst dich nicht zeigen…«

»Vergiß es. Ich werde mit den anderen in Tegel sein.«

»Ich nehme an, es ist sinnlos, dir noch einmal zu sagen, daß deine Anwesenheit die Aktion gefährden könnte.«

»Allerdings, also spar dir den Atem. Jetzt legen wir die Strategie fest, wir haben nicht viel Zeit«, unterbrach ihn Ogden.

30

Verena war gerade erst eingeschlafen, als das Schrillen der Klingel sie hochfahren ließ. Mit Mühe kletterte sie aus dem Bett und ging zur Sprechanlage.

»Hallo, Mark, ich bin's«, sagte ein Mann mit fröhlicher Stimme. »Entschuldige die Uhrzeit, aber die haben mich nicht mehr weggelassen…«

Mark war ihr Wohnungsnachbar, er hielt sich im Augenblick in New York auf. Sie waren befreundet, und vor seiner Abreise hatte er ihr seinen Hibiskus anvertraut.

»Sie haben die falsche Klingel gedrückt«, sagte Verena und legte auf. Dann ging sie zurück ins Bett. Doch es gelang ihr nicht einzuschlafen, also stand sie wieder auf und machte sich in der Küche einen Kamillentee. Sie war mitten aus einem Angsttraum geholt worden, in dem ein Mann sie bedroht hatte, und war noch ganz aufgewühlt. Während das Wasser kochte, kontrollierte sie, ob die Tür verriegelt und die Alarmanlage eingeschaltet war. Die Ereignisse von Montségur waren noch zu frisch, als daß sie von vornherein den Gedanken, daß sie in Gefahr sein könnte, ausschließen konnte. Obwohl sie sich klarmachte, daß jemand, wenn er ihr etwas antun wollte, sich nicht darauf beschränkt hätte zu klingeln, war sie so gut wie sicher, daß dieser Mann gelogen hatte.

Sie ging in die Abstellkammer und holte aus einer Schachtel die alte blonde Perücke, die ihre Mutter ihr geschenkt hatte, als sie noch ein Kind war. All die Jahre hatte sie diese Perücke wie einen Fetisch in der Nähe gehabt, sie bei jedem Umzug mitgenommen, war zwar oft versucht gewesen, sie wegzuwerfen, hatte es dann aber doch nicht getan. Sie wusch sie und brachte sie mit dem Fön in Form. Als sie wieder ordentlich aussah, steckte sie die Perücke zusammen mit einem Regenmantel und einem Paar flacher Schuhe in eine Tasche. Dann ging sie zurück ins Bett, las ein paar Zeilen und schlief bei brennendem Licht mit dem Buch in der Hand ein.

Am nächsten Morgen fühlte sie sich trotz der nächtlichen Störung ausgeschlafen. Sie frühstückte in Ruhe und machte sich zurecht. Als Hans an der Tür klingelte, war sie schon seit einer Weile fertig.

Es war ein herrlicher Tag, und die Fahrt nach Kloten verlief angenehm. Hans erzählte ihr von seiner Arbeit: Die

Boote waren nur ein Hobby, wenn auch ein kostspieliges, in Wirklichkeit war er Inhaber einer Fastfood-Kette. Verena dachte an das Gesicht, das Dora machen würde, wenn sie erfuhr, daß ihre Informationen sehr ungenau waren. Für ihre Freundin, die immer meinte, alles über alle zu wissen, würde das eine Schlappe sein.

Sie waren zu früh am Flughafen, und Hans schlug ihr vor, einen Kaffee zu trinken. In der Bar sprachen sie über dies und jenes, diskret beobachtet von Jonas und Louis, den Agenten des Dienstes. Nachdem sie den Koffer aufgegeben und das Einchecken hinter sich hatte, begleitete Hans sie zum Gate und sah ihr nach, bis sie verschwunden war. In der Wartehalle setzte Verena sich hin und musterte ihre Mitreisenden einen nach dem anderen; es schienen alles *Außenstehende,* wie Ogden gesagt hätte. Sie nahm eine Illustrierte aus der Tasche, begann darin zu blättern und versuchte ihre Angst unter Kontrolle zu halten.

Bronsons Männer kamen getrennt an. Der jüngere in Freizeitkleidung: Jeans, Lederjacke und eine Sporttasche als Handgepäck. Der andere trug einen eleganten kombinierten Anzug, einen Regenmantel über dem Arm und einen kleinen Geschäftskoffer. Dieser Managertyp setzte sich ganz in ihre Nähe, nahm eine Zeitung aus seinem Koffer und begann zu lesen.

Verena fiel ein, daß sie vergessen hatte, Dora zu sagen, daß sie sich die Wohnungsschlüssel in dem Blumengeschäft bei ihr nebenan abholen sollte. Sie hatte ihre Freundin gebeten, die Pflanzen zu gießen und Giap zu füttern. Verena stand auf und stellte sich an das große Glasfenster, das auf die Piste hinausging, um zu telefonieren. Doch Dora war nicht zu Hause, also hinterließ sie eine Nachricht auf dem Anrufbeantworter und setzte sich wieder hin. Der Mann, der wie ein Manager gekleidet war, stand seinerseits auf und ging zur Toilette. Der andere mit der Lederjacke folgte ihm nach wenigen Sekunden. Sie hatten Anweisung, jedes Telefonat, das Verena mit ihrem Mobiltelefon führte, bei der Zentrale zu melden. Bronson versuchte immer noch, das Handy aufzuspüren, das Ogden ihr gegeben hatte.

Verena trug das Kostüm, das sie tags zuvor gekauft hatte: lange Jacke und kurzer, enger Rock. Als sie die Beine übereinanderschlug, bemerkte sie eine Laufmasche in einem Strumpf. Es waren schwarze Strümpfe, und die Laufmasche fiel auf. Zum Glück hatte sie die Angewohnheit, immer ein Paar Strümpfe zum Wechseln in der Tasche bei sich zu tragen, also stand sie auf, ging auf die Toilette zu, um dort die Strümpfe zu wechseln, und sah dabei auf die Uhr: Sie mußte sich beeilen, in Kürze würde ihr Flug ausgerufen. Beim Öffnen der Tür zur Toilette kramte sie gleichzeitig in ihrer Umhängetasche, weil es schnell gehen sollte. Die Tür schloß sich hinter ihr, und als sie hochsah, standen der Manager und der Mann mit der Lederjacke vor ihr. Der erste, das Handy am Ohr, sah sie an, ohne zu lächeln. Verena, der in diesem Moment klar wurde, daß sie in der Herrentoilette war, entschuldigte sich, ging schnell hinaus und stieß mit Louis zusammen. Sie entschuldigte sich noch einmal und verschwand eilig in der Damentoilette.

Während sie ihre Strümpfe wechselte, noch in Gedanken bei dem peinlichen Zwischenfall, fragte sie sich, was sie an dieser Szene stutzig gemacht hatte, doch sie wußte keine Antwort. Als sie in den Warteraum zurückkam, hatten die beiden Männer ihre Plätze wieder eingenommen, im gleichen Abstand wie vorher. Die Stewardess öffnete das Gate, und die Passagiere gingen mit dem Bordpaß in der Hand zum Ausgang. Verena stellte sich an und wartete, bis sie an der Reihe war. Der Manager war nicht weit vor ihr und wandte ihr den Rücken zu. Was hatte sie bloß an der Toilettenszene gestört? Noch bevor sie aufgeschaut hatte, hatte sie die beiden auf englisch reden hören. Natürlich war daran nichts Sonderbares, Kloten war einer der größten internationalen Flughäfen Europas, doch irgend etwas stimmte nicht. Sie versuchte sich die Szene genau in Erinnerung zu rufen: Die beiden Männer standen sehr nah beieinander, und der als Geschäftsmann gekleidete hielt sich das Handy ans Ohr. Also sprach er vielleicht nicht mit dem Mann in der Lederjacke, sondern ins Telefon. Und wenn sie sich nicht kannten, warum war dann der andere so nah dabei, als würde ihn das Telefonat etwas angehen?

Verena drehte sich mit einem Ruck um: Hinter einer dikken Frau und ihrem Kind wandte der Mann in der Lederjacke schlagartig den Blick ab.

Im Flugzeug hatte sie einen Fensterplatz neben einer alten Dame, deren Haar fast blau war. Der Managertyp saß zwei Plätze weiter vorn, sie konnte sein Profil sehen. Sie drehte sich um, weil sie wissen wollte, wo der andere Mann war, und ihr Herz schlug ihr bis zum Hals, als sie bemerkte, daß er direkt hinter ihr saß.

Ich werde noch paranoid, dachte sie und versuchte sich zu entspannen. Jedenfalls würde sie, sobald sie in Berlin war, Ogden anrufen. Es war dumm von ihr gewesen, das nicht vorher zu tun. Die Stewardess kam mit dem Servierwagen vorbei, und Verena bat sie um eine Cola, während der Mann hinter ihr auf deutsch ein Tonic bestellte.

Die Reise dauerte nicht lange. Als die Durchsage kam, daß sie gleich landen würden, hatte Verena das Gefühl, gerade erst an Bord gegangen zu sein.

Sie überflogen die Vororte der Stadt. Sie schaute aus dem Fenster: Die Stadtrandgebiete sahen wirklich überall gleich aus. Unter ihnen glitten die Mietskasernen dahin: rechteckige Blöcke wie Nougat auf der Theke einer Konditorei; aber da waren auch die großen grünen Flecken der Parks und Gärten, deren Anblick sie immer wieder erfreute, wenn sie nach Berlin kam. Dann der unverwechselbare Fernsehturm, wie ein stilisierter Schornstein mit einer Kugel aus Stahl und Glas, auf der die Antenne saß und wie die Lanze bei einem mittelalterlichen Turnier in den Himmel ragte. Im Inneren dieser Kugel, mehr als zweihundert Meter über der Erde, befand sich ein Restaurant. Verena war vor Jahren mit Klaus dort gewesen, an einem Wochenende, als er sie mit nach Berlin genommen hatte, um ihr die Stadt zu zeigen, in der er aufgewachsen war. Es war ihre letzte Reise gewesen, denn wenige Tage später hatte er erfahren, daß er krank war.

Sie würden gleich landen, und das war der Augenblick, vor dem Verena am meisten Angst hatte, weil sie immer fürchtete, das Flugzeug würde es nicht schaffen, zum Stehen zu kommen. Nachdem die Motoren abgeschaltet waren, stand sie auf, um ihre Tasche zu nehmen, und stieß dabei ihre Nachbarin leicht an. Die Frau, die während des ganzen Flugs geschlafen hatte, wurde wach und sah zu ihr hoch.

»Sind wir da?« fragte sie auf englisch und lächelte. Verena nickte und trat in den Gang. Die Frau stand ihrerseits auf, um ihren Mantel zu nehmen, setzte sich aber gleich wieder hin. »Es ist sicher besser zu warten, bis es leerer wird«, meinte sie. Verena kam der Gedanke, sich ein wenig mit ihr zu unterhalten, um dann gemeinsam auszusteigen. Sie setzte sich wieder hin und lächelte sie an.

»Sie haben recht. Die Anstrengung kann man sich sparen.«

Der Mann mit der Lederjacke war den anderen Passagieren zum Ausstieg gefolgt. Verena suchte den Manager, konnte ihn aber nicht sehen, wahrscheinlich war er schon vorne ausgestiegen.

»Was machen Sie in Berlin, junge Frau?« Die alte Dame sah sie freundlich an. Sie war stark geschminkt, mit Juwelen behängt und trug ein Chanel-Kostüm, das ein Vermögen gekostet haben mußte. An den schmalen Handgelenken, gebräunt und mit Sommersprossen übersät, klimperten massive Goldarmbänder, und die knochigen Finger waren mit Ringen vollgesteckt.

»Ich mache hier Urlaub«, antwortete Verena und erwiderte das Lächeln. »Und Sie?«

»Ich gehe zur Hochzeit meines Sohnes. Er heiratet zum dritten Mal, hoffen wir, es ist diesmal die richtige«, sie zuckte mit den Achseln und machte ein resigniertes Gesicht. »Er hätte sich eine Frau wie Sie aussuchen sollen«, fuhr sie fort und sah sie mit einem erfahrenen Blick an. »Doch Jimmy hat eine Schwäche für falsche Blondinen, die aufs Geld aus sind. Ich habe immer zu ihm gesagt, er soll nicht erkennen lassen, daß er Geld hat, wenn er sicher sein will, daß die Frauen ihn lieben und nicht seine Dollars. Aber er hört nicht auf mich…«

»Sie dürfen nicht so pessimistisch sein«, tröstete Verena sie, während sie aus dem Augenwinkel kontrollierte, wie viele Passagiere noch an Bord waren. Doch es waren schon fast alle ausgestiegen, also stand sie auf und reichte der Dame die Hand. »Zeit zu gehen.«

Die Amerikanerin klammerte sich an sie, und als sie stand, bemerkte Verena erst, wie klein und zierlich sie war: Sie wirkte wie ein altes Spätzchen. Verena half ihr in den Mantel, und gemeinsam stiegen sie aus dem Flugzeug.

Bronsons Männer warteten an der Gepäckausgabe auf Verena, genauso wie Jonas und Louis. Bronson hatte eine gewisse Anzahl Agenten an strategischen Punkten plaziert: Die Männer des Amerikaners und die Stuarts standen praktisch Ellbogen an Ellbogen im Terminal des Flughafens. Ogden mit seinen weißen Haaren und der Sonnenbrille würde selbst für Verena nicht zu erkennen sein, doch er war am Ausgang der Ankunftshalle postiert, wie alle anderen, ausgenommen die beiden Amerikaner und die beiden Agenten des Dienstes, die zusammen mit Verena geflogen waren. Diese beobachtete im Moment sowieso nur den Managertyp und den Mann mit der Lederjacke. Sie erblickte die beiden flüchtig, während sie sich zusammen mit der Amerikanerin anschickte, das Gepäck zu holen. Zögernd blieb sie stehen. Die Frau sah sie fragend an.

»Was ist, meine Liebe, irgend etwas nicht in Ordnung?«

»Ich muß zur Toilette…«, sagte sie.

»Gute Idee, da komme ich mit. Die Koffer können warten.«

Sie gingen auf die Toiletten zu, gefolgt von den beiden

Männern. Verena bemerkte es und war jetzt sicher, daß sie wirklich beschattet wurde. Sie blieb erneut stehen und ergriff den Arm der Frau.

»Sehen Sie den Mann mit dem Regenmantel über dem Arm?« flüsterte sie. »Drehen Sie sich nicht sofort um!«

Die Amerikanerin nickte. »Natürlich sehe ich den. Ich bin ja noch nicht blind.«

»Nicht so auffällig, ich bitte Sie! Da ist noch ein anderer, weiter unten, neben dem Kiosk, mit einer Lederjacke.«

Die Alte drehte sich um und nickte wieder. »Gesehen. Aber was ist denn hier los?«

»Gehen wir«, sagte Verena und zog sie weiter mit sich fort. Solange sie in Gesellschaft der Amerikanerin war, würden die beiden nichts unternehmen. In der Toilette öffnete sie ihre Tasche und holte die blonde Perücke, den Regenmantel und die Mokassins heraus. Unter dem verblüfften Blick der Frau setzte sie sich die Perücke auf, besah sich im Spiegel und zupfte die Locken zurecht, dann schlüpfte sie in den Regenmantel, zog die Schuhe mit dem Absatz aus und dafür die Mokassins an.

Die Amerikanerin hatte mit offenem Mund zugesehen und suchte ihren Blick im Spiegel. »Ich fürchte, Sie stecken in irgendeinem Schlamassel...«

Verena nickte. »Ich werde verfolgt. Ich muß den Flughafen verlassen, ohne daß sie es bemerken.«

Die Frau schüttelte den Kopf. »Dumme Geschichte, sie warten doch da draußen... Ich hoffe ja, daß Sie keine Verbrecherin sind und die beiden Männer von der Polizei. Aber das glaube ich nicht, dann wären Sie inzwischen schon verhaftet worden. Und außerdem«, fügte sie hinzu und streichelte sie sanft mit ihrer knochigen Hand, »sehen Sie so anständig aus. Ohne die furchtbare blonde Perücke natürlich.«

»Danke, daß Sie mir geholfen haben«, sagte Verena und wandte sich zur Tür.

»Aber wohin gehen Sie denn? Bleiben Sie stehen!« Die Amerikanerin folgte ihr und legte ihr eine Hand auf den Arm.

»Wenn Sie herausgehen, sind die doch gleich hinter Ihnen her.«

Verena wandte sich um. »Vielleicht erkennen sie mich ja nicht...«, sagte sie, wenig überzeugt.

»Vielleicht. Aber sie werden nicht lange dazu brauchen. Hier drinnen sind nur Sie und ich. Wir müssen uns einen Plan überlegen...«

Die Tür ging auf, und eine Gruppe lärmender Frauen strömte herein. Es waren Französinnen, vielleicht Touristinnen, die gerade angekommen waren. Die Augen der Amerikanerin leuchteten auf.

»Genau das, was wir brauchen! Mir ist etwas eingefallen.« Sie faßte Verena am Arm und zog sie in eine Ecke. »Ich tu jetzt so, als ginge es mir schlecht, und Sie leisten mir Erste Hilfe. Sprechen Sie französisch?« Verena nickte. »Gut, Sie geben mir eine Arznei, als hätte ich einen Herzanfall gehabt, und sagen diesen Frauen, sie sollen einen Krankenwagen rufen.« Sie kramte in ihrer Krokotasche und holte ein Fläschchen heraus. »Das sind meine homöopathischen Kügelchen, wenn ich auf dem Boden liege, geben Sie mir zwei oder drei davon in den Mund. In dem allgemeinen Durcheinander können Sie entwischen. Was sagen Sie dazu?«

Verena nickte. »Ich weiß nicht, wie ich Ihnen danken soll. Aber ich bin keine Kriminelle, das müssen Sie mir glauben.«

»Ich weiß, meine Liebe, ich weiß. In meinem Alter sieht man so etwas. Also, ich zähle jetzt bis drei, dann breche ich über dem Waschbecken zusammen, und Sie legen mich auf den Boden. Aber seien Sie vorsichtig, meine Knochen sind fragil.«

»Warum tun Sie das?« fragte Verena.

Die Amerikanerin lächelte, und für einen Augenblick zeigten sich die Falten, die dem Lifting entkommen waren. »Als ich Sie sah, habe ich mir gleich gedacht, so eine wie Sie, das wäre die richtige Frau für meinen Jimmy.« Sie schaute Verena liebevoll an. »Ich spüre so etwas, meine Liebe, und ich irre mich nie. Ach übrigens, ich heiße Chrystal Bennett. Aber den Namen werden Sie nicht brauchen. Sobald Sie können, verduften Sie. Nur Mut, jetzt spielen wir unser kleines Theater. Und viel Glück.«

Kaum hatte sie die letzten Worte gesagt, sank die Amerikanerin über dem Waschbecken zusammen. Verena stützte sie und legte sie dann auf den Boden, nahm ein paar Kügelchen aus der kleinen Flasche und steckte sie Chrystal, die einen schwachen Klagelaut von sich gab, in den Mund. Dann sah sie mit einem erschrockenen Ausdruck die Frauen an, die sie beobachteten.

»Schnell, jemand muß einen Krankenwagen rufen!«

Eine der Französinnen eilte hinaus, um Hilfe zu holen, während die anderen taten, was sie konnten. Sie schoben einen zusammengefalteten Mantel unter Chrystals Kopf, benetzten ihre Stirn mit Wasser. Zum Glück war keine Ärztin unter ihnen.

Inzwischen war das Hin und Her in der Toilette weitergegangen. Manche Frauen, die sahen, was los war, verließen den Raum wieder, andere blieben stehen. Nach wenigen Minuten kamen Sanitäter mit einer Trage und ein Arzt, der sich gleich über Chrystal beugte. Dies war für Verena der richtige Moment, um zu verschwinden. Unauffällig näherte sie sich der Tür und ging hinaus. Draußen sah sie sich mit einem raschen Blick um: Die beiden Männer waren in der Nähe und schauten in ihre Richtung. Sie holte tief Luft und ging ohne Eile. Die beiden würdigten sie keines Blicks, genausowenig wie die Agenten des Dienstes. Verena ging an ihnen vorbei, kümmerte sich nicht weiter um das Gepäck und verschwand in der Menschenmenge des Terminals.

31

Verena gelang es, in ein Taxi zu steigen und Tegel hinter sich zu lassen. Sie war herausgekommen, ohne daß Ogden, seine Agenten und Bronsons Männer sie gesehen hatten und ohne überhaupt zu wissen, daß sie von einer kleinen Armee erwartet worden war. Vielleicht hätte sie Ogden trotz seiner weißen Haare doch erkannt, wenn sie häufiger den Blick gehoben hätte, aber sie war voller Angst und ging mit gesenktem Kopf, schaute hinter ihrer Sonnenbrille nur dann hoch, wenn es nötig war, um nicht mit anderen Leuten zusammenzustoßen. Sie bewegte sich wie ein Roboter, und genau das machte ihre Flucht zu einem Meisterstück.

Jonas, der Verena gefolgt war, bis sie zusammen mit Chrystal in der Toilette verschwand, sah die Sanitäter mit der Trage dort hineingehen. Als die beiden Frauen nach ein paar Minuten noch nicht wieder aufgetaucht waren, rief er mit dem Handy Ogden an.

»Irgend jemandem in der Damentoilette geht es nicht gut. Die Mathis ist mit einer älteren Frau hineingegangen und noch nicht wieder herausgekommen. Was soll ich tun?«

»Bleib, wo du bist. Wir sind sofort da.«

Franz sah ihn besorgt an. Bis zu diesem Moment hatten sie sich ziemlich abseits gehalten, um zu verhindern, daß Bronsons Männer Ogden erkannten.

»Was ist los?«

»Komm mit«, befahl er ihm ohne weitere Erklärungen. Als sie eintrafen, trugen die Sanitäter gerade Chrystal Bennett auf der Trage heraus. Sie hatte die Augen geschlossen.

Ogden trat zu Jonas und tat so, als sei er ein neugieriger Passant.

»Das ist die Frau, die mit der Mathis zusammen war«, flüsterte Jonas, fast ohne die Lippen zu bewegen. »Louis und ich müssen verschwinden, die Amerikaner, die mit uns zusammen im Flugzeug waren, sind hier in der Nähe...«

»Dann haut ab.« Ogden entfernte sich seinerseits und rief Gabriel an, der vor dem Terminal postiert war. »Steht draußen ein Krankenwagen?« fragte er.

»Ja, er ist gerade gekommen.«

»Besorg mir ein Auto mit laufendem Motor, ich muß ihn verfolgen.« Dann wandte er sich an Franz. »Geh rein, und sieh nach, ob Verena Mathis da drinnen ist.«

Franz schlich sich in die Damentoilette. Zwei Frauen sahen ihn empört an, er ignorierte sie und öffnete alle Kabinen, doch sie waren leer. Er ging wieder hinaus und gab Ogden ein unauffälliges Zeichen, daß Verena nicht mehr drinnen sei. Dieser wandte sich dem Arzt zu. Franz folgte ihm.

»Ich bin der Sohn der Dame, was ist passiert?« fragte er, als er die Trage erreicht hatte, in einem besorgten Ton.

Der Arzt, ein junger Mann frisch von der Universität, mit roten Backen und fast weißem Haar wie ein Albino, musterte ihn mit professoraler Miene. »Sie hat einen Herzanfall gehabt, wir bringen sie zu weiteren Untersuchungen ins Krankenhaus. Doch es geht ihr schon besser, der Herzschlag ist jetzt regelmäßig.«

Chrystal Bennett schlug ein Auge auf und sah Ogden an. Der da war nicht ihr Sohn, aber auch keiner der Männer, die der jungen Frau gefolgt waren. Da hatte sie sich eine schöne Suppe eingebrockt. Dieser Mann konnte ein Krimineller sein. Sie beschloß, sich weiter bewußtlos zu stellen und abzuwarten, was nun geschah.

Die Amerikaner schenkten dem Grüppchen, das den Flughafen mit der alten Frau auf der Trage verließ, nicht viel Beachtung. Der als Manager gekleidete Agent hatte die Toilette schon durchsucht, als Chrystal Bennett ausgestreckt auf dem Boden lag, und war von den Sanitätern empört hinausgeschickt worden. Um keinen Verdacht zu erregen, hatte er sich zusammen mit seinem Kollegen in der Lederjacke entfernt, kurz bevor Ogden kam. Sie hatten Bronson das negative Ergebnis gemeldet und waren angewiesen worden, auf dem Flughafen zu bleiben und sich nicht zu weit von dieser Zone zu entfernen.

Als die Trage in den Krankenwagen geschoben wurde,

stieg auch Ogden ein, während Franz sich an das Steuer des Mercedes setzte, den Gabriel gleich daneben geparkt hatte. Der Krankenwagen fuhr mit heulenden Sirenen los, und Franz folgte ihm.

Ogden saß neben der Trage und bemerkte, daß die Frau unter den Lidern die Pupillen bewegte. Der Arzt beugte sich über Chrystal, als sie die Augen aufschlug.

»Wie geht es Ihnen?« fragte er freundlich.

»Besser, danke.«

Ogden wandte sich ihr zu. »Mama, du hast mir einen ganz schönen Schreck eingejagt«, rief er aus und ergriff ihre Hand. In diesem Moment läutete sein Handy. Er ließ die Hand der Frau los und suchte das Telefon in seinem Regenmantel. Es war Verena.

»Sie sind mir seit Zürich gefolgt«, sagte sie atemlos.

»Wo bist du?« fragte Ogden und lächelte Chrystal weiter an.

»Im Taxi, Richtung Zentrum. Ich kann nicht ins Hotel…«

»Bleib im Taxi, ich rufe dich gleich zurück.«

Er beendete die Verbindung und wandte sich an den Arzt. »Halten Sie den Krankenwagen an.«

Die Wangen des jungen Mannes wurden noch röter. »Was sagen Sie denn da, wir müssen Ihre Mutter ins Krankenhaus bringen!«

»Halten Sie diesen verdammten Krankenwagen an!« wiederholte Ogden und warf ihm einen sehr unangenehmen Blick zu. Er stand von dem Klappsitz auf und beugte sich über Chrystal. »Danke, daß Sie dieser Frau geholfen haben, ohne Sie hätte sie es nicht geschafft.« Er gab ihr einen Kuß auf die Stirn und wandte sich erneut an den Arzt. »Also, entweder sagst du es ihnen, oder ich sage es ihnen, daß sie anhalten sollen«, herrschte er ihn an, packte ihn am Kragen und zog ihn hoch. Dem Arzt traten die Augen aus dem Kopf, und er gehorchte. Bevor er ausstieg, verabschiedete sich Ogden mit einem letzten Winken von Chrystal, kletterte dann in den Mercedes, der mit Vollgas losfuhr.

»Was ist los?« fragte Franz und schaltete in den vierten Gang.

»Verena Mathis hat angerufen. Sie fährt im Taxi hier durch Berlin.« Ogden tippte Verenas Nummer ein, und sie meldete sich augenblicklich.

»Frag den Chauffeur, wo ganz genau ihr seid«, sagte er zu ihr.

»Wir sind in der Ebertstraße, in der Nähe vom Brandenburger Tor.«

Ogden überlegte kurz. »Laß dich nach Potsdam bringen, zum Chinesischen Teehaus, geh dort hinein und warte auf uns.«

»Ogden...«

»Ja?«

»Was wollen diese Männer?«

»Daß du sie zu mir führst. Doch keine Angst, du bist ihnen genauso entkommen wie uns. Für den Augenblick sind wir sie los.«

»Es war dumm von mir, dich nicht früher anzurufen...«

»Du warst geschickter als alle anderen. Ich bin in etwa einer Stunde da. Ich umarme dich.«

Ogden rief Gabriel an, der noch am Flughafen war.

»Ruf die Männer zurück, es ist alles unter Kontrolle. Teil

Stuart mit, daß ich auf dem Weg zu Verena Mathis bin. Fahr du nach Potsdam und nimm noch einen Mann mit. Wir hören später voneinander.«

Bronson erhielt einen Anruf Burlows, während seine Männer sich noch auf dem Flughafen umtaten.

»Nun? Ich habe nichts mehr gehört«, fragte der Waffenhändler gereizt.

»Wir haben sie verloren...«

»Was?« schrie Burlow. »Was hast du denn für Leute? Waren nicht zwei deiner Männer auf dem Flug dabei?«

»Sie konnten sich ja nicht auf sie stürzen, bevor sie aus dem Flugzeug stieg!« protestierte Bronson wütend. »Und im Terminal ist sie verschwunden...«

»Hast du jemanden zum Luisenhof geschickt?«

»Ja, aber sie ist nicht angekommen, jedenfalls bis jetzt nicht. Und sie hat ihr Gepäck nicht abgeholt...«, fügte er niedergeschlagen hinzu.

»Das bedeutet, sie wußte, daß sie verfolgt wurde. Eines ist klar, mein Freund: Stuart hat ihr geholfen zu verschwinden. Laß ein paar Männer am Flughafen und komm zu mir ins Hotel. Sofort!«

Burlow beendete die Verbindung und ging zurück in seine Suite, die er verlassen hatte, um mit Bronson zu telefonieren. Er war wütend: Wenn dieser Dummkopf auf ihn gehört hätte, würden sie jetzt nicht in diesem Schlamassel stecken. Die ganze Geschichte war eine Katastrophe, der junge Kenneally rächte sich aus dem Jenseits. Er ging zur Hausbar und goß sich gerade einen Whisky ein, als Marvin an die Tür klopfte.

»Auf CNN reden sie über Sullivan und Senator Garrett. Sie sollten den Fernseher einschalten…«

Burlow machte den Fernseher an und ließ die Kanäle durchlaufen, bis er den amerikanischen Nachrichtensender gefunden hatte. Sullivans Gesicht füllte den Fernsehschirm aus, während ein Journalist aus dem Off eine unglaubliche Geschichte erzählte.

Bronson sah den Krankenwagen abfahren, als er den Flughafen verließ. In diesem Moment stellte sich der wie ein Manager gekleidete Agent neben ihn und wies mit einer Kopfbewegung in die Richtung.

»Sie bringen die Frau weg, die mit der Mathis aus dem Flugzeug gestiegen ist. Sie muß sich verkleidet haben, anders ist nicht zu erklären, wie sie es geschafft hat zu entkommen…«

Bronson drehte sich ruckartig zu ihm hin. »Was seid ihr bloß für Idioten! Schnell, wir müssen den Krankenwagen einholen!« Er wandte sich einem anderen Agenten zu. »Ich will einen Wagen mit zwei Männern«, befahl er. Dann richtete er sich erneut an den ersten Agenten. »Diese Frau hat vielleicht alles simuliert, um die Mathis entkommen zu lassen…«

»Aber sie kannten sich nicht einmal! Harry hat hinter ihnen gesessen, sie haben während des gesamten Flugs kein Wort miteinander geredet. Und die Mathis ist nicht in dem Krankenwagen. Nur der Sohn der Alten und der Doktor sind eingestiegen.«

»Die Alte muß etwas wissen. Los!«

Ein Auto mit zwei Männern darin hielt mit quietschenden Reifen neben ihnen. Die Türen öffneten sich, und Bronson und der als Manager gekleidete Agent stiegen ein.

Nach ein paar Kilometern sahen sie den Krankenwagen am Straßenrand stehen.

»Anhalten!« befahl Bronson dem Fahrer.

Der Arzt hatte sich kaum von dem Schock erholt, den Ogden ihm bereitet hatte, als die Türen des Krankenwagens aufgerissen wurden und ein Mann mit gezogener Pistole hereinstürzte.

»Wo ist der Mann, der am Flughafen eingestiegen ist?« fragte Bronson und hielt ihm die Pistole unter die Nase.

»Ausgestiegen...«, stammelte der Arzt.

»Wer war das?«

»Ich habe keine Ahnung, er hat gesagt, er sei der Sohn der Patientin. Er ist in einen Mercedes gestiegen, in dem ein anderer Mann auf ihn wartete...«

Bronson wandte sich an Chrystal und hielt ihr den Lauf der Pistole an die Kehle. »Aufwachen, Lady, glauben Sie nicht, mich hinters Licht führen zu können. Machen Sie die Augen auf!«

Chrystal gehorchte. »Ich weiß nichts...«, stotterte sie.

»Ich glaube, daß Sie alles simuliert haben, um einer Unbekannten zu helfen. Stimmt's?«

Das Staunen verdrängte für einen Moment die Angst aus Chrystals Blick. »Wie haben Sie das erraten?« fragte sie und riß die Augen auf.

Bronson überhörte die Frage. Jetzt war klar, daß diese verwirrte Alte Verena Mathis geholfen hatte, ohne sie auch nur zu kennen. Aus ihr würde er ziemlich wenig herausbekommen.

»Warum ist der Mann ausgestiegen?« fragte er den Arzt.

»Ich weiß es nicht. Er hat einen Anruf erhalten, als wir gerade erst losgefahren waren...«

»Mit wem hat er gesprochen?«

»Mit einer Frau, glaube ich. Er hat ihr gesagt, sie soll bleiben, wo sie ist. Er würde sie holen.«

»Denk gut nach, Arschloch, wenn du nicht willst, daß ich mich auf die Suche nach dir mache, sobald ich merke, daß du gelogen hast.«

Dem Arzt war die gesunde Farbe ganz aus dem Gesicht gewichen, der Schweiß lief ihm in Strömen. »Er hat gesagt, sie soll im Taxi bleiben, sonst nichts.«

Bronson wandte sich erneut an Chrystal. »Wie war die Frau gekleidet, als sie den Flughafen verließ?«

Chrystal, die sich für die Feigheit des Arztes schämte, schüttelte den Kopf. Bronson versetzte ihr einen Schlag ins Gesicht, und da kapitulierte sie. Doch mit einer kleinen Variante: Sie sagte, Verenas Perücke sei rot, nicht blond.

Harry, der Mann in der Lederjacke, glaubte Jonas, der zusammen mit ihm und seinem als Manager gekleideten Kollegen an Bord des Flugzeugs gewesen war, als einen der Agenten erkannt zu haben. Er hatte versucht, Bronson zu finden, doch sein Chef hatte sich schon an die Verfolgung des Krankenwagens gemacht. Um den Verdächtigen nicht entkommen zu lassen, beschloß er, nicht erst auf Befehle zu warten, und stieg deshalb in ein Taxi. Er wies den Fahrer an, dem Golf zu folgen, mit dem Jonas und Gabriel den Flughafen verließen.

Inzwischen befand sich ein guter Teil der amerikanischen

Agenten, die an der Operation in Tegel beteiligt waren, auf dem Rückweg in ihr Hauptquartier in Spandau, um dort auf neue Befehle zu warten. Am Flughafen würde nur eine kleine Mannschaft bleiben, falls sich die Frau doch irgendwo dort versteckt haben sollte. Sie hatten allerdings den Flughafen schon durchkämmt und keine Spur von ihr gefunden.

Harry rief Bronson an. »Ich habe einen Mann wiedererkannt, der mit uns und der Frau geflogen ist. Er ist bis jetzt auf dem Flughafen geblieben...«

»Ein Agent?«

»Das ist wahrscheinlich. Er hat vor der Toilette auf die Mathis gewartet, dessen bin ich mir ziemlich sicher. Und da habe ich ihn erkannt...«

»Bleib an ihm dran, dann erfahren wir, ob er wirklich einer von ihnen ist.«

»Bin schon dabei. Sonst hätte ich ihn verloren. Er ist mit einem zweiten Mann zusammen. Ich bin allein und im Taxi...«

»Fordere welche von unseren Leuten an. Aber unternehmt nichts, verfolgt sie nur. Und halte mich auf dem laufenden.«

Harry sagte dem Taxifahrer, er solle dem Golf folgen, aber auf Distanz bleiben und sich unauffällig in den Verkehr auf der Autobahn einordnen. Dann rief er zwei Agenten an, die auf dem Rückweg nach Spandau waren, teilte ihnen mit, wo er war, und bestellte sie zu sich. Die beiden Agenten des Dienstes bemerkten nicht, daß sie verfolgt wurden.

32

Der CIA-Mann und seine Agenten ließen den Krankenwagen stehen und rasten wieder auf die Autobahn, in der Hoffnung, den Mercedes einzuholen. Doch Ogden hatte Franz angewiesen, weit vor der Abzweigung nach Glienicke abzufahren, und auf der Autobahn 111 war keine Spur mehr von ihnen. Als Bronson sich klarmachte, daß sie keine Chance mehr hatten, das Auto aufzuspüren, fuhr er Richtung Berlin, zum Kempinski. Auf dem Weg dorthin erhielt er einen Anruf von Burlow. Der Ton des Waffenhändlers ließ ihm die Haare zu Berge stehen.

»Wo zum Teufel bist du?« dröhnte seine Stimme aus dem Telefon. Bronson meinte ihn vor sich zu sehen, wie er vor Wut schäumte.

»Unterwegs zu dir. Ich habe diesen Hurensohn fast erwischt, er ist uns nur ganz knapp entkommen. Aber meine Männer verfolgen zwei von ihnen, es ist nicht ausgeschlossen, daß sie uns zu ihm führen.«

»Sullivan, dieser Idiot, hat sich schnappen lassen. Eben haben sie auf CNN in allen Einzelheiten erzählt, wie er es mit kleinen Mädchen treibt. Nimm auf gar keinen Fall Kontakt mit ihm auf, brich jede Beziehung zu ihm ab. Und beeil dich, wir müssen Maßnahmen ergreifen. Komm nicht in die Suite, ich warte in der Brasserie auf dich.«

Bronson verstand sehr gut, was für Maßnahmen Burlow meinte. Die Lage war ernst. Wenn dieser alte Bastard irgend etwas ausplaudern würde, waren sie erledigt.

»Ich bin in zwanzig Minuten da, wenn der Verkehr es zuläßt.«

Er beendete die Verbindung, wies den Fahrer an, schneller zu fahren, ließ sich gegen die Rückenlehne fallen und sah aus dem Fenster. Eine matte Sonne versuchte sich durch die zusammengeballten Wolken zu schieben, es würde ein regnerischer Abend werden, vielleicht mit dem letzten Gewitter der warmen Jahreszeit. Diese verdammte Stadt brachte ihm immer nur Unglück. Seit dem Ende des Krieges lief es für ihn jedesmal schlecht, wenn er einen Fuß nach Berlin setzte. Vielleicht war es die Strafe für die, welche die Stadt geteilt hatten: Auch jetzt, wo diese deutschen Bastarde wieder ungestört von Ost nach West konnten, rächte die Stadt sich weiter. Sein einziger Trost war der Gedanke, daß Berlin auch den Roten Unglück brachte.

Als das Auto auf den Kurfürstendamm einbog, erhielt er einen Anruf von Harry.

»Wir sind in Potsdam. Die beiden Männer sind in einem Haus im Holländischen Viertel verschwunden, vielleicht ein *safe house.* Unsere Zielperson könnte dort drinnen sein. Was sollen wir tun?«

»Wie viele seid ihr?«

»Ich habe mir Richard und Tony hergeholt.«

Bronson überlegte. Das waren zwei seiner besten Leute. Harry bewies ein sicheres Gespür. In diesem Haus konnten sich Lange und Ogden aufhalten, außerdem Agenten des Dienstes. Sie durften keinen Fehler machen.

»Überwacht jede ihrer Bewegungen und versucht herauszufinden, wie viele es sind. Ich will einen detaillierten Bericht über alles, was geschieht, Minute für Minute. Unternehmt nichts, bis neue Befehle kommen.«

Das Auto hielt vor dem Kempinski an. Bronson betrat

das Hotel und ging gleich in die Brasserie, wo Burlow an einem Tisch saß und auf ihn wartete. Als er sich ihm näherte und den Ausdruck auf seinem Gesicht wahrnahm, spürte er einen Stich in der Magengegend. Er kannte den Waffenhändler seit langem, und er wußte, daß dieser harte und gleichgültige Blick gefährlich war.

Burlow bemerkte ihn und sah ihn näher kommen, machte aber keine Anstalten, ihn zu begrüßen. Als Bronson vor ihm stand, befahl er ihm mit einer knappen Geste, sich zu setzen. »Bestell dir was Starkes, du wirst es brauchen«, sagte er schroff.

»Wir haben sie gefunden«, begann Bronson in dem Versuch, die Atmosphäre ein wenig zu entspannen.

Er wirkte wie ein Apporthund mit einem Fasan im Maul, dachte Burlow, sah ihn an und zog die Augenbrauen hoch. »Besser spät als nie. Wo?«

»In Potsdam. Einer meiner Leute hat zwei Agenten des Dienstes von Tegel aus verfolgt. Sie sind in einem Haus im Holländischen Viertel verschwunden, in dem sich Ogden und Lange vermutlich verstecken.« Bronson überging die sinnlose Verfolgungsjagd auf der Autobahn, um diesen Erfolg nicht zu schmälern.

»Wie gedenkst du vorzugehen?« fragte Burlow.

»Ich habe meinen Männern gesagt, sie sollen das Haus beobachten und Befehle abwarten. Wir dürfen keine Fehler mehr machen.«

»Das glaube ich auch. Sollte der ergebnislose Truppenaufmarsch in Tegel deinen Kollegen zu Ohren kommen, so würdest du für den Rest deiner Tage zum Gespött von Langley.«

»Das gleiche könnte man über die Gegenseite sagen«, erwiderte Bronson beleidigt. »Sie waren auch in Tegel, und mir ist nicht bekannt, daß sie jetzt die Frau haben. Bis jetzt jedenfalls nicht...«, log Bronson. »Aber sie ist ja auch gar nicht wichtig, sie diente nur dazu, uns zu ihnen zu führen. Wir haben es trotzdem geschafft, James, wir haben sie erwischt!«

Burlow sah ihn an und schwieg ein paar Sekunden.

»Dich haben sie auch erwischt...«, murmelte er schließlich und reichte ihm ein Fax.

Bronson nahm das Fax, voller Angst, was darin stehen könnte. Er hatte nichts mehr von dem Jungen gehört und sich selbst einzureden versucht, er hätte das Hotel ohne weiteres Aufsehen verlassen. Doch er hatte die quälende Ahnung, in eine Falle gegangen zu sein, nicht aus seinem Kopf vertreiben können. Als er das Fax las, wurde ihm klar, daß seine schlimmsten Befürchtungen eingetroffen waren. Er wurde blaß, und Schweißtropfen traten ihm auf die Stirn.

»Die sind verrückt!« stammelte er. »Die haben mich hereingelegt, das sind alles Lügen.«

Burlow brachte ihn mit einer ungeduldigen Geste zum Schweigen. »Du bist erledigt, Bronson. Ich habe mit Langley gesprochen, du bist mehr als tot. Diese Kassette ist direkt an den Direktor der CIA gegangen und an alle über ihm und unter ihm, die wichtig sind. Das ist der Preis, den du dafür zahlst, daß du Stuarts Haus in die Luft gejagt hast, du perverser Trottel.«

Bronson zog ein schneeweißes Taschentuch aus der Tasche und wischte sich die Stirn, dann sah er den Waffenhändler mit einem flehenden Blick an.

»James, du weißt, daß ich den Jungen nicht getötet habe. Das ist alles eine Inszenierung dieses Bastards!«

Burlow beugte sich über den Tisch und fixierte ihn mit einem Blick, der kalt und wütend zugleich war. »Du quälst gerne farbige Jungs, das weiß ich sehr gut. Aber meinst du, mir kommt es darauf an, ob du diesen Stricher getötet hast? Der Dienst hat deine Laster, aber vor allem deine Dummheit ausgenutzt, um dich in die Falle zu locken, genauso wie Sullivan. Du und dieses andere Schwein, ihr seid auf diese Art schon erledigt, bevor der Showdown kommt und sie uns beschuldigen, George Kenneally getötet zu haben. Der Chef des Dienstes hat das genial eingefädelt! Er hat eure elenden Schwächen benutzt, um uns alle fertigzumachen.«

»Aber du bleibst draußen, James, du kannst mir helfen! Ich bitte dich, im Namen unserer alten Freundschaft!«

Burlow winkte dem Kellner. Er bestellte einen Cognac, und als der Kellner wieder gegangen war, steckte er sich eine Zigarette an. Sein Zorn, mit Mühe im Zaum gehalten, war fast mit Händen zu greifen. Er stieß den Rauch heftig durch die Nase aus, und Bronson mußte an einen Stier denken, der zum Angriff bereit ist.

»Ich habe nicht eure gefährlichen kleinen Laster«, knurrte er fast, »aber ich bin in das Komplott verwickelt, hast du das vergessen? Stuart wird Lange auch meinen Namen nennen lassen, darauf kannst du wetten. Indem sie mich mit euch in Verbindung bringen, machen sie auch mich unglaubwürdig. So sieht die Sache aus.«

In diesem Moment läutete Bronsons Handy. Es war Harry.

»Ein Mann hat das Haus verlassen. Es ist keiner von denen, die am Flughafen waren.«

»Schnappt ihn euch und quetscht ihn aus, bis er euch gesagt hat, wer im Haus ist.«

»Wenn er geredet hat, was machen wir dann mit ihm?«

»Tötet ihn. Und beeilt euch.«

Bronson wandte sich an Burlow. »Wir haben ins Schwarze getroffen, der Schauspieler hält sich mit Sicherheit in diesem Haus versteckt. Wir bringen einen von ihnen zum Sprechen und stürmen es dann ohne allzu großes Risiko.«

Er verstummte. Die Begeisterung über den Erfolg war schon verflogen, und die Panik wegen der Situation, in der er selbst steckte, überkam ihn wieder.

»Was sagt Langley?« fragte er und wandte sich mit einem Opferlammblick Burlow zu.

»Sie wollen, daß du sofort zurückkommst. Du wirst in Kürze von ihnen hören. Es scheint, daß der Skandal enorm ist, Stuart hat die Filme mit dir und Sullivan an die wichtigsten Fernsehsender und Zeitungen geschickt. Ganz Amerika spricht über euch. Du bist erledigt, deine einzige Rettung wäre zu verschwinden.«

»Kannst du mir nicht helfen?«

Der Waffenhändler überlegte kurz, dann verzog er die Lippen zu einer Art Lächeln. »Ich könnte dich nach Kolumbien schicken, ich kenne da ein paar Leute. Doch zuerst müssen wir diese Sache zu Ende bringen. Die Lage hat sich geändert, du wirst jetzt ganz genau tun, was ich dir sage, bis wir es geschafft haben, den Schaden zu begrenzen. Die CIA denkt, du bist in Urlaub auf Barbados, wie du ihnen vor der Abreise nach Frankreich erzählt hast. Das wird uns äußerst nützlich sein. Wenn sie dich da nicht finden, werden sie denken, du bist geflohen. Es kommt jetzt darauf an, daß dir deine Leute die Treue halten, bis wir diese Geschichte abgeschlossen haben. Und wenn dieser Schauspieler in Potsdam ist, werden wir nicht lange dazu brauchen. Wer sind deine vertrauenswürdigsten Männer, auf die du dich hundertprozentig verlassen kannst?«

Bronson überlegte. »Harry würde für mich durchs Feuer gehen, er glaubt keinen einzigen Moment an diese Fälschung. Auch die beiden, die mit ihm zusammenarbeiten, sind mir ergeben. Die CIA wird jetzt die Leute zurückrufen, die ich nach Berlin beordert habe«, fügte er hinzu.

»Natürlich. Von diesem Moment an wirst du zu keinem von ihnen mehr Kontakt haben, ausgenommen zu den Männern in Potsdam. Für all die anderen existierst du nicht mehr. Habe ich mich klar ausgedrückt?«

Bronson nickte. Seine Karriere endete in diesem Augenblick, und damit seine außergewöhnliche Macht. Über Jahre hinweg hatte er bei vielen wichtigen Entscheidungen mit die Drähte gezogen, Präsidenten und andere Politiker hatten auf ihn gehört und von seinen Diensten profitiert. Jetzt zählte all dies nicht mehr, die schwarze Seele der CIA würde in ein Loch nach Kolumbien verbannt, um überleben zu können. Doch dafür sollten ihm der Schauspieler und der Agent des Dienstes vorher noch büßen. Koste es, was es wolle.

Bronson nahm das Handy und rief Harry an. Der Agent meldete sich sofort.

»Wie sieht es aus, Harry?«

»Der Mann ist in ein Geschäft gegangen, wir warten, daß er herauskommt, um ihn uns zu greifen.«

»Gut. Jetzt hör mir zu: Die Operation ist hundert Prozent abgeschirmt, ich meine damit, daß keiner außer euch dreien darüber Bescheid weiß, was wir tun. Ist das klar?«

»Sonnenklar.«

»Brich die Kontakte mit den anderen ab. Von diesem Moment an sprecht ihr nur mit mir und mit James Burlow. Es ist von vitaler Bedeutung für das Gelingen der Mission, daß niemand, besonders die CIA nicht, von dieser Operation erfährt. In Langley will mich einer kaltstellen, du weißt, was ich meine, deshalb können wir uns nur auf uns selbst verlassen. Ich zähle auf dich, Harry!«

»Wie immer, Mr. Bronson!«

»Dann viel Glück. Ruf mich an, sobald ihr diesen Bastard zum Sprechen gebracht habt.«

Als er aufgelegt hatte, wandte Bronson seinen Blick wieder Burlow zu. »Wie willst du bei Sullivan vorgehen?«

Burlow zuckte die Schultern. »Er und Garrett müssen so schnell wie möglich eliminiert werden. Wenn man sie in die Enge treibt, reden sie unter Garantie. Sie sind noch in Monte Carlo, besorg dir ein paar Profikiller und laß sie töten. Danach, wenn wir Lange erledigt haben, reist du nach Kolumbien und wirst keine Spur hinterlassen. Kümmere dich gleich um Sullivan, während wir hier warten. Ich weiß, daß du beste Beziehungen in Marseille hast, du wirst nicht länger als eine halbe Stunde brauchen, um die Sache zu organisieren, stimmt's?«

Bronson nickte und stand auf. »Und Stuart, wie wollen wir den dafür bezahlen lassen?«

»Du bist wirklich dumm, Bronson! Hast du nicht schon genug angestellt? Der Dienst könnte mir in Zukunft immer noch nützlich sein, ich will mir die Beziehungen mit ihnen nicht verderben. Wenn Lange erst eliminiert ist, hat Stuart nicht mehr den Hauch eines Beweises für unsere Tat und wird es aufgeben. Aber wir töten den Agenten, der ihm geholfen hat, diesen Ogden. Das ist einer, der Unglück bringt, ohne ihn wäre die Sache völlig reibungslos verlaufen.«

»Ich will mich selbst um Potsdam kümmern«, sagte Bronson, als bäte er um einen Gefallen. »Es wird mein letzter Job sein, verstehst du?«

»Natürlich, alter Freund. Du kümmerst dich doch schon darum. Von diesem Moment an ist das Kempinski dein neues Hauptquartier, wenigstens für die Zeit, die diese Geschichte dauert. Setz keinen Fuß in meine Suite, sie ist voller Wanzen des Dienstes. Ich habe vor kurzem ein Zimmer für dich reserviert, natürlich unter falschem Namen. In dem kannst du dich einrichten.«

»Du hast an alles gedacht«, sagte Bronson.

»Nein, wenn ich das hätte, wäre ich nicht hier. Jetzt geh und organisiere die Sache in Monte Carlo, ich will, daß Sullivan und Garrett noch heute nacht sterben. Doch zuerst befiehlst du dem Mann, der draußen auf dich wartet, nach Spandau zurückzukehren; sag ihm, daß du ihn heute nicht mehr brauchst. Von heute abend an bist du für die CIA und den Rest der Welt tot. Wir lassen dein Gepäck im Inter-Continental, sie sollen glauben, daß du wegen der Schande in die Havel gesprungen bist.«

Das Gewitter hatte sich entfernt, die schwarzen Wolken waren nach Norden gezogen, und der Himmel war beinahe klar. Verena ging durch die kostbaren Räume des Chinesischen Teehauses, Zeugnisse der Chinabegeisterung, die ganz Europa im 18. Jahrhundert erfaßt hatte. In diesem Pavillon, umgeben von einem riesigen Park, hatte Friedrich der Große seine Sammlung fernöstlichen Porzellans verwahrt, die Verena nun bewunderte, während sie auf Ogden wartete. Sie ging an ein Fenster und sah hinaus. Die Sonne fiel auf Statuen und mit Blattgold überzogene Säulen am Eingang des Pavillons. Frauen und Männer aus einer anderen Zeit spielten Instrumente und tranken Tee, saßen reglos in ihrer unwandelbaren Schönheit und glänzten in der Sonne. Sie erschienen Verena wie wundersame Außerirdische, die von einem fernen, höherentwickelten Planeten gekommen waren. Einmal im Park gelandet, waren sie, fasziniert von seiner Pracht, nicht wieder abgereist, doch der Preis, den sie dafür zahlen mußten, war ewige Regungslosigkeit.

Nun, da das Gewitter sich verzogen hatte und die Sonne erneut den Wald beschien, wäre Verena gerne im Park spazierengegangen. Doch sie mußte auf Ogden warten, der sie wieder einmal in eines seiner Abenteuer hineingezogen hatte, bei denen es um Leben und Tod ging. Er würde niemals damit aufhören, das war deutlich. In jedem Leben reift das Karma, doch das seine würde sehr hart sein, er würde die Spirale aus Tod und Gewalt durchbrechen müssen, in der er jahrelang gelebt hatte. Und sie? Was für eine Art Karma konnte das ihre sein, wenn jeder, den sie liebte, starb oder zumindest sein Leben in Gefahr war? Eine Art Heldin aus der griechischen Tragödie, das war sie, es fehlte ihr nur das antike Gewand, um ihre zweifelhafte Erscheinung zu verschönern.

Die Wolken kehrten zurück und schoben sich erneut vor die Sonne. Das Gewitter war durch die ganze Mark gezogen und wieder in Potsdam angekommen. In der Ferne grollte ein Donner, und Verena trat vom Fenster zurück. Die Schar der Touristen, die bis kurz zuvor ins Teehaus geströmt waren, lichtete sich. Verena ging weiter durch die Räume und bewunderte das feine Porzellan.

In Potsdam angekommen, bogen Franz und Ogden in die lange Allee Am Neuen Palais ein. Zu ihrer Linken, eingebettet in das Grün des Parks, sahen sie den Pavillon, der wie ein Fremdkörper aus diesem barocken Paradies herausragte. Ohne auf die Schilder zu achten, die die Autofahrer aufforderten, ihre Wagen auf den Parkplätzen zu lassen, fuhr Franz mit dem Mercedes direkt vor das Teehaus. Ogden rief Verena an.

»Komm zum Eingang, wir sind da.«

Als sie in der Tür erschien, zwischen den vergoldeten Säulen, war Ogden klar, wieso niemand von ihnen sie erkannt hatte. Vor ihm stand eine Blondine, die einen langen weißen Herrenregenmantel, flache Schuhe und eine Umhängetasche aus rotem Leder trug. Das Gesicht, verdeckt von einer Sonnenbrille und den blonden Locken, war nicht zu erkennen.

Als Verena ihn näher kommen sah, tat sie so, als wollte sie zurück ins Teehaus gehen, denn auch sie hatte ihn nicht erkannt.

»Ich bin es«, sagte er und nahm die Sonnenbrille ab.

Verwundert hielt Verena sich eine Hand vor den Mund. Dann lächelte sie. »Ich glaube, wir sollten den Friseur wechseln…«, sagte sie und umarmte ihn. Ogden schob sie zum Mercedes, und als sie eingestiegen waren, wendete Franz und fuhr los.

Verena erkannte den Einsatzagenten wieder. »Guten Abend, Franz, ich freue mich, Sie zu sehen.«

»Hallo, Frau Mathis, wie geht es Ihnen?«

»Den Umständen entsprechend. Ich kann es kaum abwarten, dieses Ding vom Kopf zu bekommen.«

»Du hast eine Schwäche für blonde Perücken«, sagte Ogden mit einem Lächeln und spielte damit auf ihr Abenteuer in Montségur an; auch dort hatte Verena sich verkleidet, um zu fliehen.

Sie verstand den Witz nicht, sie war müde, und ihr war nicht nach Scherzen zumute.

»Wohin bringt ihr mich?« fragte sie.

»In ein Hotel in Potsdam. Dort kannst du dich ausruhen und bist in Sicherheit.«

»Was ist eigentlich los?«

»Ich erkläre es dir später…«

»Wer ist diesmal hinter euch her?«

»Die Amerikaner«, antwortete Ogden und behielt die Straße im Auge, während Franz erneut auf die Allee Am Neuen Palais einbog und den Wagen Richtung Zentrum lenkte.

In der Stadt fuhren sie in die Friedrich-Ebert-Straße im Herzen des Holländischen Viertels. Franz hielt vor dem eleganten Barockeingang des Hotel Voltaire. Ogden war es lieber gewesen, daß Verena ein Stück weit entfernt vom *safe house* blieb, und er hatte telefonisch unter einem falschen Namen ein Apartment bestellt.

Als sie die luxuriöse Halle betraten, war sie verlegen: Sie war ohne Gepäck und gekleidet wie auf der Flucht. Sie hatte keine Kleider zum Wechseln, und ihre Frisur würde, wenn sie die Perücke erst einmal abnahm, eine Katastrophe sein. Sie mußte lachen, als sie darüber nachdachte, wie absurd es war, sich angesichts der Umstände über solche Dinge Sorgen zu machen. Ogden bemerkte es.

»Worüber lachst du?« fragte er sie.

»Über mein Aussehen. Ich habe keine anderen Kleider dabei, aber zum Glück ist das Schmink-Necessaire hier drin«, sie zeigte auf die rote Ledertasche, die Ogden trug.

»Dann gibt es ja keine Probleme«, sagte er und streichelte ihre Wange. »Ich kann mich erinnern, daß dir Morgenmäntel sehr gut stehen. Ich werde dir so schnell wie möglich etwas zum Anziehen bringen lassen. Zunächst bleibst du einmal im Zimmer, ich kann mir vorstellen, daß du müde bist...«

Verena nickte. Sie holten den Schlüssel an der Rezeption und fuhren mit dem Aufzug nach oben.

»Kannst du einen Moment bei mir bleiben?« fragte sie und nahm endlich die Sonnenbrille ab.

»Jetzt nicht. Doch ich komme später zurück«, antwortete Ogden, während der Aufzug auf dem Stockwerk ankam.

Das Apartment war sehr elegant und komfortabel. Verena ging durch den geräumigen Salon, betrat das Schlafzimmer und warf einen Blick ins Bad. Als sie zurück in den Salon kam, nickte sie zufrieden. »Mit dir zu tun zu haben ist gefährlich, aber wenn man es schafft, nicht getötet zu werden, hat man ein schönes Leben.«

Ogden ärgerte sich über diese Bemerkung, ließ sich aber

nichts anmerken und deutete eine Verbeugung an, als würde er sich bedanken. Verena hatte recht, alles, was er zu bieten hatte, waren Luxushotels und tödliche Gefahren. Der Einsatz lohnte sich mit Sicherheit nicht.

»Ich muß jetzt gehen«, sagte er, trat näher und nahm sie in seine Arme.

Verena sah ihn an. »Du erzählst mir alles, nicht wahr? Ich habe ein Recht darauf, Bescheid zu wissen, im Grunde haben sie versucht, mich zu entführen...«

Er nickte. »Sicher. Du warst großartig.«

Verena zuckte die Achseln. »Ein Kinderspiel für Mademoiselle Docteur...«

Ogden küßte sie und löste sich dann von ihr. »Du bist eine wunderbare Spionin...«

»Du bist auch ein wunderbarer Spion«, sagte Verena und küßte ihn noch einmal.

33

Bell kam aus dem Geschäft, wo er Zigaretten und ein paar Vorräte gekauft hatte, und ging auf das Ende der Mittelstraße zu, um in das *safe house* zurückzukehren. Es war nur ein kurzes Stück Fußweg bis dorthin. Die Sonne tauchte für einen Moment zwischen den regenschweren Wolken auf und brachte die roten Ziegelhäuser des Holländischen Viertels, von denen sich die weißen Rahmen der Türen und Fenster abhoben, zum Leuchten.

Bell bemerkte sehr schnell das Auto, das im Schrittempo hinter ihm her fuhr. Als er versuchte, sein Handy herauszuholen, um Adam im *safe house* zu warnen, standen plötzlich zwei Männer vor ihm, und er begriff, daß er verloren war. Die beiden packten ihn und stießen ihn ins Auto, das sofort losraste.

Im Wagen versuchte Bell sich zu wehren, obwohl er wußte, daß es sinnlos war. Das Auto fuhr mit hoher Geschwindigkeit zum Neuen Garten. Es hatte angefangen zu regnen, dicke Tropfen platschten auf die Windschutzscheibe, und die Leute gingen schnell und drückten sich an die Hauswände, um nicht naß zu werden. Bell verfluchte das Klima, er wußte, daß sie ihn an einen entlegenen Ort außerhalb der Stadt bringen würden und daß bei diesem heftigen Gewitter kein Mensch unterwegs sein würde, den er um Hilfe bitten könnte.

Das Auto fuhr in den Neuen Garten hinein. Der Park, der sich am Westufer des Heiligen Sees entlangwand, schien wie unter einem bösen Zauber, die Zweige der großen Pflanzen bogen sich in den Windböen, und der Regen war zu einer Wand aus Wasser geworden. Sie hielten mitten im Wald an, nicht weit vom Marmorpalais. Es wurde gerade restauriert und war mit riesigen Plastikplanen abgedeckt, die der Wind blähte oder, wenn sie zerrissen waren, wie die zerfetzten Segel eines Geisterschiffs hochwirbelte. Hier machten sie sich daran, ihn zum Reden zu bringen.

Im *safe house* war Lange gerade damit beschäftigt, das Buch zu lesen, in dem Ferguson davon berichtete, wie er vor vierzig Jahren in Birma die Vipassana-Meditation erlernt hatte. Außer diesem Buch, das in seinem Strandbeutel steckte, als er fliehen mußte, hatte Lange nichts von Tinos mitgenommen. Ein Abschnitt beeindruckte ihn besonders, es waren die Worte von Fergusons birmanischem Meister an seine Schüler, die sich darauf vorbereiteten, die Meditation im Westen bekannt zu machen. »Seid euch bewußt, daß die Atmosphäre in der Welt in dieser Epoche von hochentwickelten Kräften des Bösen durchdrungen ist... Deshalb wird es Störungen und Widerstände auf dem Weg geben...«

Diese Worte waren außergewöhnlich aktuell. Aber sie mußten auch Ferguson vor vierzig Jahren so erschienen sein, als er noch CIA-Agent war. Die »hochentwickelten Kräfte des Bösen« waren heute genauso aktiv wie damals – und offenbar ungestört. Durch sie war die Ermordung Georges möglich geworden, wie alle Verbrechen der Vergangenheit und diejenigen, die noch kommen sollten. Die Atmosphäre in der Welt hatte sich nicht verbessert, und man mußte sich fragen, was die Kräfte des Guten taten, um sich denen des Bösen entgegenzustellen. Oder war es ihnen zu verdanken, wenn die Welt noch nicht an ihrer eigenen Niedertracht untergegangen war?

Er fragte sich, was Ferguson wohl gesagt hätte, wenn er ihn hier sehen könnte, eingesperrt in diesem *safe house.* Schließlich war er einmal Experte in solchen Sachen gewesen. Sicher hätte er sich nicht gewundert. Doch Ferguson war jetzt Lichtjahre von dem entfernt, was vierzig Jahre zuvor sein Leben als Agent gewesen war.

Lange ließ das geöffnete Buch auf dem Schreibtisch liegen und setzte sich im Lotossitz in der Mitte des Zimmers auf den Teppich. Er schloß die Augen und versank einige Minuten lang in der Anapanaa-Atmung, bevor er in die tiefe Meditation eintauchte. Die Zeit verging, Lange konzentrierte sich immer mehr auf seine innere Vision. Plötzlich strahlte unter seinen geschlossenen Lidern ein helles Licht auf, gleichzeitig spürte er einen Schmerz in der Brust, als hätte ihm jemand einen Faustschlag ins Zwerchfell versetzt. In diesem Moment liefen die Bilder wie ein Film vor ihm ab. Er sah Bell ausgestreckt auf einer Wiese liegen, während der Schmerz, der diese Bilder begleitete, fast körperlich wurde. Bell war verletzt, es regnete in Strömen, und ein Mann schlug auf ihn ein.

Lange riß die Augen auf und war erleichtert, sich in seinem Zimmer wiederzufinden. Er wartete ein paar Sekunden ab, atmete einige Male tief durch und sah dann auf die Uhr: Es waren zwanzig Minuten vergangen, seit er mit der Meditation begonnen hatte. Er ahnte, daß seine Visionen keine Hirngespinste waren, also war Bell wahrscheinlich in Gefahr. Er mußte sofort die anderen benachrichtigen.

Er stand auf und stürzte aus dem Zimmer, um Adam zu rufen. Doch an der Computeranlage, wo der Agent normalerweise saß, war niemand. Er war schon auf dem Weg zur Treppe, als er im unteren Stockwerk Gabriel etwas auf englisch schreien hörte, das er nicht verstand. Es folgten Schüsse, abgeschwächt durch Schalldämpfer. Lange blieb stehen, rührte sich nicht. Aus dem Erdgeschoß drang der Lärm eines heftigen Kampfs nach oben, weitere Schüsse und unbekannte Stimmen. Dann trat für kurze Zeit Stille ein, gefolgt von dem Geräusch leiser Schritte auf der Treppe.

Lange ging zurück ins Zimmer und schloß die Tür ab. An dem Tag, als sie in Potsdam angekommen waren, hatte Adam ihm eine Pistole gegeben und ihm gezeigt, wie man sie benutzte. Er zog die Schublade auf, nahm die Waffe heraus und steckte sie in die Tasche, dann öffnete er das Fenster, das nach hinten ging, und sah hinunter. Ein paar Meter weiter unten war ein Vordach aus Blech und rechts davon eine niedrige Grenzmauer, die den kleinen Hof von dem nebenan trennte. Er kletterte über die Fensterbank und sprang auf das Dach. Von dort aus waren es noch drei Meter bis zum Boden. Ohne zu zögern, sprang er noch einmal, landete auf dem Kies im Hof und riß sich die Hose über dem Knie auf. Er achtete nicht auf die Verletzung, schob eine Mülltonne an die Mauer, stieg darauf und sprang von dort aus in den Nachbargarten.

Er stand vom Boden auf und rannte zur Tür. Als er sie erreicht hatte, versuchte er sie zu öffnen, und die Klinke gab nach. Drinnen schob er den Riegel vor die Tür und sah sich um. Das Haus war genauso wie das des Dienstes, nur daß es diese von der Vorsehung gesandte Tür nach hinten hinaus hatte. Ein paar Sekunden lang rührte er sich nicht. Er horchte. Es schien niemand dazusein. Also ging er durch den kurzen Flur ins Wohnzimmer, das zur Straße lag, trat ans Fenster und schob die Gardine beiseite. Die Mittelstraße war abendlich belebt. Aus dem oberen Stockwerk kam die Stimme einer Frau.

»Bist du es, Peter?«

Lange machte eine Bewegung und warf ein kleines Nippesteil aus Keramik hinunter, das auf dem Boden zerbrach. Er mußte sofort verschwinden, bevor die Frau nachsehen kam. Er ging zur Haustür, machte sie einen Spaltbreit auf und spähte nach draußen, auch wenn das überflüssig war: Er hatte keinem der Amerikaner ins Gesicht gesehen und hätte sie nicht erkennen können. Er ging hinaus und begann zu rennen wie ein Wahnsinniger, bis er in eine breitere und belebtere Straße gelangte. Ungefähr zwanzig Meter vor ihm war eine Frau gerade dabei, Einkäufe aus dem Kofferraum eines kleinen Honda zu laden. In diesem Moment trug sie zwei Plastiktüten mit Lebensmitteln zur Haustür. Lange blieb neben dem Auto stehen, die Frau kramte in ihrer Tasche nach den Schlüsseln. Gleich würde sie zurückkommen und die anderen Tüten holen. Er sprang ins Auto und betete, daß der Schlüssel noch steckte. Er steckte. Lange startete und raste mit Vollgas los, den Kofferraum noch geöffnet.

Er drehte einige Runden, bis er aus dem Labyrinth der Straßen, die er nicht kannte, hinausfand. Die Sonne war untergegangen, die Straßenlampen leuchteten auf.

Er sah Hinweisschilder zum Neuen Garten und folgte ihnen. Es herrschte weniger dichter Verkehr, als er sich von der Stadt entfernte. An einer Kreuzung folgte er einem Schild zum Cecilienhof, weil dieser Name ihm vertraut war. Erst nachdem er einige Kilometer gefahren war, fiel ihm ein, daß Fergusons Kurs in einem Landhotel stattfand, das in einem Flügel des Palastes untergebracht war. Es waren nur noch wenige Kilometer bis dorthin. Lange trat das Gaspedal durch.

34

Nachdem sie Verena ins Hotel gebracht hatten, fuhren Ogden und Franz zum *safe house.* Als sie vor der Einfahrt ankamen, sahen sie, daß die Garage offen war.

»Es ist etwas passiert, bleib draußen stehen«, sagte Ogden.

Die beiden Agenten stiegen aus dem Auto und stürzten zur Tür, die ebenfalls offenstand. Als sie eintraten, bot sich ihnen ein Bild des Grauens. Jonas lag im Eingang auf dem Boden ausgestreckt, mit einer Schußwunde in der Brust, die ihm keine Chance gelassen hatte. Am Fuß der Treppe war Adam, in den Kopf getroffen. Seine aufgerissenen Augen auf das obere Stockwerk gerichtet, als wäre er getötet worden, als er Lange gerade warnen wollte. Der einzige, der noch lebte, war Gabriel, doch er atmete nur noch schwach. Sie hatten ihn im Wohnzimmer erwischt. Während Franz beim Sitz des Dienstes Hilfe anforderte, ging Ogden nach oben in Langes Zimmer. Er wußte, daß es leer sein würde. Das Fenster stand offen, er sah nach draußen und entdeckte die Mülltonne an der Mauer zum Nachbarhof. Er wandte sich um und betrachtete erneut das Zimmer: keine Anzeichen für einen Kampf, alles schien an seinem Platz. Nur auf dem Tisch lag ein aufgeschlagenes Buch und auf dem Boden eine Zeitung. Er besah sich den Buchumschlag, das Foto des alten Ferguson auf der Rückseite glich dem, das er in Berlin in seinem Dossier gesehen hatte. Von dem Spion von einst war in diesem Gesicht mit den entspannten und freundlichen Zügen keine Spur geblieben. Es war das Buch, das Lange von Tinos mitgebracht hatte, Ogden hatte ihn oft darin lesen sehen. Er bückte sich und nahm die Zeitung vom Boden. Sie war vom Vortag, der Lokalteil aufgeschlagen: Lange hatte einen Artikel über einen Meditationskurs Fergusons im Hotel Cecilienhof angestrichen. Er zog das Handy aus der Tasche des Regenmantels und rief Stuart an.

»Wir haben zwei Tote, und Gabriel wird wahrscheinlich nicht durchkommen. Lange und Bell sind verschwunden.«

Stuart fluchte. »Ich weiß, unser medizinisches Team ist unterwegs. Wie ist das passiert?«

»Jonas muß auf dem Flughafen erkannt worden sein und hat nicht bemerkt, daß er verfolgt wurde. Als sie erst einmal hier waren, haben sie Bell abgefangen und ihm die Magnetkarte abgenommen. Auf diese Weise haben sie die Männer überrascht. Es gibt keine andere Erklärung...«

»Wo ist Verena Mathis?«

»In einem Hotel in Potsdam.«

»Wenn sie Lange haben, können wir die Sache auch beenden. Ich habe zu viele Männer verloren«, sagte Stuart bitter.

»Es ist nicht gesagt, daß sie ihn haben. Ich glaube, daß ihm die Flucht gelungen ist.«

»Wie kommst du darauf?«

»In seinem Zimmer habe ich ein paar Indizien dafür gefunden. Ferguson ist zu einem seiner Meditationskurse in Potsdam, und Lange weiß es. Wenn es ihm gelungen ist zu fliehen, könnte er zu ihm gegangen sein.«

»Wie viele Männer brauchst du?«

»Drei der besten Killer, die du hast.«

»In spätestens einer Stunde sind sie da.«

»Eine Stunde ist zuviel. Wenn er es geschafft hat zu entkommen, verfolgen sie ihn vielleicht, oder sie haben ihn schon gefaßt. Ferguson ist im Schloßhotel Cecilienhof am Jungfernsee. Wir fahren dorthin.«

»Ich schicke euch die Männer, so schnell es geht, mit dem Hubschrauber und halte eine Notrufleitung offen.«

Ogden ging wieder hinunter ins Wohnzimmer zu Franz, der über Gabriel gebeugt war. Als er ihn kommen hörte, schüttelte Franz den Kopf.

»Er hat es nicht geschafft. Doch er hat gesagt, daß Lange fliehen konnte.«

»Laß uns abhauen. Nimm ein paar Funkgeräte mit.« Ogden wandte sich zur Tür. Er wollte dieses Blutbad keine Minute länger sehen, in seiner Zeit als Spion war es ihm noch nie geschehen, drei Männer auf einen Schlag zu verlieren, möglicherweise sogar vier. Das sollte Bronson ihm teuer bezahlen, und mit ihm all die anderen.

Als sie wieder im Auto saßen, waren sie eine Weile still, dann brach es aus Franz heraus.

»Diese Hurensöhne wären niemals ohne Bells Magnetkarte ins Haus gekommen. Wer weiß, wo sie ihn umgebracht haben, wahrscheinlich in einem von diesen Scheißparks. Wir werden nicht einmal seine Leiche finden.«

»Beruhige dich, Franz, sie werden dafür büßen...« Ogden wußte, daß dies die einzigen Worte waren, die Franz besänftigen konnten.

»Das schwöre ich! Es wird ihnen leid tun, geboren zu sein«, sagte Franz voller Wut.

»Jetzt müssen wir zuerst Lange finden, falls er überhaupt noch frei ist. Die Amerikaner sind mindestens zu dritt, und unsere Leute kommen erst in einer Stunde. Wir können uns keine Fehler leisten, deshalb versuch dich zu beruhigen.«

»Keine Angst, Chef, ich bin kalt wie ein Salamander. Es waren alles tüchtige Leute, echte Profis, verdammt!«

Als sie in den Neuen Garten fuhren, regnete es in Strömen, und das Donnern klang fern, übertönt vom Rauschen des Regens. Sie fuhren am Marmorpalais vorbei, durch den Park mit Kiefern und verstreuten Säulenresten bis hinunter zum Heiligen See. Dort war Bell kaum eine Stunde zuvor getötet worden. Und seine Leiche hatte man ins Wasser geworfen.

35

Lange konnte nicht gut sehen, wegen des Regens und der kaputten Heizung des kleinen Honda war die Windschutzscheibe beschlagen. Er fand einen Lappen auf dem Armaturenbrett, schaffte es, die Scheibe sauberzuwischen und legte so den letzten Kilometer bis zum Hotel Cecilienhof mit besserer Sicht zurück. Ein paarmal hatte er das Gefühl gehabt, verfolgt zu werden, doch der Regen war dicht, und er hatte sich nicht mehr allzusehr darum gekümmert, in den Rückspiegel zu sehen. Wenn das Schicksal es wollte, daß sie ihn erwischten, dann würde es geschehen, aber deshalb würde er ihnen ihre Aufgabe nicht erleichtern und von der Straße abkommen.

Er erreichte Schloß Cecilienhof, fuhr durch den Park, umkreiste den Palast im Tudorstil, der so anders war als die barocken Bauwerke, die es sonst in der Gegend von Potsdam gab, und gelangte schließlich zu dem Flügel, in dem das Hotel untergebracht war. Er wunderte sich darüber, daß nur so wenige Autos auf dem Parkplatz standen, doch dann fiel ihm ein, daß in dem Zeitungsartikel gestanden hatte, daß das Hotel umgebaut worden sei und erst in einer

Woche wiedereröffnet werde. Deshalb konnte der Kurs wohl auch in einem solchen Luxushotel abgehalten werden, das normalerweise gut besucht war. Doch eigentlich reichte auch dies als Erklärung nicht aus, denn die Vipassana-Meditation wurde unentgeltlich gelehrt, und die Schüler zahlten nur eine bescheidene Summe für Kost und Logis und gaben dem Lehrer als Spende so viel, wie sie für richtig hielten. Vielleicht war einer der Inhaber des Schloßhotels Cecilienhof ein Vipassana-Schüler und hatte das noch leere Hotel zur Verfügung gestellt. Eine plausible Erklärung, sagte sich Lange und näherte sich dem Eingang des imposanten Baus.

Beim Anblick der Fassade hatte er das Gefühl, eher in Cornwall als in der Mark Brandenburg zu sein. Das Äußere war von einer strengen Eleganz, typisch für britische Landschlösser, die Mauern mit Efeu bewachsen, Holzgiebel und Bleiglasfenster. An der Rezeption war niemand, doch in der Halle traf er auf eine blonde junge Frau in einem Overall, die einen Putzwagen hinter sich her zog. Lange fragte sie, wo der Kurs stattfinde.

»Herr Ferguson ist mit den Teilnehmern im Speisesaal«, antwortete sie lächelnd und zeigte ihm, wohin er sich wenden mußte.

Lange fand den Saal, an dessen Tür ein Schild hing, auf das jemand mit Filzstift »Meditationsraum« geschrieben hatte. Entlang der Wand standen Schuhe in einer langen Reihe. Er sah auf die Uhr, es war fünf vor acht, in Kürze würde Ferguson seinen täglichen Vortrag halten, mit dem der Tag schloß. Lange zog sich die Schuhe aus und trat ein.

Die Schüler meditierten auf dem mit Matten ausgelegten

Boden. Ferguson saß ihnen gegenüber, neben ihm eine Frau, vermutlich die Assistentin. Lange ging auf Zehenspitzen nach hinten in den Saal; die getäfelten Wände mit Schnitzereien verliehen dem Raum die Atmosphäre einer mittelalterlichen Waffenkammer; Tische und Stühle waren an die Wände gerückt worden, um Platz in der Mitte zu schaffen, wo die Schüler auf ihren Kissen saßen. Als Lange sich in den Lotossitz begab, spürte er unter sich den weichen Wollteppichboden, der so ganz anders war als der Boden von Tinos, und wartete darauf, daß Ferguson die Meditation beendete.

Es vergingen einige Minuten, in denen Lange die Schüler beobachtete. Einige verharrten regungslos, andere verstärkten die Atmung, um dem Schmerz entgegenzuwirken, und ein paar von ihnen, denen es nicht gelungen war, bis zum Schluß durchzuhalten, hatten die Position aufgegeben, blieben aber doch ruhig sitzen und warteten darauf, daß der Lehrer das Ende der Sitzung verkündete. Nach kurzer Zeit erfüllte die tiefe Stimme Fergusons den Raum.

»Mögen alle Wesen Frieden und Glück erlangen.

Mögen sich alle Wesen von Unwissenheit, Verlangen und Gewalt befreien.

Mögen sich alle Wesen von Leiden, Schmerzen und Konflikten befreien.

Mögen alle Wesen von unendlicher liebevoller Güte, Gleichmut und Mitgefühl erfüllt sein.

Mögen alle Wesen die vollkommene Erleuchtung erlangen.«

Danach sagten alle Schüler im Chor dreimal das Wort *Saddu,* was bedeutet: Wir teilen dein Gebet. Dann begann der abendliche Vortrag.

»Sila, die Sittlichkeit, Samadhi, die Konzentration, Panna, die Weisheit, durchdringen einander: Ohne das eine existiert das andere nicht. Unsere Arbeit gründet sich auf Sila, die Sittlichkeit, das rechte Handeln. In dieser Zeit werden wir ununterbrochen von Reizen überflutet, die uns Sila verletzen lassen. Auch wenn wir gegen unsere Neigungen ankämpfen und uns bemühen, die fünf Regeln zu beachten. Doch wenn wir versuchen, Sila nur durch Selbstdisziplin einzuhalten, quälen wir uns, zerreißen uns unaufhörlich zwischen unseren angeborenen Neigungen und unserem Verlangen nach Befreiung von Leiden und Konflikten. Das Ego ist falsch, und wenn wir diesen Kampf nur mit Hilfe der auferlegten Selbstdisziplin aufnehmen, fallen wir immer wieder zurück. Und ohne Sila läßt das Leiden nicht nach. Was sollen wir tun? Betrachten wie die tiefen Implikationen, die jene Formalitäten mit sich bringen, die jeder von uns sich zu Beginn jedes Vipassana-Kurses einzuhalten verpflichtet. Formalitäten, die einige sehr oberflächlich behandeln und mit gewissem Argwohn betrachten. Ihr erinnert euch, daß wir zu Beginn jedes Kurses Zuflucht nehmen zu den Drei Kostbarkeiten: Buddha, Dhamma und Sangha, was Zuflucht zu Erleuchtung, Wahrheit, Glauben und Hingabe bedeutet. Zu Beginn jedes Kurses vertrauen wir uns zudem Buddha und dem Lehrer an. Jeder Lehrer, der sich dem Schutz und der Führung Buddhas anvertraut, wird ein Vermittler zwischen Buddha und den Schülern. Wenn wir zu den Drei Kostbarkeiten Zuflucht nehmen und uns Buddha und dem Meister zum Schutz und zur Führung unterwerfen, vertrauen wir darauf, daß diese schützende Führung da ist, wann immer wir ihrer bedürfen: Wir sind auf dem Weg des Dhamma. Mit dieser Hilfe ist die Einhaltung von Sila keine Qual mehr, sondern wird natürliches Leben, ein Quell großer Freude. Und mit Sila kommen Samadhi und Panna, die drei Wahrheiten, die uns aus dem Rad der Wiedergeburten und also des Leidens befreien.«

Ferguson erhob sich langsam und verließ in seinem ein wenig schleppenden Gang den Saal. Lange stand ebenfalls auf und folgte ihm.

Als er bei ihm stand, berührte er Ferguson an der Schulter, und dieser wandte sich um.

»Guten Abend«, grüßte ihn der Meister und lächelte ihn an, ohne überrascht zu sein.

Lange dachte, daß er ihn für einen Teilnehmer dieses Kurses hielt.

»Erinnern Sie sich an mich, Meister? Ich bin Stephan Lange...«

Ferguson nickte mit dem heiteren Ausdruck, der sein altes Gesicht so attraktiv machte. »Natürlich erinnere ich mich an Sie! Sie waren in dem Sommerkurs auf Tinos.«

»Kann ich Sie sprechen, Mr. Ferguson?«

Der klare Blick dieses alten Mannes bewegte Lange so, daß die Last der Situation, in der er sich befand, für einen Moment von ihm abfiel. Es war, als wäre die Zeit auf einen Punkt vor Georges Tod zurückgedreht worden, als er noch glaubte, es sei ihm möglich, anders zu sein.

Ferguson sah ihn freundlich an und legte ihm eine Hand auf die Schulter.

»Natürlich, Stephan, lassen Sie uns hier hineingehen, da sind wir ungestört«, sagte er und wandte sich einer Tür zu.

Sie betraten einen kleinen Salon, eingerichtet mit lederbezogenen Polstermöbeln. Auch hier waren Spuren der Restaurierungsarbeiten zu sehen, der Raum schien vor kurzem gestrichen worden zu sein, einige Möbel waren noch mit Plastikfolie abgedeckt, und es roch nach Farbe. Es mußte der Ort sein, an den sich Ferguson zwischen zwei Meditationssitzungen zurückzog, denn auf einem Tisch lagen ein paar persönliche Dinge, ein Ordner und Papiere.

Lange setzte sich Ferguson gegenüber und lächelte verlegen. Er wußte nicht, womit er anfangen sollte.

»Sind Sie zufrieden mit der Erfahrung, die Sie auf Tinos gemacht haben?« fragte Ferguson und löste damit das Problem für ihn.

Lange lächelte und sah ihn weiter an. Dieser Mann erstaunte ihn immer wieder, ja er faszinierte ihn. Ferguson war von einer so offensichtlichen Heiterkeit, daß das Glück in seinem Inneren beheimatet schien. Zum ersten Mal, seit diese von Leid und Tod geprägte Geschichte begonnen hatte, spürte er, daß sich etwas dem Bösen entgegenstellte. Auf seiner Flucht aus Potsdam hatte er sich vorzustellen versucht, was unten im *safe house* geschehen war. Jemand hatte geschossen und getötet, und die Stille, die folgte, ließ vermuten, daß alle tot waren. Und da waren noch Bell, vielleicht draußen im Regen niedergemetzelt, wie er es in seiner Vision gesehen hatte, und George, dessen Flugzeug man zum Absturz gebracht hatte. Um ihn herum starben die Menschen, ohne daß er irgend etwas tun konnte. Er fühlte sich für den Tod dieser Agenten verantwortlich. Wenn er nicht gewesen wäre, würden sie vielleicht noch leben. Aber was hätte er tun können, was hätte er tun müssen?

»Mr. Ferguson, ich hätte so gerne ...«, begann Lange, doch es gelang ihm nicht fortzufahren.

Wie konnte er diesem Mann sagen, daß seine Ex-Kollegen von der CIA ihn umbringen wollten? Daß er an diesen Ort gefahren war, kam ihm jetzt vollkommen unüberlegt vor. Er mußte wieder fort von hier, er hatte nichts mehr zu tun mit dieser Welt des Mitgefühls. In gewisser Weise war sein Weg von Georges Tod vorgezeichnet worden, und es war kein Weg, der zur Verzeihung führte. Er mußte wieder mit Ogden und dem Dienst Kontakt aufnehmen, er war verrückt gewesen, zu Ferguson zu gehen und damit auch ihn in Gefahr zu bringen.

Lange stand auf und lächelte den Meister an. »Ich muß jetzt gehen. Ich bin froh, Sie wiedergesehen zu haben.«

Ferguson sah ihn verwundert an. »Auch ich habe mich gefreut, Sie wiederzusehen«, sagte er ratlos. Während sie sich die Hand gaben, kamen zwei Männer herein. Und Lange erkannte undeutlich einen dritten, bevor einer der beiden die Tür wieder schloß.

»Endlich haben wir Sie gefunden, Herr Lange«, sagte Bronson und kam näher.

Lange wünschte sich, der Mann würde ihn sofort erschießen, so wütend war er über sich selbst, daß er das Leben Fergusons in Gefahr gebracht hatte. Doch gleichzeitig hätte er am liebsten das ganze Magazin der Pistole, die er in seiner Tasche hatte, auf Bronson abgefeuert. Wäre er allein gewesen, er hätte es getan, doch er wollte nicht riskieren, daß bei der Schießerei Ferguson getroffen würde.

Bronson kam auf ihn zu. »Harry, sieh nach, ob unser Freund bewaffnet ist.«

Der Amerikaner durchsuchte Lange und fand Adams Pistole. Dann tat er das gleiche mit Ferguson.

»Der ist sauber«, sagte er zu Bronson und ging wieder auf Abstand.

»Wer ist das?« fragte Bronson und zeigte auf Ferguson.

»Ich bin Brian Ferguson.«

Bronson starrte ihn an. »*Der* Brian Ferguson?«

»Genau der«, antwortete er ruhig und sah ihm in die Augen.

»Es kursieren ein paar Geschichten über dich bei der CIA. Ich nehme an, daß du das weißt«, sagte er und strich um ihn herum.

»Ich bin seit vielen Jahren nicht mehr in den Vereinigten Staaten gewesen«, antwortete Ferguson.

»Stimmt ja. Du bist kein Amerikaner, sondern Engländer«, rief der CIA-Mann aus. »Es heißt, daß du dich, seit du die CIA verlassen hast, damit beschäftigst, Seelen zu retten. So eine Art buddhistischer Priester ...«, fügte er ironisch hinzu.

Lange stürzte sich auf ihn. »Und du beschäftigst dich damit, Leute umzubringen, du verdammter Scheißkerl!«

Harry packte ihn, warf ihn zu Boden und richtete die Pistole auf ihn. »Beruhige dich, mein Freund, oder ich schieße dir ein schönes Loch in den Kopf.«

Bronson sah ihn an. »Sie haben uns genug Ärger gemacht, Herr Lange. Sie werden sehr bald bei Ihrem Freund sein ...«

36

Ogden und Franz betraten das Schloßhotel Cecilienhof. Da es gerade renoviert wurde, war die Halle voller Gerüste und Farbeimer. An der Rezeption saß eine junge Frau, die in einer Illustrierten las. Es waren keine Gäste da und auch keine Handwerker, weil sie um diese Zeit schon Feierabend hatten. Ogden trat an die Rezeption.

»Das Hotel ist geschlossen?«

Die Frau sah von der Illustrierten hoch. »Ja, es wird nächste Woche wieder geöffnet. Kann ich Ihnen helfen?«

»Ich suche Herrn Ferguson. Ich weiß, daß er hier einen Meditationskurs hält.«

Die junge Frau, erleichtert darüber, daß er kein enttäuschter Gast war, zeigte auf einen Gang.

»Gehen Sie dort entlang, dann stoßen Sie auf den Speisesaal, wo der Kurs stattfindet. Wenn er da nicht sein sollte, versuchen Sie es im roten Salon, folgen Sie einfach dem Hinweisschild. Dort müßten Sie Herrn Ferguson finden, denn eben sind ein paar Leute gekommen, die mit ihm verabredet waren.«

»Ach wirklich?« Ogden zeigte sich interessiert. »Im allgemeinen nimmt Ferguson keine neuen Schüler mehr an, wenn der Kurs schon begonnen hat. Wie viele waren es?«

Die junge Frau schien froh, sich nützlich machen zu können. »Vier. Aber ich bin nicht sicher, ob sie am Kurs teilnehmen wollen. Vor ihnen ist allerdings noch ein anderer Mann gekommen...«

Ogden warf Franz einen Blick zu.

»Wir sind Journalisten«, erklärte Ogden und wandte sich

wieder an die Frau. »Wir arbeiten an einem Bericht über Herrn Ferguson für die Zeitschrift *Leute.* Leider ist es zu spät, um auch Ihr wunderschönes Hotel und den Park zu fotografieren. Wir werden uns mit Innenaufnahmen zufriedengeben müssen.«

»Werden Sie auch über das Hotel schreiben?« fragte die Frau interessiert.

»Natürlich«, antwortete Ogden, während er zum Ausgang ging. »Komm, Franz, laß uns die Fotoausrüstung holen.«

Als sie wieder draußen waren, schoben sich Ogden und Franz eng an der Wand entlang auf das einzige erleuchtete Fenster im Erdgeschoß zu. Durch das Fenster sahen sie Lange und Ferguson, die beide in Sesseln saßen. Vor ihnen, mit dem Rücken zum Fenster, war Bronson, neben ihm ein anderer Mann, der den Schauspieler und den Meditationslehrer mit einer Pistole bedrohte.

»Die anderen bewachen die Tür«, flüsterte Franz.

»Komm, wir gehen wieder hinein«, sagte Ogden.

Auf dem Rückweg durch den Park meldete sich Ogdens Funkgerät mit einem Signalton.

»Hier ist Trent. Wir sind gelandet, ungefähr dreihundert Meter vom Hotel entfernt.«

»Kommt her, bleibt in Deckung hinter den Bäumen und haltet euch bereit.«

Als sie wieder ins Hotel kamen, war die junge Frau nicht mehr da und die Halle verlassen. Ogden befahl den Männern aus dem Hubschrauber, zu ihm zu kommen. Innerhalb weniger Minuten waren die drei Agenten im Hotel. Jetzt waren sie fünf gegen vier, ein akzeptableres Verhältnis für das, was er plante. Er befahl einem aus dem Kommando, im Park Stellung zu beziehen, neben dem Fenster des Salons, um zu beobachten, was Bronson tat, während ein anderer den Eingang überwachen sollte, damit niemand aus dem Hotel fliehen könnte. Dann legte er mit Franz und Trent, dem Chef der Hubschraubermannschaft, den Angriffsplan fest.

Kurz darauf liefen Franz, Ogden und Trent den Gang hinunter, der zum Speisesaal führte. Bevor sie um die Ecke biegen konnten, wo es zum roten Salon ging, kam ihnen die blonde junge Frau entgegen, die gerade aus dem Saal trat.

»Die Kursteilnehmer sind alle schlafen gegangen, sie gehen immer um neun ins Bett, müssen Sie wissen, sie stehen um vier Uhr auf! Herr Ferguson muß dort drüben sein«, sagte sie und zeigte auf die Ecke. »Wenn Sie etwas zu trinken wollen...«, bot sie ihnen an, blieb stehen und warf Ogden einen schwärmerischen Blick zu. »Rufen Sie mich ruhig in der Rezeption an, ich bringe Ihnen etwas. Im Hotel sind außer mir nur der Koch und seine Frau, deshalb wird es keinen besonders guten Service geben, doch Sie können einen Kaffee oder einen Drink haben.«

»Danke, Sie sind wirklich sehr freundlich«, antwortete Ogden und setzte sein schönstes Lächeln auf. »Wenn wir mit dem Meister fertig sind, kommen wir in die Halle und machen ein paar Fotos.« Er überspielte die Tatsache, daß keiner von ihnen einen Fotoapparat dabeihatte. »Können wir auch ein paar Aufnahmen von Ihnen machen?«

»Gern«, antwortete sie und errötete. »Also dann bis später.« Sie ging eilig davon, wahrscheinlich um ihr Make-up aufzufrischen.

Sie bogen um die Ecke und waren nur noch wenige Schritte vom roten Salon entfernt, vor dessen Tür die beiden Männer Bronsons Wache standen. Franz und Ogden sprachen weiter deutsch miteinander, witzelten und verhielten sich wie etwas alberne alte Freunde. Die beiden Amerikaner, sofort auf der Hut, rührten sich nicht, sondern beschränkten sich darauf zu beobachten, wie sie näher kamen. Ogden lachte laut über eine Bemerkung von Franz und schlug ihm mit der Faust auf den Oberarm. Franz blieb stehen und spielte den Angegriffenen, ging in Deckung und hielt sich die Fäuste vors Gesicht. Ogden tat das gleiche, und für ein paar Augenblicke mimten sie einen Boxkampf, hüpften auf den Zehenspitzen herum, taten so, als wollten sie dem anderen Haken und Geraden verpassen. Der dritte Mann beobachtete sie feixend. Mit Reden und Lachen setzten sie ihren Weg fort und palaverten über ein Golfturnier, das angeblich tags zuvor in einem Club in der Nähe stattgefunden hatte. Auf diese Art ließen Ogden und Franz die Zimmertür ein paar Meter hinter sich, während Trent davor stehenblieb und so tat, als würde er sich einen Schuh binden. Die Annäherung, der schwierigste Teil, war geschafft.

Blitzschnell bewegten die drei Männer sich gleichzeitig. Trent stürzte sich aus der Hocke heraus auf einen der Amerikaner und schnitt ihm mit einem Messer mit langer dünner Klinge die Kehle durch. Ogden hatte die besten Killer des Dienstes angefordert, und Stuart hatte ihn zufriedengestellt. Der Mann mit der durchschnittenen Kehle hatte keine Zeit, einen Laut auszustoßen. Als Trent hochsprang, hatte Ogden sich umgewandt, eine Drehung um sich selbst gemacht und sich auf den zweiten Posten geworfen. Er schlug ihn mit einem kleinen Objekt in den Solarplexus, und der Stromschlag lähmte den Mann, der zusammensackte, ohne einen Ton von sich zu geben. Die Aktion hatte wenige Sekunden gedauert und war vollkommen lautlos abgelaufen. Die drei Agenten schleppten die beiden Körper von der Tür weg, außer Sichtweite hinter die nächste Ecke.

Ogden rief über Funk den Mann, der im Park am Fenster Posten stand.

»Sag mir ganz genau, wie sie im Zimmer verteilt sind«, wies er ihn an.

»Lange und der Alte sitzen. Bronson steht direkt vor den Geiseln und spricht mit ihnen, der andere Mann hat seine Pistole auf sie gerichtet.«

Ogden sah sich um, er mußte sich eine Ablenkung einfallen lassen. Nicht weit, auf einem Tisch im Gang, stand ein Telefon. Er rief über Funk erneut den Posten am Fenster.

»Gleich wird Bronson ans Telefon gehen. Ich bleibe mit dir in Funkverbindung, du mußt mir Sekunde für Sekunde sagen, was sie tun. Ich versuche sie von Lange und Ferguson wegzubringen, danach stürmen wir das Zimmer. Halt dich bereit einzugreifen.«

Er wandte sich an Franz und den anderen Agenten. »Jetzt rufe ich Bronson an. Wenn ich von außen bestätigt bekomme, daß sie weit genug von Lange und Ferguson weg sind, stürmen wir rein.«

Ogden steckte sich den Kopfhörer mit dem Sender ins Ohr, ging zum Telefon und rief in der Rezeption an. Zum Glück hatte die junge Frau ihren Platz wieder eingenommen. Er ließ sich mit dem Salon verbinden. Über Kopfhörer unterrichtete der Mann am Fenster ihn über die Bewegungen im Salon, während Franz und Trent vor der Tür auf sein Zeichen warteten.

Bronson hörte das Telefon in einer Ecke des Salons in der Nähe des Fensters läuten. Er ging zum Apparat und nahm den Hörer ab.

»Du hast vier meiner Männer umgebracht. Du wirst sterben wie ein Hund.« Ogdens Stimme war kalt und gleichgültig, als spräche er über das Wetter.

»Wer bist du?« Bronson kannte diese Stimme nicht, er fragte sich, ob es der Chef des Dienstes sei oder sein berüchtigter Agent.

In seinem Kopfhörer hörte Ogden den Mann im Park. »Das Telefon steht nahe am Fenster, weit von den Zielen. Doch der andere Mann hat immer noch die Waffe auf sie gerichtet...«

Ogden ignorierte die Frage Bronsons und überlegte, wie er den bewaffneten Mann von seinem Platz weglocken könnte.

»Ihr seid umstellt«, sagte er zu dem CIA-Mann. »Laß Lange und Ferguson frei, und ich werde dich nicht töten.« Er hielt mit der Hand den Hörer zu und sprach über Funk mit dem Agenten, der am Eingang Posten stand.

»Sind die anderen da?« fragte er.

»Ja. Wir sind hier zu viert.«

»Schaltet die Scheinwerfer ein und richtet sie auf das Fenster.«

Der Park wurde taghell erleuchtet. Die Männer des Dienstes näherten sich dem Fenster des Salons, die Waffen im Anschlag.

Ogden hörte im Kopfhörer die Stimme des Agenten am Fenster. »Er sagt etwas zu seinem Mann. Ich glaube, die Situation eskaliert. Greift ein!«

Bronson sah, wie der Park hell wurde und die Schatten von Stuarts Agenten näher kamen. Dieser Scheißkerl hatte ihn wieder hereingelegt, doch er würde es nicht schaffen, den Schauspieler auspacken zu lassen. Er legte den Hörer auf, ging vom Fenster weg und wandte sich an Harry.

»Bring sie um.«

Harry hob die Pistole mit dem Schalldämpfer und zielte. Ferguson, bis zu diesem Moment regungslos, sprang aus dem Sessel auf, als der Amerikaner seine Schüsse auf Lange abgab, und schützte ihn mit seinem Körper. In diesem Augenblick wurde die Tür des Salons aufgestoßen, Ogden schoß auf Harry und traf ihn, während Franz auf Bronsons Knie zielte. Dieser ließ die Pistole fallen und krümmte sich, vor Schmerz schreiend, auf dem Teppich zusammen. Franz hatte Befehl gehabt, ihn nicht zu töten.

»Um Gottes willen, Ferguson!« schrie Lange, der den alten Mann in den Armen hielt und gleichzeitig den Blutfluß aus den Wunden aufzuhalten versuchte. Ogden half ihm, ihn auf den Boden zu legen, rief dann über Handy die medizinische Abteilung des Dienstes, die Anweisung bekommen hatte, sich von Potsdam in die Nähe des Cecilienhofs zu begeben. Fergusons Augen waren geschlossen, Lange beugte sich über ihn und versuchte, mit ihm zu sprechen, doch er gab kein Lebenszeichen von sich.

Dann stand der Schauspieler wieder auf und sah Bronson an. Ogden, der ahnte, was geschehen würde, schaffte es nicht, rechtzeitig einzugreifen, und Lange stürzte sich mit einem Schrei auf den CIA-Mann und packte ihn an der Kehle.

Franz versuchte ihn von dem Amerikaner zu trennen, doch Lange schüttelte ihn ab und schlug weiter mit aller Kraft den Kopf Bronsons auf den Fußboden.

Fergusons schwache Stimme ließ sie alle herumfahren. Der Meister versuchte sich aufzurichten, und einer der Agenten hielt ihn.

»Tu es nicht, Stephan«, murmelte er, bevor er wieder das Bewußtsein verlor.

Lange ließ sofort los, und Bronson fiel zurück auf den Boden, sein Gesicht blau angelaufen. Der Schauspieler verharrte ein paar Momente wie gelähmt in seiner zusammengekauerten Haltung. Dann stand er langsam auf, wandte sich Ferguson zu, kniete sich neben ihn und hielt still bei ihm Wache, bis sie ihn wegtrugen.

37

Stuart beobachtete Ogden, der ihm gegenübersaß und die Zeitungsartikel überflog, in denen von Sullivans und Garretts Tod die Rede war. Die beiden Amerikaner waren in der vergangenen Nacht auf der Yacht, die noch in Monte Carlo vor Anker lag, erstochen worden. Die internationale Presse beschäftigte sich ausführlich mit den Morden, geschehen nur achtundvierzig Stunden nach der Aufdeckung des Skandals, in den der Senator und der Ölmagnat verwickelt waren.

»Die Zeitungen schreiben nur über sie…«, bemerkte Stuart.

Ogden nickte. »Dank Burlow werden wir sie nicht mehr zur Verantwortung ziehen können.«

»Das war zu erwarten. Jetzt, wo sie sich gegenseitig umbringen, wird keiner übrigbleiben, den man anklagen kann«, sagte Stuart verärgert. »Aber Burlow sitzt immer noch auf glühenden Kohlen…«

»Was hast du mit Bronson vor?«

Stuart lächelte. »Ich schicke ihn nach Langley. Sie warten da auf ihn, um ihn über kleinem Feuer zu rösten. Das Amüsanteste ist: Sie sind mir dankbar dafür, daß ich ihn geschnappt habe.«

»Du solltest zufrieden sein. In Zukunft werden sie es sich zweimal überlegen, ob sie dir in die Quere kommen…«

»*Uns* in die Quere kommen«, betonte Stuart und sah ihn unverwandt an. »Du wirst doch unsere Abmachungen nicht vergessen haben?«

Ogden lächelte müde. »Wie könnte ich?«

»Um so besser. Wie geht es Frau Mathis?«

»Gut. Sie findet das Gästehaus des Dienstes etwas beengend, und Lange ist gerade ziemlich schweigsam. Aber sie versteht vollkommen die Notwendigkeit, daß sie sich dort verstecken muß, solange Burlow noch auf freiem Fuß ist.«

»Burlow geht wohl davon aus, daß sie über alle Berge ist«, bemerkte Stuart.

»Das ist möglich. Am Flughafen ist es ihr ja gelungen, allen zu entkommen. Warum, worüber denkst du nach?« fragte Ogden, obwohl er die Antwort ahnte.

Stuart sah vor sich hin und überlegte. Dann schüttelte er ratlos den Kopf.

»Ich möchte Gewißheit haben, daß er bekommt, was er verdient. Ich bin mir sicher, daß er auf irgendeine Art davonkommen könnte…«

Ogden beobachtete ihn aufmerksam. »Willst du ihn eliminieren? In diesem Fall bleibt keiner mehr am Leben, den man anklagen kann…«

»Ich will, daß die Amerikaner ihn in die Hände bekommen. Es ist eine ihrer Spezialitäten, Verdächtige zu töten; sie werden sich darum kümmern. In diesem Fall tun wir der CIA einen Gefallen und schaffen ihn uns vom Hals. Und du mußt nicht mehr befürchten, daß er sich an dir rächen könnte, indem er sich an Verena vergreift. Erzähl mir nicht, daß du nicht schon daran gedacht hast«, fügte Stuart hinzu und sah ihn offen an.

Ogden zuckte die Schultern. »Stimmt schon… Als Köder könntest du ihm Lange für eine astronomische Summe anbieten.« Ogden unterbrach sich und sah ihm in die Augen. »Ich hoffe nicht, daß du in Versuchung kommst, es im Ernst zu tun…«

Stuart lachte. »Sei nicht so mißtrauisch gegenüber deinem Chef!« Dann wurde er wieder ernst und warf ihm einen eiskalten Blick zu. »Persönlich schere ich mich den Teufel um all die Komplotte dieser Welt. Doch der Dienst hat vier Männer verloren, und Burlow würde sich immer und ewig damit großtun. Also liefern wir ihn den Amerikanern aus, damit sie ein für allemal kapieren, daß es nicht ratsam ist, uns Knüppel zwischen die Beine zu werfen.«

»Es macht Spaß zu sehen, daß du gezwungen bist, der Gerechtigkeit Genüge zu tun«, sagte Ogden belustigt. »Aber du hast recht, und unsere Interessen stimmen überein. Wie willst du ihn zu fassen bekommen?«

»Ich bin sicher, daß er sich meldet. Falls er es nicht tut, setzen wir uns mit ihm in Verbindung. Wir bieten ihm den Schauspieler für eine astronomische Summe an. Wir haben Zeit bis morgen. Jetzt kümmern wir uns um Lange. Wir müssen ihn in die Fernsehstudios Unter den Linden bringen. Das Programm, in dem er auftritt, läuft morgen abend, es wird via Satellit in die Vereinigten Staaten übertragen und von CNN direkt gesendet. Es ist eine berühmte Talk-Show, und diese Folge beschäftigt sich mit dem Thema Theater. Im Moment findet in Berlin ein wichtiges Theaterfestival statt, eine internationale Veranstaltung, und einige Stücke werden über Satellit ausgestrahlt. Es war nicht schwierig, unseren Künstler in dem Programm unterzubringen, ich habe entdeckt, daß er in diesen Kreisen sehr geschätzt wird, vor allem als Stückeschreiber. Lange wird also ein ideales Forum haben. Es gibt eine Schaltung zum Actor's Studio in New York, wo Al Pacino dabeisein wird, also sind beste Einschaltquoten zu erwarten. Was hältst du davon?«

Ogden nickte zufrieden. »Ausgezeichnet. Wissen denn deine Freunde beim Fernsehen, was für eine Bombe da unter ihrem Stuhl hochgeht?«

Stuart lachte. »Natürlich nicht! Aber auch wenn sie es wüßten, könnten sie mir diesen Gefallen nicht abschlagen. Um Überraschungen zu vermeiden, werden wir jedenfalls selbst dafür sorgen, daß keiner die Satellitenverbindung unterbricht oder gar unseren Helden zum Schweigen bringt.«

»Das scheint mir klüger«, stimmte Ogden zu und stand auf. »Ich gehe nach oben und besuche unsere Gäste.«

»Grüß Frau Mathis von mir.«

Ogden verließ Stuarts Büro und fuhr ins Apartment hinauf. Am Abend vorher hatte Verena keine Einwände gemacht, als er sie aus dem Hotel Voltaire abgeholt hatte, um sie nach Berlin zum Sitz des Dienstes zu bringen. Er hatte ihr erklärt, worum es ging, und von Lange erzählt, jedoch nicht das Blutbad erwähnt, das an diesem furchtbaren Tag stattgefunden hatte. Als im Cecilienhof alles vorbei war, hatten die Männer des Dienstes die drei Leichen fortgeschafft und Ferguson Erste Hilfe geleistet, während sie auf den regulären Krankenwagen warteten. Bronson dagegen war in die Klinik des Dienstes gebracht worden. Der jungen Frau vom Hotel hatte Ogden einen Scheck ausgestellt, mit dem ihre finanziellen Probleme für wenigstens zehn Jahre gelöst wären: Sie würde aussagen, ein Einbrecher habe Ferguson verletzt und sei danach geflohen.

Ogden klopfte, und Lange öffnete ihm die Tür.

»Wie geht es Ihnen?« fragte Ogden, als er eintrat.

»Ein bißchen besser, danke.«

Lange war niedergeschlagen, Ferguson hatte zwar die Nacht überlebt, doch sein Zustand war äußerst kritisch. Der Schauspieler fühlte sich für das, was geschehen war, verantwortlich, und seit der Rückkehr nach Berlin hatte er fast kein Wort gesagt.

»Ich glaube, Frau Mathis schläft noch«, sagte Lange und ging an die Hausbar. »Kann ich Ihnen etwas anbieten?«

»Einen Martini bitte«, antwortete Ogden, obwohl er eigentlich keine große Lust auf einen Drink hatte. »Sie müssen aufhören, sich für das, was geschehen ist, verantwortlich zu fühlen«, sagte er, als Lange ihm das Glas reichte. »Ihre Buddhisten würden sagen, daß in Fergusons Karma ein Ereignis wie dieses vorgesehen war. Dank Ihnen hat der Meister die Möglichkeit gehabt, ein Leben zu retten: das Ihre. Offensichtlich mußte dieser Preis bezahlt werden.«

Ogden glaubte ganz und gar nicht an solche Geschichten, doch er empfand es als seine Pflicht, die Stimmung Langes zu heben, vor allem in Hinblick auf die Aufgabe, die der Schauspieler am nächsten Tag zu bewältigen hätte.

Lange sah ihn an und lächelte angestrengt. »Ich weiß Ihre Bemühungen sehr zu schätzen. Doch Sie können beruhigt sein, ich werde es morgen schaffen. Ich bin Ihnen verpflichtet, doch vor allem George«, murmelte er, fast, als hätte er Ogdens Gedanken gelesen.

Lange setzte sich in einen Sessel ihm gegenüber. »Wissen Sie, Ferguson hat mich in jedem Sinn gerettet, nicht nur weil er verhindert hat, daß dieser Mann mich tötete...«

»Wie meinen Sie das?«

Der Schauspieler schien jetzt entspannter, in seinen Augen war eine Ruhe, die Ogden vorher noch nie bei ihm gesehen hatte.

»Ich war gestern abend wirklich drauf und dran, diesen Mann zu töten«, fuhr Lange leise fort. »Nichts hätte mich aufhalten können, nichts, das aus mir herauskam, meine ich. Dann hat Ferguson gesprochen, und es ist etwas geschehen. Mir wurde bewußt, daß das, was ich tun wollte, furchtbar ist, doch dieses Bewußtsein kam nicht aus meinem Geist, sondern aus jeder Faser meines Körpers.« Lange unterbrach sich, er schien keine Worte zu finden. Dann schüttelte er den Kopf. »Entschuldigen Sie, es ist absurd, daß ich Ihnen solche Dinge erzähle, nach all dem, was geschehen ist. Ich verdanke nicht nur diesem wunderbaren Mann, daß ich noch lebe, sondern auch euch, die ihr…«

Verlegen hörte Lange auf zu sprechen.

»…die wir Mörder sind?« führte Ogden den Satz mit einem verständnisvollen Lächeln zu Ende.

Lange sah ihn an, sein Blick war aufrichtig bekümmert, doch er sagte nichts.

»Entspannen Sie sich, Lange. Für Sie, die Sie daran glauben, ist dies doch der Beweis für die vielfältigen Aspekte des Lebens. Es gibt die Guten, aber auch die Bösen, und vielleicht würden die einen nicht existieren, wenn es die anderen nicht gäbe. Auf diese Weise muß sich niemand von uns ausgeschlossen fühlen…« Er schlug dem Schauspieler freundschaftlich auf die Schulter, dann setzte er sich in den Sessel gegenüber.

»Nun, hat Stuart Ihnen erklärt, wie der Ablauf geplant ist?«

»In allen Einzelheiten. Morgen in diesem Fernsehsender soll ich allen erzählen, was ich weiß«, sagte er mit einer seltsamen Miene. »Meine Kollegen werden sich wundern, wenn ich wieder auftauche, wahrscheinlich haben sie mich schon für tot gehalten. Und jetzt werden sie denken, daß ich Publicity für mich machen will. Aber das ist mir völlig egal.«

In diesem Augenblick betrat Verena das Zimmer. Sie trug ein Paar Jeans und einen Pullover, den Ogden ihr am Morgen besorgt hatte.

»Wie geht es dir?« fragte Ogden und ging auf sie zu.

»Gut, ich habe nur zuviel geschlafen und bin ein bißchen benommen. Für wann ist die Sache geplant?«

»Morgen abend.«

»Kann ich danach zurück nach Zürich?«

»Hast du es so eilig wegzukommen?«

Sie sah ihn amüsiert an. »Ganz und gar nicht. Wenn du mich für das Wochenende irgendwohin einladen willst, nehme ich das gern an. Doch in diesem Apartment leide ich genauso wie Herr Lange ein bißchen unter Klaustrophobie.«

»Ich lasse Sie allein«, sagte Lange und wandte sich zur Tür. Doch bevor er aus dem Zimmer ging, drehte er sich noch einmal um. »Wenn ich mich recht erinnere, fehlt immer noch einer…«, sagte er, an Ogden gewandt.

Der Agent nickte. »Was in Potsdam geschehen ist, wird sich nicht wiederholen, das versichere ich Ihnen.«

Lange zuckte die Achseln. »Es geht mir nicht um mich«, sagte er und verließ das Zimmer.

Verena sah Ogden an und schüttelte den Kopf. »Er ist niedergeschlagen. Hing er sehr an seinem Meister?«

»Es sieht so aus. Doch er ist ein patenter Kerl, er wird es schaffen. Und vielleicht schafft es auch Ferguson.«

Verena kam näher. »Ich möchte dich in mein Zimmer einladen. Haben wir ein bißchen Zeit?«

Er nahm sie in die Arme. »Soviel Zeit, wie du willst«, sagte er, bevor er sie küßte.

Später ließ Ogden Verena allein und fuhr hinunter ins Büro. Stuart hatte ihm ein Zimmer gegeben, das ganz seinem eigenen glich, mit einem großen Fenster, von dem aus man auf den Fluß sah, und einem identischen Schreibtisch. Er schaute sich um: Da war er also wieder in einem Zimmer, in dem Casparius als Gespenst umging. Er lächelte, als er daran dachte, daß er sich der Illusion hingegeben hatte, sich von einem so wichtigen Teil seines Lebens lösen zu können. In Wirklichkeit scheidet man aus dem Geheimdienst wie aus dem Leben nur als toter Mann. Indem er ihm dieses Zimmer zugewiesen hatte, wollte Stuart ihre Absprache bekräftigen und ihm zu verstehen geben, daß er nicht hoffen konnte, den Dienst noch einmal zu verlassen. Doch irgendwie war dieses Wissen, daß alles wieder wie vorher sein würde und ihm somit wenigstens die Mühe erspart bliebe, sich neu zu erfinden, im Grunde beruhigend.

38

James Burlow ging im Salon seiner Suite im Kempinski auf und ab wie ein Löwe im Käfig. Marvin, sein Leibwächter, saß in einem der Ledersessel und beobachtete ihn besorgt.

Die Lage war verzweifelt. Bronson hatte sich seit dem Abend zuvor, als er mit seinen Männern nach Potsdam gefahren war, nicht mehr gemeldet. Irgend etwas war schiefgegangen, und wenn er nicht schon auf dem Grunde des Sees lag, würde die CIA ihren Mann zurückholen und für den Rest seiner Tage kaltstellen. Falls sie nicht gar beschlossen, sich von ihm zu befreien. Burlow hatte Washington angerufen und versucht, etwas zu erfahren, doch er war auf eine Mauer des Schweigens gestoßen. Das war das allerschlechteste Zeichen: Sie stellten auch ihn unter Quarantäne.

Jetzt, da Sullivan und Garrett tot waren und Bronson verschwunden, würde er den Chef des Dienstes vielleicht überzeugen können, seinen Rachefeldzug zu beenden. Er wußte, wie er Stuart kontaktieren konnte. Nach einer ziemlich komplizierten Odyssee am Telefon hatte er den Dienst an der Leitung, und Rosemarie verband ihn mit Stuart.

»Burlow, wie komme ich zu der Ehre?« begrüßte der Chef des Dienstes ihn in einem frostigen Ton.

»Ich habe das Gefühl, daß durch eine Reihe bedauerlicher Mißverständnisse in letzter Zeit Mißtrauen zwischen uns aufgekommen ist...«, sagte Burlow, um das Terrain zu sondieren.

»Das ist ein berechtigtes Gefühl.«

»Ich schlage vor, das Ganze zu vergessen. Ich bin überzeugt davon, daß in Zukunft sowohl ich als auch Washington Ihre Dienste weiter brauchen können.«

»Ich glaube nicht, daß Sie eine große Zukunft haben, Burlow, weder hier noch in Washington. Sie sind der einzige von George Kenneallys Mördern, der noch am Leben ist. Auch der alte Stutton ist in ein besseres Leben eingegangen, und sein Sohn, dieser Trottel, zählt nicht.«

Nachdem er ihm diesen Schlag versetzt hatte, wartete Stuart mit einem grausamen Lächeln auf den Lippen, wie Burlow reagieren würde.

»Ich dachte, wir könnten uns einigen«, sagte Burlow. »Im Grunde liegt die Verantwortung für das, was geschehen ist, bei Bronson. Leider hat er sich mit keinem von uns abgestimmt, bevor er diese Vergeltungsmaßnahme auf Tinos inszeniert hat.«

»Bronson existiert nicht mehr. Ich hatte mir schon gedacht, daß diese Geschichte nicht Ihr Werk war, dafür sind Sie zu klug...« Stuart wandte die beste Technik in solchen Fällen an: niemals den Gegner in die Enge treiben, immer einen Spielraum für Verhandlungen lassen. Auch wenn er alle Karten in der Hand hatte, mußte er Burlow beruhigen, so daß er brav in die Falle ging.

Der Waffenhändler stieß einen Seufzer der Erleichterung aus, die Sache schien sich doch regeln zu lassen. »Ich möchte Ihnen ein Geschäft vorschlagen. Was geschehen ist, ist geschehen«, fuhr er selbstsicherer fort. »Wir könnten die Angelegenheit in der Tradition des Dienstes regeln und so, wie es ja auch in der internationalen Finanzwelt üblich ist«, fügte er mit einem Anflug von Humor in seiner Stimme hinzu.

Stuart ging darauf ein. »Warum nicht?« sagte er entgegenkommend.

Burlow konnte es kaum fassen. Wie effizient und mächtig sie auch sein mochten, im Grunde waren sie doch nur Söldner und bereit, sich dem Meistbietenden zu verkaufen. Er würde Stuart einen so außergewöhnlichen Vorschlag machen, daß nicht einmal eine Regierung im Traum daran gedacht hätte, ihn abzulehnen.

»Sie haben etwas, das mir am Herzen liegt...«, sagte er ruhig. Er war wieder der geschickte und eiskalte Händler des Todes, ein Mann, der von den wichtigsten Regierungen der Welt geschätzt wurde.

Stuart antwortete nicht. Wie eine Katze, die der Beute

zuerst einen Prankenhieb versetzt und sie dann beobachtet und abwartet, bis sie zum tödlichen Schlag ausholt.

»Ich denke, achthundert Millionen Dollar wären ein angemessener Preis. Was meinen Sie?«

In dem Moment, als Burlow diese astronomische Summe nannte, hatte Stuart das Gefühl, daß so etwas wie eine schwarze Flut bis zu ihm schwappte. Jetzt, da Burlow glaubte, davongekommen zu sein, war aus seiner Stimme diese skrupellose Unverfrorenheit herauszuhören, die nur die Herren der Welt besitzen.

Burlow wartete. Dieser Betrag lag noch unter dem, was er zu zahlen bereit war, doch er wollte sich nicht anders verhalten, als er es bei einem normalen Geschäft getan hätte.

»Ich glaube, das Objekt ist mehr wert«, sagte Stuart gelassen.

»Ich könnte bis zu einer Milliarde Dollar gehen.«

Stuart war der Sache überdrüssig, nach kurzer Pause seufzte er. »In Ordnung. Aber zusätzlich zu der Vereinbarung möchte ich die Zusicherung künftiger Aufträge Ihrer Regierung. Es dürfte für Sie kein Problem sein, uns die zu besorgen...«

»Einverstanden!« sagte Burlow, der seine Befriedigung kaum verbergen konnte. »Abgemacht. Ich bin sehr froh, daß die Mißverständnisse zwischen uns ausgeräumt sind. Wenn ich das fragliche Objekt habe, werde ich Ihnen den Betrag anweisen lassen.«

»Nein, die erste Hälfte sofort, die Modalitäten lasse ich Ihnen in Kürze zukommen. Falls die Vereinbarung Sie noch interessiert...«, erwiderte Stuart distanziert.

Burlow schwieg. Der Chef des Dienstes konnte alles bestimmen, und er hatte keinerlei Garantie. Doch er mußte akzeptieren, denn es war klar, daß Stuart keinen Millimeter nachgeben würde.

»In Ordnung. Dann lassen Sie uns jetzt die praktischen Fragen klären. Wir könnten uns im Kempinski treffen.«

»Ein anderer Ort wäre besser«, entgegnete Stuart ruhig, »dort ist es etwas zu belebt. Sagen wir doch heute abend in meinem Büro am Kurfürstendamm. Das kennen Sie ja schon...«

»Ich bestehe auf dem Kempinski.«

Stuart machte sich klar, daß es klüger war, Burlow nachzugeben, weil er sonst mißtrauisch geworden wäre.

»Okay, also im Kempinski, wir essen zusammen, und Sie sind mein Gast.«

»Mit Vergnügen. Natürlich erwarte ich, daß Sie allein kommen.«

»Natürlich.«

Stuart legte auf und rief Ogden in seinem Büro an.

»Komm, der Fisch hat angebissen.«

Als Ogden in sein Büro kam, wirkte Stuart weniger zufrieden, als er erwartet hatte.

»Du bist ja gar nicht in Siegerlaune«, bemerkte er und nahm vor dem Schreibtisch Platz.

Stuart machte eine unwillige Geste. »Ich mußte eine Rolle spielen, die mir nicht behagt hat. Der Idiot ist davon überzeugt, daß er sich aus der Affäre ziehen kann. Es ist unglaublich, wie dumm auch die intelligentesten Männer werden, wenn sie über große Macht verfügen.«

Ogden lächelte. »Burlow ist ein Psychopath, das sind alle von seiner Sorte. Doch die Fakten geben ihnen recht; dir ist sicher auch schon aufgefallen, daß solche Leute oft in Geschichtsbüchern vorkommen, aber selten in Abhandlungen über Kriminologie. So funktioniert die Welt, und niemand weiß das besser als wir. Wie habt ihr euch geeinigt?«

»Wir essen heute abend zusammen im Kempinski. Ich hätte ihn gern in das Büro am Kudamm kommen lassen, das ich für Verabredungen benutze, aber es ist mir nicht gelungen. Das wird die Sache für uns ein bißchen komplizieren, doch ich weiß, wie ich dem abhelfen kann. Es ist nicht einmal ausgeschlossen, daß es sich zum Schluß als Vorteil herausstellt. Diese Operation wird in die Annalen eingehen: Der große Burlow verschwindet im Kempinski...« Stuart lachte, wurde aber gleich wieder ernst. »Ich habe meinen Ohren nicht getraut, als er akzeptiert hat. Der Idiot glaubt, daß sein Geld ihn schützt«, bemerkte er mit einem eiskalten Lächeln.

»Wieviel hat er dir geboten?«

»Eine Milliarde Dollar. Wir bekommen die Hälfte sofort und den Rest bei nie erfolgter Lieferung«, sagte er amüsiert.

Ogden sah ihn verblüfft an. »Er hat akzeptiert, im voraus zu zahlen. Er ist verrückt!«

Stuart schüttelte den Kopf. »Ihm bleibt nichts anderes übrig. Wir haben Lange. So stecken wir die Hälfte der Summe ein, als Entschädigung, und schicken ihn als Mörder Kenneallys gebrandmarkt in die Vereinigten Staaten. Auch wenn es besser wäre, ihn auf der ganzen Linie hereinzulegen...«, fügte Stuart ein wenig verdrossen hinzu.

»Nicht einmal wir können Wunder wirken. Sag mir, wie du vorgehen willst.«

Stuart beugte sich zu ihm vor. »Seit Beginn dieser Geschichte haben wir zwei Männer im Kempinski, in einem Zimmer auf dem gleichen Stockwerk. Burlow hat zwar die Suite von unseren Wanzen gesäubert, aber ich werde etwas anderes benutzen. Eins dieser neuen winzigen Mikrofone, über das ihr alles, was während des Treffens passiert, mithören könnt. Wir haben den ganzen Nachmittag Zeit, für unseren Freund ein sehr schweres Abendessen zu organisieren...«

39

Als Stuart um Punkt acht Uhr ins Kempinski kam, übergab man ihm an der Rezeption eine Nachricht. Burlow teilte ihm mit, daß er es sich anders überlegt habe, und schlug ihm vor, in seiner Suite zu Abend zu essen. Stuart ging in eine Telefonkabine und rief Ogden mit dem Handy an. Er war zusammen mit Franz in dem Zimmer, von dem aus Kurt und Gary seit Tagen Burlow überwachten.

»Wir essen in der Suite«, sagte Stuart zu Ogden. »Sagt den Männern in der Küche, sie sollen nichts mehr tun. Ihr fangt das Essen ab, wenn es aufs Stockwerk kommt, und Franz kann es dann lecker würzen.«

»Diese Änderung wird doch keine Falle sein?« fragte Ogden zweifelnd.

»Ich glaube nicht. Burlow hat mir nur deshalb vorgeschlagen, sich mit mir in der Öffentlichkeit zu treffen, um mich auf die Probe zu stellen. Als ich zugestimmt hatte, war er von meinen guten Absichten überzeugt. Es ist normal, daß er sich nicht mit mir sehen lassen will.«

»Wir können alles hören, was in der Suite vor sich geht, und wir sind bereit, jeden Moment einzugreifen. Viel Glück«, wünschte Ogden, bevor er auflegte.

Stuart verließ die Kabine und machte sich auf den Weg in den dritten Stock. Als er auf die Suite zuging, tauchte Bronsons Leibwächter Marvin neben ihm auf.

»Ich gehe ebenfalls zu Mr. Burlow«, sagte er und sah ihn mit undurchdringlicher Miene an, konnte aber seine Neugierde nicht verbergen. Marvin kannte diesen unabhängigen Dienst, in dessen Reihen die besten Agenten der Welt zu finden waren, nur dem Ruf nach. Stuart seinerseits erkannte sofort den Leibwächter, den seine Männer mehrmals fotografiert hatten. Er erwiderte das Lächeln und klopfte an die Tür.

Burlow öffnete und empfing ihn mit ernster, doch freundlicher Miene. Während Stuart seinen Regenmantel auszog, musterten sich die beiden Männer einen Moment lang, wie um sich gegenseitig abzuschätzen, um dann gleich zum Austausch von Höflichkeiten überzugehen.

»Es macht Ihnen doch nichts aus, wenn Marvin sich vergewissert, daß Sie nicht bewaffnet sind?« fragte Burlow und tat so, als sei es ihm peinlich.

Stuart, der sich gehütet hatte, eine Pistole mitzunehmen, hob die Hände hoch und spreizte die Beine, um Marvin die Aufgabe zu erleichtern. Weder Burlow noch sein Leibwächter vermuteten, daß in seiner Krawattennadel ein winziges Mikrofon versteckt war, über das die Männer des Dienstes alles mithören konnten, was vor sich ging. Als die Durchsuchung vorbei war, setzten sie sich in den Salon, und der Leibwächter servierte ihnen einen Aperitif.

Stuart sagte nichts und beschränkte sich darauf, Marvin, der in der Nähe Platz genommen hatte, einen unmißverständlichen Blick zuzuwerfen. Burlow verstand den Wink sofort und beeilte sich, Erklärungen zu geben.

»Marvin arbeitet seit Jahren für mich, er ist absolut zuverlässig. Ich bin überzeugt davon, daß Sie angesichts meiner Lage nichts dagegen haben, wenn er hierbleibt...«

Stuart zuckte gleichgültig die Schultern. »Wenn es Ihnen nichts ausmacht, vor Dritten über Ihre Morde zu reden...«

Burlow überging die Provokation und lächelte. »Und es ist Ihnen auch wirklich recht, wenn wir hier essen?« fragte er noch einmal.

»Das paßt mir ausgezeichnet«, antwortete Stuart versöhnlich. Dann, der Höflichkeiten überdrüssig, kam er gleich zur Sache. »Ich weiß, daß man sich schon wegen der Formalitäten hinsichtlich der ersten Tranche mit Ihnen in Verbindung gesetzt hat«, fügte er hinzu und zündete sich eine Zigarette an.

»Das stimmt, es ist alles in Ordnung. Wenn Sie kontrollieren möchten...« Burlow hielt ihm ein schnurloses Telefon hin.

»Das ist nicht nötig.« Stuart unterstrich den Satz mit einer Handbewegung. Er hatte die Bestätigung der Zahlung schon von Rosemarie erhalten, als er mit dem Auto zum Kempinski unterwegs war.

Dieser Vertrauensbeweis schien Burlow zu gefallen. Er lächelte zufrieden.

»Ich habe mir erlaubt, das Essen schon zu bestellen, so müssen wir nicht warten. Ich weiß, daß Sie gerne italienisch essen«, fuhr Burlow fort, um mit den Informationen anzugeben, die er über ihn besaß.

Stuart ging nicht darauf ein und stellte eine gewisse Gleichgültigkeit zur Schau. »Das ist durchaus richtig« war alles, was er antwortete.

Inzwischen hatte sich Marvin in eines der Schlafzimmer zurückgezogen, jedoch die Tür offengelassen.

»Nun, wie gedenken Sie vorzugehen?« fragte Burlow.

Stuart sah ihn an und hob die Augenbrauen. »Das müssen Sie mir sagen. Wie möchten Sie die Ware am liebsten übergeben haben?«

»Ich habe mir gedacht, Sie könnten sie in einem Apartment abliefern, dessen Adresse ich Ihnen gebe. Mir wäre es am liebsten, daß die Person nicht bei Bewußtsein ist, aus naheliegenden organisatorischen Gründen...«

In diesem Augenblick klopfte es. Marvin öffnete und verschwand dann wieder im Schlafzimmer. Gary kam mit dem Servierwagen in die Suite, die Livree saß ihm ein wenig eng, ganz offensichtlich war der Kellner des Kempinski weniger muskulös als er. Gekonnt schob er den Wagen in den hinteren Teil des Salons, die Eßecke, und begann den Tisch zu decken. Anders als Burlow, der mit dem Rücken zu ihm saß, sah Stuart, wie sein Agent sich verstohlen bückte und einen Zipfel des bis auf den Boden reichenden Tischtuchs anhob. Als Gary sich wieder aufrichtete, warf er seinem Chef einen raschen Blick zu, um sich zu vergewissern, daß er es gesehen hatte. Dann stellte er Teller und Tabletts ab und verließ still die Suite.

Burlow und Stuart setzten sich zu Tisch. Der Waffenhändler hatte für sich Lachs bestellt und für Stuart Spaghetti alle vongole bringen lassen. Der Chef des Dienstes schätzte, daß er nach dem ersten Bissen ungefähr zehn Minuten warten müßte, bis das Mittel, das Franz in Burlows Essen gemischt hatte, seine Wirkung tat. Zum Glück sah es so aus, als würde die mutmaßliche Lösung seiner Probleme Burlow Appetit machen.

»Natürlich werden bestimmte Dinge immer noch von der CIA geregelt«, sagte Burlow gerade. »Aber oft müssen wir uns woandershin wenden…«

Der Amerikaner nahm einen tüchtigen Schluck Perrier. Stuart dagegen nippte an seinem Chablis.

»Warum habt ihr George Kenneally getötet?« fragte Stuart unvermittelt, ohne den Plauderton aufzugeben.

Burlow schien einen Moment konsterniert.

»Mich wundert eine solche Frage von Ihrer Seite, ich dachte, das sei offensichtlich…«

Stuart wollte ihn zum Sprechen bringen, damit Burlow nicht zu viel aß und so die Wirkung des Schlafmittels verzögerte. Er nickte. »Sicher ist es das, aber eure Aktion verblüfft mich doch immer noch«, fuhr er fort. »Die Sache hat viel Mut erfordert. Ihr habt Amerika ein zweites Mal einen Stich ins Herz versetzt. Das kann nicht jeder!«

Burlows Augen strahlten vor Zufriedenheit. »Sie sind einer der wenigen, die den tiefen Sinn von dem, was getan worden ist, verstehen. Wir könnten sagen, die *grandezza* dieses Kriegsaktes. Denn darum hat es sich in Wirklichkeit gehandelt, um einen Kriegsakt! Dieser Mann wollte in vier Jahren für die Präsidentschaft kandidieren. Er wäre nicht der richtige Typ Präsident gewesen für das, was heute die ›Neue Weltordnung‹ heißt.«

Stuart verzog das Gesicht. »Was für eine pathetische Formulierung. Es wäre exakter, von einer neuen Weltunordnung zu sprechen.«

Burlow lachte. »Ganz meine Meinung! Und die ist mir bei der Art meiner Geschäfte ganz nützlich. Solche Idioten wie Sullivan denken da anders darüber, sie sehen sich als Retter des Vaterlands. Dummes Zeug!« Burlow verzog das Gesicht zu einer angewiderten Grimasse und unterstrich sie mit einer wegwerfenden Geste. Dann lachte er. »Sullivan und Garrett fürchteten, daß Kenneally, wenn er erst Präsident geworden wäre, einiges in Amerika geändert hätte. Und sie hatten natürlich recht...«

Burlow klappte über dem Tisch zusammen. »Ich muß zu schnell gegessen haben«, sagte er, bevor er die Augen schloß.

Stuart wartete ein paar Sekunden, dann schüttelte er ihn, doch Burlow reagierte nicht, er war fest eingeschlafen. Stuart bückte sich, holte die Pistole unter dem Tisch hervor und legte sie auf seine Beine, unter das Tischtuch.

»Kommen Sie schnell, Mr. Burlow fühlt sich nicht wohl!« schrie er, ohne vom Tisch aufzustehen.

Der Leibwächter kam aus dem Schlafzimmer und eilte auf sie zu. Als Stuart ihn vor sich hatte, hob er die Pistole und schoß auf ihn. Marvin brach zusammen, getroffen von einem Projektil mit einem betäubenden Mittel, wie Tierärzte es benutzen, um Tiere ruhigzustellen. Der Chef des Dienstes schonte das Leben von Kollegen, wann immer es ging.

Ogden und die anderen Agenten betraten die Suite. Gary und Kurt zogen die beiden Körper aus dem Zimmer und versteckten sie in einem Wäschewagen. Dann trennten sie sich. Franz und die beiden Einsatzagenten schoben den Wagen zum Aufzug, der sie direkt in die Wäscherei bringen würde, während Ogden und Stuart das Hotel getrennt verließen.

40

»Die Familie, der George angehörte, ist immer beschuldigt worden, ›unamerikanisch‹ zu sein: privilegiert, immun gegenüber dem Gesetz, patriarchalisch und chauvinistisch. Natürlich gilt das für jede reiche und mächtige amerikanische Familie, doch es war immer ihr Clan, der am stärksten angegriffen wurde. Aber George selbst konnte man nichts nachsagen: keine sexuellen Eskapaden, weder Alkohol- noch Drogenmißbrauch; ihm war praktisch nichts vorzuwerfen. Wenn man ihn nur ansah, fühlte man sich schon unterlegen, weil man nicht wie er war. Natürlich wurde er nicht deshalb ermordet, doch es hat sicher zu der sklavischen Ergebenheit beigetragen, mit der die Amerikaner auf diesen Tod reagiert haben.«

Lange schwieg und sah Ogden und Stuart an, die vor ihm saßen. Es fehlten nur noch wenige Stunden bis zur Fernsehsendung, doch der Schauspieler wirkte ruhig und selbstsicher.

Lange räusperte sich. »George Kenneally war der lebende Beweis, daß es bei all den Monstren, die auf dieser Welt leben, doch noch außergewöhnliche Menschen gibt, wenn auch immer weniger. George war ein Idealist von hoher Moral und gehörte damit zu einer vom Aussterben bedrohten Spezies.«

»Der Fluch der Kenneallys...«, murmelte Stuart, »haben Sie je daran geglaubt?«

Lange zuckte mit den Achseln. »Das ist eine Erfindung der Medien, die man sich ausgedacht hat, um in der Öffentlichkeit die Vorstellung zu verbreiten, daß der unnatürliche Tod solcher Menschen zur Normalität gehört, fast als wäre es ein den Göttern zu entrichtender Tribut für die erhaltenen Privilegien. Die Wahrheit ist, daß Menschen wie er ermordet werden, weil sie sich querstellen.«

»In wenigen Stunden werden Sie die Wahrheit sagen können, zusätzlich untermauert durch die Informationen, die wir Ihnen gegeben haben«, sagte Stuart. »Auf diese Weise klagen Sie die Mörder an und können gleichzeitig genaue Angaben machen, die Ihre Beschuldigungen stützen. Doch es könnte sein, daß man Ihnen nachher das Leben schwermacht. Sind Sie immer noch entschlossen, es zu tun?«

Lange sah ihn ernst an. »Ich habe keine andere Wahl, meinen Sie nicht auch? Es sind so viele Menschen gestorben, damit ich heute abend in dieses Fernsehstudio gehen kann.«

»Was den elektromagnetischen Puls angeht, den berüchtigten EMP«, fuhr Stuart fort, »so behandeln Sie das Thema nicht allzu ausführlich. Die Sache ist zu kompliziert, Sie würden Gefahr laufen, die Aufmerksamkeit der Zuschauer zu verlieren. Wie in den Unterlagen beschrieben, die wir Ihnen gegeben haben, sollten Sie hervorheben, daß man damit jedes elektrische und elektronische Instrument lahmlegen kann, und darauf hinweisen, wie der EMP benutzt worden ist, um das Flugzeug Kenneallys zum Absturz zu bringen. Man versteht dann schon, wovon die Rede ist.«

Ogden nahm eines der Papiere, las darin und richtete dann seinen Blick wieder auf Lange und Stuart. »Kurz gesagt: Wir sind jetzt offenbar in der Lage, mit Hilfe des EMP jedes beliebige Ziel sehr unauffällig treffen zu können und als Spur nur einen Blitz von wenigen Sekunden Dauer zu hinterlassen – einen Blitz, wie ihn einige Zeugen in dem Moment, als Kenneallys Flugzeug abstürzte, über dem Meer gesehen haben. Wir könnten also ein Bündel EMP auf den Computer unseres Nachbarn richten, und niemand würde etwas bemerken. Auch im vorletzten James-Bond-Film kommt ein derartiges Gerät vor, das dann allerdings im Weltraum explodiert; aber das zu erwähnen ist unpassend. Sie könnten jedoch auf Edward Teller hinweisen, den Vater der Wasserstoffbombe, der in den achtziger Jahren in einer obskuren Zeitschrift für Ingenieurwesen geschrieben hat, daß es in einer Epoche, in der die Welt vollkommen von elektronischen Instrumenten abhängig ist, im Fall einer starken EMP-Strahlung einfacher wäre, die Instrumente zu zählen, die noch funktionieren, als diejenigen, die ausfallen.«

»Jedenfalls«, meldete sich Stuart, »werden die Eigenschaften des berüchtigten EMP, wenn unsere Bombe hochgeht, in allen Zeitungen ausführlich behandelt und nicht einmal mehr für die Hausfrau in Minneapolis ein Geheimnis sein. Es wird dem Pentagon nicht gefallen, aber das ist unwichtig.«

»Wissen Sie, was mich am meisten wütend macht?« Lange sah die beiden Agenten an. »Ich bin sicher, daß

George ohne diesen Namen sehr viel mehr hätte tun können. Er war für ihn nur eine Last, weil er ihn überhaupt nicht brauchte. Eine Last und ein Todesurteil.«

Um acht Uhr abends betrat Lange in Begleitung von Ogden und Franz das Studio Unter den Linden, das in einem neuen Gebäude, ganz aus Glas und Stahl, untergebracht war.

Im Studio, aus dem die Sendung übertragen würde, wimmelte es von Technikern, Assistenten, Kameraleuten, Tonmeistern und Regisseuren. Es war ein runder Raum, in der Mitte der Szene ein futuristischer Stahlsessel und ein Hokker, auf dem der Moderator sitzen würde. Oben im ersten Stock, mit Blick auf das Studio und durch eine Glasscheibe davon getrennt, befand sich die Regiekabine, wo Kurt schon Posten bezogen hatte, um zu verhindern, daß irgend jemand die Satellitenverbindung während der Sendung unterbrechen könnte.

Gleich nach der Ankunft wurde Lange in die Maske gebracht, während Ogden und Franz in einer Ecke Posten bezogen. Ins Studio zurückgekehrt, blieb der Schauspieler bei dem Journalisten, der ihn interviewen würde, und warf von Zeit zu Zeit den beiden Agenten einen Blick zu oder gab ihnen ein unauffälliges Zeichen, als wollte er sie beruhigen. Das Chaos um ihn herum ließ Lange unbeeindruckt, diese Welt der Fiktion erschien ihm mehr denn je als das, was sie war: ein Instrument, um etwas in den Äther hinauszuschicken. Für einmal wenigstens, sagte er sich, würde es der Wahrheit gelingen, sich dieses lächerlichen Apparats zu bedienen. Und er war glücklich, daß das Schicksal ihn als Instrument benutzte.

Als alles vorbereitet war, setzte sich der Journalist auf den Hocker, während Lange in dem unbequemen Sessel Platz nahm. Nach der Erkennungsmelodie begann die Sendung.

»Unser Gast heute abend ist Stephan Lange, Regisseur aus Berlin, der sich auch als Dramatiker einen Namen gemacht hat«, sagte der Moderator, eines der bekanntesten Gesichter des deutschen Fernsehens. »Vor vielen Jahren war Stephan Lange Schüler am Actor's Studio, mit dem wir heute abend verbunden sind. Viele von uns werden sich besonders an zwei seiner Stücke erinnern, die nicht nur mit beachtlichem Erfolg in Berlin, sondern auch in den Vereinigten Staaten gespielt wurden. *Ein Mann für Anna* und *Erinnerung an einen Freund. Ein Mann für Anna* bietet mit einem Hauch von Ironie die mitreißende Innenansicht einer Paarbeziehung, in der jeder von uns sich wiederfinden kann, während es in *Erinnerung an einen Freund* um die bewegende Aufarbeitung einer Freundschaft zwischen zwei Männern geht. Heute wird Stephan Lange uns über seine Beziehung zum Theater berichten, über seine Erfahrung mit dem Actor's Studio, wo er Schauspielunterricht genommen hat, aber vor allem über seine Fähigkeit, Schauspieler, Dramatiker und Regisseur in einem zu sein. Eine große Vielseitigkeit also! In diesem Moment werden wir mit dem Actor's Studio in New York verbunden. Neben Al Pacino sind dort weitere große Schauspieler versammelt, die in dieser legendären, weltberühmten Schule ausgebildet worden sind. Doch nun: Stephan Lange!«

Der Moderator zeigte auf ihn und lächelte. Die Kameras bewegten sich auf ihn zu, während das Publikum im Saal applaudierte.

Lange sah zu der großen Leinwand, wo die Bilder via Satellit projiziert wurden. Eine Gruppe Schauspieler saß um Al Pacino herum, und alle schauten ihn an. Lange erwiderte den Blick und beschloß in diesem Moment, daß er seine Geschichte eben diesen Personen auf der Leinwand erzählen würde. Es waren nicht nur Amerikaner, es waren auch Kollegen.

Lange war ein hochprofessioneller Schauspieler, er wußte, wie man mit der Stimme arbeitet, wie man Pausen und Emphase verteilen muß. Doch er hatte beschlossen, dies alles nicht einzusetzen, sondern es höchstens geschehen zu lassen, wenn es sich von allein einstellte. Er räusperte sich und begann zu sprechen.

»Als ich vor Jahren *Erinnerung an einen Freund* schrieb, konnte ich nicht wissen, daß dieser Titel als Einleitung zu dem dienen würde, was ich heute zu sagen habe. Heute abend werde ich nicht über das Theater sprechen, ich möchte die Gelegenheit dieser Direktschaltung über Satellit nicht nur mit den Vereinigten Staaten, sondern auch mit anderen Ländern nutzen, um zu enthüllen, was ich weiß.« Lange schlug die Augen nieder, machte eine kurze Pause, hob den Blick dann erneut und sah direkt in die Kamera. »Ich bin hier, um über den Mord an George Kenneally zu sprechen und über das Komplott, das zu seinem Tod geführt hat.«

Er sprach eine halbe Stunde lang, und um ihn herum herrschte absolute Stille, die Leute waren wie versteinert. Die Verbindung über Satellit wurde nicht einmal dann unterbrochen, als ein nicht eben freundlicher Anruf aus den Vereinigten Staaten die Sendeleitung des Fernsehsenders erreichte. Als Lange geendet hatte, erhob er sich aus seinem Sessel, blieb stehen und sah in die Kamera. Sein Mund war trocken, und er spürte so etwas wie Ekel. Doch da war noch etwas, das er sagen wollte, und er nutzte die Gelegenheit.

»Eine Welt, in der eine kleine, aber mächtige Gruppe von Leuten über Leben und Tod eines Menschen entscheiden kann, ist wie ein von einem unheilbaren Krebs befallener Organismus. George Kenneally ist Opfer dieser verborgenen Macht, dieser kranken Zellen geworden. Sicher das berühmteste und am meisten geliebte, doch nicht das erste und nicht das einzige Opfer. Wenn wir so weitermachen und nicht sehen wollen, was um uns herum geschieht, und uns nur um das kümmern, was uns persönlich angeht, wird dieses Geschwür die Oberhand gewinnen über alles, was aus dieser Welt noch einen Ort macht, an dem zu leben sich lohnt. Aber *wir* sind die Welt, und diese Mörder sind nur eine Gruppe kranker Zellen. Es ist an uns, sie auszurotten, um uns zu retten.«

Lange nahm das kleine Mikrofon von seinem Jackenkragen und ging aus dem Bild. Ogden und Franz traten an seine Seite und begleiteten ihn aus dem Studio, während sich im Saal ein Stimmengewirr erhob, das von Sekunde zu Sekunde lauter wurde.

Liaty Pisani im Diogenes Verlag

Der Spion und der Analytiker

Roman. Aus dem Italienischen von Linde Birk

Gefährlich, wenn ein Psychoanalytiker die Standesregeln verletzt und zu sehr ins Leben seiner Patienten eindringt. Den Wiener Analytiker Guthrie läßt es jedenfalls nicht kalt, als die schöne Alma Lasko ihn versetzt und er erfährt, daß ihr plötzliches Verschwinden mit dem seltsamen Tod ihres Mannes zu tun haben muß. Fatal auch, wenn ein internationaler Spitzenagent unter einem Kindheitstrauma leidet, das im falschen Moment aufbricht. So geht es dem Agenten Ogden, der sich mit Guthrie zusammentut, um Alma Lasko ausfindig zu machen. 007 auf der Couch, und ein Psychoanalytiker, der zum Spion wird: die beiden geraten in eine aufregende Verfolgungsjagd, die Wien, Zürich, Genf und Mailand zum Schauplatz hat.

»›Der dritte Mann‹, erneuert und korrigiert an einer apokalyptisch gezeichneten Jahrhundertwende.«
Epoca, Mailand

Der Spion und der Dichter

Roman. Deutsch von Ulrich Hartmann

Juni 1980. Ein italienisches Zivilflugzeug mit 81 Insassen stürzt auf dem Weg von Bologna nach Palermo ins Meer. Offensichtlich abgeschossen. Wer steckt dahinter? Die NATO? Libyen? Liaty Pisanis Thriller basiert auf einem düsteren Kapitel der italienischen Nachkriegszeit, der bisher unaufgeklärten Affäre Ustica. Was Ogden dabei herausfindet, ist haarsträubend. Lediglich Fiktion oder brutalste politische Realität?

»Ein Volltreffer. Ein Roman, der einem die Haare zu Berge stehen läßt. Ich habe das Buch gefressen, mit allen Krimi-Symptomen wie Herzrasen und feuchten Händen.«
Christine Schaich/Süddeutscher Rundfunk, Stuttgart

»Mit erzählerischer Bravour und vergnüglicher Ironie verwandelt Liaty Pisani den traditionellen Kriminalroman in ein Schauermärchen – vor dem Hintergrund einer realen Tragödie.« *Der Spiegel, Hamburg*

Der Spion und der Bankier

Roman. Deutsch von Ulrich Hartmann

Ein Schweizer Bankier wird tot aufgefunden, sein Sohn verschwindet am darauffolgenden Tag. Ogden, gerade erst aus dem Spionagegeschäft ausgestiegen, wird quasi als Privatdetektiv dafür engagiert, den 20jährigen Willy wiederaufzufinden. Doch die Sache ist nicht so privat, wie sie auf den ersten Blick aussieht. Willy weiß etwas, das schon seinen Vater das Leben gekostet hat – es geht um den Verbleib jüdischen Vermögens in den vierziger Jahren. Willy hat von seinem Vater Einblick in Unterlagen bekommen, deren Inhalt nicht nur die Banken, sondern auch die Geheimdienste verschiedenster Nationen in Unruhe versetzt. Mit der erforderlichen Sensibilität nähert sich Litay Pisani dem Thema Völkermord, ohne dabei auf einen spannenden Plot zu verzichten.

»Liaty Pisani hat ihr Metier offensichtlich bei Leuten wie Le Carré, Chandler oder Ambler gelernt – sie erzählt gekonnt, voller Spannung, mit Exkursen ins Sphärisch-Phantastische und mit einem Schuß Ironie.« *SonntagsZeitung, Zürich*